Anna Jonas
Der Eissalon

PIPER

Anna Jonas

Der Eissalon

Roman

PIPER

Mehr über unsere Autoren und Bücher:
www.piper.de

Wenn Ihnen dieser Roman gefallen hat, schreiben Sie uns unter Nennung des Titels »Der Eissalon« an *empfehlungen@piper.de*, und wir empfehlen Ihnen gerne vergleichbare Bücher.

Von Anna Jonas liegen im Piper Verlag vor:
Hotel-Hohenstein-Reihe:
Band 1: Das Hotel am Drachenfels
Band 2: Das Erbe der Hohensteins
Band 3: Wiedersehen am Drachenfels

Die Chocolatier-Familie:
Band 1: Das Rosenpalais
Band 2: Der Schokoladenpavillon

Der Eissalon

FSC
www.fsc.org
MIX
Papier aus verantwortungsvollen Quellen
FSC® C083411

Originalausgabe
ISBN 978-3-492-31559-3
April 2021

Redaktion: Lisa Wolf
Satz: Uhl + Massopust, Aalen
Gesetzt aus der Aldus
Druck und Bindung: CPI books GmbH, Leck
Printed in the EU

TEIL 1

1

MAI 1957

Karina hatte mal gehört, dass ein Schrei Glas zerspringen lassen könnte. Der Schrei, den sie nun vernahm, war sicher nicht dazu angetan Glas, aber ganz sicher doch ihr Leben in tausend Teile zerbersten zu lassen. Da half es nichts, dass sie und Robert Waldberger hastig auseinanderfuhren, mit fliegenden Fingern ihre Kleidung richteten – der Schaden war angerichtet. Sie befanden sich in einem Klassenraum, und Karina hatte sich von diesem jungen Mann, der nicht nur ein begabter Confiseur, sondern auch ihr Lehrer an der Restaurantschule von Ingeborg Becker war, unter hitzigen Liebesschwüren küssen lassen, während die Finger, die so geschickt Süßspeisen zubereiteten, Knopf um Knopf von Karinas Bluse geöffnet hatten. Neben der jungen Frau, die aufgeschrien hatte, drängten sich nun andere Damen in die Tür, wollten den Ursprung der Aufregung ausmachen. Karina wandte den Blick ab, um das Sensationslüsterne darin nicht sehen zu müssen.

»Ich bin ruiniert«, murmelte Robert.

»Meine Damen!«, hörte Karina nun eine Frauenstimme, und kurz darauf erschien die Lehrerin für Hauswirtschaft in der Tür, sah Karina an, dann Robert.

Ihre Nasenflügel bebten, als ginge von dem Raum ein unangenehmer Geruch aus, dann schüttelte sie den Kopf, machte auf dem Absatz kehrt und schritt von dannen.

»Ich bin ruiniert«, wiederholte Robert.

Karina war kurz davor, ihn zu ohrfeigen. »Und was ist mit mir? Du hast gesagt, hier sei es sicher, keiner käme um diese Uhrzeit hier hinein.«

»Das ist es normalerweise auch. Und was soll schon mit dir sein? Du kehrst zu deiner reichen Familie zurück, und kein Mensch fragt mehr nach dieser unseligen Geschichte. Aber für mich sieht es düster aus.«

»Das hättest du dir gerne vorher überlegen können.«

Robert murmelte etwas, das vermutlich wenig schmeichelhaft war, aber Karina war es gleich. Sie verließ das Klassenzimmer und trat hinaus in den Korridor, sah sich den Blicken einiger junger Frauen ausgesetzt, die in der Nähe geblieben waren, vermutlich, um nichts zu verpassen. Für einen Moment empfand Karina den kindischen Impuls, ihnen die Zunge herauszustrecken, wandte sich stattdessen aber ab. Um in ihr Zimmer zu gelangen, musste sie durch die große Eingangshalle, und ihre Schritte hallten auf dem Marmorboden, als sie zur Treppe eilte. Keinen Blick hatte sie in diesem Moment für die gediegene Eleganz der Umgebung, sie wollte nur noch auf ihr Zimmer und die Tür hinter sich schließen, als könnte sie damit gleichsam den Fehler aussperren, den sie begangen hatte, diese unglaubliche Torheit. Gut möglich, dass Robert zuerst zur Schulleiterin zitiert wurde, immerhin hatte er sich von den jungen

Damen fernzuhalten. Ob man sie wirklich der Schule verweisen würde? Die Restaurantschule war für Karina der erste Schritt in die Unabhängigkeit, und obwohl sie sich mit der strikten Disziplin schwertat, so schätzte sie doch das Wissen, das man sich als junge Frau hier aneignen konnte, und wollte die Lehre unbedingt erfolgreich abschließen.

Karina klammerte sich an die Hoffnung, dass die Schulleiterin das allein ihren Eltern zuliebe nicht tun würde. Immerhin kannte und schätzte sie diese sehr, da würde sie doch gewiss über diese einmalige Verfehlung hinwegsehen. Was war denn auch schon geschehen? Man hatte sie bei einem Kuss erwischt, immerhin waren sie vollständig bekleidet gewesen – wenngleich Karinas Bluse aufgeknöpft und seine Krawatte gelöst gewesen war. Karina hatte sich gerade darangemacht, beim Küssen die Knöpfe seines Hemds zu öffnen, als der Schrei erklungen war.

Eine der Hausangestellten betrat den Raum und wies Karina an, vor der Schulleiterin zu erscheinen. Karina wappnete sich, straffte die Schultern und überlegte, wie sie sich gegenüber Ingeborg Becker geben sollte. Selbstbewusst? Ja, aber nicht zu sehr. Zerknirscht, reuevoll, einsichtig. Sie hatte einen Fehler begangen, gewiss. Aber da war sie bestimmt nicht die Erste.

Karina lief durch die mittlerweile so vertraut gewordenen Korridore, an denen die Bilder ehemaliger Absolventinnen hingen, die mit Bestnoten abgeschnitten hatten. Seit September war sie nun schon hier und hatte noch zwei Jahre vor sich, und ihre Leistungen waren durchweg gut. Das musste einfach schwerer ins Gewicht fallen als der Umstand, beim Küssen erwischt worden zu sein. Sich fortwährend Mut zuredend, stieg sie die Treppe hoch in die Beletage des ehemaligen, weitläufigen Herrenhauses, wo sich die Räumlichkeiten der Schulleiterin befanden. Dennoch schlug ihr das Herz so schnell, dass ihr der Atem in kurzen Stößen ging.

Vor der Tür von Ingeborg Becker blieb sie stehen, sah an sich hinunter, zupfte die Kleidung zurecht und holte tief Luft. Sie straffte sich, hob das Kinn gerade genug an, um nicht wie ein Häufchen Elend zu wirken, gleichzeitig aber nicht kampflustig, selbstbewusst, aber doch ausreichend demütig, um Einsicht zu zeigen. *Ja, mir ist mein Fehler bewusst. Nein, so etwas wird nie wieder vorkommen.*

Keine zehn Minuten später stand sie wieder vor der Tür, einen Brief an die Eltern in der Hand, in der die Schulleiterin noch einmal schriftlich darlegte, was sie ihr gerade in vernichtender Deutlichkeit gesagt hatte. Karina war nicht einmal zu Wort gekommen. Zittrig lehnte sie sich mit dem Rücken gegen die Wand, legte den Kopf zurück und musste ein paarmal tief durchatmen, um nicht hier und jetzt in Tränen auszubrechen.

Als sie die Augen öffnete, bemerkte sie zwei junge Frauen, die gerade die Treppe hochkamen, Mappen in den Händen, mit denen sie vermutlich auf dem Weg zur Schulleiterin waren. In Kürze würde es die Runde machen, in welch desolatem Zustand man Karina hier vorgefunden hatte. Sie wich den neugierigen Blick aus und lief zur Treppe. Schon beim Abendessen durfte sie nicht mehr dabei sein, denn obwohl man ihr ausreichend Zeit geben würde zu packen und die Heimreise zu organisieren, so durfte sie am geselligen Leben im Haus nicht mehr teilnehmen. Als sei ihr Vergehen irgendwie ansteckend.

Die Tränen in tiefen, konzentrierten Atemzügen wegatmend, stieg Karina langsam die Treppe hinunter, durchquerte die Halle und ging in den Wohntrakt mit den Zimmern. Wie sollte sie ihren Eltern unter die Augen treten? Nach dieser Geschichte würden sie ihr kein zweites Mal ermöglichen, fern der Heimat zu lernen. Keinesfalls würde man dulden, dass die einzige Tochter des Hotels von Oedinghof Schande über die Familie brachte. Vermutlich blieb ihr nur, zu heiraten und eine brave Hausfrau zu werden.

Karina zerknüllte im Gehen den Brief in der Hand, krallte die Finger so fest darum, als könnte das dazu führen, dass er sich einfach auflöste. Mit jedem Schritt fiel es ihr schwerer, die Tränen zurückzuhalten, sodass ihr immer wieder der Blick verschwamm. Endlich war sie an ihrem Zimmer angelangt, öffnete die Tür und wollte gerade erlöst den ersten Schluchzer tun, als sie ihre Mitbewohnerin, Hanne Schmitz, bemerkte und nur ein Geräusch hervorbrachte, das einem Schluckauf ähnelte. Sie wischte sich mit der Faust, die den Brief hielt, in einer trotzigen Geste über die Augen, warf das zerknitterte Schreiben auf das Bett und ging zu ihrem Schrank, stellte sich auf die Zehenspitzen und hob den Koffer hinunter. Dann öffnete sie die Schranktür und begann achtlos alles auszuräumen und in den geöffneten Koffer zu werfen.

Hanne saß an dem kleinen Schreibtisch und beobachtete sie schweigend. »Sie wirft dich raus, ja?«

Da Karina es nicht einsah, das Offensichtliche auch noch zu bestätigen, schwieg sie und fuhr fort, die Kleidung aus dem Schrank zu räumen. Was sollte sie jetzt nur tun?

»Was sagen deine Eltern dazu?« Konnte Hanne etwa Gedanken lesen?

»Die werden entzückt sein, was sonst?« Sie war dreiundzwanzig und musste nun zerknirscht und reumütig heimkehren wie ein kleines Kind, das einen Fehler zu beichten hatte. Aber was blieb ihr sonst? Sie verdiente kein eigenes Geld, und sollte sie eine Arbeit annehmen, um sich irgendwie über Wasser zu halten, so konnte ihr Vater jederzeit einfach für sie kündigen und sie damit nötigen, nach Hause zu kommen. Zwar war erst in diesem Monat das Gleichberechtigungsgesetz beschlossen worden, aber das galt vor allem für Ehefrauen, hieß es doch darin, dass der Mann bei Meinungsverschiedenheiten nicht mehr allein die abschließende Entscheidung treffen durfte. Als unverheiratete Frau unterstand man jedoch nach wie vor dem Vater.

»Wirst du dich woanders bewerben?«

Karina zuckte mit den Schultern, warf den überquellenden Koffer zu und kniete darauf, um die Schnallen irgendwie zu schließen. Ihre Brüder hatten gewiss auch während der Ausbildung das eine oder andere amouröse Abenteuer erlebt, gerade Lennart war nun wahrlich kein Kind von Traurigkeit. Aber da sagte niemand etwas, solange sie diskret waren.

»Herr Waldberger hat übrigens eine Verwarnung bekommen«, erklärte Hanne. »Hat mir Greta erzählt.«

»Ach?« Das war ja klar. Vermutlich hatte er es noch so hingedreht, als wäre sie, Karina, allein die Schuldige, hätte den armen Kerl verführt, der ja gar nicht anders konnte, als nachzugeben. Verwünscht sollte er sein, er und seine Nachstellungen. Warum hatte sie überhaupt nachgegeben? Im Nachhinein kam ihr die Verliebtheit in ihn geradezu töricht vor. Allein die Vorstellung, wie er dagestanden und gejammert hatte, nur auf sich selbst bedacht und kein Wort über sie.

Hanne stand auf, kniete sich neben sie auf den Koffer und half ihr, die Schnallen zu schließen. »Rufst du deine Eltern gleich an? In diesem Fall erlaubt die olle Weitzel das bestimmt.« Normalerweise mussten sie zum Telefonieren zum öffentlichen Fernsprecher gehen. Außer dem Fernsprecher der Direktorin gab es noch einen weiteren, über den die Frau des Hausmeisters wie ein Schießhund wachte.

»Nein. Ich habe es ja nicht weit, ich steige morgen einfach in die Bahn nach Koblenz. Besser, ich sage es ihnen persönlich.«

Nach einer nahezu schlaflosen Nacht stand Karina in aller Frühe auf, nahm ihren Koffer und verließ noch vor dem Frühstück – an dem sie ohnehin nicht teilnehmen durfte – die Schule. Auf dem Hof blieb sie stehen, stellte den Koffer neben sich und sah noch einmal an der Hausfassade hoch. Als sie im vergangenen Herbst angekommen war, hatte es einladend gewirkt mit dem warmen Licht hinter den Fenstern und der Vorstellung kommender Unabhängigkeit. Jetzt, da es in morgendlicher Stille dalag, die Fenster dunkel und mit Vorhängen verhängt, war es nur noch abweisend, eine Welt, in der Karina nicht mehr willkommen war, weil sie einen Mann geküsst hatte.

Seufzend nahm Karina den Koffer, trat hinaus auf die Allee und sah sich um, in der Hoffnung, dass ein Taxi sich in aller Frühe auf die noch menschenleeren Straßen der Bonner Südstadt verirrt hatte. Nachdem jedoch weit und breit nichts zu sehen war, seufzte sie erneut und ging mit ihrem Koffer langsam die Straße hinunter in Richtung Hauptbahnhof.

Nach gut zweihundert Metern tat ihr der Arm weh, und der Schweiß rann trotz der morgendlichen Kühle ihren Rücken hinab. Sie setzte den Koffer ab, zog ein Taschentuch hervor und wischte sich über die Stirn. Als sie die Straße hinaufblickte, war immer noch kein Taxi zu sehen, obwohl das eine oder andere Auto bereits unterwegs war. Ein junger Mann auf einem Lastenfahrrad näherte sich, pfiff dabei ein Lied vor sich hin. Karina trat an den Randstein und winkte ihm zu, was ihn so irritierte, dass er fast jemanden umgefahren hätte.

»Pass doch auf, du Idiot!«, rief dieser und schickte eine obszöne Geste hinterher.

Der junge Mann, der nun keinen Zweifel mehr daran haben dürfte, dass Karina ihn gemeint hatte, kam an den Bürgersteig gefahren und bremste ab. »Ja, bitte?«

»Können Sie bitte meinen Koffer zum Bahnhof fahren? Ich zahle auch.«

»Seh ich aus wie ein Transportunternehmen?«

»Sie bekommen das, was ein Taxifahrer von mir bekommen hätte.«

Er musterte den Koffer, dann wieder Karina. »Und wer sagt, dass ich nicht mit dem Koffer auf und davon fahre?«

»Was wollen Sie denn mit einem Koffer voller Damenkleidung? Also, was ist? Ich muss zum Bahnhof, aber der Koffer ist mir zu schwer.«

»Und dort soll ich dann auf Sie warten? Als hätte ich nichts Besseres zu tun?«

Karina zuckte mit den Schultern. »Dann eben nicht.« Sie nahm den Koffer auf und ging weiter, aber der junge Mann rief sie zurück.

»He, hab ja nicht Nein gesagt. Aber ich möchte das Doppelte von dem, was ein Taxifahrer bekommt.«

Sie drehte sich zu ihm um. »Ach was? Mit welchem Recht?«

»Der Taxifahrer bedient nur ein Pedal, während er bequem sitzt, aber ich muss mich mit dem schweren Koffer abstrampeln.«

»Also gut.« Immer noch besser, als alles selbst zu schleppen.

»Woher weiß ich, dass ich mein Geld bekomme?«

»Ich gebe Ihnen die eine Hälfte vorab. Die andere dann, wenn ich meinen Koffer zurückhabe.«

»Abgemacht.« Er spuckte in seine Hand und hielt sie ihr hin, aber Karina nickte nur.

»Abgemacht.«

Der junge Mann lud den Koffer auf und fuhr los, während Karina ihren Weg zu Fuß fortsetzte. Wenn sie zügig ging, war es eine gute Viertelstunde bis zum Bahnhof, und als sie dort ankam – einigermaßen außer Atem –, stand der junge Mann mit dem Lastenrad bereits davor und betrachtete seine Fingernägel. Er blickte erst auf, als sie unmittelbar vor ihm stand, dann nickte er zu dem Koffer und streckte die Hand aus. Karina zählte das Geld hinein, woraufhin er sich an die Mütze tippte und sich aufs Rad schwang.

Vor dem Bahnhofsgebäude blieb Karina unschlüssig stehen. Wenn sie jetzt ein Billett kaufte und den nächsten Zug nahm, wäre sie pünktlich genug für ein spätes Frühstück. Vorausgesetzt, ihr wäre überhaupt noch nach Essen zumute nach der Begrüßung, die ihr unweigerlich bevorstand. Sie nahm den Koffer, trug ihn in die Bahnhofshalle und setzte sich auf eine Bank. Dann zog sie den Briefumschlag aus der Handtasche, drehte ihn hin und her. Der Umschlag war verschlossen, und ihre Eltern würden vermutlich sehr unleidlich reagieren, wenn sie wüssten, dass Karina ein an sie gerichtetes Schreiben geöffnet und gelesen hatte. Aber kam es darauf noch an?

Sie riss das Kuvert auf, entnahm ihm den Brief, entfaltete ihn und las die vernichtenden Zeilen. Kein Wort über ihre Leistungen, darüber, dass man bedaure, sie gehen zu lassen, angesichts des Vorfalls aber keine andere Wahl hatte. Der einzige Schluss, der sich aus diesem Schreiben ziehen ließ, war der, dass Karina liederlich war. Sie steckte den Brief zurück ins Kuvert und stopfte ihn zurück in die Handtasche.

Dann saß sie eine Weile da und grübelte, ging ihre

Möglichkeiten durch. Viele waren es nicht. Genau genommen nur eine. Sie konnte heimfahren, sich dem unvermeidlichen Donnerwetter stellen und dann darauf warten, dass sie eine gute Partie an Land zog, während sie darauf hoffte, dass der Vorfall mit Robert niemandem zu Ohren drang. Denn welcher Mann wollte schon eine Frau heiraten, der man den Stempel »liederlich« aufgedrückt hatte? Während Karina wohl damit würde leben müssen, am Ende einer Reihe von Eroberungen zu stehen, weil sie es aufgrund ihrer vermeintlichen Untadeligkeit wert war, nicht nur das Bett zu wärmen, sondern auch offiziell den Haushalt zu führen und eheliche Kinder zu gebären. Und das auch nur, wenn der Zukünftige nie erfuhr, dass sie in Wahrheit »liederlich« war.

Sie war schon lange kein Kind mehr, und es widerstrebte ihr zutiefst, ihren Eltern diesen Brief überbringen zu müssen wie ein Schulmädchen, das eine schlechte Arbeit vorzeigte. Wenn sie ihn allerdings nicht abgab, würden ihre Eltern die Schulleitung anrufen, um zu erfahren, was vorgefallen war. Dann würde diese ihnen erzählen, dass es ein für sie bestimmtes Schreiben gegeben hatte. Karina seufzte. Es war zum Verzweifeln.

Jemand hatte eine Zeitung liegen lassen, und weil Karina nichts Rechtes mit sich anzufangen wusste und nicht nur dasitzen und in die Luft starren wollte, nahm sie die Zeitung, schlug sie auf und blätterte sie durch, wobei ihr Blick mal an einer Schlagzeile hängen blieb, mal einen Artikel querlas. Sie überflog den Gesellschaftsteil und kam bei den Annoncen an. Vielleicht sollte sie direkt zu den Heiratsgesuchen springen, möglicherweise fand sich da ein Witwer mit mehreren Kindern, der nicht wählerisch war.

Dann blieb sie jedoch bei den Wohnungsgesuchen und -angeboten hängen. In der Tat hatte sie kurzzeitig mit dem Gedanken gespielt, sich in ein Hotel einzumieten, um zu überlegen, was sie tun sollte, aber die Gefahr, dass man sie erkannte und ihren Eltern beiläufig zutrug, dass man sich gefreut habe, die Tochter beherbergen zu dürfen, war ihr zu groß gewesen. Aber das hier könnte etwas sein, eine Kriegswitwe, die ein Zimmer zu vermieten hatte. Allerdings würde sie gewiss einen langfristigen Mieter suchen.

Karina riss die Anzeige heraus und stopfte die Zeitung in den Mülleimer neben sich. Es schadete ja nichts, einfach mal zu fragen. Vielleicht konnte sie sich für einen Monat einmieten und in der Zeit überlegen, was zu tun war. Das kam ihr schon fast wahnwitzig vor, gleichzeitig jedoch kribbelte die Aufregung in ihr angesichts eines solchen Wagnisses.

Sie stand auf, nahm ihren Koffer und verließ den Bahnhof wieder. Dieses Mal nahm sie ein Taxi und ließ sich zu der angegebenen Adresse im ruhig gelegenen Ortsteil Kessenich fahren. Mehrmals war sie kurz davor, dem Fahrer zu sagen, er solle umkehren, sie zurück zum Bahnhof bringen. Was sie hier tat, war ja vollkommen verrückt. Ihre Eltern würden doch sofort Wind davon bekommen. Sie blieb jedoch stumm und stand schließlich mit dem Koffer vor einem dreistöckigen Wohnhaus, das aussah wie aus der Zeit um die Jahrhundertwende, ein ausgebleichtes, schmutziges Hellblau mit weißem

Stuck. Das Haus nebenan war nur noch eine Ruine, und offenbar war auch dieses Haus von dem Treffer in Mitleidenschaft gezogen worden, denn ein Teil des Daches fehlte. Mit wild klopfendem Herzen ging sie die Stufen hoch zur Eingangstür, drückte diese auf und stieg in den zweiten Stock. Dort blieb sie vor einer der drei Türen stehen und drückte auf den Klingelknopf, neben dem der Name »Riesbeck« stand.

Kurz darauf waren Schritte zu hören, das Klackern von Schuhen auf Holzdielen, und im nächsten Moment wurde die Tür geöffnet, und Karina sah sich einer Frau in einem dunkelgrauen Kleid gegenüber. Rotblonde Locken fielen ihr offen auf die Schultern, und sie wirkte jünger, als Karina erwartet hatte, höchstens Ende dreißig. Sie hatte mit einer matronenhaften Entscheidung gerechnet, doch die Frau vor ihr war schlank und grazil und hatte ein offenes, freundliches Gesicht.

»Ja, bitte?«

»Erika Riesbeck?«

»Die bin ich.«

»Mein Name ist Karina von Oedinghof. Ich komme wegen Ihrer Anzeige.«

»Das Zimmer? Oder die Verkaufsanzeige für das Herrenrad?«

»Das Zimmer.«

Die Frau sah an Karina vorbei zu dem Koffer, und um ihre Lippen zuckte es spöttisch. »Sie wollen gleich einziehen?«

Wärme kroch Karina in die Wangen. »Ähm, ich … wenn es geht, schon.«

Jetzt blitzte ein Funke echter Erheiterung in dem Gesicht der Frau auf. »Kommen Sie erst einmal rein. Wir reden, und dann entscheide ich, ob ich mir Sie als Mitbewohnerin vorstellen kann.« Sie wies in den Eingangsbereich, von dem sechs Türen abgingen.

Zögernd trat Karina mit dem Koffer in der Hand ein. Erika Riesbeck schloss die Tür hinter ihr.

»Hier entlang.« Sie deutete auf eine der sechs Türen, die halb offen stand.

Karina folgte ihr in ein Wohnzimmer, dessen Einrichtung etwas altbacken wirkte, aber gemütlich. Vermutlich stammte alles noch aus der Zeit vor dem Krieg. Erika Riesbeck bot ihr an, in einem der beiden Sessel Platz zu nehmen, und setzte sich selbst in den anderen ihr gegenüber. Sie schlug ein Bein über das andere, faltete die Hände und sah sie aufmerksam an. Karina fühlte sich an eine ihrer Lehrerinnen erinnert und hatte auf einmal das Gefühl, der Altersabstand zwischen ihnen müsste weit mehr als fünfzehn Jahre betragen.

»Erzählen Sie mir ein wenig von sich? Vor allem interessiert mich, warum Sie bereits mit einem Koffer hierherkommen. Haben Sie keine Bleibe?«

Dachte die Frau etwa, sie hauste auf der Straße? Sei gar eine Vagabundin? Karina sah an sich hinab. Nein, diesen Eindruck machte sie nun wahrhaftig nicht. Als sie wieder aufblickte, bemerkte sie, dass die Frau die Brauen leicht gehoben hatte. Sie wartete immer noch auf eine Antwort.

»Mein Name ist Karina von Oedinghof, meine Eltern betreiben ein Hotel bei Koblenz.«

Die Frau ließ nicht erkennen, ob ihr das etwas sagte. Sie nickte nur unbestimmt und gab Karina damit zu verstehen, sie solle fortfahren.

»Ich habe im Herbst eine Ausbildung in der Restaurantschule von Ingeborg Becker begonnen.«

Wieder nickte Erika Riesbeck, dieses Mal jedoch in einer Art, die deutlich machte, dass sie wusste, von wem die Rede war.

»Und gestern wurde mir mitgeteilt, dass ich die Schule unverzüglich zu verlassen habe.«

»Haben Sie mit einem der Lehrer geschlafen?«

»Nein, natürlich nicht! Einer von ihnen hat mir nachgestellt, und ich habe mich hinreißen lassen, ihn zu küssen. Dabei wurden wir erwischt.«

»Verstehe. Musste er auch seine Sachen packen?«

»Nein.«

Wieder war da dieses spöttische Lächeln. »Und nun möchten Sie hier einziehen? Damit Sie die Schmach daheim nicht beichten müssen?«

»Ja«, antwortete Karina zögerlich.

»Das Zimmer ist nicht umsonst. Wie wollen Sie es bezahlen, wenn Ihre Eltern davon nichts wissen dürfen?«

»Ich bekomme wöchentlich Geld von ihnen, das reicht gewiss. Und ich habe vor, mir eine Arbeit zu suchen. Dann sehe ich zu, dass ich etwas finde, das ausreichend respektabel ist, um es meinen Eltern präsentieren zu können.« Oder jemanden, fügte Karina in Gedanken hinzu.

»Ich suche allerdings einen Dauermieter und niemanden, der nur seinen Eltern aus dem Weg gehen möchte. Wie lange funktioniert das? Eine Woche? Zwei?«

»Ich muss einfach jede Woche nach Hause fahren, am Wochenende wie bisher. Sie merken es nicht.«

»Was, wenn sie in der Schule anrufen?«

»Warum sollten sie das tun? Wir Auszubildenden dürfen das Telefon dort gar nicht benutzen. Wenn wir telefonieren wollen, müssen wir zum öffentlichen Fernsprecher gehen.«

»Wenn sie Ihnen schreiben?«

»Meine Familie wohnt bei Koblenz, ich fahre jedes Wochenende heim. Warum sollten wir uns Briefe schreiben? Freitagnachmittag fahre ich Richtung Koblenz, Sonntag bin ich wieder hier. Da lohnt sich keine Briefkorrespondenz.«

»Ich hoffe, Ihnen ist klar, dass das hier kein Hotel ist. Das Frühstück bereite ich morgens zu, das ist im Preis inbegriffen, aber um Mittag- und Abendessen müssen Sie sich selbst kümmern.«

»Ich war auf einer Schule für Restaurantfach und Hauswirtschaft. Um nicht zu verhungern, reicht mein Grundwissen allemal. Und ich war gar nicht einmal schlecht, ich lerne schnell.«

Die Frau wirkte, als hadere sie mit sich selbst.

»Wir können doch eine Probezeit vereinbaren«, schlug Karina vor. »Wenn Sie merken, es funktioniert nicht, setzen Sie mich einfach wieder vor die Tür.«

»Und inseriere noch einmal von Neuem?«

»Es herrscht nach wie vor Bedarf an Wohnraum, das Zimmer wird nicht lange leer stehen.«

Erika Riesbeck verengte die Augen, während sie überlegte. Es war nicht ersichtlich, ob die stumme Musterung zu Karinas Gunsten ausfiel, und dieser wurde das Schweigen zunehmend unbehaglich.

»Kein Herrenbesuch«, sagte Erika Riesbeck schließlich.

Vor Erleichterung schlug Karina das Herz so schnell, dass ihr das Blut in den Ohren rauschte. »Natürlich nicht.«

»Ich würde es zudem bevorzugen, wenn Sie nicht mit meinem anderen Mieter ins Bett gingen. Aber falls Sie es doch tun, seien Sie diskret.«

Karina schoss das Blut in die Wangen. »Ich bin doch nicht liederlich!«

Wieder dieses spöttische Lächeln.

Ricardo Liverani verkaufte Illusionen. Morgens arbeitete er in einem drittklassigen Restaurant und servierte den Kunden die Illusion einer köstlichen Mahlzeit. Nachmittags schob er seinen winzigen Eiswagen durch die Straßen und verkaufte die Illusion eines italienischen Sommers an all jene, die ihn sich entweder nicht leisten konnten oder in sehnsuchtsvoller Erwartung ihrer nächsten Reise waren. Dabei lächelte er fortwährend, ebenfalls eine Illusion, die den Menschen vorgaukeln sollte, er sei erfreut darüber, sie zu sehen.

Bis in die Abendstunden stand er da, lächelte, plauderte mit dem ein oder anderen, scherzte, war charmant und fragte sich, ob sein Leben nicht auch einfach nur eine Illusion war und ihm nur vorgaukelte, es könnten irgendwann auch Tage voller Zufriedenheit kommen.

Abends packte er seine Sachen zusammen, klappte den Sonnenschirm zusammen, zog ihn aus der Halterung und befestigte ihn seitlich am Wagen. Dann löste er die Bremsen und schob den Eiswagen über die Straßen nach Hause, wobei er immer wieder anhalten und Passanten Platz machen musste. Der Wagen war schwergängig, und die Räder mussten dringend einmal geölt werden. Der Vorbesitzer hatte ihn seinerzeit eingelagert und sich nicht weiter darum gekümmert, hatte aber keine Scheu gehabt, ihn als praktisch neuwertig anzubieten. Eine weitere Illusion. Immerhin hatte Ricardo den Preis ordentlich runterhandeln können. Normalerweise störte ihn die Schwergängigkeit nicht, er hätte einfach aufsteigen und in die Pedale treten können, aber jemand hatte sich einen Spaß daraus gemacht, den Sattel abzumontieren, und für einen neuen fehlte ihm zurzeit das Geld. Die Saison hatte gerade erst begonnen, und er konnte nichts abzweigen.

An dem Haus angekommen, in dem er ein Zimmer bewohnte, bog Ricardo durch das Tor in den Innenhof und schob den Eiswagen in die Remise. Er sicherte ihn mit einer Kette und hob die beiden tiefen Behältnisse heraus, in denen sich das Eis befand – oder besser gesagt das, was davon noch übrig war. Immerhin war es dank des warmen Wetters ein guter Verkaufstag gewesen. Ricardo packte alles, was nicht fest am Wagen verschraubt war, in einen Sack und hängte sich diesen über die Schulter, dann ging er auf das Haus zu und trat durch die Hintertür ein, die eigentlich nur im Notfall benutzt werden sollte. Aber er war müde und hatte keine Lust, um das Haus herumzulaufen.

Er schloss die Wohnungstür auf und war gerade auf dem Weg in sein Zimmer, als eine junge Frau aus der Küche kam, eine Tasse in der Hand. Vermutlich eine Freundin seiner Vermieterin. Er wollte mit einem Gruß an ihr vorbei.

»Mein Name ist Karina von Oedinghof. Sind Sie der andere Mieter?«

Der andere? Er hielt inne, taxierte sie, dann nickte er.

»Ich bin heute eingezogen, meine Familie betreibt ein Hotel in der Nähe von Koblenz.«

Wieder nickte Ricardo nur. Er wollte sich endlich hinsetzen, die schmerzenden Füße hochlegen, und nun stand er hier und war zu höflich, um dieser fröhlich und aufgedreht plaudernden jungen Frau eine Abfuhr zu erteilen.

»Und Ihr Name ist?«

»Ricardo Liverani.«

»Che bello conoscerti.«

»Sie sprechen Italienisch?«

»Ein wenig. Wie gesagt, meine Eltern sind Hoteliers.«

Fragte sich nur, warum eine junge Frau aus einem so offensichtlich reichen Elternhaus – Ricardo war gut darin, Kleidung und die Art, zu sprechen, den richtigen Verhältnissen zuzuordnen – sich ein billiges Zimmer nehmen musste. Aber er hütete sich, zu fragen, da er befürchtete, es würde ein weiterer Redeschwall folgen.

»Sie entschuldigen mich?«

Erst jetzt wurde ihr offenbar bewusst, dass er immer noch mit seinen Habseligkeiten bepackt im Flur stand. »Oh, natürlich. Wir sehen uns dann zum Frühstück.«

Gott bewahre. Er nickte ihr knapp zu – sollte sie da hineindeuten, was sie wollte – und ging in sein Zimmer. Dort stellte er alles ab, musste dann aber doch noch einmal hinaus, um die Eisbehälter in die Küche zu bringen. Dieses Mal war niemand zu sehen, und er trat an die Spüle, reinigte alles und würde am späteren Abend noch einmal kommen, um das Eis für den kommenden Tag herzustellen. Er belegte zwei Scheiben Brot, goss ein Glas seiner am Vortag hergestellten Limonade ein und verzog sich damit in sein Zimmer, wo er sich eine Stunde lesenden Müßiggang gönnte, ehe es ihn wieder in die Küche trieb, da er mit der Eisherstellung beginnen musste. Prompt stand er wieder *ihr* gegenüber. Ricardo unterdrückte ein Stöhnen.

»Hat Sie auch der Hunger noch einmal herausgetrieben?«, fragte sie.

»Nein, die Arbeit.«

»Was arbeiten Sie?«, kam es auch direkt.

»Ich bin Eisverkäufer.«

»Und nun stellen Sie das Eis her?«, folgerte sie aus den Zutaten, die er auf die Arbeitsplatte stellte.

Er nickte nur knapp.

»Ich habe das auch gelernt.«

»Tatsächlich?«

»Ja, als wir die Zusammenstellung von Desserts durchgenommen haben, stand auch die Herstellung von Speiseeis auf dem Programm. Wir haben es in kleinen Portionen zusammen mit anderen Dessertzutaten serviert.« Sie schaffte es, währenddessen nicht einmal Luft zu holen.

»Sie sind in der Gastronomie tätig?«

»Nein, ich war auf einer Restaurantschule.«

Ricardo fragte nicht weiter nach, da es ihn schlicht nicht interessierte und er sich auf die Eisherstellung konzentrieren musste.

»Brauchen Sie Hilfe?«, fragte sie nun in sein Schweigen hinein.

»Nein, danke.« Er stellte Schokoladen- und Erdbeereis her, kannte die perfekte Zubereitung. Von Eisherstellung verstand er etwas, hatte es von Kindheit an gelernt und die Zusammensetzung so weit verfeinert, dass der Geschmack intensiv war, verbunden mit sahniger Cremigkeit, die auf der Zunge zerging. Schon bald breitete sich in der Küche das Aroma von zerschmelzender Schokolade aus, mischte sich mit dem intensiven Duft von pürierten Erdbeeren.

Er hörte, wie sie den Stuhl zurückrückte und zur Spüle ging, kurz darauf das Plätschern von Wasser, als sie ihren Teller abspülte, gefolgt von einem leisen Klirren, als sie ihn zurück in den Schrank räumte.

»Gute Nacht«, sagte sie, und erleichtert darüber, dass er nun endlich seine Ruhe hatte, fiel es ihm leicht, diesen Gruß freundlich zu erwidern.

Morgens war Ricardo immer früh auf den Beinen, jedoch nie früher als seine Zimmerwirtin, denn gleich, wann er aufstand, das Frühstück stand bereits auf dem

Tisch. Ricardo hatte großen Respekt vor Erika Riesbeck und der Energie, mit der sie ihr Leben in die Hand nahm, obwohl sie es wahrhaftig nicht leicht gehabt hatte. Seit einem Jahr schon wohnte er hier, und sie hatten sich als Wohngemeinschaft gut eingespielt. Hin und wieder kochte sie für ihn mit, dafür erledigte er anfallende Reparaturen in der Wohnung.

Dass der Neuzugang ebenfalls schon in aller Frühe wach war, damit hatte er jedoch nicht gerechnet. Er hatte die Küche kaum betreten, als sie ihn auch schon mit einem fröhlichen »Guten Morgen« begrüßte.

Für Ricardo waren frühe Morgen nie gut. Er brauchte immer erst einen Kaffee, um wach zu werden, und vor allem brauchte er seine Ruhe.

»Ich gehe die Stellenanzeigen durch«, erklärte sie, als hätte er auch nur den geringsten Anflug von Interesse bekundet.

Auf der Anrichte stand eine Kaffeekanne unter einer Wärmehülle, und Ricardo schenkte sich die erste Tasse ein, nippte rasch daran, um für den nächsten Redeschwall gewappnet zu sein. Normalerweise fiel es ihm leicht, den ganzen Tag über zu lächeln, aber seine Kunden malträtierten seine Nerven auch nicht mit gut gelauntem Dauergeschwätz.

»Ich brauche dringend eine Arbeit, um mein Leben zu finanzieren.«

»Und wie finanzieren Sie es bisher?«

»Vom Geld meiner Eltern.«

Ah ja. Wenn Ricardo für etwas überhaupt kein Verständnis hatte, dann waren es kapriziöse, verwöhnte

Mädchen. Sie hörte in der Restaurantschule auf und stürzte sich nun in ein vermeintliches Abenteuer. Dafür nahm sie jemandem, der es vermutlich dringender brauchte, ein Zimmer weg. Ricardo trank einen weiteren Schluck Kaffee.

»Und die Restaurantschule, von der Sie gestern erzählt haben?«

Als nicht sofort eine Antwort kam, sah er von seiner Kaffeetasse auf und erkannte einen Ausdruck berührender Verletzlichkeit auf dem Gesicht der jungen Frau, den sie jedoch gleich wieder mit einem Lächeln übertünchte. »Man hat mich gestern vor die Tür gesetzt.«

Ricardo fragte nicht, warum, aber er konnte es sich denken. Man setzte eine junge Frau aus guter Familie nur dann vor die Tür, wenn sie sich mit einem Mann eingelassen hatte. Und der Mann – daran zweifelte er keinen Augenblick – war mit einer Verwarnung davongekommen. »Und weshalb sind Sie nun hier?«

»Damit meine Eltern nichts erfahren.« Das Lächeln verrutschte, wirkte nun sehr bemüht.

Jetzt tat sie ihm doch leid. Schweigend trank er seinen Kaffee aus und spülte die Tasse ab. »Dann wünsche ich Ihnen viel Glück bei der Suche.« Leicht würde das nicht sein für jemanden, der nie gelernt hatte zu arbeiten und auch keine Ausbildung oder etwas Ähnliches vorweisen konnte.

2

JUNI 1957

Zwei Wochenenden hatte Karina daheim verbracht, und das Geheimnis zu wahren war leichter gewesen als gedacht. Den Brief hatte sie in Bonn gelassen, damit er nicht zufällig ihren Eltern in die Hände fiel, und anfangs schlug ihr das Herz bis zum Hals, wenn die Sprache auf ihre Ausbildung kam. Aber abgesehen davon, dass ihr Bruder Lennart sie bei ihrem letzten Besuch etwas aufmerksamer gemustert hatte, als witterte er ein Geheimnis, schien niemand etwas zu ahnen. Und Lennart gegenüber hatte sie sich gelöst gegeben, gelacht und hin und wieder eine Anekdote eingestreut.

Jetzt saß sie wieder in ihrem Zimmer, ging die Stellenangebote durch und kam sich nicht mehr ganz so wagemutig vor wie zu Beginn. Eine Arbeit zu finden, hatte sie gedacht, konnte ja so schwer nicht sein. Es hatte sich aber recht bald herausgestellt, dass sie vom wirklichen Leben keine Ahnung zu haben schien, dafür war sie wohl trotz Krieg und Entbehrung zu behütet aufgewachsen. Den alltäglichen Kampf ums Überleben auch nach dem Krieg bekam sie nur am Rande mit, und da waren es ja immer die anderen gewesen. Anfangs hatte Karina sich Stellenangebote ausgesucht wie Verkäuferin in einem Waren- oder Modehaus, aber da war schnell klar geworden, dass man sich jemanden mit Erfahrung wünschte, und sie konnte ja nicht einmal ein Arbeits- oder Ausbildungszeugnis vorlegen. Auch Empfehlungen hatte sie nicht vorzuweisen, und so wurde ihr umgehend beschieden, man melde sich. Was natürlich nicht geschah. Anfangs hatte Karina nach drei Tagen nachgefragt, war aber brüsk abgefertigt worden.

Schweren Herzens ging sie dazu über, sich bei kleineren Geschäften zu bewerben, schließlich sogar in Kolonialwaren- und Lebensmittelläden, aber nicht einmal dafür reichte es. In ihrer Verzweiflung sprach sie sogar in einer Wäscherei vor, aber die Vorarbeiterin sah erst sie an, dann ihre Hände, fragte, ob sie jemals ein Wäschestück gewaschen hätte. Damit war klar, dass Karina nicht einmal dafür taugte.

Karina legte die Zeitung beiseite und stand auf. Es ging auf den Abend zu, und während alle Welt zu arbeiten schien, saß sie daheim und lebte vom Geld ihrer Eltern, das sie zweckentfremdete, indem sie ein Lügengebilde um sich schuf. Vielleicht war das Ganze einfach eine dumme Idee gewesen, geboren aus Verzweiflung und der Angst vor den Konsequenzen. Jetzt allerdings fragte sie sich, ob sie hier wirklich das Richtige tat. Jedes Wochenende bei ihren Eltern konnte alles auffliegen. Und was, wenn sie doch mal in der Schule anriefen? Weil es einen Notfall gab und sie unbedingt nach Hause kommen musste? Der Plan war gewesen, dass Karina ihnen beweisen konnte, dass sie auf eigenen Beinen stand. So jedoch würde einzig und allein herauskommen, dass sie vom Geld ihrer Eltern ein Zimmer gemietet hatte und sonst nichts zustande brachte.

Als Karina das Zimmer verließ, betrat zeitgleich ihr Mitbewohner die Wohnung, und wie immer, wenn sie ihm begegnete, wirkte er trotz der freundlichen Fassade kühl und reserviert. Das wiederum führte dazu, dass Karina viel zu viel redete, als wollte sie sich irgendwie beweisen oder gar rechtfertigen, dass sie überhaupt hier war. Vom ersten Moment an war das so gewesen. Sie hatte das Gefühl, er hätte sie angesehen und direkt gewusst, mit wem er es zu tun hatte – einer verwöhnten jungen Frau, die vom wahren Leben keine Ahnung hatte. Die Vorstellung, wie er und Erika Riesbeck sich ansahen – so von Lebenserfahrenem zu Lebenserfahrener – und gleich wussten, mit wem sie es bei Karina zu tun hatten, war so unangenehm, dass sie nur zu bestrebt war, diesen Zustand schnellstmöglich zu ändern.

»Guten Abend«, sagte sie.

Er erwiderte den Gruß, und für einen Moment flackerte ein Ausdruck von Überdruss in seinen Augen auf, der Karina bewies, dass sie richtiglag mit ihrer Einschätzung. Zwar lächelte er gleich darauf, aber das schien den Eindruck nun, da Karina ihn so unverhüllt bemerkt hatte, nur zu verstärken. Sie verzichtete darauf, ihn, wie sonst immer, in ein Gespräch zu verwickeln, sondern ging schweigend in die Küche, um sich einen Tee zu kochen. Ricardo Liverani folgte kurz darauf, stellte die Behälter für das Eis in den Spülstein und ließ Wasser hineinlaufen.

Karina beobachtete ihn verstohlen. Er war attraktiv,

das war ihr sofort aufgefallen, als sie ihm an ihrem ersten Tag hier begegnet war. Schwarzes Haar, sehr dunkle Augen und dazu diese Stimme. Normalerweise sprangen Männer darauf an, wenn Karina Interesse signalisierte, er jedoch war von Anfang an distanziert gewesen, was dazu führte, dass sie zunehmend ins Plappern geriet, wenn sie ihm begegnete. Das war entwürdigend, Karina erkannte sich selbst nicht wieder.

Da sie kein Gespräch anfing, tat er es auch nicht, was nur umso mehr verdeutlichte, wie ihre Konversation bisher ablief. Karina redete, er antwortete. Sobald Karina nichts sagte, herrschte bedrückendes Schweigen. Mit Erika Riesbeck war es im Grunde genommen ähnlich, sie war spröde und unnahbar. Aus der einen oder anderen Frage und Andeutung war ersichtlich, dass sie in Karina offenbar eine kapriziöse junge Frau sah, die keine Ahnung hatte vom Leben, aber die sie hier wohnen ließ, weil sie Geld einbrachte und man nicht befürchten musste, entweder von ihr im Schlaf ausgeraubt oder gemeuchelt zu werden.

Nachdem sie ihren Tee gekocht hatte, zog Karina sich wieder in ihr Zimmer zurück, ging weiter die Stellenanzeigen durch. Es war zum Verzweifeln, irgendetwas musste sich doch finden lassen. Sie blies sich eine Strähne aus dem Gesicht, nippte dann an ihrem noch viel zu heißen Tee und verbrannte sich prompt die Zunge. Im nächsten Moment fiel ihr Blick auf eine Anzeige, die sie rasch nach dem Stift greifen ließ, um sie zu umkreisen. Konnte das etwas sein? Man suchte eine unverheiratete Dame für die Tätigkeit in der Telefonzentrale eines

Warenhauses im Zentrum der Stadt. *Keine Vorkenntnisse erforderlich.* Natürlich wusste Karina, wie man ein Telefon bediente, und im Hotel hatten sie eine Zentrale, in der die Telefonfräulein die Anrufe in die jeweiligen Zimmer oder die Rezeption weiterleiteten. So schwer sah das eigentlich nicht aus, man musste antworten und Stecker umstecken.

Sie legte die Zeitung auf ihr Nachtschränkchen und trank ihren Tee in kleinen Schlucken. Aus dem Flur waren die Stimmen von Ricardo Liverani und Erika Riesbeck zu hören, lachend, scherzend. Miteinander sprachen sie ganz anders als mit Karina. Ob sie ahnten, dass sie das mitbekam? Oder war es ihnen gleich? Karina stellte die leere Tasse ab und legte sich in die Kissen, lauschte den Stimmen, ohne verstehen zu können, was gesagt wurde.

Nach ihrer Hochzeit hatte Erika ihre Stelle als Lehrerin aufgeben müssen. Heiratete eine Frau, so standen Ehe und Mutterschaft an erster Stelle, in dieser Hinsicht war die Gesellschaft unerbittlich. Die Arbeit hatte ihr gefehlt, aber dann war der Krieg gekommen, und auf einmal hatte man die Frauen in der Arbeitswelt wieder gebraucht. Nicht als Lehrerin, aber in Unternehmen, Krankenhäusern und Fabriken. Erika war zu Beginn des Krieges Mutter zweier Kinder geworden, Zwillinge, ein Mädchen und ein Junge.

»Da haben wir doch auf einen Schlag genau das, was wir wollten«, hatte ihr Ehemann Werner gescherzt. Kurz darauf war sein Einberufungsbefehl gekommen.

Kein Jahr darauf fiel er, zwei Jahre später starben beide Kinder kurz hintereinander an einer Lungenentzündung, die sich aus einer zunächst harmlos erscheinenden Erkältung entwickelt hatte. Zuerst war ihr Sohn gestorben, da hatte der Arzt von Beginn an wenig Hoffnung gezeigt, da er von Geburt an schwach auf der Lunge war, wie er sagte. Bei ihrer Tochter schien es erst aufwärts zu gehen, aber dann hatte Erika auch sie morgens tot in ihrem Bettchen vorgefunden.

Fünfzehn Jahre war das jetzt her, und Erika fragte sich, ob es je aufhören würde zu schmerzen. Sie war damals gleich wieder in den Schuldienst zurückgekehrt, aber ihr Leben wurde dort zum Balanceakt, denn die Schulen waren absolut regimetreu und Erika seit jeher ein Freigeist gewesen. Ihr war bewusst gewesen, dass man sie beobachtete, dass sie mit ihren Überzeugungen trotz aller Vorsicht nicht gänzlich hinter dem Berg halten konnte. Nachdem sich einige Eltern besorgt geäußert hatten, legte man Erika nahe, ihre Tätigkeit als Lehrerin zu beenden und sich lieber dem Kriegsdienst an der Heimatfront zuzuwenden. Als Erika das ablehnte, zwang man sie dazu, und sie konnte ihre Tätigkeit als Lehrerin erst nach dem Krieg wiederaufnehmen.

Eigentlich hätte das Gehalt gereicht, um über die Runden zu kommen, aber Erika wollte mehr tun, wollte ihre Wohnung behalten, gleichzeitig aber nicht so viel Wohnraum für sich allein beanspruchen, während andere gar keine Bleibe hatten. Unmittelbar nach dem Krieg waren Ost-Flüchtlinge bei ihr einquartiert worden, und bis vor drei Jahren hatten immer wieder ganze

Familien bei ihr gelebt. Danach standen die Zimmer leer, bis vor einem Jahr Ricardo bei ihr eingezogen war.

Obwohl ihr von Anfang an wichtig gewesen war, dass das Verhältnis zwischen ihnen auf jene Art distanziert blieb, wie es bei Vermieterin und Mieter angebracht war, unterhielten sie sich doch ab und an. Mal beim Frühstück, mal, wenn man sich abends in der Küche über den Weg lief. Irgendwann war ein Rohr in der Küche aufgeplatzt, und Ricardo hatte ihr geholfen, den Boden aufzuwischen und den Schaden instand gesetzt. Mittlerweile war das Verhältnis zwischen ihnen geradezu freundschaftlich, und Erika spürte, dass sie genau das gebraucht hatte, jemanden, der da war, ohne Ansprüche an sie zu stellen. Sie war nicht bereit für eine neue Ehe, würde es vielleicht nie sein, dafür war der Verlust zu schmerzhaft gewesen, saßen die Ängste zu tief. Aber zu wissen, dass sie nicht gänzlich alleine war, genügte schon, um sich wohler zu fühlen.

Jetzt war da zudem diese verwöhnte junge Frau, die sich so offensichtlich in Ricardo verguckt hatte. Erika hatte das kommen sehen, er machte auf Frauen eben Eindruck. Ihn jedoch beeindruckte Karina von Oedinghof ganz und gar nicht, obwohl sie hübsch war mit ihrem dunklen Haar und den graublauen Augen, vielmehr rang er sich ihr gegenüber zwar Höflichkeit ab, war aber auch froh, wenn er ihr aus dem Weg gehen konnte.

»Sie redet und redet und redet«, vertraute er Erika an, als die junge Frau nicht in Hörweite war. »Vor allem morgens, wenn ich einfach meine Ruhe haben will.«

»Sei nachsichtig mit ihr.« Dabei hatte Erika selbst nur wenig Verständnis. Es war für viele Frauen so schwer, über die Runden zu kommen, und Karina von Oedinghof verspielte ihre Möglichkeiten mit einer Naivität, die für Erika von einem schwachen Charakter zeugte. Aber letzten Endes war es ihr gleich, sie war ihre Mieterin und nicht ihre beste Freundin.

Im Erdgeschoss des Hauses wohnten drei verwitwete alte Frauen, im ersten Stock ein älteres Ehepaar, außerdem eine alleinerziehende Mutter mit drei Kindern, während ein weiteres betagtes Ehepaar im zweiten Stock auf einem Flur mit Erika wohnte. Dem Paar aus dem ersten Stock gehörte die winzige Wohnung in der Mansarde, die an einen jungen Mann vermietet worden war. Da diese Wohnung als einzige über kein eigenes Bad verfügte, war gegenüber in einer Kammer, durch deren Tür man nur geduckt kam, ein Klosett eingebaut worden. Erika war dem Mann mehrmals im Treppenhaus begegnet, meist abends, wenn er staubbedeckt heimkehrte. Dann war alles an ihm grau, das Haar, die Kleidung, das Gesicht, selbst die Wimpern über den blauen Augen. Hin und wieder lächelte er, dann blitzten die Zähne weiß zwischen den grauen Lippen auf, und der Staub sammelte sich in den Lachfältchen. Wie verschwenderisch jung er war, dachte Erika dann meist, obwohl er von Kopf bis Fuß grau war.

Das Haus hatte im Krieg einen Treffer abbekommen, wobei die Sprenggranate nicht direkt eingeschlagen hatte, sondern ins Nachbarhaus. Aber die Druckwelle hatte einen Teil des Daches weggerissen, und anstatt alles instand zu setzen, hatte man einfach eine neue Wand gezogen, die Mansarde verkleinert und den anderen Teil offen gelassen. Ein Teil der Wand stand noch, sodass der offene Teil von einer Art bröckligen Mauer umgeben war. Nachdem der Schutt fortgeräumt worden war, hätten die Bewohner des Hauses diesen Bereich gerne genutzt, um bei schönem Wetter Wäsche zu trocknen, aber das wollte das Ehepaar, dem die Mansarde gehörte, nicht. Immerhin war auch dieser Teil ihr Eigentum, und »was Recht ist, muss Recht bleiben«. Also blieb für die Wäsche weiterhin nur der viel zu kleine Trockenboden.

Erika ging abends dennoch auf die »Dachterrasse«, wie sie es nannte. Dort saß sie an die neu errichtete Wand gelehnt und rauchte, während sie in den dunklen Himmel sah und an ihre Kinder dachte. Als sie einmal sehr spät dort draußen saß, hatte sie Gesang aus der Mansarde gehört, wehmütige Klänge in einer fremden Sprache. Polnisch vielleicht, sie hatte die Sprache bei Besuchen in Masuren öfter gehört und glaubte sie zu erkennen. Seither ging sie immer zur selben Zeit hoch, lauschte auf den Gesang und rauchte. Einmal hatte sie vergeblich gewartet, dafür war irgendwann das Seufzen und Stöhnen einer Frau zu hören gewesen. Abrupt und mit dem absurden Gefühl, betrogen und verraten worden zu sein, war Erika aufgesprungen und die Treppe hinuntergeeilt, ohne sich darum zu scheren, dass man dies gewiss hörte. Daraufhin beschloss sie, nie wieder dort zu sitzen und zum offenen Fenster hin zu lauschen. Als sie ihm Tage später wieder im Flur begegnete, lächelte er, und sie lächelte zurück. Und wenige Stunden später saß sie an die Wand gelehnt, rauchte und lauschte auf seinen Gesang.

Die Aussicht auf eine Stelle hatte Karina beflügelt, sodass sie nach einem raschen Frühstück gleich mit der Anzeige in der Hand zum Kaufhaus eilte. Dort hörte man ihr zu und setzte sie dann probehalber einen Tag lang in die Telefonzentrale, zusammen mit fünf weiteren Bewerberinnen, und Karina stellte sich offenbar ausreichend geschickt an, dass man sie nicht rundheraus ablehnte. Die Arbeit war allerdings auch nicht weiter schwer, erforderte nur ein hohes Maß an Konzentration, damit man nicht versehentlich jemanden mit der falschen Person verband. Es gab unzählige Anschlüsse, und ständig blinkte irgendwo ein Licht auf, das bedeutete, dass wieder ein Anruf angenommen werden musste. Sicher keine Arbeit, die Karina auf Dauer ausüben wollte, aber ausreichend, um ihr ein Einkommen zu sichern. Und so konnte sie wenigstens bei den nächsten Gesprächen mehr vorweisen als den Umstand, reiche Eltern zu haben. Man erbat sich Bedenkzeit und versprach, sich in den kommenden Tagen zu melden. Karina hoffte, dass dies nicht wieder eine Art Floskel war, mit der man eine direkte Absage und mögliche Diskussionen vermied.

Als sie abends in der Küche ihr Abendessen vorbereitete, kam Ricardo nach Hause, und wie immer überfiel sie diese seltsame Befangenheit in seiner Gegenwart. Sie zwang sich, nicht wieder gegen sein Schweigen anzureden, und begnügte sich mit einem knappen Gruß. Die

Ablehnung ärgerte Karina. Sie hatte ihm schließlich nichts getan, weder ihm noch Erika Riesbeck, und trotzdem fühlte sie sich hier wie eine Aussätzige.

»Wissen Sie, wo man abends tanzen gehen kann?«, fragte sie, weniger, weil ihr wirklich danach war, als vielmehr, um seine Reaktion auszuloten.

Er drehte sich zu ihr um. »Tanzen? Keine Ahnung, ich gehe nicht tanzen.«

»Dachte ich mir schon, aber hätte ja sein können, dass Sie trotzdem das ein oder andere Tanzlokal kennen.«

»Das dachten Sie sich schon? Was soll das denn heißen?«

Sie zuckte nur mit den Schultern und biss in ihr Brot.

»Nun, im Gegensatz zu Ihnen arbeite ich den ganzen Tag und habe niemanden, der mich finanziert. Da bleibt keine Zeit zum Tanzen.«

Karina hob nur kurz die Brauen, schwieg weiterhin und biss wieder in ihr Brot.

»Ich tanze im Übrigen hervorragend.«

»Na, dann begleiten Sie mich doch.«

»Wie bereits gesagt …«

»Ja, ja, Sie arbeiten den ganzen Tag, während ich reiche Eltern habe. Ich weiß. Aber gerade dann tut so ein Ausgleich doch gut.«

»Ich will kein Geld für diese Art von Müßiggang verschwenden.«

»Ach du lieber Himmel, Sie sehen gar nicht so dröge aus, wie Sie klingen. Ich lade Sie ein.«

»Ich nehme keine Almosen.«

»Ich leihe Ihnen das Geld.«

»Ich mache keine Schulden.«

»Ich bin ganz allein und kaufe mir Ihre Gesellschaft für eine Nacht.«

Jetzt hob er spöttisch eine Braue. »Ach was? Die ganze Nacht?«

»Ich mache keine halben Sachen.«

»Und wie stellen Sie sich den weiteren Verlauf der Nacht vor, nachdem wir uns müde getanzt haben?«

»Bis ich mich müde getanzt habe, ist die Nacht vorbei.«

»Ich muss morgen arbeiten.«

»Morgen ist Samstag.«

»Ich arbeite in der Gastronomie.«

Sie verdrehte die Augen. »Sie fangen samstags erst um elf Uhr an. Das weiß ich, weil Sie das Haus immer kurz vor mir verlassen. Ich muss ja auch einigermaßen früh raus, da der Besuch bei meinen Eltern ansteht.« Immerhin hatte sie es geschafft, dass sie nicht mehr freitags nach Hause fahren musste, denn das wurde nach der Arbeit einfach zu spät. Sie redete sich mit Lernen heraus und neuen Freundinnen, sodass sie erst Samstagmorgen heimfuhr.

»Die immer noch nichts wissen?«

»Natürlich nicht.«

Er ließ Wasser in den Eiskübel laufen. »Bedaure, aber ich lehne dennoch ab.«

Sie stieß langsam den Atem aus. »Dann eben nicht.«

Karina nahm ihren Teller und ging damit zurück in ihr Zimmer, wo sie sich an den kleinen Tisch setzte und aß. Am kommenden Tag galt es, wieder zwei Tage lang zu schauspielern und ein Leben vorzugaukeln, das in den vorgeschriebenen Bahnen verlief. Eines, in dem es keinen Brief gab, der den Eltern beschied, die Tochter sei liederlich. Immerhin konnte Karina, wenn alles gut ging, jetzt ihren Lebensunterhalt bestreiten. Telefonistin in einem Kaufhaus – das klang zwar nicht besonders großartig, und ihr Vater würde die Stelle vermutlich sofort kündigen, wenn er davon erfuhr, aber es war immerhin ein Anfang.

Sie hörte Ricardo Liverani durch den Flur gehen, hörte, wie er sein Zimmer betrat und die Tür ins Schloss drückte. Irgendwann öffnete jemand die Haustür und schritt den Flur entlang. Karina ließ den leeren Teller auf dem Tisch stehen und legte sich ins Bett. Sie waren hier keine Wohngemeinschaft, das musste sie sich immer wieder sagen. Erika Riesbeck war ihre Vermieterin, Ricardo Liverani ein Mieter. Sie musste sich nicht mit ihnen anfreunden. Und es musste ihr auch keinen Stich versetzen, wenn sie jedes Gespräch mit ihr mieden und sie gleichzeitig hörte, wie Ricardo Liverani nun wieder aus seinem Zimmer trat und mit ihrer Vermieterin ein Gespräch begann, die Stimme sanft und weich. Karina wünschte, er würde mit ihr so sprechen.

3

JULI 1957

»Das Arbeitsleben ist anstrengend, ja?«

Karina hatte sich einen lauten Seufzer erlaubt, während sie am Herd stand und darauf wartete, dass die Milch kochte, und Ricardo Liverani hatte sich diesen kleinen spöttischen Seitenhieb offenbar nicht verkneifen können. Was tat sie denn schon Anstrengendes? Kabel umstecken und ein freundliches »Wie kann ich Ihnen helfen?« zwitschern. Zum Abend hin war sämtliche Freundlichkeit in Karina aufgebraucht, sinnlos hingestreut an Fremde, sodass für andere Menschen nichts mehr übrig blieb. Und so ersparte sie sich einfach eine Antwort und blickte stoisch auf die Milch. Er sprach ja sonst auch nicht mit ihr, und wenn er ohnehin nichts Freundliches zu sagen hatte, konnte er es gleich bleiben lassen.

Im Übrigen fiel es Karina zunehmend schwerer, vor ihrer Familie den Schein zu wahren. Ständig nagte in ihr die Angst, ihre Eltern könnten es doch irgendwie erfahren, und so war jeder Weg nach Hause begleitet von Unruhe und Besorgnis, welcher Empfang ihr bereitet werden würde. Und sobald sie erkannte, dass es eine weitere Woche gut gegangen war, begann das Herumlavieren, denn natürlich fragte ihr Vater, was sie gelernt hatte. Den Lehrplan besaß sie noch, und so konnte sie zumindest wahrheitsgemäß berichten, was in den vergangenen Wochen angestanden hatte. Solange man sie nicht bat, in der Küche eine Kostprobe ihres Könnens zu liefern, funktionierte diese Taktik. Ihrem Bruder Lennart machte man da weit schwerer etwas vor, aber dadurch, dass er gerade geheiratet hatte, war er momentan noch ausreichend abgelenkt, um nicht gar zu genau hinzuschauen.

Die Milch kochte auf, und Karina nahm sie vom Feuer, um den Kakao aufzugießen. Unwillkürlich dachte sie an zu Hause, an Lennarts besten Freund Felix und daran, was der wohl sagen würde, sähe er, wie sie die billige, zu Pulver zerstoßene Schokolade trank. Aber sie musste – zum ersten Mal in ihrem Leben – sparsam leben und haushalten mit dem, was sie hatte. Das machte in gewisser Weise sogar Spaß, weil sich zum Monatsende mit jeder gesparten Mark ein gewisses Erfolgserlebnis einstellte. Sie wünschte, sie könnte ein eigenes Konto eröffnen, aber das war Frauen nach wie vor untersagt, und ihren Vater konnte sie darum wohl kaum bitten.

Mit dem Becher in der Hand ließ sie sich am Küchentisch nieder. Selbst das distanzierte Verhalten ihres Mitbewohners war ihr immer noch lieber, als allein zu sein. Schweigend sah sie ihm zu, wie er Eis zubereitete und diese knusprigen Hörnchen, in denen er die Eiskugeln verkaufte. Die gesamte Wohnung duftete danach, und Karina hätte zu gerne eine probiert, traute sich aber nicht, ihn zu fragen. Erika Riesbeck musste nicht fragen, sie bekam stets eines, das Ricardo mit frisch aufgeschlagener Sahne füllte.

Dabei hätte die Eiszubereitung sie wirklich interessiert. Schon in der Schule hatte sie sich besonders gerne an die Zubereitung von Süßspeisen gemacht. Kuchen, Desserts – wenn man geschickt war, konnten geradezu Kunstwerke daraus werden. Gewiss ließ sich auch mit Eis mehr anstellen, als nur Kugeln in ein Waffelhörnchen zu füllen. Cornet nannte man sie in der Schweiz, das hatte sie in der Restaurantschule gelernt. Erfunden von einer Engländerin als Beilage zum Dessert, patentiert von einem italienischen Zitroneneisverkäufer in New York. Dieses Wissen war ihr sehr unnütz erschienen, aber nun fragte sie sich, ob sie Ricardo Liverani damit irgendwie beeindrucken konnte, ließ es dann jedoch. Auf keinen Fall sollte er sie verspotten, weil er sich womöglich einbildete, sie eignete sich Wissen an, da sie an ihm interessiert war und mit ihm ins Gespräch kommen wollte. Wobei – vielleicht dachte er ja gar nicht so kompliziert und lächelte einfach nur sein maskenhaft freundliches Lächeln. Vermutlich klang Karinas Freundlichkeit am Telefon so, wie Ricardo Liveranis Lächeln aussah.

»Hier.«

Sie zuckte zusammen, als Ricardo sie ansprach und ihr ein Hörnchen mit einer Kugel Schokoladeneis reichte. Irritiert sah sie ihn an.

»Nun nehmen Sie schon. So, wie Sie die ganze Zeit daraufstarren, dreht sich Ihr ganzes Denken derzeit doch darum.«

Sie griff nach dem Hörnchen, berührte dabei Ricardos Hand, ehe er diese wegzog. »Ich habe nicht über Waffelhörnchen nachgedacht«, antwortete sie. »Das heißt, eigentlich habe ich schon daran gedacht. Man nennt sie in der Schweiz Cornet.«

Ricardo Liverani sah sie irritiert an, die Stirn kaum merklich gekraust.

»Spielt ja auch keine Rolle«, murmelte sie und merkte, dass sie rot anlief. Jetzt noch mit dem restlichen Wissen aufwarten zu wollen wäre ihr geradezu lächerlich erschienen.

»In Italien nennt man sie *cono gelato*«, sagte er dann, und sie konnte nicht entscheiden, ob er das tat, weil er sie verspottete oder weil er ihr aus ihrer Verlegenheit hinaushelfen wollte.

»Und schon haben wir beide etwas gelernt«, antwortete sie, und dieses Mal wirkte sein Lächeln nicht wie dünne Tünche über einem Ausdruck von Überdruss. Vorsichtig knabberte sie an der Waffel, und sie schmeckte so gut wie erwartet. Kurz schloss sie genießerisch die Augen, probierte das Eis, das wunderbar cremig und schokoladig schmeckte, dann blickte sie auf und bemerkte, dass Ricardo Liverani sie beobachtete. Schließlich wandte er sich ab und widmete sich wieder seiner Arbeit.

Karina aß die Eiswaffel auf, trank ihren mittlerweile erkalteten Kakao und erhob sich, um die Tasse abzuspülen. Dabei stand sie so dicht bei Ricardo, dass sie die Wärme seines Körpers zu spüren glaubte. Sie tat einen tiefen Atemzug, stieß die Luft langsam wieder aus, trocknete die Tasse ab und wandte sich zum Gehen, wobei sie hoffte, er würde sie erneut ansprechen, ein echtes Gespräch mit ihr beginnen, eines, das darüber hinausging, Eiswaffel in verschiedene Sprachen zu übersetzen. Aber er schwieg, und so verließ sie schweigend die Küche und durchquerte den Flur, um in ihr Zimmer zu gelangen.

Ihr war langweilig. War das etwa das Leben in Unabhängigkeit? Arbeiten und anschließend zu Hause im Zimmer herumsitzen? Karina ließ sich auf ihr Bett fallen und schloss die Augen. Zum Schlafen war es noch zu früh, und zum Lesen fehlte ihr die Geduld. Sie wollte etwas unternehmen, sich amüsieren. Das war es doch, wofür Freiheit und Unabhängigkeit standen, oder etwa nicht? Und wenn sie einfach allein losging, sich umsah und die erstbeste Tanzbar besuchte? Sich dort einen Galan anlachte, tanzte und küsste, bis ihr schwindlig wurde? Aber dafür war sie nicht mutig genug, zu groß war die Angst, dass sie nicht gar so verwegen erscheinen würde, wie sie es gern täte, sondern allein herumstand, vielleicht von dem ein oder anderen mitleidigen Blick gestreift, wenn die Leute merkten, dass das Alleinsein nicht taktierend und selbst gewählt war.

Da sie nichts Rechtes mit sich anzufangen wusste, ging sie früh zu Bett, wälzte sich ein wenig herum und schlief schließlich ein. Sie träumte von einer Wespe, die an der Wand saß und losflog, dabei neben ihrem Ohr summte. Als Karina wach wurde, war das Summen immer noch zu hören, und sie öffnete die Augen, richtete sich auf, brauchte einen Moment, um sich im Dunkeln zu orientieren, und einen weiteren, um festzustellen, dass das Geräusch vom Fenster her kam. Karina schlug die Decke zurück und knipste das Licht an. Am Fensterladen hatte sich eine Holzlamelle gelöst, sodass es summte, sobald der kühle Nachtwind hindurchfuhr. Mit einem Taschentuch, das sie zwischen die Lamellen klemmte, sorgte sie dafür, dass das Summen aufhörte. Am kommenden Tag musste sie Erika Bescheid geben, damit diese den Fensterladen reparieren ließ.

Als sie wieder zu Bett gehen wollte, war da ein anderes Geräusch, eines, von dem sie erst glaubte, es käme ebenfalls von draußen. Sie hielt inne, lauschte. Stritt sich Ricardo mit jemandem? Nein, dachte sie, als sie die abgehackten Laute hörte und einen Namen, der immer wieder gerufen wurde. Alonzo. Karina wusste, dass viele Männer nach dem Krieg Probleme hatten, kannte das Phänomen aus ihrer eigenen Familie. Kurz zögerte sie, dann warf sie sich einen Morgenrock über und ging zur Tür, zog sie behutsam auf, sah in den Flur, der leer und finster dalag.

Langsam schlich sie zu Ricardos Zimmertür, hielt erneut kurz inne, hörte das Keuchen, Gemurmel und dann wieder den Namen. Alonzo. Sie drückte die Tür auf, trat ein, brauchte einen Moment, um sich zurechtzufinden. Das Fenster stand auf, ließ kühle Nachtluft ein, und das Licht der Straßenlaternen erhellte das Zimmer ausreichend, damit Karina nicht gegen ein Möbelstück lief. Als sie beim Bett angelangt war, zögerte sie erneut, dann beugte sie sich vor, berührte Ricardos schweißnasse Schulter, schüttelte ihn leicht.

Er fuhr so ruckartig hoch, dass Karina erschrocken zurückwich. Wieder keuchte er, die Augen waren weit aufgerissen, und er starrte sie an. »Was tun Sie hier?«, zischte er.

»Sie waren laut«, antwortete Karina.

Er hob eine Hand, presste sich die Finger an die Nasenwurzel, stieß den Atem langsam aus.

»Sie haben geredet«, sagte Karina. »Von einem Alonzo.«

Abrupt hob er den Kopf, sah sie an, lauernd und erschrocken zugleich. »Was habe ich noch gesagt?«

Karina wollte antworten, hielt dann jedoch inne.

»Nun sagen Sie schon.« In seiner barschen Stimme vibrierte Furcht.

Karina betrachtete ihn, wie er dasaß, der bloße Oberkörper schweißnass, das Gesicht fast kränklich blass in dem kalkigen Licht. »Gehen Sie mit mir tanzen?«

»Wie bitte?« Er starrte sie an, als sei sie von Sinnen.

»Gehen Sie mit mir tanzen? Dann erzähle ich Ihnen, was Sie gesagt haben.«

»Schamlosigkeit gepaart mit Unverschämtheit. Das passt ja.«

Karina zuckte mit den Schultern. »Dann halt nicht. Wer weiß, welche Gelegenheit sich ergibt, pikante Geheimnisse …«

»Ist ja gut«, fiel er ihr ins Wort. »Ich gehe mit Ihnen tanzen.«

Sie lächelte. »Dann ist es also abgemacht? Freitagabend?«

Er nickte nur.

»Schön. Dann schlafen Sie gut.« Sie wandte sich ab und verließ sein Zimmer.

Erika schreckte auf, war kurz desorientiert und fragte sich, warum sie zusammengesunken auf dem Dach saß. Dann erinnerte sie sich wieder daran, wie sie dem Gesang lauschend dagesessen und geraucht hatte. Nachdem der letzte Ton verklungen war, war sie sitzen geblieben, hatte über die gezackten Mauerreste hinweg in den Himmel geschaut und musste darüber eingeschlafen sein.

Sie streckte sich, bog den schmerzenden, verkrampften Nacken. Wie entsetzlich müde sie war. Dennoch – oder vielleicht auch deshalb – konnte sie sich nicht überwinden aufzustehen und blieb an die Wand gelehnt sitzen. Es wurde von Tag zu Tag schwerer, zu überleben, weiterzumachen. Wofür eigentlich? Erika konnte die Kinder in der Schule nicht ansehen, ohne sich vorzustellen, wie alt ihre nun wären. Sie fragte sich, ob die beiden nun bei ihrem Vater waren, und beneidete Werner darum, um den Frieden, den er gewiss gefunden hatte, und den Umstand, dass er die Kinder um sich hatte, während es für sie nur noch darum ging, wieder einen Tag abzuhaken und auszurechnen, wie viele wohl noch blieben, falls sie das Durchschnittsalter erreichte.

Hier oben erlaubte sie sich, zu weinen, und am liebsten hätte sie ihren Schmerz hinausgeschrien. Stattdessen schluchzte sie und presste dabei die Faust an die Stirn. Mehrmals hatte sie daran gedacht, einfach allem ein Ende zu setzen, tat es dann aber doch nicht. So vielen Menschen war das Leben gewaltsam genommen worden, welches Recht hatte sie, ihres nun einfach zu beenden, wenn sie damit auch Gutes bewirken konnte? War es nicht auch ihre Aufgabe, dafür zu sorgen, dass sich das Grauen der Vergangenheit nicht wiederholte? Durfte sie sich davonstehlen, nur weil sie es nicht mehr ertrug? Hatten andere nicht auch alles verloren unter weitaus schlimmeren Umständen und machten dennoch weiter?

Irgendwann erhob sie sich doch, rieb sich mit dem Ärmel über das Gesicht und stützte sich an der Wand ab, da ihr ein wenig schwindelte. Sie wartete, bis der leichte Wind ihr die erhitzten Wangen gekühlt hatte. Dann stieß sie langsam den Atem aus und machte sich an den Abstieg über die schmale Treppe. Sie öffnete die Wohnungstür und trat in den finsteren Flur, tastete nach dem Lichtschalter und blinzelte, als die Lampe flackernd und mit einem leisen Surren ihren hellen Schein spendete. Erika war im Begriff, in die Küche zu gehen, als sie Karina von Oedinghof aus Ricardos Zimmer kommen sah. Sie blieb im Flur stehen und hob die Brauen.

Die junge Frau wurde rot. »Er hatte wohl einen Albtraum, ich habe ihn bis in mein Zimmer gehört und geweckt.«

»Verstehe.«

Karina von Oedinghof schien nicht so recht zu wissen, ob sie etwas hinzufügen sollte, begnügte sich dann aber mit einem knappen »Gute Nacht« und verschwand in ihrem Zimmer. Umso besser. Erika hatte Ricardo bereits das eine oder andere Mal nachts keuchen und schreien gehört, aber sie hatte genug mit ihren eigenen Dämonen zu kämpfen, da brauchte sie nicht auch noch die Dämonen anderer.

4

JULI 1957

Nachdem Ricardo am letzten Freitag kurzfristig einen Dienst im Restaurant hatte vorschieben können, gab es an diesem wohl kein Entkommen, und er würde mit dieser renitenten jungen Frau tanzen gehen müssen. Als hätte er sonst nichts zu tun. Andererseits konnte er ihr schon fast dankbar dafür sein, dass sie ihn geweckt hatte. Ihn plagten oft Albträume, aber so übel wie in jener Nacht waren sie nur selten. Noch am Tag danach hatte Ricardo Beklemmungen, wenn er nur daran dachte – sowie daran, was er wohl im Schlaf gesagt hatte.

Nach einem langen Arbeitstag war ihm überhaupt nicht danach, noch tanzen zu gehen, vor allem, da er noch das Eis für den kommenden Tag herstellen musste.

»Ich kann helfen«, bot Karina von Oedinghof an.

»Nein, danke.« Das fehlte gerade noch. »Auch nicht zusehen«, erklärte er. »Mich stört es, wenn jemand hinter mir steht und mir über die Schulter schaut. Außerdem ist die Zusammensetzung mein Geheimnis.«

Sie seufzte vernehmlich.

»Ich mache übrigens ein hervorragendes Mandelparfait«, erklärte sie. »Das habe ich noch in der Schule gelernt.«

Schweigend begann er mit der Arbeit, maß die Zutaten ab und stellte das Eis nach jener Mischung zusammen, die sein Vater ihm viele Jahre zuvor verraten hatte. Früher hatte er noch keine elektrische Eismaschine besessen, da war die Produktion aufwendiger gewesen, weil per Hand gekurbelt wurde, danach kam es in eine Eisbüchse, die in Roheis gepackt wurde, auf das man Salz streute. Heute ging es Ricardo dank der Maschine, für deren Erwerb er lange hatte sparen müssen, leichter von der Hand. Und nach der Fertigstellung kam das Eis in das Gefrierfach.

»Wie kühlen Sie das Eis den ganzen Tag, wenn Sie in der Wärme unterwegs sind?«

»Mit Eis und Salz.« Daran zumindest hatte sich nichts geändert.

Sie saß am Tisch, hatte ein Kinn in die Hand gestützt und blätterte in einer zerfledderten Zeitschrift, die schon seit Tagen hier lag. Irgendein Frauenmagazin. Ricardo wandte sich wieder der Eismaschine zu, die mit surrendem Geräusch arbeitete.

»Soll ich Ihnen verraten, wie man ein richtig gutes Parfait macht?«, fragte sie.

Er zuckte nur mit den Schultern. Sie würde ja doch reden, ob es ein Rezept war oder etwas anderes, war eigentlich gleich. Ein Rezept hatte wenigstens noch einen gewissen Nutzen.

»Man röstet geschälte Mandeln in Butter, dann karamellisiert man Zucker und rührt die Mandeln unter. Das lässt man abkühlen und zerhackt die Mandeln danach. Als Nächstes werden Eigelb, Zucker und Vanillemark im Wasserbad dick und cremig aufgeschlagen. Auch das lässt man abkühlen, ehe man es unter Schlagsahne mischt. Zum Schluss friert man es ein.«

»Interessant«, murmelte Ricardo und kostete die fruchtig-süße Erdbeermasse. Perfekt. Jetzt musste sie nur noch in die Kühlung.

»Das könnten Sie doch neben dem Eis anbieten, ich fertige es an, und dann verkaufen wir es gemeinsam.«

Jetzt sah er auf und drehte sich zu ihr um. »Ach was?« Ihrem Blick war nicht zu entnehmen, ob sie das ernst meinte oder ihn nur hochnahm, daher beschloss er, nicht zu antworten, sondern widmete sich nun dem Schokoladeneis.

»Dass ich zwei Chocolaterien in der Familie habe, habe ich Ihnen erzählt?«

»Ja.« Mehr als einmal.

»Warum verkaufen Sie Ihr Eis nicht auch in einem Eiscafé?«

»Auf die Idee bin ich tatsächlich schon gekommen, aber dafür braucht es Geld. Oder denken Sie, ich arbeite als Kellner und renne danach den ganzen Tag mit einem kaputten Eiswagen durch die Gegend, weil es mir Freude macht?«

»Können Sie keinen Kredit aufnehmen?«

»Den gibt mir niemand ohne Sicherheiten.«

Darauf antwortete sie nicht. Fehlendes Geld und fehlende Sicherheiten – dergleichen kam in ihrer Welt offenbar nicht vor.

»Hat Ihre Familie so eine Art Tradition in der Eisherstellung?«

»Wie kommen Sie darauf?«

»Weil ich mal gehört habe, dass das bei vielen Italienern so ist.«

»Das kommt auf die Region an, aus der sie stammen.«

»Und Sie stammen aus einer Region, in der Eis hergestellt wird?«

»Was soll die Ausfragerei?«

»Wir gehen immerhin zusammen aus, da sollten wir uns ein bisschen besser kennenlernen.«

Er schluckte eine bissige Antwort hinunter. »Mir kommt das Kennenlernen gerade sehr einseitig vor.« Ihm war klar, dass er diese Antwort bereuen würde, denn gewiss würde sie nun lang und breit von sich und ihrer Familie erzählen, aber er war auch nicht gewillt, mehr von sich preiszugeben als unbedingt notwendig. Als sie jedoch schwieg, drehte er sich ein weiteres Mal zu ihr um.

»Sie wissen doch jetzt schon mehr über mich als ich über Sie. Ein bisschen was darf gerne noch im Verborgenen bleiben, sonst gibt es nichts mehr zu entdecken.«

Ricardo war nicht gewillt, etwas an ihr zu entdecken, aber da er sich nun einmal auf diesen Abend eingelassen hatte, musste er ihn wohl irgendwie herumbekommen, und da war es vermutlich ganz gut, wenn sie die ganze Zeit plapperte, weil sie glaubte, damit seine Neugierde auf sie zu stillen. Mittlerweile verschloss er die Tür nachts, damit sie nicht noch einmal überraschend dastand und Dinge hörte, die nicht für ihre Ohren bestimmt waren.

Ihre Fragen hatten Erinnerungen in ihm geweckt,

Erinnerungen an ein weit entferntes Zuhause seiner Kindheit, Erinnerungen, die bittersüß und traurig zugleich waren. Für einen kurzen Moment schloss Ricardo die Augen, ließ all die widersprüchlichen Gefühle zu, dann atmete er tief durch und widmete sich wieder seinem Schokoladeneis. Er hörte das Schaben der Stuhlbeine über den gefliesten Boden, dann Karina von Oedinghofs Stimme.

»Ich gehe mich umkleiden.«

»Nur zu«, murmelte er und atmete auf, als sie den Raum verlassen hatte. Der zarte Duft nach Zeder und einem Hauch Bergamotte hing noch für einen Moment in der Küche, wurde kurz darauf überlagert von dem intensiven Aroma der Schokolade.

Karina wandte viel Mühe auf ihr Äußeres auf. Sie hatte sich für ein dunkelgrünes Kleid mit üppigen Petticoats entschieden – aufregend, modern und so kurz, wie es gerade noch anständig war. Das schulterlange, dunkle Haar fiel in großen Locken und wurde in einer Welle von einer Spange aus dem Gesicht gehalten. Sie schminkte sich die graublauen Augen mit Khol, tuschte sich die Wimpern und legte blutroten Lippenstift auf, der zu ihrem Nagellack passte. Dann schlüpfte sie in silberne Riemchensandalen, tupfte ein dezentes Parfüm auf die Handgelenke und hinter die Ohrläppchen und begutachtete sich noch ein letztes Mal kritisch im Spiegel.

Sie rechnete damit, im Flur warten zu müssen, denn Ricardo hatte nicht gewirkt wie jemand, der dem kommenden Abend voller Spannung entgegensah. Eigentlich war das würdelos, denn Karina war es gewöhnt, dass die Männer sich um sie bemühten. Andererseits – sie war eine moderne, unabhängige junge Frau, warum also sollte es nicht einmal andersherum sein? Er hätte ja nicht einwilligen müssen. Wie schlimm konnten die Dinge schon sein, die er im Schlaf gemurmelt hatte?

Karina verließ das Zimmer und bemerkte zu ihrem Erstaunen, dass Ricardo bereits auf sie wartete. Er trug graue Chinos und ein schwarzes Hemd, das er bis knapp unter die Ellbogen aufgekrempelt hatte. Gerade hatte er sich eine Zigarette angezündet und war dabei, das Streichholz auszuschütteln, als er sie erblickte. Mit leicht verengten Augen taxierte er sie, konnte dabei nicht gut verbergen, dass er überrascht und sogar ein klein wenig bestürzt war. Karina wusste diesen Blick nicht zu deuten, bemerkte jedoch, dass ihm gefiel, was er sah.

»Wohin gehen wir?«, fragte sie, denn selbstverständlich hatte sie es ihm überlassen, ein passendes Tanzlokal zu finden, immerhin kannte er sich hier aus.

»Lassen Sie sich überraschen.«

»Wollen wir diese höfliche Distanz nicht ablegen? Miteinander zu tanzen und sich zu siezen ist doch albern.«

Er zuckte nur mit den Schultern, als sei es ihm gleichgültig, und ließ ihr den Vortritt, während er ihr – immerhin! – galant die Tür öffnete. Karinas Absätze klackerten auf den Mosaikfliesen des Korridors.

»Da freuen sich die Nachbarn, wenn wir nachts heimkehren«, bemerkte Ricardo.

Karina ersparte sich eine Antwort. Sie gingen die Treppe hinunter und mussten einmal kurz innehalten, weil eine Frau mit schweren Tragetaschen und einem weinenden Kind gerade das Haus betrat und Ricardo sich die Zigarette in den Mundwinkel klemmte, um der Frau beide Taschen abnehmen und hochtragen zu können. Das weinende Kind ließ sich von seiner Mutter nur mit einiger Mühe die Treppe hochziehen, während das ältere folgsam hinter ihr herging. Ricardo hatte die Einkäufe vor ihrer Wohnungstür abgestellt, lief noch einmal hinunter, um den Kinderwagen hochzutragen, und kehrte zu Karina zurück.

»Und da machst du dir Sorgen darüber, dass man *mich* hören könnte?«

Wieder zuckte Ricardo nur mit den Schultern, und Karina verdrehte die Augen. Sollte er sich nur so offensichtlich gleichgültig geben, über kurz oder lang würde sie ihn schon aus der Reserve locken.

»Befürchtest du nicht, wir könnten hier Bekannten deiner Familie über den Weg laufen? Oder weiß man da inzwischen über deinen etwas, hm, unkonventionellen Lebensstil Bescheid?«

»Das wäre ein sehr großer Zufall, aber falls es dazu kommen sollte, fällt mir schon eine Ausrede ein. Und nein, sie wissen immer noch nichts.«

»Ist das nicht schwer? Diese fortwährenden Lügen?«

Dieses Mal war es an Karina, mit den Schultern zu zucken. »Gehen wir zu Fuß?«, wechselte sie das Thema. »Oder nehmen wir ein Taxi?«

»Nun, ich werde gewiss kein Taxi bezahlen. Es ist eine gute halbe Stunde zu Fuß.«

In der Abendluft lag noch die satte Wärme eines sonnigen Tages, während sich das Licht zu einem buttrigen Gold gewandelt hatte und lange Schatten schuf. Es würde gewiss eine wunderbare Nacht werden, und fast schon freute sich Karina auf den Heimweg in der sommerlichen Dunkelheit. Wie aufregend das alles war. Erst tanzen gehen und später zu Fuß durch die Stadt. Genau so musste das sein.

Karina war Bonn langsam etwas vertrauter, wenngleich sie – abgesehen von ihren täglichen Wegen zur Arbeit und zurück – nur selten auf den Straßen unterwegs war. Für lange Spaziergänge war sie nach einem Arbeitstag zu müde. Eine entsprechende Bemerkung Ricardo gegenüber verkniff sie sich jedoch gerade noch, er hätte sie deswegen sicher entweder ausgelacht oder verspottet.

»Was machst du eigentlich im Winter, wenn du kein Eis verkaufen kannst?«, fragte sie.

»Normalerweise suche ich mir für die Zeit eine andere Arbeitsstelle, meist in irgendeiner Fabrik oder in der Gastronomie, die haben immer Bedarf. Gerade jetzt, wo so viel im Aufbau ist.«

Sie spazierten von Kessenich bis in die Innenstadt, in der etliche Nachtschwärmer unterwegs waren. Nach dem Krieg und den Entbehrungen hungerten die Menschen nach Tanz und Vergnügen, was sich auch in der Musik niederschlug, die aus den Tanzlokalitäten drang. Gediegen wurde nur den Eltern zuliebe in den Tanzschulen getanzt. War man unter sich, so ging es deutlich wilder zur Sache. Karina hatte hin und wieder mit Freundinnen an Tanzveranstaltungen in Koblenz teilgenommen, und ihre Schwägerin betrieb selbst eine Chocolaterie, die abends zum Tanzcafé wurde. Was man dort tanzte, hatte mit jenen Tänzen, die man brav in der Schule übte, nichts zu tun.

»Ich hoffe, die Lokalität, zu der wir gehen, ist nicht allzu brav«, sagte sie, nachdem sie lange schweigend nebeneinanderher gelaufen waren.

Das leichte Heben seines Mundwinkels wirkte spöttisch und gelinde amüsiert. »Hättest du es gerne wild und verrucht?«

»Nun ja, ein bisschen forscher darf es dort schon zugehen.«

»Ich bin mir sicher, da habe ich genau das Richtige im Sinn.«

Eine Zeit lang gingen sie die Hauptstraße entlang, und Karina hatte längst aufgegeben, sich den Weg einprägen zu wollen. Wenn sie Ricardo nun verlor, würde sie gewiss nicht mehr zurückfinden. Sie sah sich um, entdeckte jedoch nichts Vertrautes. Eigentlich war das ja verrückt, sich einem Wildfremden anzuvertrauen, ihre Eltern wären außer sich. Andererseits war es auch furchtbar aufregend.

Karina hörte die Musik bereits, noch ehe sie das Gebäude sah, das von außen nicht viel hermachte. Vor dem Krieg war es vielleicht ein Geschäft gewesen oder ein Lokal mit breiter Fensterfront, die nun verhängt war und einen Blick in das Innere verwehrte. Die Tür stand auf, und rhythmische Klänge drangen aus dem Gebäude nach außen, während dämmriges Licht wie eine Pfütze davor lag. Eine Gruppe junger Männer und Frauen kam lachend aus dem Haus, eine der Frauen sah Ricardo an, zwinkerte ihm flirtend zu, sagte etwas, woraufhin sich die Frau neben ihr ebenfalls zu ihnen umdrehte.

Mopeds und Fahrräder standen in wildem Gemisch vor dem Gebäude, einige Autos parkten am Straßenrand. Sie waren hier außerhalb des Stadtzentrums in einer ruhig gelegenen Straße, was dem Betreiber des Tanzlokals gewiss gelegen kam, denn auf diese Weise beschwerten sich keine Nachbarn.

»Na, dann los«, sagte Ricardo, berührte ihren Rücken und führte sie mit sich in das Lokal.

Es war so voll, dass sie sich einen Weg durch die Menschen bahnen mussten, bis sie an einer Bar standen, deren Hocker nicht zueinanderpassten. Die Tanzfläche nahm fast den gesamten Raum ein, und schwitzende Paare bewegten sich zu schnellen Rhythmen.

»Ist das so, wie Sie es sich vorgestellt haben?«, fragte Ricardo.

»Wollten wir uns nicht duzen?«

»Die Macht der Gewohnheit.«

Karina sah sich um. »Es ist, hm, adäquat.«

Er hob die Brauen, dann winkte er den Kellner herbei, um etwas zu bestellen.

»Du bist eingeladen«, betonte Karina noch einmal.

»Nachdem du mich zu diesem Abend praktisch gezwungen hast, möchte ich das doch annehmen.«

»Du hättest ablehnen können.«

Er schwieg, bis der Kellner bei ihnen war, dann bestellte er zwei Cocktails.

»Stellt deine Familie immer schon Eis her?«

»Du gibst keine Ruhe, ja?« Immerhin klang er jedoch nicht mehr gar so abweisend. Als sie darauf keine Antwort gab, sondern ihn nur erwartungsvoll ansah, stieß er den Atem in einem Seufzer aus, den Karina aufgrund seiner Mimik eher erahnte als hörte.

»Warst du schon einmal in Italien?«, fragte er.

»Nein.« Sie war ja während des Krieges aufgewachsen, und danach hatten sie andere Sorgen gehabt als zu verreisen.

»Sind dir die Dolomiten ein Begriff?«

»Ja, das schon.«

Der Kellner stellte die Cocktails vor ihnen ab, und Karina nahm versuchsweise einen Schluck. Er war erstaunlich gut, was sie von einer Lokalität wie dieser nicht erwartet hatte.

»Es gibt dort ein Tal namens Val di Zoldo«, fuhr Ricardo fort, »und eine von den Dolomiten umrahmte Tallandschaft mit dem Namen il Cadore. Beide nennt man auch Tal der Gelatieri.«

»Eisverkäufer?«

»Na, etwas mehr ist es schon. Wir sprechen hier von einem richtigen Handwerk. Meine Familie stammt aus dem Cadore in Venetien. In den Zwanzigerjahren sind meine Eltern ausgewandert und nach Deutschland gekommen, wo sie Eis verkauften, zunächst in einem Wagen, den sie durch die Straßen schoben. Dann kamen die Nationalsozialisten an die Macht, und irgendwann waren die Umstände so unerträglich, dass meine Eltern mit mir nach Italien zurückgekehrt sind.«

»Wie war das für dich? Wie Heimkommen?«

»Nein, ich sprach viel besser Deutsch als Italienisch.«

»Und dann seid ihr irgendwann hierher zurückgekehrt«, folgerte Karina aus dem Umstand seiner Anwesenheit.

»Nur ich allein. Ein entfernter Verwandter hatte sich in Köln niedergelassen. Unmittelbar nach dem Krieg war es nicht erlaubt, mit einem Eiswagen herumzuziehen, also hat mein Verwandter sich – wie viele andere Eisverkäufer – eine Erdgeschosswohnung genommen und aus dem Fenster heraus Eis verkauft. In das Fenster wurde eine Holzdiele genagelt, wie eine Art Verkaufstheke. Daher soll der Name *Eisdiele* kommen. Manche sagen aber auch, dass das Wort entstand, weil die langen und manchmal auch schlauchartig angelegten Geschäfte an dunkle Dielen erinnern.«

»Und …«

»Genug gefragt.« Er nahm einen großen Schluck von seinem Cocktail und stellte das Glas zurück. »Schließlich sind wir zum Tanzen hier, nicht wahr?«

»Wie viel Uhr haben wir?«, fragte Karina mit nicht mehr ganz sicherer Stimme, als sie Stunden später mit erhitzten Wangen das Tanzlokal verließen. »Ich glaube, ich habe einen kleinen Schwips.« Sie stolperte, und Ricardo fing sie auf, lachte leise.

»Du glaubst?«

»Hmhm«, machte sie bestätigend. Er legte die Hand um ihre Taille und stützte sie, während sie langsam die Straße entlanggingen. Sie waren viel länger geblieben, als er eigentlich geplant hatte, aber der Abend war überraschend unterhaltsam gewesen, und Ricardo hatte bemerkt, wie sehr es ihm gefehlt hatte, sich einfach nur zu amüsieren.

»Um auf deine Frage zurückzukommen«, sagte er und sah auf seine Uhr, hielt sie so, dass der Schein der Straßenlaterne darauf fiel, »wir haben kurz nach zwei.«

»Gut, dass morgen Samstag ist«, murmelte sie.

»Für dich.«

»Für dich ist nicht Samstag?«

Wieder lachte er. »Ein *kleiner* Schwips, ganz recht.«

Dadurch, dass er sie hielt, ging Karina etwas sicherer, lehnte sich an ihn, während seine Hand fest an ihrer Taille lag. »Du fühlst dich gut an«, sagte sie etwas schleppend.

»Vielen Dank.«

»Wenn du tanzt, bist du viel netter als sonst.« Sie stolperte über den Bordstein, nachdem sie die Straße überquert hatten, aber Ricardo fing den Stolperer geschickt ab.

»Du gehörst zu den Leuten, die das Herz auf der Zunge tragen, wenn sie einen Schwips haben, hm?«

»Einen *kleinen* Schwips«, betonte sie.

»Gewiss.«

Anstelle einer halben Stunde waren sie fast eine Stunde unterwegs, weil Karina so langsam ging und Ricardo sie die ganze Zeit festhalten musste. Er spürte ihr Haar an seinem Hals, die Wärme ihres Körpers, nahm den Duft ihres Parfüms wahr, der sich mit dem Geruch nach Zigarettenrauch mischte, der ihnen beiden anhaftete. Es war lange her, dass Ricardo eine Frau in den Armen gehalten hatte, aber beim letzten Mal war es vergnüglicher gewesen. Immerhin war es trotz allem ein schöner Abend gewesen, und Karina hatte sich – nüchtern zumindest – als nicht ganz so anstrengend erwiesen wie erwartet. Nun jedoch ließ sie sich zunehmend schwerer in seinem Arm hängen, und das war auf den letzten Metern sehr ermüdend. Als sie am Haus ankamen, atmete er erleichtert auf und kramte seinen Schlüssel hervor.

Vorsichtig führte er sie die Treppe hoch, öffnete die Wohnungstür und brachte sie zu ihrem Zimmer und zu ihrem Bett.

»Bleibst du hier?«, nuschelte sie.

»Ich glaube nicht, dass du das wirklich willst.« Er zog ihr die Sandalen aus und breitete die Decke über sie.

»Du küsst bestimmt richtig gut.« Ihre Stimme klang schleppend.

»Bisher kamen keine Klagen.«

Sie streckte die Arme über den Kopf und seufzte leise, dann war sie eingeschlafen. Kurz stand Ricardo noch da und betrachtete sie, dann wandte er sich ab und ging in sein eigenes Zimmer.

Karina erwachte mit schmerzendem Kopf, einem wattigen Gefühl im Mund und voll bekleidet. »Grundgütiger«, murmelte sie und quälte sich stöhnend aus dem Bett.

Ihr Kleid war zerknittert, eine Spange hing ihr an einer Strähne im Gesicht, und sie atmete schalen Zigarettenrauch, der zusammen mit dem Geschmack in ihrem Mund eine Übelkeit erregende Mischung ergab. Sie schluckte und ging zum Spiegel, versuchte sich zu erinnern, wie sie ins Bett gekommen war. Sie wusste noch, wie sie sich mit Ricardo auf den Heimweg gemacht hatte und dass sie irgendwie ins Haus und die Treppe hochgekommen war. Ricardo hatte sie ins Zimmer gebracht, und ab da verlor sich die Erinnerung in wirren Träumen. Was für ein Bild hatte sie bloß abgegeben? Hoffentlich hatte sie nicht noch vor sich hin gelallt. Sie vertrug überhaupt keinen Alkohol, wie konnte sie sich dann so gehen lassen?

Vorsichtig, weil jede hastige Bewegung hämmernde Schmerzen in ihrem Kopf auslöste, schälte sie sich aus dem Kleid, zog einen Morgenmantel an, lugte aus dem Zimmer, seufzte erleichtert, weil der Flur leer war, und huschte ins Bad, um sich zu duschen und die Zähne zu putzen. Es dauerte eine Weile, sich herzurichten, vor allem angesichts dessen, dass die Kopfschmerzen nicht gerade weniger wurden. Da half auch eine Tasse starker schwarzer Kaffee nicht.

Sie musste noch darüber nachdenken, was sie machen sollte, wenn die Schule die Schülerinnen in die Ferien entließ. Für drei Wochen schloss sie ihre Pforten, und natürlich konnte Karina nicht so lange von ihrer Arbeit fernbleiben. Mit dem schmerzenden Kopf fiel es ihr schwer, darüber nachzudenken, dabei war es in zehn Tagen schon so weit.

Ricardo kam in die Küche, gekleidet in eine schwarze Hose, ein weißes Hemd und eine schwarze Weste. Er sah sie an, lächelte. »Na, wieder nüchtern?«

Karina hob unbehaglich die Schultern. »Habe ich dummes Zeug geredet?«

»Mach dir darüber keine Gedanken.« Er setzte den Teekessel auf. Die starke ostfriesische Mischung, die er immer trank, bekam Karina nicht runter, sie hatte sie einmal probiert, als er in generöser Stimmung gewesen war.

»Und?«, fragte er dann. »Wolltest du mir nicht noch etwas erzählen?«

Karina schenkte sich eine weitere Tasse Kaffee ein und überlegte, ob sie noch irgendwo Schmerztabletten hatte. »Du meinst von der Nacht letztens?«

»Was sonst.«

»Du hast ›Alonzo‹ gesagt.«

»Das weiß ich. Und der Rest?«

»Irgendetwas, das klang wie *Auto*.«

»Auto?«

Sie nickte.

»Und sonst?«

Sie zuckte mit den Schultern. »Nichts.«

Er taxierte sie. »Nichts? Aber du sagtest doch, ich hätte im Schlaf geredet.«

»Hast du ja auch.«

»Aber es klang, als sei es deutlich mehr gewesen.«

»Das hast du dir vielleicht so zusammengereimt, gesagt habe ich es nicht.«

»Deshalb bin ich doch mit dir ausgegangen, weil du es mir dann erzählen wolltest.«

»Und das habe ich ja auch getan.«

Ricardo befüllte das Tee-Ei, und an seinen zackigen Bewegungen konnte Karina erkennen, wie wütend er war. »Das hättest du direkt sagen können, anstatt so geheimnisvoll zu tun.«

»Was kann denn so schlimm sein? Dachtest du, ich hätte Sätze gehört wie ›Lass uns eine Bank ausrauben‹ oder ›Sieh nach, ob er schon tot ist‹?«

Eine steile Falte hatte sich zwischen seine Brauen gegraben. »Findest du das irgendwie amüsant?«

»Nein, ich verstehe nur nicht, warum du dich so aufregst.«

»Ach, verstehst du nicht?«

»Nein, tatsächlich nicht. Es war doch ein schöner Abend gestern.«

»Aus deiner Sicht vielleicht, du musstest mich ja auch nicht betrunken zurückschleppen.«

Karina spürte, wie ihr das Blut in die Wangen stieg.

»Danach wolltest du, dass ich die Nacht in deinem Bett verbringe, und hast mir gesagt, ich würde gewiss gut küssen.«

Mit brennenden Wangen starrte Karina in ihre Tasse. »Du hast gesagt, ich hätte kein dummes Zeug geredet.«

»Das habe ich nicht gesagt, ich habe gesagt, du sollst dir keine Sorgen machen. Ich wollte dich nicht bloßstellen.«

Schweigend trank Karina ihren Kaffee aus. »Es tut mir leid«, sagte sie schließlich und drehte sich von ihm weg, um ihre Tasse abzuspülen. Sie hörte, wie er sich Tee eingoss und anschließend die Küche verließ. Erst dann wich die Spannung von ihr, und sie ließ die Schultern leicht nach unten sacken. Die Vorstellung, was für ein Bild sie vergangene Nacht abgegeben haben musste, ließ erneut die Schamesröte in ihre Wangen steigen. Wäre Ricardo weniger anständig, hätte sie sich vermutlich morgens nicht voll bekleidet im Bett wiedergefunden. Sie trocknete die Tasse ab, spülte das Kaffeekännchen und den Filter, stellte beides auf das Abtropfbrett, dann verließ sie ebenfalls die Küche, um in ihr Zimmer zu gehen und ihr Köfferchen für den Wochenendbesuch bei ihrer Familie zu holen.

Glücklicherweise begegnete sie Ricardo nicht mehr, und auch ihre Vermieterin machte sich rar an diesem Morgen. Vermutlich erzählte Ricardo es ihr später, und sie würde sich in ihrem ersten Eindruck bestätigt sehen, dass Karina liederlich war. *Ich würde es zudem bevorzugen, wenn Sie nicht mit meinem anderen Mieter ins Bett gingen.* Wie empört Karina gewesen war, und vermutlich würden Erika Riesbeck und Ricardo gemeinsam darüber spotten.

Rasch verließ Karina das Haus und konnte kurz darauf ein Taxi anhalten. Als sie am Bahnhof ankam, kaufte sie ein Billett und bekam gerade noch den Zug nach Koblenz. Nie zuvor hatte sie sich so erleichtert gefühlt, nach Hause fahren zu können, und für einen Moment spielte sie mit dem Gedanken, ihren Eltern alles zu erzählen. Aber dann genügte die Vorstellung, wie sie den Brief zeigen musste und ihre Eltern womöglich mit der Schulleitung sprachen, um die Idee direkt wieder zu verwerfen. In der Regel fuhr sie deutlich früher als an diesem Tag, aber normalerweise wachte sie auch nicht verkatert nach einer durchtanzten Nacht auf.

Am Koblenzer Bahnhof rief sie vom öffentlichen Fernsprecher im Hotel an, damit jemand kam, um sie abzuholen. Doch statt des Concierge hatte sie direkt ihren Vater am Apparat.

»Warum so spät?«, fragte er.

»Ich habe mich verquatscht.«

»Verstehe. Ich schicke Lennart.«

Karina hängte auf und setzte sich auf eine Bank, hielt dabei ihr Gesicht in die Sonne. *Danach wolltest du, dass ich die Nacht in deinem Bett verbringe, und hast mir gesagt, ich würde gewiss gut küssen.* Das konnte sie doch nicht wirklich gesagt haben. Vielleicht stimmte es ja doch, was die Schulleiterin gesagt hatte, und Karina war liederlich. Sagte man nicht, dass man betrunken zu der Person wurde, die man eigentlich war? Karina schloss die Augen, wollte diesen schrecklichen Morgen einfach aus ihrer Erinnerung tilgen.

5

AUGUST 1957

Erika hatte fast den gesamten Nachmittag damit verbracht, Klassenarbeiten zu korrigieren, war nur zwischendurch einmal kurz spazieren gegangen und hatte sich dabei gefragt, ob sie nicht die Stadt verlassen und woanders neu anfangen sollte. Aber das hier war ihr Zuhause, ihr Bonn, und was brachte es, woanders hinzugehen, wenn man die Erinnerungen ja doch mitnahm. Dann war man neben der Traurigkeit und Verzweiflung auch noch heimatlos.

»Weißt du«, hatte ihre Kollegin und Freundin Lene Blum gesagt, während sie im Lehrerzimmer bei einer Tasse Tee beisammensaßen, »es hilft ja alles nichts. Es geht weiter, Tag für Tag. Du kannst dich irgendwie mitziehen lassen, oder du setzt einen Fuß vor den anderen und bestimmst den Verlauf. Die Vergangenheit bringst du so oder so nicht wieder, auch nicht, wenn du stehen bleibst und das Leben an dir vorbeiziehen lässt.«

Erika hatte durchaus versucht, das Leben wieder an sich heranzulassen. Einen Mann hatte es nach dem Krieg gegeben. Er war Lehrer an einem Jungengymnasium, und sie hatten sich bei einer Fachkonferenz kennengelernt. Anfangs war das sehr nett gewesen, aber die Beziehung blieb oberflächlich, selbst dann, als Erika sich darauf eingelassen hatte, mit ihm zu schlafen. Irgendwann hatte er ihr gesagt, das mit ihnen könne einfach nichts werden, hatte versucht, sich als einsamen Wolf darzustellen, der genau wusste, dass die Frauen ihm erlagen, aber der einfach weiterziehen musste, weil es in seiner Natur lag.

Offenbar hatte er Tränen erwartet und die Bitte, ihr das nicht anzutun. Erika jedoch hatte gelacht und ihm gesagt, dass auch sie ihn allenfalls tauglich fürs Bett fand, aber darüber hinaus kein Interesse an ihm hatte. Daraufhin war er wütend geworden, hatte sie als Hure beschimpft und sich jeden weiteren Kontakt verbeten. Mittlerweile hatte er geheiratet, zumindest wirkte es so, denn als Erika ihm einmal begegnet war, hatte eine Frau an seinem Arm gehangen, während er Erika geradezu ängstlich musterte, als müsse er befürchten, sie würde das Falsche sagen.

Als Erika nun das letzte Heft zuklappte, den Rotstift beiseitelegte und den Blick aus dem Fenster gleiten ließ, fragte sie sich, warum sie gerade jetzt an ihn denken musste. Vielleicht, weil sie sich mit ihm immerhin eine Zeit lang lebendig gefühlt hatte. So oberflächlich ihre Gespräche auch geblieben waren, da war doch das Gefühl gewesen, dass es jemanden gab, zu dem man flüchten konnte, wenn man das Alleinsein über hatte. Und mit ihm zu schlafen war wirklich angenehm gewesen, das musste Erika zugeben. Acht Jahre war das nun her. Inzwischen hatte er vermutlich Kinder.

Die Haustür wurde geöffnet und wieder geschlossen, kurz darauf waren Schritte zu hören. Ricardo.

»Du bist früh«, rief sie vom Wohnzimmer aus.

»Das Geschäft lief sehr gut.« Er betrat den Raum und öffnete den obersten Knopf seines Hemdkragens.

»Bist du fertig für heute?«

»Ja. Wenn ich das gewusst hätte, hätte ich mich heute Abend zum Dienst einteilen lassen.«

Sie wollte ihm antworten, dass etwas Freizeit doch gewiss auch ihren Reiz hatte, aber sie wusste, wie sehr er das Geld brauchte, und so schwieg sie. Als er eingezogen war, hatten sich die älteren Leute im Haus beschwert. Der »Itaker« würde sie gewiss ausrauben, man wisse ja, was das für Leute waren. Weil Erika darauf nichts gab, grüßte man sie künftig nicht einmal mehr. Jedenfalls so lange, bis eines der Ehepaare Hilfe brauchte, weil die Glühbirne durchgebrannt war und sich keiner von ihnen traute, auf die Leiter zu steigen. Ob nicht der junge Mann ... Ricardo schraubte die Glühbirne ein und erledigte so ziemlich alles an anfallenden Reparaturen, selbst dann noch, als ein weiterer junger Mann ins Haus zog – jener im Mansardenzimmer. »Polacke«, sagte eine der drei Witwen. Und denen traute man offenbar noch weniger als den Italienern. Das wiederum verbat sich das vermietende Ehepaar. »Das ist ein Deutscher, das sieht man doch.« Offenbar brauchte es noch mindestens eine Generation, damit sich der Zeitgeist änderte.

»Was ist eigentlich zwischen dir und Fräulein von Oedinghof vorgefallen?«

»Nichts. Was soll vorgefallen sein?«

»Sie wirkte, als sei etwas passiert, das merkt man

daran, wie sie dich ansieht, wenn du es nicht bemerkst, und an ihrem Schweigen.«

»An dem Schweigen ist nichts auszusetzen.«

Erika schob sich eine Zigarette zwischen die Lippen und ließ das Feuerzeug aufschnappen. Sie tat einen tiefen Zug, atmete langsam aus. »Du warst mit ihr aus, ja? Ist danach irgendetwas vorgefallen?«

Er zuckte nur mit den Schultern. »Spielt das eine Rolle?«

»Ich bin nur neugierig.« Sie hob die Zigarette an die Lippen, und die Spitze glühte rot auf, als sie einen Zug nahm.

»Lohnt nicht.«

Erika rauchte auf und drückte die Zigarette im Aschenbecher aus. Dann nahm sie die Hefte und steckte sie in ihre Tasche, ehe sie sich seufzend den nächsten Stapel vornahm.

»Viel zu tun, ja?«

»Frag nicht.«

»Vielleicht sollten wir beide ja mal ausgehen.«

Belustigung zuckte um ihre Mundwinkel. »Möchtest du mich etwa auf Abwege führen?«

»Würde mir das gelingen?«

»Wo denkst du hin? Ich bin eine ehrbare Witwe und darüber hinaus deine Vermieterin.« Und doch ließ sie für einen Moment die Vorstellung zu, was wäre, wenn. Es würde gewiss schön sein. Und danach wäre alles furchtbar kompliziert, denn sie eigneten sich nicht zum Paar. Ihr Blick richtete sich auf den Heftstapel, und wieder seufzte sie.

»Ich kann mir dich gar nicht so recht als Lehrerin vorstellen.«

»Da geht es mir mittlerweile ähnlich.«

»Warum machst du dann nichts anderes?«

Ja, warum eigentlich nicht? »Weil es das Einzige ist, was ich kann.«

Ricardo hatte gerade seine Vorbereitungen für den kommenden Tag beendet, als er Karina die Wohnung betreten hörte. Seit ihrem Tanzabend ging sie ihm aus dem Weg, was ihm einerseits recht war, andererseits verspürte er einen unwillkommenen Stich schlechten Gewissens. Sie hatte es ja nicht wissen können, hatte vermutlich gedacht, er befürchtete, etwas im Schlaf gesagt zu haben, das ihm peinlich war, irgendeine Schlüpfrigkeit. Auto. Sie konnte nicht besonders gut Italienisch, daher hatte sie es nicht verstanden. *Aiuto.* In all dem Grauen hatten ihm die Bilder in jener Nacht vor Augen gestanden. Alonzo. *Aiuto. Hilfe.*

Entschieden schüttelte Ricardo diese Erinnerung ab. Es war vorbei, er war nicht mehr dort, niemand von ihnen war mehr dort, zumindest nicht jene, die es überlebt hatten. Die anderen verrotteten in namenlosen Gräbern. Ricardo spürte einen Krampf in der rechten Hand, ein Zittern, dann ein unwillkürliches, rhythmisches Zusammenziehen und Öffnen der Finger. »Tremor« hatte es ein Arzt genannt, den er danach gefragt hatte, voller Sorge, es könne eine beginnende Lähmung sein. »Ist normal bei Männern, die aus dem Krieg kommen.«

»Während des Krieges hatte ich das nicht«, hatte Ricardo geantwortet.

»Das haben die meisten Kriegszitterer nicht. Das wahre Grauen beginnt danach, wenn das Bewusstsein nicht mehr betäubt wird vom Überlebenswillen.«

Ricardo hatte gelernt, damit umzugehen. Er konzentrierte sich, schloss die Augen, atmete langsam und gleichmäßig. Irgendwann ließ der Krampf nach.

»Der Cousin meiner Mutter leidet ebenfalls darunter«, hörte er eine Frauenstimme von der Tür her, doch er drehte sich nicht um.

»Beobachtest du mich?«

»Ich wollte in die Küche.«

»Tu dir keinen Zwang an.«

Es waren keine Schritte zu hören, vermutlich stand sie immer noch da und betrachtete ihn in enervierender Intensität.

»Onkel Eric«, fuhr sie fort, »schreit nächtelang, das tut er seit dem Großen Krieg. Mittlerweile ist es wohl besser geworden, glaube ich.«

Fast vierzig Jahre später. Das waren ja glänzende Aussichten.

»Als ich dich nachts gehört habe, wusste ich, was es ist«, fuhr sie fort. »Du hast auch schlimme Erinnerungen.« Nun waren ihre Schritte zu hören. »Es tut mir leid, wenn du denkst, ich hätte das alles irgendwie für einen Spaß gehalten. Ich wollte nur so unbedingt mit dir tanzen gehen.«

»Immerhin bist du ehrlich.« Seine Hand entspannte sich wieder, und er drehte sich zu Karina um.

»Es tut mir leid«, wiederholte sie. »Auch, dass du mich wahrscheinlich für liederlich hältst.«

Da war es wieder, das schlechte Gewissen. Warum hatte er es ihr überhaupt erzählt? Genauso gut hätte er ihr doch auch einfach eine nette Erinnerung an den Abend lassen können. »Das tue ich nicht.«

»Du hast gesagt, ich wollte mit dir …« Sie wurde rot. »Und ich hätte über das Küssen gesprochen.«

Er gönnte sich ein kleines, anzügliches Lächeln, von dem er hoffte, dass es der Situation für sie die Peinlichkeit nahm. »Du hast nicht über das Küssen gesprochen, sondern vermutet, dass ich es gut kann.«

»Eigentlich bin ich nicht so, hm, draufgängerisch.«

Sein Lächeln vertiefte sich.

»Also gut«, sie verschränkte die Arme vor der Brust, überspielte ihr Unbehagen. »Damit wäre wieder alles gut zwischen uns, ja?«

»Ja.«

Sie wirkte erleichtert.

»Also dann …« Sie zögerte. »Ich wollte mir nur rasch etwas zu essen machen.«

»Nur zu, ich bin ohnehin fertig.«

Sie kam an die Anrichte und öffnete den Brotkasten. »Wollen wir irgendwann noch einmal tanzen gehen?«, fragte sie zögernd. »Dieses Mal ohne pikante Situationen?«

»Ich mag pikante Situationen.«

Sie antwortete nicht, bestrich in langsamen Bewegungen eine Scheibe Brot mit Butter. Als keine Antwort mehr kam, verließ er die Küche.

Karina hatte ihr Zeugnis gefälscht. Das war verblüffend einfach gewesen. Sie hatte nur das Datum im alten Zeugnis entfernt und ein neues darübergeschrieben. Ein weiteres Mal würde das sicher nicht funktionieren, das würde das Papier nicht aushalten, aber bis dahin war sie ohnehin entweder aufgeflogen oder hatte etwas, das sie vorweisen konnte. Es kam ihr immer noch unglaublich vor, dass sie bis jetzt mit allem durchgekommen war. Andererseits – sie war erwachsen, und welchen Anlass hätten ihre Eltern, zu hinterfragen, was sie hier tat. Sie glaubten ihr, schließlich ging es um einen Berufsweg, den sie selbst für sich gewählt hatte.

Dennoch fühlte sich Karina furchtbar elend. Sie hasste es, zu lügen, und nun tat sie seit Monaten nichts anderes. Leider hatte sie nach wie vor überhaupt keine Idee, was sie mit ihrem Leben anfangen wollte. Es gab die Hauswirtschaftsschule von Edith Walz in Köln, aber die Leute kannten sich untereinander, und mit diesem Leumund würde man sie gewiss nicht nehmen. Und sonst? Sie hätte sich in einem der Hotels erkundigen können, ob ausgebildet wurde, aber sie wollte keine Hotelier-Ausbildung machen. Überdies würde auch in den Hotels nach ihrem Werdegang gefragt werden. Da käme dann rasch zur Sprache, warum sie die Schule hatte verlassen müssen. Da man ihre Familie kannte, würde man vielleicht ein Auge zudrücken. Vielleicht würde man sie aber auch abweisen und umgehend ihre Eltern kontaktieren, fragen, ob diese denn wüssten, was die Tochter in der Hauptstadt so trieb.

Wie absurd das alles war, dachte Karina. So unglaublich absurd. Jetzt konnte sie allerdings erst einmal aufatmen, denn sie blieb die Ferien über hier, hatte ihren Eltern erzählt, sie wolle in einem Kaufhaus arbeiten und hätte ein Zimmer gefunden, das von einer Witwe vermietet wurde. Da musste sie am Wochenende nicht ständig Sorge haben, sich zu verplappern. Wie absurd, dachte sie erneut. Wäre sie ein Mann, würde kein Mensch sich darum scheren.

Sie ging ans Fenster, sah hinab auf die Straße, bemerkte einen Mann in Arbeitskleidung, bedeckt von Mörtelstaub, vermutlich ein Bauarbeiter. Er ließ ein Auto vorbeifahren, dann überquerte er die Straße und kam auf das Haus zu, betrat es mit der Selbstverständlichkeit eines Bewohners. Karina hatte ihn hier bisher noch nicht gesehen. Sie warf einen Blick auf die Uhr und überlegte, wie sie den Abend verbringen sollte. Abends war ihr stets so langweilig, dass sie es nur schwer ertrug. Sie konnte natürlich lesen oder spazieren gehen, aber auf Dauer war ihr das einfach zu wenig.

Daheim hatte sie abends immer Unterhaltung gehabt, wenn sie diese wünschte, hatte Freundinnen besucht, war ausgegangen, und im Hotel hatte es oft Partys gegeben. Selbst in der Schule war es unterhaltsamer gewesen als hier. Dort hatte sie ihre Zimmernachbarin gehabt, mit der sie plaudern konnte, hatte mit anderen jungen Frauen Zeit verbracht und später mit Robert, diesem Schuft. Allerdings hatte sie das kleine Abenteuer mit ihm auch genossen, das musste sie zugeben. Er hatte mit ihr schlafen wollen, hatte sie zu überreden versucht, nachts auf sein Zimmer zu kommen, aber das war ihr dann doch zu riskant gewesen. Also hatten sie sich im Garten oder in verschwiegenen Winkeln getroffen und sehr intensiv geküsst.

Karina wandte sich vom Fenster ab. Es half ja alles nichts, sie musste sich irgendwie mit ihrer Situation arrangieren, und da sie nun einmal noch keine Freundinnen hatte und sich auch sonst keine Unterhaltung bot, würde sie eben einen Spaziergang machen.

»Guten Abend.« Erika Riesbeck trat im selben Moment aus dem Salon, als Karina ihr Zimmer verließ. Sie wirkte müde, und ihre Augen waren leicht gerötet. »Gehen Sie noch aus?«

»Nur ein wenig spazieren. Wer weiß, wie lange die Abende noch so schön warm sind.«

»Vernünftig. Das sollte ich auch tun, ich habe bis gerade Klassenarbeiten korrigiert und den Unterricht vorbereitet.«

»Sie sind Lehrerin?«

»Ja. Wussten Sie das nicht?«

»Nein.« Woher auch? Mit ihr unterhielt sich hier ja freiwillig niemand. »Möchten Sie mich begleiten?«, fragte sie aus einem Impuls heraus.

Ein Anflug von Erstaunen flackerte auf Erika Riesbecks Gesicht auf, und Karina dachte schon, sie würde ablehnen. Dann jedoch lächelte sie. »Warum eigentlich nicht.«

Sie warf einen Blick in den Spiegel, fuhr einmal mit der Hand durch ihre roten Locken, richtete ihre grüne Bluse und strich glättend über den Rock, dann schlüpfte sie in ihre Schuhe. »Haben Sie ein bestimmtes Ziel?«

»Nein, einfach drauflos.«

»Ist gewiss nicht das Schlechteste.«

Sie war so elegant, dachte Karina, auf eine lässige Art, in der sie selbst es gern gewesen wäre.

»Leben Sie schon immer hier?«, fragte Karina mit einer ihr ungewohnten Schüchternheit. Sie wollte gerne Konversation betreiben und die Menschen, mit denen sie eine Wohnung teilte, besser kennenlernen. Andererseits fühlte es sich sowohl bei Erika als auch bei Ricardo stets so an, als sei jede persönliche Frage ein Vorstoß in allzu Privates.

»In Kessenich, meinen Sie?«

Karina nickte.

»Ich habe die Wohnung vor zwanzig Jahren mit meinem Mann gekauft. Also verbringe ich hier praktisch schon mein halbes Leben.« Erika Riesbeck zog die Haustür auf und ließ Karina den Vortritt. »Früher war das hier eine eigenständige Gemeinde, wurde dann aber in die Stadt Bonn eingegliedert. Das war allerdings einige Jahre vor meiner Zeit.«

»Mir ist in einigen Bereichen des Ortes ein Geruch aufgefallen, karamellartig.«

»Lakritz. Haribo sitzt in Kessenich.«

Dass das Unternehmen in Bonn saß, wusste Karina natürlich, aber den genauen Standort hatte sie nicht gekannt. »Es ist schön hier, nicht so trubelig wie in der Stadt.«

»Mir gefällt es auch. Den Ort gibt es schon lange, es ist eine der ältesten Siedlungen in Bonn, er war ein vorrömischer Siedlungsplatz.«

Man merkte ihr die Lehrerin an, dachte Karina belustigt, und sie führte das Gespräch geschickt von sich weg auf den Ort, erzählte von tiefgründigen Lössböden auf der Niederterrasse, vom Venusbergbach, der ganzjährig Wasser führte, und davon, dass Kessenich auf einer Sohle der Kölner Bucht lag. Karina hatte sich eigentlich vorgestellt, dass sie den Ort durch kleine Anekdoten kennenlernte, dass Erika Riesbeck ihr erzählte, was sich nach dem Krieg hier verändert hatte. Weder die Frühgeschichte noch die geografischen Verhältnisse interessierten Karina, aber sie wollte ihre Vermieterin auch nicht vor den Kopf stoßen und ließ sie erzählen.

»Es gibt seit 1953 sogar ein Kessenicher Heimatlied«, erzählte Erika Riesbeck.

Sie würde jetzt aber wohl nicht anfangen zu singen? Erika Riesbecks Lust zu erzählen hatte sich jedoch nun, da sie in der Gegenwart angekommen war, offensichtlich erschöpft.

»Kommen Sie direkt aus Koblenz?«, fragte sie, nachdem sie eine Zeit lang schweigend nebeneinanderher gelaufen waren.

»Nein, unser Hotel liegt ein Stück außerhalb. Aber ich befürchte, mit so detaillierten Informationen zur Ortsgeschichte kann ich nicht aufwarten.«

Erika Riesbeck lächelte nicht, und Karina befürchtete, sie vor den Kopf gestoßen zu haben. »Ihre Eltern wissen nach wie vor nicht, was Sie hier tun, nicht wahr?«

»Momentan schon, weil sie denken, mein Zimmer und die Arbeit im Kaufhaus seien nur eine Art, die Ferien zu verbringen.«

»Haben Sie eigentlich keine Sorge, dass Ihre Familie bald dahinterkommen wird? Jede Lüge fliegt über kurz oder lang auf.«

»Nur so lange, bis ich etwas Vorzeigbares habe. Und das sollte etwas anderes sein als Telefonfräulein in einem Kaufhauskeller.«

»Haben Sie etwas Bestimmtes im Sinn?«

»Mein Plan war eigentlich, in einem Hotel zu arbeiten und dort einen eigenen Bereich zu leiten, vielleicht ein Café mit Süßspeisen, die ich selbst herstelle. Gehobene Gastronomie hätte ich mir auch vorstellen können. Aber jetzt … Ich weiß es nicht. So nimmt mich kein Restaurant oder Hotel, das etwas auf sich hält. Allenfalls als Hilfskraft.« Karina kickte einen Stein weg, der auf dem Bordstein lag, wobei ihr klar war, dass dies gewiss auf eine kindische Art bockig wirkte. »Und das alles, weil ich den falschen Mann geküsst habe. Der dann auch noch nur Angst um sich selbst hatte.«

Erika Riesbeck schwieg lange. »Warum machen Sie nichts Eigenes auf?«

»Ich habe doch überhaupt keine Ahnung, wie man so etwas anstellt, und ich habe nichts vorzuweisen, kann mich nicht Konditorin, Confiseur oder wie auch immer nennen.«

»Sie nicht, aber Ricardo. Er ist Gelatiere, und er beherrscht sein Handwerk.«

»Ricardo?«

Sie waren eine große Runde gegangen und näherten sich ihrem Wohnhaus nun aus der anderen Richtung. Wieder schwieg Erika Riesbeck, als wollte sie es Karina überlassen, den richtigen Schluss aus ihren Worten zu ziehen. Eine Lehrerin, die die Schülerin stumm ermunterte, nicht gar so begriffsstutzig zu sein.

»Er hat die Fähigkeiten«, erklärte sie schließlich, »Sie das Geld.«

»Aber … ich kann ihm doch nicht einfach Geld und eine Partnerschaft anbieten.«

»Nein, natürlich nicht. Seien Sie geschickt, und lassen Sie ihn glauben, es sei seine Idee.« Jetzt lächelte Erika Riesbeck zum ersten Mal.

Nachdem sie sich vor dem Haus von ihrer jungen Mieterin verabschiedet hatte, blieb Erika unter dem Vorwand, an der frischen Luft rauchen zu wollen, draußen stehen. Sie wartete, bis sie sich sicher sein konnte, dass Karina von Oedinghof in der Wohnung angekommen war, dann trat sie ein, stieg die Treppe bis ins oberste Geschoss und öffnete die Tür zum offenen Teil der Mansarde. Unmittelbar hinter der Tür befand sich eine Stufe, denn der Boden war hier niedriger, da man die Dielenbretter entfernt hatte, um zu verhindern, dass das der Witterung ausgesetzte Holz faulte und schimmelte. So gab es lediglich den nackten Steinboden. An der Wand ließ Erika sich nieder, zündete eine Zigarette an und rauchte, den Blick in das fahle Blau eines sich langsam entfärbenden Himmels gerichtet.

Wie alt mochte Karina von Oedinghof sein? Anfang zwanzig? So jung, dachte sie. Während des Krieges war sie also noch ein Kind gewesen, geborgen und behütet, und hatte gewiss keine tiefen Wunden davongetragen. Ricardo hingegen schon, er war alt genug, um im Krieg verheizt worden zu sein. Erika hatte nie mit ihm darüber gesprochen, aber sie bekam natürlich mit, dass er hin und wieder sehr unruhig schlief. Vielleicht war es allein deshalb gut, mit Karina von Oedinghof jemanden im Haus zu haben, der den Krieg aus einer anderen Perspektive kannte und zugleich wusste, was er mit den Menschen anrichtete.

Langsam atmete Erika den Rauch in die Luft, bog den Kopf zurück und sah zu, wie sich der Qualm auflöste. Der Himmel wurde allmählich dunkler, wie ein Tuch, das sich mit Wasser vollsog. Da das Licht von der Straße hier oben kaum mehr Helligkeit spendete, lösten sich auch die Konturen langsam auf, wie der Zigarettenrauch zuvor. Erika hatte den Stummel auf dem Boden ausgedrückt und zündete sich nun eine weitere Zigarette an. Das Feuerzeug ließ eine Flamme aufflackern, dann leuchtete die Glut an der Zigarettenspitze auf. Bis Kriegsende hatte Erika nie geraucht, doch dann war die Zeit gekommen, in der Zigaretten nicht nur eine sichere Währung waren, sondern das Rauchen sich auch vortrefflich dafür eignete, das Hungergefühl zu stillen.

Von der Straße her drang noch vereinzelt das Geräusch vorbeifahrender Autos, hier und da die Stimmen von späten Spaziergängern. Aber die, auf die Erika wartete, vernahm sie nicht. Er sang jeden Abend, warum also nicht heute? Sie lauschte konzentriert und angespannt, in fast angstvoller Erwartung, wieder zu hören, wie er liebte. Aber da war nichts, keine ekstatischen Laute, kein gurrendes Lachen.

Ein erster Stern war zu sehen, ein feiner Lichtpunkt im samtigen Schwarz. Erika drückte den Zigarettenstummel so kräftig auf den Boden, dass ihr ein Nagel abbrach. »Verdammt«, murmelte sie und steckte sich den Zeigefinger in den Mund, fuhr mit der Zunge den schartigen Nagel entlang, spürte den brennenden Schmerz.

Ob er ausgegangen war? Von hier aus war nicht zu erkennen, ob in seiner Wohnung Licht brannte, denn das einzige Fenster ging zur Straßenseite hinaus, jenes Fenster, das abends offen stand, sodass Erika ihn singen hörte. Aber wohin sollte er mitten in der Woche gehen? Er musste am kommenden Tag gewiss früh raus, schließlich arbeitete er ganz offenkundig auf dem Bau.

Es raschelte leise, als Erika eine weitere Zigarette aus der Packung schüttelte, dann folgte das metallene Aufschnappen des Feuerzeugs. Wie albern es war, dachte Erika, Abend für Abend hier zu warten und sich dann betrogen zu fühlen, weil jemand, den man nicht einmal kannte, beschlossen hatte, für einen Abend aus seinem üblichen Trott auszubrechen. Vielleicht lag er im Bett und schlief, vielleicht war er heiser. Oder vielleicht hatte er beschlossen, von diesem Tag an nie mehr zu singen, weil er fand, die Zeit für traurige Melodien sei nun vorbei. Vielleicht war es ja auch kein trauriges Lied, sondern ein sehnsuchtsvolles, mit dem er seine große Liebe besang. Und weil sie ihn erhört hatte, war es überflüssig geworden.

Erika drückte die Zigarette aus und überlegte, ob sie zurück in die Wohnung sollte, das schale Gefühl mit ins Bett nehmen. Und am kommenden Tag weitermachen wie bisher. Sie schloss die Augen, vernahm das gedämpfte Geräusch einer sich schließenden Tür, Schritte, die vor der Tür zum Dach stehen blieben. Dann wurde diese geöffnet, und jemand ging langsam über das Dach, eine Silhouette vor einem Himmel, der nur um wenige Nuancen heller schien, ein Stadthimmel, der nie wirklich finster wurde, sondern immer bläulich wirkte.

Die Gestalt ging weiter, schien mit der bröckeligen Hauswand zu verschmelzen. Er wollte springen, dachte Erika. Deshalb hatte er nicht gesungen. Sie schnappte mit einem Keuchen nach Luft, richtete sie sich auf. Die Gestalt fuhr herum, Schritte scharrten über den Boden.

»Ist da wer?«

Erika erhob sich, brachte nur ein einfallsloses »Ja« hervor und schob ein »es tut mir leid« hinterher.

»Was tut Ihnen leid?« Der Mann hatte sich wieder gefangen.

»Dass ich Sie erschreckt habe.«

»Ist nicht Ihre Schuld.« Er kam näher. »Haben Sie geraucht?«

»Ja.«

»Hätten Sie eine Zigarette für mich?«

»Gewiss.«

Er war nur noch einen Schritt von ihr entfernt, immerhin konnte sie ihn jetzt konturenhaft ausmachen. Sie gab ihm eine Zigarette, spürte die Wärme seiner Finger, als er diese von ihr entgegennahm. Ob er das leise Zittern ihrer eigenen bemerkte, als sie ihm Feuer gab und er sich leicht vorbeugte, so nah, dass sie den Geruch von Seife an ihm wahrnahm?

»Warum sitzen Sie hier oben?«, fragte er.

»Weil es schön ist.«

»Schön?« Zweifel hing in seiner Stimme, mischte sich in leise Belustigung.

Erika antwortete nicht. Schweigend rauchte er auf, ließ den Stummel achtlos fallen und trat mit dem Schuh darauf.

»Sie wohnen im zweiten Stock, nicht wahr?«

»Das erkennen Sie trotz der Dunkelheit?«, versuchte sich Erika an einem scherzhaften Ton.

»War nicht weiter schwer.«

Wieder Schweigen, und da Erika befürchtete, es könne in Unbehagen umkippen – eines von jener Art, bei der man sich auf linkische Art verabschiedete –, fragte sie: »Warum sind Sie bis an den Rand des Daches gegangen?«

»Dachten Sie, ich wollte springen?« Nun klang er unüberhörbar belustigt.

»Sie haben nicht gesungen.«

Er stieß einen Laut aus, dem man nicht entnehmen konnte, ob es ein Lachen oder ein Schnauben war. »Sie denken, ich springe in den Tod, weil ich nicht singe? Und woher wissen Sie das überhaupt? Sitzen Sie hier jeden Abend?«

Erika war froh um die Dunkelheit, während sie spürte, dass ihr die Wangen brannten, als wäre sie ein Backfisch. Wie lächerlich das wirken musste. Dachte er gar, dass sie hier als Frau, die deutlich älter war als er, schmachtend diesem jungen Kerl zuhörte? Sie holte tief Luft, suchte nach ihren Zigaretten, spürte die Packung knisternd unter ihren Fingern. »Mir gefällt, was Sie singen.«

»Sie verstehen es?«

»Nicht die Worte, aber die Melodie klingt so, wie ich mich fühle, und das tut gut.«

Das Feuerzug entglitt ihren Fingern und fiel mit einem Klackern zu Boden. Der Mann bückte sich danach, noch ehe Erika das tun konnte, fand es und gab ihr Feuer. Sie beugte sich vor, hielt die Zigarettenspitze in seine gewölbte Hand, mit der er die Flamme vor dem leisen Windzug schützte.

»Möchten Sie auch noch eine?«, fragte sie.

»Nur, wenn ich mich morgen dafür revanchieren darf.«

Sie reichte ihm eine Zigarette und hoffte, dass dies Antwort genug war.

6

SEPTEMBER 1957

»Es wäre ja nun langsam an der Zeit.« Karinas Großmutter, Hannelore von Oedinghof, gelang das Kunststück, die Brauen hochzuziehen, während gleichzeitig ihre Nasenflügel bebten.

Karina saß mit ihren Eltern und Großeltern im Salon, und irgendwann zwischen Erdbeertorte und der zweiten Tasse Kaffee war das Gespräch auf die Fortpflanzungsorgane von Lennarts Frau Fenja gekommen. In der Regel folgte darauf die Spekulation über deren Funktionstüchtigkeit, denn der Umstand, dass Fenja und Lennart noch keine Kinder wollten, war offenbar vollkommen jenseits ihrer Vorstellungskraft.

Wann immer Karina mit dem Gedanken spielte, ihrer Familie doch noch alles zu gestehen, waren es diese Momente, die ihr in Erinnerung brachten, warum sie dies besser nicht tun sollte.

»Geben wir ihnen Zeit«, sagte ihr Großvater nun. »Sie haben doch gerade erst geheiratet.«

»Ein Jahr sollte doch wohl reichen, um ein Kind zu zeugen.« Geziert nippte Hannelore von Oedinghof an ihrer Tasse.

Karina hielt an sich, nicht die Augen zu verdrehen.

Würde man solche Gespräche auch über sie führen, falls sie mal heiratete? Was für eine schauderhafte Vorstellung.

»Und du, junges Fräulein?«, wandte sich ihre Großmutter nun an sie. »Was macht die Ausbildung?«

»Ich hatte Ferien und fange morgen wieder an.«

»Ich verstehe sowieso nicht, wozu du dir den Kopf mit all dem unnötigen Wissen vollstopfst. Ihr jungen Frauen heiratet ja ohnehin. Nachwuchs braucht das Land jetzt eher als Frauen, die meinen, sie müssten sich im Arbeitsleben ausprobieren.«

Womit sie auf den Punkt brachte, was ihr an Lennarts Ehefrau nicht gefiel, denn diese war nicht nur die Alleinerbin eines Süßwarenwerks, sie betrieb außerdem eine Chocolaterie und leitete eine weitere. Da blieb wenig Zeit für repräsentative Aufgaben im Hotel. Was auch Karinas Vater keineswegs recht war, aber letzten Endes hatte er sich Lennarts Wünschen fügen müssen. Jetzt blieb abzuwarten, ob er ihn wirklich aus der Hotelleitung im Erbe ausschloss, wie er zunächst so großspurig behauptet hatte. Tatsache war, dass ihre Brüder das nicht zulassen würden, und irgendwann würde auch ihr Vater einsehen, dass er sich den modernen Zeiten beugen musste.

Karina antwortete ihrer Großmutter nicht.

»Und du solltest unbedingt etwas mehr essen, Kind«, fuhr die alte Dame fort. »Eine schlanke Figur ist ja schön und gut, aber die Männer sind rar gesät, und die werden Frauen mit gebärfreudigem Becken bevorzugen.«

Karina fing einen Blick von ihrer Mutter auf, ein

Lächeln, ein kurzes Augenverdrehen. Auch ihr Vater hob nur kurz die Brauen, sagte aber nichts weiter dazu. Die Uhr schlug halb vier, was für Karina das Stichwort war, sich zu erheben.

»Mein Zug geht in einer Stunde von Koblenz aus.«

»Dieses Hin und Her.« Ihre Großmutter schüttelte den Kopf. »Dass ihr jungen Frauen die ganze Zeit so unruhig seid.«

Mit einem entschuldigenden Lächeln verabschiedete Karina sich.

»Ich komme noch mit nach draußen«, sagte ihre Mutter und erhob sich ebenfalls. Im Korridor atmete sie sichtlich auf. »So ist sie, seit ich sie kenne, und es wird nicht besser.«

»Sie wohnt ja nicht mehr hier.«

»Zum Glück!«

Ihre Mutter brachte sie zum hoteleigenen Taxi, in das ihr Koffer bereits verladen war. Lennart war mit Fenja unterwegs, daher konnte er sie nicht fahren. »Bis Samstag, mein Schatz.« Ihre Mutter drückte sie fest an sich, gab ihr einen Kuss auf die Wange und strich ihr zärtlich eine Haarsträhne aus dem Gesicht. Das schlechte Gewissen trieb Karina fast die Tränen in die Augen.

»Bis Samstag, Mama.« Damit stieg sie ein und atmete mit einem langen Seufzer aus.

Als sie zweieinhalb Stunden später aus dem Zug stieg, war das Gefühl von schlechtem Gewissen immer noch nicht von ihr gewichen. Auf einmal kam ihr alles so sinnlos vor, und sie fragte sich, ob es nicht doch einfacher wäre, alles zu gestehen, das Donnerwetter über sich hereinbrechen zu lassen, aber dafür wenigstens nicht mehr ständig lügen zu müssen. Dann dachte sie an ihre Großeltern, dachte an das Gerede, an die Blicke. Daran, dass man bei ihr künftig genauer hinsehen würde. Das genügte, um jeden Gedanken an ein Geständnis wieder zu verwerfen.

Sie nahm ein Taxi nach Kessenich, musste dabei wieder an die Idee denken, die ihr seit dem Gespräch mit Erika Riesbeck im Kopf herumgeisterte. Ein Café mit Ricardo eröffnen – das war ihr fast aberwitzig erschienen. Sie hatte nicht die leiseste Ahnung, wie man so etwas anstellte, und Ricardo würde sich nie darauf einlassen. Nach ihrem Gespräch in der Küche war Karina zuversichtlich gewesen, dass sich so etwas wie Vertrautheit, vielleicht sogar eine Art Freundschaft zwischen ihnen einstellen würde. Aber mehr als ein paar Worte im Vorbeigehen waren bisher nicht gefallen, und obwohl Karina mehrmals mit dem Gedanken gespielt hatte, ihn zu fragen, ob sie miteinander ausgingen, hatte sie das nicht getan, da sie nicht aufdringlich erscheinen wollte. Wenn sie nicht einmal vernünftig Konversation betrieben, wie sollte sie ihm dann von der Idee eines gemeinsamen Cafés erzählen?

Sie trug ihr Köfferchen die Treppe hoch und schloss die Wohnungstür auf. Der Anblick des mittlerweile so vertraut gewordenen Eingangsbereichs ließ die aufkommende Schwermut sacken, sodass sie ihr nicht mehr als Klumpen in der Kehle saß, sondern im Magen eine leise Übelkeit auslöste. Auf dem Weg in ihr Zimmer warf Karina im Vorbeigehen einen kurzen Blick ins Wohnzimmer, das still und leer dalag. Sie stellte ihren Koffer ab und ging in die Küche, aus der sie Geschirrklappern hörte.

Ricardo spülte ab, hatte die Ärmel bis zu den Ellbogen aufgerollt und stellte gerade einen Teller auf das Abtropfbrett.

»Wie war es bei der werten Familie?«, fragte er, ohne sich umzuschauen.

»Woher weißt du, dass ich es bin?«

»Das höre ich am Gang.« Er drehte sich um, griff nach einem Handtuch, trocknete sich die Hände ab und dann das Geschirr.

»Zu Hause war es … nett«, schloss sie lahm. »Meine Großeltern waren zu Besuch, und das ist meist sehr anstrengend.« Sie lehnte mit dem Rücken am Türrahmen und sah Ricardo zu, wie er das Geschirr wegräumte. »Bist du allein?«

»Ja, Erika ist mit einer Kollegin zu Abend essen.«

»Hast du schon gegessen?«

»Daher der Abwasch.« Er zwinkerte ihr zu.

Karina überlegte, ob sie sich noch etwas zubereiten sollte, aber ihr fehlte die Lust dazu, und Hunger hatte sie auch nicht. Ihr lag die Frage auf der Zunge, ob sie nicht wieder miteinander ausgehen wollten, aber sie traute sich dann doch nicht, sie zu stellen.

Lene stützte das Kinn in die Hand und sah Erika an, während sie mit den Fingern der anderen Hand gedankenverloren am Rand ihres Glases entlangfuhr. Sie war in Erikas Alter, ihr Mann war vor wenigen Jahren aus der Kriegsgefangenschaft zurückgekehrt, und seither haderte Lene sowohl mit ihm als auch mit sich selbst.

»Wir waren sehr verliebt, als wir geheiratet haben.« Wie so viele andere hatten sie die Ehe noch rasch vor dem Kriegsausbruch geschlossen. Er war charmant und lustig gewesen. Zurückgekehrt war ein Fremder, der viel älter wirkte und an dem nicht nur jedes Gramm Fett abgeschmolzen war, sondern auch jeder Charme und Witz. Übrig geblieben war ein hagerer Zyniker, mit dem es sich nicht lachen und noch weniger leben ließ.

»Ich komme mir so undankbar vor«, sagte Lene. »Immerhin ist er zurückgekommen, nicht wahr? Und ich meine, ich bin ja auch nicht mehr die, die ich mal war, die, in die er sich verliebt hat.«

Erika hatte solche Geschichten auch von anderen Frauen gehört und fragte sich, wie sie damit umgegangen wäre, wenn Werner nicht als der zurückgekommen wäre, den sie gekannt und geliebt hatte.

»Weißt du, manchmal denke ich, es wäre besser, er wäre nicht heimgekommen.« Lene, die sonst immer so pragmatisch war, kamen die Tränen. »Ich meine, ist das nicht furchtbar, so zu denken?«

Erika wollte nicht sagen, dass sie es nachvollziehbar fand, denn das wäre ihr wie ein Verrat an Werner vorgekommen. »Glaub mir, wäre er nicht heimgekehrt, hätte dir das auch Kummer bereitet.«

»Aber das wäre vorbeigegangen, irgendwann. Ich hätte jemand anderen kennengelernt, irgendwann. Aber das jetzt … ich kann ihn ja auch nicht verlassen, in diesem Zustand.«

Erika nickte zögernd. Den Verlust von Werner hatte sie verschmerzt, es war jener der Kinder, an dem sie immer noch litt. Einen Partner konnte man ersetzen, aber nichts ersetzte das eigene Kind.

Sie dachte während des ganzen Rückwegs darüber nach. Werner hatte die Kinder nicht mehr richtig kennenlernen können, die Kinder wiederum hatten in ihrem kurzen Leben nichts anderes als den Krieg gesehen. Weil sie ahnte, dass diese Gedankengänge sie wieder in gefährliche Fahrwasser leiten würden, versuchte sie, sich mit etwas anderem abzulenken. Da gab es beispielsweise diese vielversprechende Schülerin, die es vielleicht sogar zur Wissenschaftlerin bringen würde. So oft Erika auch mit ihrem Leben haderte, diese kleinen Erfolge bei den Kindern anderer Menschen bestätigten ihr, dass sie womöglich doch das Richtige tat, dass es für manche Schülerinnen ein Verlust wäre, wenn sie den Schuldienst verließe.

Zu Hause angekommen, ging sie nicht direkt in ihre Wohnung, sondern zunächst ins Dachgeschoss. Seit ihrem ersten Treffen auf dem Dach hatte Erika das Gefühl, er würde für sie singen. Einmal war er zu ihr hinausgekommen, hatte sich mit der versprochenen Zigarette revanchiert, aber seither hatte sie ihn nur noch zweimal gesehen, als er staubbedeckt heimgekehrt war. Auf der Treppe hatten sie sich gegrüßt, flüchtig wie immer, ohne den geringsten Anschein von Vertrautheit. Sie wusste nicht einmal, wie er hieß. Auf dem Briefkastenschild stand »H. Brodowski«. Hans? Heinrich?

Als sie auf dem Dach ankam, hielt sie im ersten Moment überrascht inne, als sie ihn am Rand stehen sah, die Hände hinter dem Rücken verschränkt, den Blick über die Stadt gerichtet. Sie wusste nicht, ob er sie gehört hatte, da er unbeweglich blieb. Im Licht der beginnenden Dämmerung erkannte sie, dass sein Haar einen Ton zwischen Blond und Goldbraun hatte, und als er sich nun doch umdrehte, sah sie zudem, dass er noch jünger war, als sie gedacht hatte. Höchstens Mitte zwanzig. Was er wohl in ihr sah? Wie hatte sie selbst in dem Alter Menschen gesehen, die die vierzig schon überschritten hatten? Einundvierzig war Erika in diesem Sommer geworden.

»Wofür steht das H. auf Ihrem Namensschild?«, fragte sie unvermittelt.

»Henryk.«

Ja, dachte sie, das passte. Vom Typ her hätte er Niederländer sein können, der Name sprach jedoch eher für eine slawische Herkunft, vermutlich war zumindest sein Vater Pole. Erika strich sich eine Haarsträhne hinter das Ohr, die sich aus der Spange gelöst hatte, mit der sie ihre Locken bändigte. Henryk Brodowski sah sie unverwandt an, als sie näher trat. Wie schön er war, dachte sie mit Bestürzung. Und wie töricht sie selbst. Zwischen ihnen lagen gewiss fünfzehn bis sechzehn Jahre. Sie war dreiundzwanzig gewesen, als sie ihre Kinder bekommen hatte.

»Halten Sie nach jemandem Ausschau?«, fragte sie.

Sein Blick ließ sie für einen Moment los, richtete sich wieder auf die Stadt jenseits dieser Mauer, dann schüttelte er den Kopf. »In meiner Mansarde ist es so eng, hin und wieder brauche ich einen weiten Blick.«

Das verstand Erika nur zu gut. Sie zog ihre Zigaretten

hervor, steckte sich eine zwischen die Lippen und suchte nach ihrem Feuerzeug. Als sie es nicht sofort fand, zog Henryk Brodowski Streichhölzer aus der Hosentasche, entzündete eines und gab ihr Feuer. Er selbst rauchte nicht, betrachtete sie nur wieder mit diesem aufmerksamen Blick. Was sah er in ihr, fragte sie sich erneut. Fand er es womöglich bemitleidenswert, wie sie hier Abend für Abend saß? Oder dass sie die Nähe zu diesem viel zu jungen Mann suchte?

»Und wofür steht das E. in Ihrem Namen?«, fragte er in die inzwischen schwer lastende Schweigepause.

»Erika.«

»Wie die Blume.«

Sie musste lachen. Eine Blume wäre das Letzte gewesen, mit dem sie sich verglichen hätte. Andererseits passte es ja irgendwie, dass ihr Name der eines winterblühenden Heidekrauts war, anspruchslos, pflegeleicht.

Nachdem sie aufgeraucht hatte, war sie sich sicher, dass er nicht in die Wohnung zurückkehren und singen würde. Er wollte hier stehen, allein sein. Welches Recht hatte sie, sich ihm so aufzudrängen? Vielleicht wartete er sogar auf jemanden, stand hier draußen, um ihr genau das zu vermitteln. *Ich singe nicht. Du gehst jetzt besser.* Erika wollte sich abwenden, ihm eine gute Nacht wünschen.

»Wen haben Sie verloren, Erika?«

Noch in der Bewegung des Wegdrehens hielt sie inne, brauchte einen Augenblick, um sich zu fangen, wusste nicht, was sie antworten sollte. »Jeden«, brachte sie dann hervor. »Jeden, der mir wichtig war.«

»Ich singe abends nicht über Verlust«, sagte er. »Sondern über Hoffnung und Neuanfang.«

»Na, dann passt es ja. Ich fange seit fünfzehn Jahren jeden Morgen neu an, und abends gehe ich in der Hoffnung schlafen, dass mir der kommende Morgen erspart bleibt.«

Wieder betrachtete er sie lange schweigend. »Das ist bedauerlich.«

Darauf wusste sie nichts zu sagen und wandte sich nun endgültig ab, um das Dach zu verlassen.

Karina hatte ihn in dieser Nacht wieder gehört, leiser dieses Mal und eher zufällig, da sie nachts zur Toilette gemusst hatte und dabei im Flur das Geräusch von Stöhnen und Aufschluchzen aus seinem Zimmer gedrungen war. Eigentlich hatte sie vorgehabt, dergleichen künftig zu ignorieren, konnte das jetzt aber auch nicht gut, da sie wusste, wie quälend Albträume sein konnten. Er jedoch lag im Tiefschlaf und konnte der Qual nicht entkommen, und so warf Karina all ihre Vorbehalte ab, ging zu seinem Zimmer und schob die Tür auf.

Er wälzte sich im Bett herum, schluchzte in dem Moment wieder auf, als sie zu ihm trat. Behutsam berührte sie seinen Arm, und als keine Reaktion kam, rüttelte sie sacht daran. Im selben Moment fuhr er auf, packte sie, warf sie auf das Bett und beugte sich über sie, drückte sie in das Kissen. Erschrocken schrie sie auf, aber er hielt sie weiter fest, keuchte, während sie sich unter ihm wand, sich zu befreien versuchte. Sein Atem ging ruhiger, der Griff lockerte sich.

»Ricardo?«, fragte sie leise, wollte feststellen, ob er nun wirklich wach war.

»Was tust du in meinem Bett?«

»Du hast wieder schlecht geträumt.«

»Eine interessante Art, mich davon abzulenken. Nicht gerade neu, aber wirkungsvoll.« Er ließ sie los, blieb aber über sie gebeugt liegen, und sie spürte seine Fingerspitzen an ihrer Wange, ihrem Mund, ihrem Kinn, als wollte er im Dunkeln ertasten, ob sie es auch wirklich war.

Mit einiger Verspätung wurde Karina bewusst, dass sie nur ihr Nachthemd trug und er lediglich eine Pyjamahose. In was für eine überaus schamlose Situation hatte sie sich wieder manövriert? Sie richtete sich auf, zupfte an dem Nachthemd herum, obwohl er es im Dunkeln ohnehin nicht einmal sehen würde, wenn sie nackt wäre.

»Ich wollte dich wecken, woraufhin du mich ins Bett gezogen hast.« Es war ihr wichtig, diesen Umstand richtigzustellen. »Und nicht gerade sanft, wenn ich das hinzufügen darf.«

»Es tut mir leid.« Er schluckte und atmete langsam aus, dann raschelte das Bettzeug, als er sich ebenfalls aufrichtete. »Dieser Mann in der Schule«, sagte er übergangslos, »hast du mit ihm geschlafen?«

»Wie bitte? Das geht dich überhaupt nichts an.«

»Hast du?«

»Nein! Er wollte, aber mir war das zu gefährlich.«

»Verstehe.«

»Warum interessiert dich das jetzt?«

»Weil ich mit dir schlafen möchte, das aber nicht tue, wenn es das erste Mal für dich wäre.«

Karina war froh, dass er nicht sah, wie ihr bei diesem beiläufig vorgebrachten Wunsch die Hitze in die Wangen stieg. »Du denkst also, wenn ich das schon gemacht hätte, dürfte jetzt jeder mal ran, oder was?«

»Nein, aber wir könnten ganz unkompliziert ein wenig Spaß haben. Ich glaube nicht, dass ich noch einmal einschlafen kann.«

Das wurde ja immer besser! »Mein Lieber, selbst wenn es so wäre, eine Gespielin, mit der du dir deine schlaflosen Nächte vertreibst, werde ich für dich gewiss nicht sein.«

»Wie schade.«

Sie schnaubte und schob sich aus dem Bett. »So schlimm kann der Traum nicht gewesen sein, wenn dir danach als Erstes einfällt, mit mir zu schlafen.«

»Gerade weil er schlimm war. Mit dir zu schlafen wäre die schönere Erinnerung an die Nacht.«

»Koch dir eine heiße Schokolade, das schafft auch schöne Erinnerungen.«

Jetzt hatte er sogar den Nerv, zu lachen, als hätte er sich nicht gerade noch schluchzend im Bett herumgewälzt.

»Du magst mich doch nicht einmal besonders.«

»Das muss ich auch nicht, um mit dir schlafen zu wollen. Aber davon abgesehen, stimmt es nicht, dass ich dich nicht mag. Du hast mir zu Beginn einfach zu viel geredet, das ging mir auf die Nerven.«

»Ach was. Ich hoffe, morgen ist dir dein Gerede von dieser Nacht ebenso peinlich wie mir seinerzeit.«

»Wohl kaum, da ich nicht im Vollsuff bin und sehr wohl weiß, was ich von mir gebe. Im Übrigen – heißt es nicht, dass Betrunkene die Wahrheit sagen?«

»Ach halt doch den Mund!« Sie verließ sein Zimmer mit wild klopfendem Herzen und wollte die Tür zu ihrem eigenen mit Nachdruck schließen, als ihr gerade noch rechtzeitig einfiel, dass sie beide hier ja nicht allein waren und Erika davon gewiss wach werden würde.

Am nächsten Morgen fühlte Karina sich wie gerädert. Sie hatte lange zum Einschlafen gebraucht und immer wieder an diesen skurrilen Moment in Ricardos Bett denken müssen. Den ganzen Tag beschäftigte sie das noch so sehr, dass sie zweimal Anrufer falsch verband und von der Leiterin der Telefonzentrale zurechtgewiesen wurde. Die Frau neben ihr, Sonja Alsters, fragte, ob ihr jemand den Kopf verdreht habe, und sah sich offenbar bestätigt, als Karina verneinte, aber gleichzeitig rot wurde.

Sie traf Ricardo erst abends wieder, als er gerade in der Küche stand und Eis zubereitete. Kurz überlegte sie, einfach wieder zu gehen, aber das wäre ja zu albern gewesen. Außerdem hatte er sie ohnehin schon bemerkt.

»Guten Abend.« Als wäre alles wie immer.

»Guten Abend.« Sie blieb im Türrahmen stehen.

»Ich bin gleich fertig, dann kannst du dir etwas zu essen machen.«

Sie nickte nur, was er jedoch nicht sehen konnte, da er mit dem Rücken zu ihr stand. Nach einer Weile drehte er sich um.

»Du musst nicht verlegen sein.«

Ob er ahnte, dass sie sich ein klein wenig in ihn verliebt hatte? »Ich bin nicht verlegen.«

»Verärgert?«

»Wirke ich, als sei ich es?«

Darauf antwortete er nicht, taxierte sie nur, als würde er in ihrem Gesicht nach einer Antwort suchen. Dann widmete er sich wieder seiner Eismaschine.

»Das, wovon wir letztens gesprochen haben«, begann sie, »möchtest du das immer noch?«

Erneut drehte er sich zu ihr um, wirkte erstaunt. »Meinst du vergangene Nacht?«

»Natürlich nicht! Du hast mir erzählt, du würdest gerne ein eigenes Eiscafé eröffnen.«

»Ja, warum sollte sich daran etwas geändert haben?«

Karina suchte gerade die richtigen Worte, um mit ihrem Vorschlag herauszurücken und dabei alles so zu drehen, als sei es seine Idee, als ein lautes Scheppern im Hausflur sie zusammenfahren ließ. Gefolgt von Ricardo, lief sie zur Wohnungstür, öffnete sie und trat hinaus.

»Wer hat denn einen ganzen Karton mit Dosen auf den Treppenabsatz gestellt!«, war eine Männerstimme zu hören, gefolgt von einigen deftigen Flüchen.

»Alfred! Also wirklich!«, rief eine Frauenstimme.

Weitere Nachbarn waren aus den Wohnungen getreten, sahen auf die Dosen, die im Treppenhaus lagen.

»Den Hals hätte ich mir brechen können!«, schrie der Mann. »Wer stellt das denn dahin? War bestimmt dieser Polacke, dieser Wladimir! So was wie Ordnung kennen die ja nicht.«

»Wladimir ist ein russischer Name«, sagte eine der Witwen.

»Der Kerl ist Russe?«, fragte die andere.

»Nein, Deutscher«, schrie ein älterer Mann.

»Aber warum heißt er dann Wladimir?«, fragte eine weitere Frau.

»Du lieber Himmel!« Eine junge Frau kam aus ihrer Wohnung gestürzt. »Die sind von mir. Ich war so beschäftigt damit, die Kinder reinzubekommen, da habe ich die Kiste hier stehen lassen!«

»Na, dann räumen Sie das mal zügig weg, Mädel!«, rief Alfred. »Und seien Sie froh, dass ich das überlebt habe!«

»Die Freude liegt im Auge des Betrachters«, murmelte Ricardo, und Karina musste ein Lachen unterdrücken. Er half der jungen Mutter, die Dosen einzusammeln, bevor er mit Karina zusammen zurück in die Wohnung ging. Kurz überlegte sie, das Gespräch erneut auf das Eiscafé zu bringen, während er an seiner Maschine werkelte, kam dann aber zu dem Schluss, dass es wohl doch nicht der passende Moment war.

7

SEPTEMBER 1957

Erika saß zusammen mit Karina und Ricardo vor dem Radio, wo die Ergebnisse der Bundestagswahl verkündet wurden. Adenauer hatte mit 50,2 Prozent die absolute Mehrheit für die Union geholt. Die SPD landete bei 31,8. Das war für Erika als überzeugte Sozialdemokratin zwar bitter, aber da sie Adenauer im Grunde genommen mochte – leider gehörte er nach ihrem Dafürhalten der falschen Partei an –, war sie zufrieden.

Karina war nicht anzusehen, was sie vom Wahlergebnis hielt, sie hatte nicht darüber gesprochen, welche Partei sie bevorzugte, und Ricardo durfte nicht mitwählen, da er die italienische Staatsangehörigkeit hatte. Erika hätte ja zu gerne gewusst, ob er und Karina sich irgendwie nähergekommen waren, denn sie wirkten auf eine Art vertraut, die das nahelegte. In ihrem Umgang lag etwas Vorsichtiges, während ihre Unterhaltungen ab und zu mit kleinen spöttischen Scherzen oder Seitenhieben gespickt waren. Ein klein wenig beneidete Erika sie um diese Unbeschwertheit. In ihr selbst rangen so viele widersprüchliche Gefühle, die es ihr nahezu unmöglich machten, weiterhin oben auf dem Dach zu sitzen und Henryk Brodowski zuzuhören.

Stattdessen ging sie öfter aus, meist mit Lene. Einmal waren sie im Contra-Kreis-Theater gewesen, das im Jahr 1950 mit *Hamlet* eröffnet hatte. Oder ins Woki, das Wochenschaukino, das sich seit drei Jahren in der Gangolfstraße befand.

»Das wird ja auch Zeit«, hatte Lene gesagt, die froh war um jeden Moment, den sie von zu Hause fortkonnte. Ihr Sohn war fast erwachsen und würde nach seiner Ausbildung ausziehen, er war kurz vor Kriegsbeginn geboren. »Deshalb mussten wir damals so schnell heiraten«, hatte Lene erklärt. »Mittlerweile läuft im Bett nichts mehr. Ist mir aber auch recht, dann kann er mich wenigstens nicht schwängern.«

In diesem Moment wurde ihr bewusst, dass sie Ricardo offenbar schon länger unverwandt angeschaut hatte, denn er erwiderte Erikas Blick, fragend und irritiert. Sie bemühte sich um einen verschwörerischen Ausdruck und rollte die Augen kurz und von dieser gänzlich unbemerkt zu Karina. Dann hob sie die Brauen, aber Ricardo antwortete nur mit einem Schulterzucken und einem leichten Kopfschütteln, das sowohl verneinend als auch ratlos gedeutet werden konnte.

Karina erhob sich. »Meine Eltern werden begeistert sein.«

»Daraus schließe ich, deine Eltern wählen konservativ?«

»Immer schon. Ehe sie konservativ wurden, war meine Familie überzeugt kaisertreu. Wenigstens hingen sie nicht der NSDAP an.«

Na, immerhin. Wobei damit ja heutzutage auch niemand hausieren ging. Erika stand ebenfalls auf. »Begleitet mich jemand auf einen Spaziergang?«, fragte sie.

»Ich«, rief Karina direkt, während Ricardo sich mit der Antwort Zeit ließ, schließlich jedoch nickte.

Obwohl es tagsüber noch sommerlich warm sein konnte, lagen doch über allem schon das Licht und der Geruch des Herbstes. Gegen Abend war es zwar noch einigermaßen mild, aber doch nicht mehr warm genug, um das Haus ohne einen leichten Mantel zu verlassen. Als wollten die Bäume den Sommer festhalten, zeigten sich nur vereinzelt farbige Blätter. Bald jedoch würden sie kapitulieren müssen, dann begann das Farbenspiel des Herbstes, begleitet vom Geräusch raschelnden Laubes, durch das man schritt. Es war Erikas liebste Jahreszeit, und unvermittelt stiegen ihr die Bilder ihrer Kinder vor Augen, wie diese mit unbeholfenen Schritten lachend durch das Laub liefen, es in die Hände nahmen, aufwirbelten.

»Hast du schon eine neue Stelle gefunden ab Oktober?«, fragte sie an Ricardo gewandt.

»Warum eine neue Stelle?«, wollte Karina wissen und klang dabei leicht alarmiert. Vermutlich befürchtete sie, er würde ausziehen.

»Weil im Winter kein Mensch Eis kauft«, erklärte er. »Ja«, antwortete er an Erika gewandt. »Ich arbeite als Kellner in einem Hotel bis März.«

»In Bonn?«

»Ja, im Stadtzentrum.«

Erika wandte sich an Karina von Oedinghof. »Und wie sehen Ihre Pläne für den Herbst aus? Sind Sie in der Sache, über die wir letztens gesprochen haben, schon weitergekommen?«

»Nein, es ergab sich keine Gelegenheit.«

Falls Ricardo die Andeutung neugierig machte, zeigte er es nicht.

Sie spazierten durch Kessenich bis nach Dottendorf und wieder zurück. Währenddessen plauderten sie über gesellschaftliche Themen, wie die Stadt sich im Wiederaufbau entwickelte, welche Filme gerade liefen, welche Theaterstücke es wert waren, gesehen zu werden. Karina von Oedinghof war dabei eine sehr interessierte Gesprächspartnerin, und man merkte ihr die kulturell gebildete Tochter der Oberschicht an.

»Morgen kommt die Zugehfrau«, erinnerte Erika sie. »Die Teppiche müssen freigeräumt sein, damit sie sie zum Klopfen nach draußen tragen kann.«

Sie betraten das Haus, und Erika lud sie noch ein, mit ins Wohnzimmer zu kommen, legte eine Schallplatte auf, und kurz darauf erklang die Stimme von Russ Columbo. Erika ging zur Anrichte, füllte drei Gläser und reichte Ricardo und Karina je eins.

»Gibt es etwas zu feiern?«, fragte er.

»Ja, zwölf Jahre funktionierende Demokratie. Genauso lange waren die Nazis an der Macht.« Rückblickend kamen die zwölf Jahre unter Hitler ihr viel länger vor als die Zeit nach dem Krieg. »Erinnern wir uns täglich daran, damit so etwas nie wieder passiert.«

Ricardo nickte, während sein Blick verhangen wirkte, als richtete er sich nach innen, spürte Zeiten nach, die schwer lasteten. Währenddessen war Karina von Oedinghof zwar ernst, aber nicht mit diesem Ausdruck düsterer Erinnerungen. Erika bot ihr das Du an, damit sie nicht das Gefühl bekam, außen vor zu sein, denn immerhin verstand sie sich mit Ricardo inzwischen recht gut.

»Ich gehe noch mal zum Rauchen an die frische Luft«, sagte sie. »Habt eine gute Nacht.«

»Und was machen wir zwei nun, hm?«

Wenn dies nicht der günstigste Moment war, wüsste Karina nicht, welcher es dann sein sollte. »Ich wollte mich ohnehin mit dir unterhalten und dich zu einer Sache fragen.«

Er nickte nur.

»Setzen wir uns?«

»Klingt bedeutungsschwer.«

»Nein, aber ich mag dabei nicht so herumstehen.« Sie war nervöser, als es dem Anlass angemessen war. Nach kurzer Überlegung hatte sie beschlossen, ihm geradeheraus ihren Vorschlag zu unterbreiten, ohne dabei groß drumherum zu reden, nur damit er dachte, es sei seine Idee. Was sollte schon passieren, außer dass er es abtat?

Sie ließen sich auf zwei Sesseln nieder, die mit einem Sofa um einen niedrigen Tisch gruppiert standen.

»Also«, begann sie, bemüht entspannt zurückgelehnt, die Beine übereinandergeschlagen, »ich habe lange darüber nachgedacht, was ich künftig tun möchte.« Sie atmete tief durch, und Ricardo nickte aufmunternd. »Ich dachte daran, ein Café zu eröffnen, ein Eiscafé. Und weil ich wenig Ahnung habe, wollte ich dich fragen, ob wir das gemeinsam machen. Ich bringe das Geld ein, du die Fähigkeiten.«

Daraufhin schwieg er. Das war zwar nicht die Reaktion, die Karina sich erhofft hatte, aber wenigstens lehnte er nicht rundheraus ab.

»Es ist ja nicht so, dass damit in meiner Familie völliges Neuland betreten wird. Ich hatte dir ja erzählt, dass es schon zwei …«

»Chocolaterien in der Familie gibt«, führte er den Satz zu Ende. »Das sind aber nicht deine persönlichen Erfahrungen, sondern die der Betreiber, nicht wahr?«

»Ich sagte ja, dass ich keine Ahnung habe. Aber du arbeitest auf ein eigenes Café hin, und wenn wir es zusammen angehen, könnte das gewiss funktionieren.«

»Hast du jemals in deinem Leben richtig gearbeitet? Abgesehen von deiner Tätigkeit als Telefonistin? Hast du Ahnung von Buchführung, vom Wirtschaften?«

»Nein, aber irgendwie fängt jeder mal an. Meine Schwägerin hatte auch keine Ahnung, die Cousine meiner Mutter ebenfalls nicht.«

»Aber sie hatten gewiss Menschen an ihrer Seite, die Ahnung hatten.«

»Das ist doch ohnehin dein Bereich. Und ich lerne schnell. Wäre ich auf der Schule geblieben, hätte ich auch Wirtschaften gelernt, es ist also nicht so, dass ich nicht lernfähig bin.«

»Das habe ich auch nicht behauptet.«

»Warum probieren wir es dann nicht? Du möchtest doch dein eigenes Café.«

»Aber ich möchte nicht finanziell abhängig sein.«

»Das bist du nicht.«

»Doch, durchaus. Sobald du mir den Geldhahn zudrehst, stehe ich wieder mit nichts da.«

»Das tust du auch, wenn wir es nicht wenigstens versuchen. Und man kann es übrigens auch umdrehen: Wenn du mir deine Fähigkeiten nicht zur Verfügung stellst, habe ich einfach nur ein Gebäude mit Café-Einrichtung.«

»Hast du eine Vorstellung davon, was für Kosten auf uns zukommen? Du wirst derzeit von deinen Eltern finanziert. Denkst du, die lassen das einfach weiterlaufen, wenn sie irgendwann die Wahrheit herausbekommen?«

»Davon erfahren sie erst, wenn ich ein gut laufendes Café vorweisen kann. Mein Vater ist zwar konservativ, und ihm war bei meiner Mutter wichtig, dass sie im Hotel an seiner Seite bleibt, ebenso, wie er dies am liebsten bei meiner Schwägerin gesehen hätte. Aber er wollte, dass ich etwas lerne, dass ich auf eigenen Beinen stehe und nie ganz und gar von einem Mann abhängig bin, wenngleich ihm natürlich wichtig ist, dass ich irgendwann heirate. Aber es imponiert ihm, wenn man aus eigener Kraft etwas schafft.«

»Dass dein Vater seine Zahlungen weiterlaufen lässt, ist aber ebenfalls keine Grundlage für eine erfolgreiche Finanzierung.«

»Ich verfüge außerdem noch über ein kleines Erbe, das auf meinem Konto liegt.« Eine Tante väterlicherseits hatte ihre Habe an die Töchter der Familie verteilt, da sie der Meinung gewesen war, die Söhne würden ohnehin von ihren Eltern den Löwenanteil bekommen.

Nach wie vor schien Ricardo zu zweifeln. Obwohl Karina Sorge gehabt hatte, er könnte rundheraus ablehnen, hatte sie doch insgeheim auf mehr Enthusiasmus gehofft, darauf, dass er die Vorteile sah und nicht nur mögliche Probleme.

»Ich sagte ja nicht, dass es eine schlechte Idee ist.« Er schien ihre Enttäuschung zu bemerken. »Aber das muss sehr gut durchdacht und geplant werden. Wir müssten vorab eine Kostenaufstellung machen, genau sehen, was uns als Startkapital zur Verfügung steht, und ausrechnen, was an Kosten auf uns zukommt. Es ist ja nicht mit der Miete und der Einrichtung allein getan, wir werden stetig laufende Kosten haben.«

Das war immerhin schon einmal besser als ein »Nein«. »Soll ich schon einmal schauen, wo Gewerberäume zu vermieten sind? Die können wir uns ja erst einmal unverbindlich anschauen.«

Jetzt lächelte er endlich. »Ja, das kannst du gerne tun.«

Endlich, dachte sie, endlich hatte sie etwas, auf das sie hinarbeiten konnte. Sie würde vor ihre Eltern treten, ihnen ein gut laufendes Eiscafé präsentieren und dann erzählen, wie die Sache in der Schule zu Ende gegangen war. Wenn sie ihnen erklärte, dass sie sich geschämt hatte und gerne etwas vorweisen wollte, ehe sie ihnen alles gestand, würden sie womöglich sogar Verständnis haben. Auf jeden Fall musste Karina auf diese Weise nicht zu Kreuze kriechen, sondern konnte ihnen mit erhobenem Kopf entgegentreten.

»Du wirkst so erleichtert«, sagte Ricardo. »Hattest du solche Angst vor meiner Reaktion?«

»Angst nicht direkt, aber ich war mir meiner Sache auch nicht wirklich sicher.«

»Die Idee hat durchaus ihren Reiz.«

Karina stand auf. »Ich fange kommende Woche direkt an, die Anzeigen für Gewerbeimmobilien durchzugehen.«

Als Ricardo sich ebenfalls erhob, standen sie voreinander, sahen sich an, und ganz kurz dachte Karina, er wolle sie küssen. Dann jedoch lächelte er, berührte ihren Arm, wünschte ihr eine gute Nacht und verließ das Wohnzimmer.

Am kommenden Tag hatte Karina Mühe, sich auf die Arbeit zu konzentrieren. In Gedanken zählte sie auf, welche Schritte es nun als Nächstes zu unternehmen galt, plante und rechnete, während sie in fortwährender Freundlichkeit den immer gleichen Begrüßungssatz sagte, gefolgt von einem nicht minder freundlichen »Ich stelle Sie durch«.

Dabei wusste sie nicht, was aufregender war, die Vorstellung, ein eigenes Café zu eröffnen, oder dies zusammen mit Ricardo zu tun. Warum hatte er sie am Vorabend nicht geküsst? Kurz hatte sie den Eindruck gehabt, er wollte es tun. Sie hatte es ganz gewiss gewollt, wollte es immer noch. Bei dem Gedanken daran klopfte ihr Herz wieder schneller, und ihre Begrüßung am Telefon fiel etwas atemloser aus. So ging es den ganzen Tag. Antworten, Stecker umstecken, Antworten, Stecker umstecken. Ihre Kolleginnen kennenzulernen war fast unmöglich, dafür blieb kaum eine ruhige Minute. Während der Mittagspause aßen sie zusammen, aber auch da gingen die Gespräche selten über belangloses Geplauder hinaus, da sie sich beeilen mussten, um pünktlich wieder am Platz zu sein. Aber damit war es ja hoffentlich bald vorbei.

Als Karina abends nach Hause kam, setzte sie sich mit einem Tee in ihr Zimmer an den Schreibtisch und schrieb Ideen auf, die sie für das Café hatte. Sie hörte Ricardo heimkommen, wäre am liebsten sofort aufgesprungen, wollte ihn aber nicht überfallen und zwang sich, an ihrem Schreibtisch sitzen zu bleiben. Er würde jetzt das Eis für den kommenden Tag vorbereiten, da war es ohnehin nicht der richtige Zeitpunkt, um über die Dinge zu sprechen, die sie sich überlegt hatte.

Als sie eine Stunde später das Zimmer verließ, war er gerade dabei, sich etwas zum Abendessen zuzubereiten. »Na so was«, sagte er. »Du bist ja doch zu Hause.«

»Warum auch nicht?«

»Weil du sonst immer in die Küche kommst, wenn ich hier bin.« Er zwinkerte ihr zu.

»Du bist normalerweise ja auch immer genau dann in der Küche, wenn ich Hunger bekomme.«

»Und heute hattest du keinen Hunger?«

»Doch, aber auch viel zu erzählen, und ich dachte mir, du hast bei der Eiszubereitung lieber deine Ruhe.«

»Tatsächlich?«

Karina bemerkte einen spöttischen Unterton, ließ sich davon aber nicht beeindrucken. »Wenn wir Räumlichkeiten finden, was denkst du, wann wir dann eröffnen sollten?«

»Nicht vor nächstem Frühjahr.«

»Wie bitte? Aber warum denn nicht?«

»Weil im Winter kein Mensch ein Eiscafé besucht. Was denkst du, warum die Eisdielenbetreiber von Herbst bis Frühjahr schließen und nach Italien fahren? Die Geschäfte werden bis dahin saisonal vermietet.«

Daran hatte Karina überhaupt nicht gedacht. »Das würde ja bedeuten, dass wir jeden Herbst schließen müssen.«

»Wenn wir eine klassische Eisdiele betreiben, dann ja.«

Das warf ihre Pläne gehörig durcheinander. »Dann betreiben wir sie eben nicht klassisch«, sagte sie. »Da fällt uns gewiss etwas ein.«

Während er sein Abendessen zubereitete, knurrte ihr vernehmlich der Magen, und Ricardo drehte sich mit einem schiefen Grinsen zu ihr um. »Möchtest du mitessen? Es werden aber nur Rühreier mit Kresse.«

»Gerne.«

»Ich dachte mir, wenn unsere Idee funktioniert, dann könnte ich ab April Werbung unter meinen Stammkunden machen. Wenn wir dann im Mai eröffnen, könnte das funktionieren. Aber das sind derzeit noch Luftschlösser, weil wir – wie gesagt – noch über die Finanzierung sprechen müssen. Und zwar ohne das Geld deines Vaters.«

»Solange ich das noch kriege, kann ich es ja zur Seite legen, und wir investieren es.«

»Wir planen es aber nicht fest für die Finanzierung ein.«

»Ist gut.«

Sie aßen zusammen, wobei Karina trotz ihres Hungers nur wenig Appetit hatte und schnell satt war. So war es immer, wenn ihr viel im Kopf herumging, dann schien alles in ihr ausgefüllt von Gedanken, sodass für nichts anderes Platz schien. Nach dem Essen half Karina ihm beim Abspülen, wobei sie so nah neben ihm stand, dass sie vermeinte, die Wärme seines Körper zu spüren.

»Hast du Pläne für heute Abend?«, fragte er, als sie fertig waren.

Sie schüttelte nur stumm den Kopf.

»Ich auch nicht. Und da wir vermutlich beide bis zum Schlafengehen auf unseren Zimmern sitzen werden, können wir das auch ebenso gut gemeinsam tun.«

»Schlafen gehen?«, fragte Karina atem- und auch etwas fassungslos.

»Ich hatte an etwas Anständigeres gedacht, aber ich bin für alles offen.« Wieder dieses leicht spöttische Lächeln. Dann berührte er ihre Wange mit den Fingerspitzen seiner rechten Hand, hob ihr Kinn an und küsste sie.

8

NOVEMBER 1957

Karina wälzte Reisebroschüren. Seit es wirtschaftlich bergauf ging, zog es die Leute wieder vermehrt in die Ferne – jene zumindest, die es sich leisten konnten. Italien war sehr beliebt, und das würde sie sich für ihr Eiscafé zunutze machen. Sie wollte, dass ihre Gäste sich fühlten, als würden sie für eine kurze Zeit nach Italien reisen, wollte das Flair des Südens hineinbringen, wollte es echt und fühlbar machen. Wie genau, das wusste sie noch nicht, aber es machte Spaß, darüber nachzudenken.

»Ich mag es, wenn du mich im Nachthemd auf meinem Bett erwartest«, sagte Ricardo, der in just diesem Moment den Raum betrat.

»Bilde dir keine Schwachheiten ein, ich bin gleich wieder in meinem Zimmer. Ich wollte nur nicht einschlafen und deine Rückkehr verpassen.«

Er beugte sich vor und küsste sie, und kurz ließ Karina es zu, dass seine Hand dabei die Schleife löste, die das Nachthemd über der Brust zusammenhielt, und unter den Stoff glitt. Dann umfasste sie sein Handgelenk, hinderte ihn daran, weiter vorzudringen, und schnürte ihr Nachthemd wieder zu.

»Wie war dein Arbeitstag?«

»Bist du dir sicher, dass du jetzt diese Art von Unterhaltung führen möchtest?«

»Nein, eigentlich wollte ich nur höflich sein und nicht mit der Tür ins Haus fallen.«

»Bitte, fall mit der Tür ins Haus! Auf gar keinen Fall möchte ich in den Trott voneinander gelangweilter Eheleute verfallen, während du hier im Nachthemd sitzt und ich gerade so manches lieber tun würde, als zu reden.«

»Also gut.« Sie erzählte ihm von ihrer Italien-Idee und sah ihm dabei zu, wie er seine Schuhe auszog. »Ich habe mir sogar schon einen Namen überlegt.«

»Und der wäre?«

»Der Eissalon.«

»Wenn du auf Italien-Flair setzt, wäre da nicht ein italienisch klingender Name passender?«

»Davon gibt es doch schon etliche, und ich finde, ›Eissalon‹ klingt einfach gut. Außerdem möchte ich, dass wir auch im Winter aufhaben, und dann assoziiert man mit einem Eissalon winterliche Eleganz. Wir stellen ab Herbst einfach das Sortiment um.«

Ihm war nicht anzusehen, ob ihn das, was sie sagte, überzeugte, aber immerhin widersprach er nicht. Er legte sich aufs Bett, verschränkte die Hände hinter dem Kopf, immer noch gekleidet in seine schwarze Hose, das weiße Hemd und die Weste. Karina streckte sich neben ihm aus, und er legte einen Arm um sie, sodass sie an seiner Brust zu liegen kam.

»Bist du müde?«, fragte sie.

»Ja, ich bin seit heute Morgen auf den Beinen und

hatte nur kurz Zeit zum Essen zwischendurch. Aber sie zahlen gut.« Er hatte die Augen geschlossen, und als Karina schon dachte, er sei eingeschlafen, sagte er: »Deine Ideen gefallen mir. Wir müssen uns nur überlegen, was wir im Winter machen. Ich bin kein Konditor oder Confiseur.«

»Da findet sich gewiss eine Lösung. Wir können ja auch jemanden einstellen.«

»Dir ist aber schon klar, dass derjenige nicht umsonst für uns arbeitet, ja?«

Sein Herzschlag war direkt unter Karinas Ohr, ruhig, gleichmäßig, so, wie sein Atem auch ging. Dass sie eingeschlafen sein musste, wurde ihr erst bewusst, als das anhaltende Läuten der Türklingel sie aus dem Schlaf riss. Sie richtete sich auf und spürte, wie auch Ricardo sich bewegte. Er erhob sich schlaftrunken, fuhr sich durch das Haar, als die Klingel erneut anschlug.

»Wer läutet denn um diese Zeit Sturm?« Er stand auf und öffnete die Zimmertür, aber Erika war schneller als er und schon auf halbem Weg durch den Flur.

Vom Bett aus sah Karina Ricardo zu, wie er ebenfalls in Richtung Haustür ging. So, wie sich dieser späte Besucher ankündigte, musste etwas Schlimmes vorgefallen sein. Als sie schließlich Männerstimmen hörte, schien ihr Herzschlag für einen Moment zu stolpern, ehe er so heftig ging, dass es ihr in der Brust schmerzte. Nein, dachte sie. Nein, nein, nein.

»Wo ist sie?«

»Sie können doch nicht einfach …« Erika.

Doch, er konnte, dachte Karina. Und wie er konnte.

Sie blieb wie erstarrt sitzen, als würde sie das unsichtbar machen, das Unvermeidliche verhindern. Jetzt schloss sie gar die Augen wie ein Kind, das glaubte, es könne nicht gesehen werden, wenn es selbst nichts sah.

»Sie bringen mich jetzt augenblicklich zu meiner Tochter!«

»Na erlauben Sie mal!« Erika.

»Vater!« Lennart war also ebenfalls gekommen.

Kurz darauf waren rasche Schritte im Flur zu hören.

»Sie können hier nicht einfach so eindringen!« Ricardo.

»Sagen Sie mir nicht, was ich kann!«

Karina erblickte ihren Vater im selben Moment, in dem er sie sah. Kurz schwebten ihr die Worte auf der Zunge, dies sei ihr Zimmer und sie würde nicht zusätzlich zu all dem Ungemach auch noch im Nachthemd auf dem Bett eines Mannes sitzen. Rasch erhob sie sich, kam ihm entgegen, wollte es einfach nur hinter sich bringen. Ihr Blick begegnete dem Lennarts, dann sah sie ihren Vater an.

»Papa, ich kann das erklären. Es …« Weiter kam sie nicht, als eine Ohrfeige ihre Wange mit einer Heftigkeit traf, dass ihr Kopf gegen den Türrahmen schlug.

»Vater!« Lennart schob sich dazwischen, während Karina aufschluchzte, für einen Moment benommen war von dem Schlag. Damit hatte sie bei allem Zorn nicht gerechnet. Er war ihr gegenüber noch nie gewalttätig geworden. So kannte sie ihn nicht.

Ihr Bruder rang mit ihrem Vater, und nun war auch Ricardo bei ihnen, legte den Arm schützend um ihre

Schultern, was ihren Vater ganz offensichtlich noch mehr in Rage brachte.

»Nehmen Sie sofort die Hände von ihr!«

»Sie werden Sie kein weiteres Mal schlagen!«

»Wir beruhigen uns jetzt alle erst einmal!«, rief Erika. »Das hier ist meine Wohnung!«

Arvid von Oedinghof fuhr zu ihr herum. »Ihre Wohnung? In der meine Tochter mit diesem Kerl zusammen haust? Was sind Sie? Eine Kupplerin?«

»Lehrerin.«

Die ruhige, lakonische Art, in der Erika ihre Antwort vorbrachte, ließ einen aberwitzigen Lachreiz in Karina aufsteigen, den sie nur mit Mühe bezwang, da sie ahnte, er würde in Hysterie kippen.

»Sie hat recht«, ließ sich Lennart jetzt vernehmen. »Wir sprechen jetzt ganz ruhig miteinander.« Er stand immer noch zwischen Karina und ihrem Vater. »Und, wenn möglich, allein.« Er umfasste Karinas Hand in einem ruhigen, warmen Griff. »Ich nehme doch an, du hast hier auch ein eigenes Zimmer?«

Sie nickte nur, jetzt den Tränen nahe.

»Dann komm.« Er führte sie aus dem Zimmer, und Karina spürte, wie schwer es Ricardo fiel, sie gehen zu lassen. Aber hier musste sie allein durch. Kurz sah sie Erika an, die im Flur stand, die Augen ganz dunkel vor Mitgefühl.

»Hier entlang.« Karina wies auf die verschlossene Tür ihres Zimmer.

Ihr Vater, der ihnen schweigend gefolgt war, trat als Letzter ein und stieß die Tür mit einer Heftigkeit zu, die bezeugte, wie stark die Wut in ihm brodelte. Seine Erklärung ließ auch nicht lange auf sich warten.

»Da stehe ich heute Abend auf einer Feier im Hotel und begegne deiner werten Schulleiterin, Frau Becker, die mich allen Ernstes fragt, wie es denn meiner Tochter gehe. Ich lache, antworte ihr, das müsse sie doch besser wissen als ich, schließlich sehe ich sie nur am Wochenende.«

Karina schloss die Augen, wollte nicht hören, was jetzt kam.

»Sie hat mich angesehen, als sei ich närrisch. Und dann rückte sie damit heraus, mit jedem schlüpfrigen Detail.«

Als hätte es da so viele gegeben!

»Hat mir erzählt, wie du mit einem Lehrer angebändelt hast, wie du in einem *Klassenzimmer* dabei warst, dich vor ihm deiner Kleider zu entledigen!«

»Das ist nicht wahr!«

»Ach? Gab es diese Affäre etwa nicht?«

»Doch, aber nicht so, wie sie es darstellt. Wir haben uns ein paarmal geküsst und sind erwischt worden. Zudem habe nicht ich mit ihm angebändelt, sondern er mit mir.«

Ihr Vater machte eine abwinkende Handbewegung, als sei dieses Detail vollkommen irrelevant. »Sie hat dich der Schule verwiesen. Im *Mai*!«

Karina sah Lennart an, der ernst wirkte, ihr aber zunickte, signalisierte, dass er auf ihrer Seite war. Deshalb hatte er vermutlich wohl auch ihren Vater nicht allein zu ihr fahren lassen.

»Ich war auf dem Weg nach Hause, in meiner Tasche

dieser entsetzliche Brief der Schulleiterin, in dem sie mich als liederliche Person bezeichnet hat.«

»Zu Recht, möchte ich meinen«, entgegnete ihr Vater kalt.

»Ich war nicht liederlich! Nur ein bisschen verliebt. Und ich dachte, es sei ihm ernst.«

»Ernst? Wenn es ihm ernst gewesen wäre, hätte er dich nicht öffentlich kompromittiert.«

»Du siehst es also auch so, dass mich nicht die alleinige Schuld trifft?«

»Lassen wir einmal außen vor, wer Schuld trägt. Immerhin hättest du ihn abweisen können, aber gut, du hast einen Fehler gemacht. Uns daraufhin aber kaltblütig nahezu ein halbes Jahr lang zu belügen – dafür gibt es absolut keine Entschuldigung.«

»Ich konnte es euch nicht erzählen.« Da es sich anfühlte, als würden ihre Knie sie nicht einen Moment länger tragen, setzte sie sich auf das Bett. »Woher wusstest du eigentlich, dass ich hier bin?«

»Ich habe mich daran erinnert, wo du in den Ferien untergekommen bist. Da war es recht leicht, sich zusammenzureimen, dass du dich auch jetzt dort aufhältst. Du hast dich vermutlich, wo du konntest, an die Wahrheit gehalten.«

Karina schwieg, zupfte am Ärmel ihres Nachthemds. Ihr schmerzte der Kopf, und die Stelle, wo sie gegen den Türrahmen geschlagen war, tuckerte. Vorsichtig hob sie die Hand, ertastete eine leichte Schwellung.

»Also gut«, sagte Lennart nun. »Und was machen wir jetzt?«

»Sie wird ihre Sachen packen und mitkommen.«

Abrupt sah Karina auf. »Nein, gewiss nicht.«

Ihr Vater starrte sie an, als glaubte er, sich verhört zu haben. »Wie bitte?«

»Ich ... Du hast ...« Sie atmete tief durch, sammelte sich und fing noch einmal von vorne an. »Ich habe es euch nicht erzählt, weil ich mich für diesen Brief zu sehr geschämt habe. Ich wollte hierbleiben und euch alles beichten, wenn ich etwas habe, das vorzeigbar ist.«

»Oh, in dieser Hinsicht hast du es wahrhaftig weit gebracht«, erwiderte ihr Vater in kaltem Spott. »Ich vermute, deine angeblich kurzzeitige Arbeitsstelle über die Ferien ist von Dauer? Telefonistin in einem Kaufhaus, während du dich nachts auf dem Bett von diesem Kerl – was ist er eigentlich? Spanier? Italiener? – herumaalst? Vorzeigbar, in der Tat.«

»Wir wollen gemeinsam ein Café eröffnen.«

»Ein Café eröffnen? Du?« Der Ton, in dem er das sagte, schmerzte fast noch mehr als die Ohrfeige.

»Warum nicht? Immerhin hast du mich doch auch auf die Restaurantschule gehen lassen.«

»Ich habe dir zugetraut – und vertraut! –, dass du etwas lernst, das dich befähigt, irgendwann auf eigenen Beinen zu stehen, das stimmt. Aber darin bist du ja grandios gescheitert. Du verfügst also nicht einmal über das nötige Wissen, um ein Café zu führen.«

»Was wusste denn Fenja vorab? Oder Tante Ella?«

»Du willst deine Position doch wohl nicht mit der dieser beiden Frauen vergleichen? Siehst du nicht, dass das vollkommen andere Voraussetzungen waren?«

»Sie hatten Menschen an ihrer Seite, die sie unterstützt haben. Ricardo ist Gelatiere.«

»Ricardo also. Und was macht Ricardo derzeit?«

»Er arbeitet als Kellner in einem Hotel, im Sommer verkauft er Eis in einem Eiswagen.«

Ihr Vater fuhr sich mit beiden Händen über das Gesicht. »Du gehst mit einem fahrenden italienischen Eisverkäufer ins Bett. Na großartig.«

»Was ist denn das Problem daran, dass er Italiener ist?«

»Nicht der Italiener ist das Problem, sondern der Eisverkäufer. Was hat er vorzuweisen? Außer seinem Eiswagen? Und mit ihm willst du ein Eiscafé eröffnen? Bei dem du – was eigentlich? – einbringst?«

»Hör auf, so verächtlich darüber zu sprechen. Es wird funktionieren, das wirst du schon sehen!«

»Gar nichts werde ich sehen, denn du kommst mit uns nach Hause. Mit dieser Narretei ist augenblicklich Schluss.«

Tränen traten ihr in die Augen, und sie schüttelte nachdrücklich den Kopf. »Nein.«

»Wie war das?«

Ihr Blick war nun fester. »Nein.«

»Karina, ich glaube nicht, dass du wirklich verstanden hast, in was für einer Situation du dich befindest. Du wirst jetzt mitkommen, und dann betreiben wir Schadensbegrenzung. Die Sache macht jetzt vermutlich ohnehin schon die Runde.«

»Das ist das Einzige, was für dich zählt, ja? Dass niemand redet.«

»Nein, was zählt, ist, dass du endlich wieder vernünftig wirst. Wir wissen nun Bescheid, also kannst du nach Hause kommen. Los, pack zusammen. Lennart, siehst du ihren Koffer irgendwo?«

»Ich sagte, ich bleibe!« Karina war aufgestanden.

»Du weißt, dass ich deine Arbeit für dich kündigen kann, selbst diese Unterkunft kann ich für dich kündigen.«

»Das kannst du tun, aber was versprichst du dir davon? Dann suche ich mir eine andere Arbeit und eine andere Unterkunft. Willst du mir die ganze Zeit hinterherlaufen und alles für mich kündigen? Und mich dann gar an den Haaren nach Hause schleifen?«

Ihr Vater sah sie so fassungslos an, dass Karina für einen Moment befürchtete, er würde es tatsächlich tun, und sich unwillkürlich an das Haar fasste.

»Vater«, ließ sich Lennart nun vernehmen, »lass sie doch jetzt erst einmal. Es geht ihr gut, und wir können später in aller Ruhe überlegen, wie es nun weitergeht. Sie ...«

»Dass du auf ihrer Seite bist, war mir klar. Nun gut, Fräulein.« Er sah sie an, ließ ihr aber keine Zeit aufzuatmen. »Ich will dich in meinem Haus nicht mehr sehen, bis du zur Vernunft gekommen bist.«

»Aber ...« Karina sah Hilfe suchend zu Lennart, »aber das kannst du doch nicht tun. Ich bin deine Tochter.«

»Eben. Gerade weil du das bist und ich dich liebe, bin ich umso enttäuschter. Gleichzeitig ist es mir umso wichtiger, dass dir klar wird, in was du dich da verrennst. Ich stelle die Zahlungen ein, und in spätestens zwei bis drei Monaten wird dir aufgehen, wie sehr du dich zum Narren machst.« Er wandte sich ab und verließ das Zimmer.

Karina stürzte ihnen hinterher, packte ihren Bruder am Arm. »Len, das kann er doch nicht machen!«

»Ich kümmere mich«, versprach Lennart kaum hörbar und drückte ihre Hand, ehe er ihrem Vater nach draußen folgte.

Karina blieb im Flur stehen, bemerkte aus dem Augenwinkel eine Bewegung, sah Ricardo aus der Küche kommen. Er trat zu ihr, schloss sie in die Arme, wo sie unbeweglich verharrte, starr, unnachgiebig, zitternd.

»Was für ein Auftritt«, ließ sich nun Erika vernehmen, die ebenfalls aus der Küche trat. Sie sah Ricardo an. »Kümmere dich um sie«, sagte sie sacht.

Ricardo ging leicht in die Knie, hob sie hoch und trug sie in sein Zimmer, stieß die Tür mit dem Fuß zu. Dann legte er sie auf seinem Bett ab, zog die Decke über sie, als würde die Kälte sie zittern lassen. Karina sagte nichts, rollte sich nur zusammen, schloss die Augen und versuchte, sich begreiflich zu machen, was hier gerade geschehen war. Sie hatte sich mit ihrem Vater immer gut verstanden. Wenn etwas passierte und sie sich nie wiedersahen, blieben von ihm als letzte Erinnerung ein schmerzender Kopf und böse Worte.

»Mir tut der Kopf weh.« Tränen, die ganze Zeit angestrengt zurückgehalten, brachen ihre Worte.

»Soll ich dir etwas zum Kühlen bringen? Oder eine Tablette?«

»Nein, du sollst mich halten.«

Er legte sich zu ihr, und sie zog ihn an sich, küsste ihn, nestelte an den Knöpfen seines Hemdes. Wenn sie ohnehin schon als liederlich galt, warum sich dann die Nähe dieses Mannes versagen?

»Karina.« Er hielt ihre Hand fest, hinderte sie an weiterem Vordringen, und so ließ Karina von seinen Knöpfen ab, aber nur, um ihr Nachthemd aufzuschnüren und es sich über den Kopf zu ziehen.

»Das ist nicht der richtige Moment«, sagte Ricardo. »Du bist aufgewühlt und …«

Sie zog ihn auf sich, und er gab nach, küsste sie.

Teil 2

9

MÄRZ 1958

Nur noch zwei Monate bis zur Eröffnung. Karina stand vor dem Gebäude in der Bonner Südstadt und zweifelte noch daran, ob alles rechtzeitig fertig sein würde. Sie hatten lange gesucht, bis sie schließlich die optimale Räumlichkeit gefunden hatten. Früher hatte sich hier ein Bekleidungsgeschäft befunden, das vor einem Jahr aufgegeben worden war. Es war ein hübsches Haus, roter Backstein mit weißem Stuck, in den beiden Etagen darüber lagen Wohnungen. Nur die Miete war etwas höher, als sie veranschlagt hatten, aber mit ein paar Einsparungen an anderer Stelle würden sie es hinbekommen. Immerhin wurden die Räumlichkeiten dafür renoviert und instand gesetzt, denn in den nahezu dreißig Jahren, in denen das Geschäft darin betrieben worden war, hatten die Betreiber nur die nötigsten Maßnahmen zur Instandhaltung getroffen, was man dem Ladenlokal ansah.

Mittlerweile waren die Türen und Fensterrahmen in leuchtendem Weiß gestrichen, der Holzboden war frisch geölt und gewachst worden, die Wände waren in einem warmen Cremegelb gestrichen, die stuckverzierte Decke blütenweiß. Karina war immer noch entzückt, wie hübsch alles geworden war, und gleichzeitig furchtbar aufgeregt, denn jetzt ging es an die Einrichtung. Ausgesucht und bestellt war alles, nun hoffte sie, dass alles so aussehen würde, wie sie sich das vorgestellt hatte. An diesem Tag war immerhin die Eistheke aufgestellt worden, wunderbar glänzend und modern. Karina hatte den Liefertermin so vereinbart, dass alles in ihrer Mittagspause ankam. Gegessen hatte sie nur ein belegtes Brot im Stehen, während sie Anweisung gab, wohin die Theke gestellt werden sollte.

Danach kehrte sie zurück an ihren Arbeitsplatz, wo sie – wie jeden Wochentag – die Zeit bis zum Abend damit verbrachte, Anrufer mit den gewünschten Ansprechpartnern zu verbinden. Bis Mai galt es noch durchzuhalten, jeder verdiente Pfennig musste eisern gespart werden, damit ihr Finanzplan aufging. Denn natürlich hatte Karinas Vater Ernst gemacht und die Zahlungen umgehend eingestellt, und Karina hatte zum ersten Mal in ihrem Leben die Erfahrung machen müssen, wie es war, wenn einem nicht grenzenlos Geld zur Verfügung stand. Dann und wann hatte Lennart eine kleine Summe von seinem privaten Konto anweisen lassen, aber ansonsten war sie vollkommen allein für sich verantwortlich. Auf eine besondere Art und Weise fühlte sich das überraschend befreiend an.

Anfangs hatte Karina gedacht, ihr Vater würde es sich anders überlegen, würde noch einmal in Ruhe mit ihr über alles sprechen, sich für die Ohrfeige entschuldigen, woraufhin sie sich dafür entschuldigen könnte, ihn angelogen zu haben. Aber er blieb unversöhnlich, und als sie schließlich über ihren Schatten sprang und ihn anrief, hatte er ihr ausrichten lassen, er würde mit ihr sprechen, sobald sie mit dem Koffer vor der Tür stand. Ihre Eltern hatten sich heftig gestritten deswegen, denn mochte ihre Mutter auch enttäuscht sein, weil Karina sie über einen so langen Zeitraum belogen hatte, so war sie doch versöhnlicher als ihr Ehemann. Aber dessen Wort hatte nun einmal mehr Gewicht.

Zu Weihnachten hatte er – wohl auf Drängen ihrer Mutter und ihrer Brüder – immerhin erlaubt, dass sie die Feiertage bei der Familie verbrachte. Das hatte Karina aber nicht getan. Wie konnten sie dort auch sitzen und eine heile Familienwelt vorgaukeln, wenn doch klar war, dass Karina einen Tag nach Weihnachten schon nicht mehr willkommen wäre.

»Vielleicht ist das die Gelegenheit, noch einmal mit deinem Vater zu sprechen«, hatte Ricardo gesagt.

»Du kennst ihn nicht.«

Also war Karina in Bonn geblieben, und da Erika und Ricardo keine Familien mehr hatten, hatten sie zu dritt Weihnachten gefeiert, was wunderschön und kurzweilig gewesen war.

Nachdem Karina im November dieses eine Mal mit Ricardo geschlafen hatte, hatte sie sich am kommenden Morgen so geschämt, dass sie sein Zimmer verlassen hatte, noch bevor er wach geworden war. Danach hatte sie zwei Wochen voller Angst auf ihre Blutung gewartet, denn wenngleich Ricardo ihr sagte, er habe aufgepasst, bildete sie sich ein, sich schwanger zu fühlen. Das hätte gerade noch gefehlt. Dann wäre sie ihre Arbeit los und würde keine neue finden, denn eine Schwangere würde niemand einstellen.

Sie stünde vor der Wahl, entweder schwanger und gedemütigt zu ihren Eltern zurückzukehren oder Ricardo aus einer Verpflichtung heraus zu heiraten. Danach schlief sie kein weiteres Mal mehr mit ihm, obwohl er ihr versprach aufzupassen. Sie blieb bei ihrem »Nein«, er insistierte nicht, und so begnügten sie sich mit Küssen und gelegentlichen Zärtlichkeiten. Ohnehin wusste Karina nicht so recht, was das zwischen ihnen war, ob man von tieferen Gefühlen sprechen konnte. Sie war verliebt in ihn, aber sie hatte auch geglaubt, in Robert verliebt zu sein. So richtig merkte man das offenbar erst, wenn es darum ging, füreinander einzustehen.

Nach der Arbeit ging sie noch einmal zu ihrem Eissalon, wie sie ihn bereits getauft hatte, obwohl das Schild noch nicht über der Tür hing. Es würde wunderbar werden, dessen war sie sich gewiss. Aber das leidige Thema »Geld« hing wie ein Damoklesschwert über dem Ganzen.

Ricardo arbeitete noch den März über im Hotel und würde ab April bis zur Eröffnung mit dem Eiswagen unterwegs sein. Werbeblätter hatten sie dennoch bereits ausgelegt. Für Mitte Mai war die Eröffnung geplant, und Karina wurde ganz seltsam zumute, wenn sie daran dachte, eine Mischung aus erwartungsvoller Erregung und Angst, die sich fast schon Übelkeit erregend durch ihren Magen wühlte und im nächsten Moment in einem Schmetterlingsflug zerstob.

Als sie zu Hause ankam, saß Erika mit einer Tasse Tee

im Wohnzimmer und ging einen Stapel Hefte durch. Im Aschenbecher verglomm eine Zigarette, von der ein dünner Rauchfaden aufstieg. Erika blickte auf, schraubte ihren Rotstift zu und streckte die Finger der rechten Hand.

»Ich glaube, ich brauche eine Brille.«

»So plötzlich?«

»Ich merke das schon länger. Sobald ich längere Texte lese, bekomme ich Kopfschmerzen. Und ich muss die Seiten inzwischen weiter weg halten, um sie gut entziffern zu können.«

»Dann fehlt nur noch der Gouvernanten-Dutt«, scherzte Karina.

»Komm in mein Alter, dann unterhalten wir uns erneut.«

Karina ließ ihre Handtasche von der Schulter gleiten. »Ist noch Tee da?«

»In der Küche.«

Es gab nicht nur Tee, sondern auch feines Buttergebäck. »Hast du gebacken?«, rief Karina von der Küchentür her.

»Wo denkst du hin? Ich war beim Bäcker. Bring den Teller ruhig mit, ich habe ihn dort stehen gelassen, damit ich nicht die ganze Zeit davon esse, aber ich stehe dafür jetzt öfter auf, die Maßnahme hat also ihren Sinn verfehlt.«

Als Karina mit einer Tasse Tee und dem Gebäck in das Wohnzimmer zurückkehrte, seufzte Erika vernehmlich und schrieb mit ihrem Rotstift einen Kommentar an den Heftrand, versehen mit einem Ausrufezeichen.

»Du lieber Himmel«, murmelte sie beim Weiterlesen, strich kopfschüttelnd etwas an.

Karinas Großmutter hätte es auch gerne gesehen, wenn ihre Enkelin Lehrerin geworden wäre. Das wäre zumindest etwas Solides, Anständiges gewesen, bis sie in den Hafen der Ehe einlief. Von da an schickte es sich, nach dem Dafürhalten der alten Generation der von Oedinghofs, als Frau nicht mehr zu arbeiten, man hatte sich um Haus und Kind zu kümmern, sich allenfalls in den Betrieb des Ehemannes einzubringen. Dabei wäre niemand ungeeigneter für den Beruf einer Lehrerin als Karina, die mit Kindern überhaupt nichts anfangen konnte.

Sie knabberte an einem Gebäckstück, überlegte, ob sie Abendessen für sich und Ricardo zubereiten sollte, dachte dann aber, dass er sich gar nicht erst daran gewöhnen sollte, dass sie dies tat. Karina hatte das bei ihren Freundinnen gesehen, deren Tage nur noch daraus bestanden zu putzen, zu kochen und, kurz bevor der Ehemann heimkam, die Kinder sowie sich selbst adrett herzurichten, und so hatte sie früh beschlossen, dass dies kein Lebensentwurf für sie sein konnte. Nur zu gut erinnerte sie sich an die Nivea-Werbung von vergangenem Jahr – das Bild einer Hausfrau mit Schürze, die ihre, laut Werbetext, vom Waschen und Putzen mit heißem und kaltem Wasser rissigen und spröden Hände mit Creme pflegte. Übertitelt war das Ganze mit dem Text »… und danach für ihn da sein«. Na, hatte Karina damals schon gedacht, besten Dank auch.

Ihre Schwägerin Fenja hatte zur Hochzeit von Karinas

Großmutter *Das praktische Haushaltsbuch* geschenkt bekommen. Und etwas verschämt darunter versteckt das Buch *Die eheliche Pflicht*, Dr. Karl Weißbrodts Ausführungen zum richtigen Verhalten im Ehebett und Hauptregeln zur Ausübung des Zeugungsaktes. Lennart hatte Karina lachend davon erzählt. »Du hättest Fenjas Gesicht sehen sollen.«

Das Licht flackerte, und Karina blickte zeitgleich mit Erika auf.

»Brennt die Glühbirne schon wieder durch?« Erika hatte den Satz gerade beendet, als das Licht komplett erlosch. »Man gewöhnt sich doch schnell an einen gewissen Wohlstand.« Erika ließ ihr Feuerzeug aufschnappen, und eine kleine Flamme erhellte die Szenerie geisterhaft. »Noch vor ein paar Jahren war man froh, wenn der Strom wenigstens kurzzeitig da war.«

Sie stand auf und ging in den Flur, knipste den Schalter an, aber auch dort blieb es dunkel. Dann ging sie weiter, und Karina, die nun ebenfalls aufgestanden war, sah, wie sie am Sicherungskasten stand.

»Hier ist alles in Ordnung.«

Da hörten sie auch schon Stimmen auf dem Flur.

»Warum ist es hier dunkel?«, schimpfte ein Mann.

»Was denkst du wohl?«, murmelte Erika. »Siehst du mal bitte in der Kommode da hinter dir nach? Oben müsste eine Taschenlampe drin liegen.«

Karina wurde fündig, knipste sie an, und kurz darauf erleuchtete ein gelblicher Lichtkegel den Flur. Sie verließen die Wohnung, wo sie auf die übrigen Bewohner trafen. Eine der Witwen hatte ebenfalls eine Taschenlampe, die sie gerade Herbert Breuer übergab, einem der beiden älteren Männer.

»Kennen Sie sich denn aus?«, fragte die Ehefrau von Alfred, dessen Nachnamen Karina schon wieder vergessen hatte.

Sie bekam keine Antwort. Aus einer Wohnung drang die Stimme einer alten Frau. »Wie bei den Bombardierungen.« Sie weinte. »Als ob gleich die Bomben fallen. Als ob gleich die Bomben fallen.« Den Satz wiederholte sie fortwährend.

»Halt endlich die Klappe«, brummte Alfred Wieauchimmer.

»Sie haben hier niemandem den Mund zu verbieten«, schnauzte ihn eine Frauenstimme an.

Aus der Wohnung der jungen Mutter im ersten Stock drang Kindergeschrei.

»Meine Güte, halt deine Blagen im Zaum!«, schrie Alfred. »Ist ja nicht auszuhalten, dieser Lärm.«

»Dann nehmen Sie doch einfach Ihr Hörgerät raus«, entgegnete Erika.

Auf der Treppe, die ins Dachgeschoss führte, waren Schritte zu hören, und kurz darauf erschien ein junger Mann, dem Karina hin und wieder im Vorbeigehen begegnete. Er nickte ihnen grüßend zu. »Guten Abend, die Damen.«

»Kennen Sie sich mit Elektrizität aus?«, fragte eine der Witwen.

»Für einen Sicherungskasten sollte es reichen«, antwortete er.

»Hey, Breuer«, schrie Alfred, halb über das Geländer gebeugt. »Nimm die Finger vom Strom, der Polacke macht das.«

Karina verdrehte die Augen, hörte Erika neben sich leise aufstöhnen und »halt doch endlich den Mund« murmeln.

Erika sah Henryk Brodowski nach, wie er die Treppe hinunter ins Kellergeschoss stieg, wo sich der Sicherungskasten befand. Bei den Worten des Alten wäre sie vor Scham am liebsten im Boden versunken. Sie stand am Geländer, leuchtete mit der Taschenlampe hinab, ohne etwas erkennen zu können, und kurz darauf flackerte es, dann gingen in den Wohnungen die Lichter wieder an.

»Gott sei es gedankt!«, sagte eine Frauenstimme aus dem ersten Stock.

Erika wandte sich an Karina, die im Begriff war, in die Wohnung zu gehen, und an der Tür auf sie wartete. »Ich rauche noch eine Zigarette an der frischen Luft.«

Den ganzen Winter über hatte sie Henryk Brodowski nur hin und wieder gesehen, wenn sie sich zufällig auf dem Dach trafen, während Erika frierend eine Zigarette rauchte. Um dort zu sitzen, war es einfach zu kalt, und es war auch nicht anzunehmen gewesen, dass er ihr zuliebe bei diesen Temperaturen am offenen Fenster sang. Erika wusste nicht einmal, ob die Mansarde überhaupt eine Heizung hatte oder nur einen Ofen, wie sie sich vielfach noch in den alten Wohnungen befanden.

Sie hörte ihn einige Worte mit Herbert Breuer wechseln, ohne zu verstehen, was gesagt wurde. Nachdem sie sich umgeschaut und vergewissert hatte, dass niemand mehr im Hausflur war, ging sie zur Treppe und lief leise nach oben, wobei sie nicht wusste, was Herbert Breuer schlimmer finden würde – dass die ehrbare Lehrerin mit einem alleinstehenden Mann auf dem Dach stand oder nur den Umstand, dass sie sich überhaupt dort oben aufhielt. Erika zündete sich eine Zigarette an und wartete. Sie hätte etwas Wärmeres überziehen sollen, es war abends doch noch ganz schön kalt.

Schritte waren zu hören, dann wurde die Tür zum Mansardenzimmer geöffnet und wieder geschlossen. Enttäuschung stieg in Erika auf, und sie nahm einen raschen Zug, als ließe sich diese einfach mit dem Rauch wegatmen. Sie hatte die Zigarette zur Hälfte aufgeraucht, als die Tür erneut aufging, und im nächsten Moment trat er aufs Dach, kam zu ihr.

»Lange nicht gesehen«, sagte er.

»Seit Januar?«

»Seit kurz vor Weihnachten.«

Stimmt, sie erinnerte sich. An dem Tag war sie in Eile gewesen, hatte noch einiges zu erledigen gehabt und ihn auf der Treppe fast umgerannt. Erika ließ achtlos die Kippe fallen, trat sie aus und verschränkte frierend die Arme vor der Brust.

»Ich mache einen ziemlich guten schwarzen Tee mit Pfefferminze«, sagte er.

Sie blinzelte. »Laden Sie mich gerade zu sich ein?«

»Wenn das nicht vermessen ist.«

»Keineswegs.« So jung, dachte sie ein ums andere Mal, während sie ihn in sein Mansardenzimmer begleitete, so verschwenderisch jung. *Was sieht er in mir?*

An der Tür, die vom Dach führte, berührten sich ihre Körper, ihre Schultern, ihre Hände, als sie gleichzeitig zur Klinke griffen. Erika zog die Hand zurück, überließ es ihm, die Tür zu öffnen, folgte ihm in sein Mansardenzimmer.

Der Raum war etwas geräumiger, als es von außen den Anschein machte. Es gab eine Nische, in der das Bett stand, ordentlich gemacht mit einer blauen Decke überzogen. Daneben ein Nachtschränkchen, auf dem ein Buch lag. An der Wand neben der Tür entdeckte Erika einen Schreibtisch, zwischen Bett und Schreibtisch befand sich ein Kleiderschrank und auf der linken Seite, abgetrennt durch ein Regal, das vollgestopft war mit Büchern, eine Kochnische. Geheizt wurde der Raum von einem Ofen, der augenscheinlich aus der Zeit vor dem Großen Krieg stammte.

Nachdem sie draußen so gefroren hatte, schien es hier nun fast zu warm. Und eigentlich war es auch zu spät für schwarzen Tee, aber vermutlich gehörte Henryk zu jenen Menschen, die ihn zu jeder Tageszeit trinken konnten. Erika für ihren Teil war es gerade in diesem Moment gleich, ob sie nun die halbe Nacht schlaflos im Bett lag, denn sie würde auch dann keine Ruhe finden, wenn sie die Einladung abgelehnt hätte. Er hatte die Tür geschlossen, stand reglos da, die Wangen in der Wärme leicht gerötet.

Erika hob die Hand, wollte seine Schulter berühren, hielt inne, da sie befürchtete, aufdringlich zu wirken. Er war so jung, viel zu jung. Sie sollte sein Zimmer verlassen, ehe sie sich hier gänzlich zur Närrin machte.

Und doch verharrte sie reglos, die Hand immer noch in der Luft, ehe sie schließlich die Berührung wagte, die Wärme seines Körpers durch den Hemdstoff spürte. Ihr war, als spürte sie den eigenen Herzschlag bis in die Fingerspitzen, als sie seinen Hals berührte, seine Wange. Dann wollte sie die Hand zurückziehen, und im nächsten Moment schlossen sich seine Finger um ihr Handgelenk, streichelte sein Daumen jene Stelle unter der Hand, an der ihr Puls schlug, glitt in die Handinnenfläche.

Es war Erika, die das letzte Stück Distanz zwischen ihnen überwand, die sich vorbeugte und ihn küsste. Sie legte die andere Hand an seinen Nacken, streichelte ihn, während ihre Lippen sich unter seinen öffneten. Seine Hand glitt über ihren Rücken, ihre Taille, ihre Hüfte. Als sie sich schließlich voneinander lösten, blieben sie nahe beieinander stehen, ihr Handgelenk immer noch in seiner Hand, ihr Arm um seinen Nacken, seine Hand an ihrer Hüfte. Sie sah ihn an, spürte seinen Atem an ihrem Mund, wollte ausloten, was er empfand. In seinem Gesicht ließ sich kein Gefühl ablesen, und als er ihren Arm losließ, die Hand von ihrer Hüfte gleiten ließ, war sie sich gewiss, sich lächerlich gemacht zu haben.

»Ich koche uns Tee«, sagte er und trat einen Schritt zurück, um an ihr vorbei zur Kochnische zu gehen. »Setz dich doch. Leider kann ich nur den Schreibtischstuhl anbieten.«

Erika blieb reglos stehen, spürte ihn immer noch auf ihren Lippen, schien ihn noch zu schmecken, diese Mischung aus Nelkenpastillen und Zigaretten. Sie drehte sich um, sah ihm zu, wie er hantierte, leichthin, als sei der Kuss nur ein kurzes Zwischenspiel gewesen, etwas, das man kostete, ehe man es für gut oder untauglich befand. Erika schluckte, berührte kurz mit der Zungenspitze ihre Lippen, als könnte sie den Kuss darauf ertasten.

Henryk drehte sich zu ihr um, sah sie an, wie sie immer noch dastand, keine Anstalten machte, den Stuhl vom Schreibtisch zu ziehen und sich darauf zu setzen. Er hatte das Feuer unter dem Teekessel entfacht und das Fenster leicht geöffnet, sodass sich die kühle Abendluft mit der nach rußigem Holz riechenden Wärme im Raum mischte.

»Ich möchte dich lieben«, sagte er. »Aber vor allem möchte ich dich kennenlernen.«

Erika zog den Stuhl vom Schreibtisch zurück und setzte sich.

Hingerissen blickte Karina auf die großzügige Eisportion, die Ricardo vor ihr abstellte, garniert mit einem Waffelhörnchen und Schokoladenstreuseln. Was für ein köstliches Abendessen. Karina strich mit der Waffel über das Schokoladeneis und leckte es ab. Wunderbar cremig und schokoladig. Dazu gab es eine Kugel Sahneeis, von dem Karina heute zum ersten Mal probierte.

»Morgen mache ich Vanilleeis«, versprach Ricardo.

»Welche Sorten bieten wir im Eiscafé an?«

»Zunächst natürlich die Klassiker wie Schokolade, Erdbeere, Vanille, Zitrone und einfaches Milcheis mit dem Geschmack von süßer Sahne. Außerdem einige Spezialitäten.«

Sie hatten das Schild für das Café bereits bestellt.

Eissalon

Milchbar und Café

Ricardo hatte es »Eiscafé« nennen wollen, aber da Milchbars gerade sehr gefragt waren, war Karina der Meinung, dass sie sich das zunutze machen sollten.

»Isst du nichts?«

»Nein.« Er sah müde aus, und Karina fragte sich nicht zum ersten Mal, ob er sich nicht zu viel zumutete.

Nachdem sie aufgegessen hatte, ging Karina mit Ricardo auf sein Zimmer, und eine Weile lagen sie auf seinem Bett, küssten sich, tauschten verstohlene Zärtlichkeiten aus. In diesen Momenten war es, als hätte es ihre Liebesnacht nie gegeben. Ricardo warb um sie, war zurückhaltend und schien sie nicht – wie sie zunächst befürchtete – für liederlich zu halten. Denn genau so war sich Karina vorgekommen, als sie mit ihm geschlafen hatte, diesem Mann, den sie damals gerade erst knapp sechs Monate gekannt hatte. Gleich, wie sich die Sache zwischen ihnen entwickelte, allein aus dem Grund wäre er immer etwas Besonderes für sie, der Mann, an den sie ihre Unschuld verloren hatte. Der Mann, mit dem sie als Geschäftsfrau erstmals auf eigenen Beinen stehen würde.

Und wenn wir scheitern?, fragte eine Stimme in ihr, die zwar leise war, aber einen unangenehmen Klang hatte und daher nicht ignoriert werden konnte. Wieder und wieder brachte sich diese Stimme in Erinnerung. *Was tun wir, wenn wir scheitern?* Karina wollte sich das nicht vorstellen, wollte ihrem Vater nicht gestehen müssen, dass sie sich furchtbar geirrt, sich in etwas verrannt hatte. Aber auch wenn sie scheiterten, so war sich Karina doch der Tatsache gewiss, dass sie nicht wieder nach Hause zurückkonnte, um dort die fügsame Tochter zu geben, die auf den passenden Ehemann wartete.

»Du bist nervös, nicht wahr?«, fragte Ricardo, der sich jetzt auf einem Ellbogen aufgerichtet hatte.

»Ist das so offensichtlich?« Karina wartete keine Antwort ab. »Was tun wir, wenn es doch nicht funktioniert?«

»Dann müssen wir uns eben etwas anderes überlegen.«

Er sagte das so leichthin, aber er war auch unabhängig, musste niemandem Rechenschaft ablegen. Als Mann hatte man es in dieser Gesellschaft eben immer noch leichter. »Und was tun wir, wenn es zu viel Arbeit für uns beide wird?«

»Wenn es so gut läuft und wir es uns leisten können, stellen wir jemanden ein. Oft sind Eisdielen ja Familienbetriebe, aber der Großteil meiner Familie väterlicherseits ist in Italien, die meisten haben sich mittlerweile dort etwas aufgebaut. Ein entfernter Verwandter betreibt seine eigene Eisdiele in Köln, zwei sind irgendwo in Süddeutschland und einige in der Schweiz.«

»Und deine Familie mütterlicherseits?«

»Meine Mutter stammt gebürtig aus Hamburg, aber sie hatte nur noch ihren Vater, andere Verwandte gibt es nicht, zumindest keine, von denen ich weiß.«

Karina richtete sich auf. »Du sagtest doch, deine Eltern wären beide Italiener.«

»Nein, das habe ich nie gesagt.«

»Doch, du hast gesagt, sie haben Italien in den Zwanzigern verlassen.«

»Das stimmt auch. Mein Großvater mütterlicherseits war geschäftlich oft in Mailand, und dort hat meine Mutter meinen Vater kennengelernt.«

»Dein Vater kommt aus Mailand? Aber du hast doch gesagt …«

»Dass er aus dem Cadore kommt, das stimmt auch. Er hat in Mailand gearbeitet. Dann kam der Krieg, mein Vater wurde eingezogen, und meine Mutter lebte bei seiner Familie im Cadore. Genau dort verlief die Alpenfront, und im Tal wurden heftige Kämpfe ausgetragen zwischen Österreich und Italien. Etliche Cousins meines Vaters sind dabei gefallen oder wurden verstümmelt. Das Cadore war zwar Teil der Provinz Venetien, aber weitgehend autonom, das änderte sich, als Mussolini an die Macht kam. Ich war gerade geboren, und mein Vater wollte für mich ein besseres Leben, also sind sie nach Deutschland gegangen.«

»Und bis in die Dreißiger geblieben.«

»Richtig.«

»Hast du auch im Krieg gekämpft?«

Das Thema rührte ganz offensichtlich eine schmerzende Saite in ihm an. »Ja. Auf italienischer Seite, da ich italienischer Staatsbürger bin.« Er setzte sich auf, zog sie an sich. »Lass uns nicht über den Krieg sprechen.«

Dass ihn dieser nicht losließ, bemerkte Karina daran, wie abwesend er den restlichen Abend zu sein schien. Wenn sie mit ihm sprach, musste sie die Worte mehrmals wiederholen, ehe er antwortete. Und als sie nachts neben ihm lag – keusch im hochgeschlossenen Nachthemd –, hörte sie ihn stöhnen, spürte, wie er sich im Bett herumwälzte. Einmal weckte sie ihn, und er schreckte auf, dann zog er sie eng an sich, barg den Kopf wie Schutz suchend in ihrer Halsbeuge, bevor er wieder einschlief.

10

MÄRZ 1958

»Du hast Besuch«, wurde Karina von Erika begrüßt, als sie die Wohnung betrat.

Sofort regte sich in Karina die hoffnungsvolle Erwartung, ihr Vater könnte sich dazu entschieden haben, sie wieder in den Kreis der Familie aufzunehmen, und hätte sie deswegen aufgesucht. Eilig lief sie ins Wohnzimmer, doch dort saß ihre Schwägerin Fenja in einem der Sessel und blätterte in einer Modezeitschrift. Sofort wich die Hoffnung Erschrecken. »Ist etwas passiert?«

»Dir auch einen schönen Tag.« Fenja stand auf. »Nein, muss es das?«

Sie hatten nicht unbedingt das herzlichste Verhältnis zueinander, das war schon vor der Hochzeit so gewesen. »Natürlich nicht. Schön, dass du da bist«, schloss Karina lahm.

»Wie geht es dir?«

»Ich nehme an, Lennart hält dich auf dem Laufenden?«

Fenja runzelte die Stirn, und Karina entschuldigte sich für den schroffen Ton. »Möchtest du mit mir zu Abend essen?«

»Das wollte ich dir ohnehin vorschlagen. Ich lade dich ein.«

Karina fragte sich, ob Lennart sie schickte, damit sie sich nicht gar zu verlassen vorkam.

»Kennst du ein gutes Restaurant in der Gegend?«, fragte Fenja.

»Nein, ich kann aber Erika fragen.«

So richtig Lust hatte Karina eigentlich nicht auf diese Art von Anstandsbesuch – denn um nichts anderes handelte es sich offenbar –, bei dem dann zwanghaft Konversation betrieben wurde, während man das Thema, das eigentlich im Raum stand, krampfhaft zu meiden versuchte. Aber sie konnte Fenja ja schlecht einfach wieder nach Hause schicken und damit nicht nur sie, sondern auch Lennart vor den Kopf stoßen.

Erika hatte ein paar Vorschläge, alle im Zentrum der Stadt. Nachdem Karina sich umgezogen, frisiert, frisch geschminkt und etwas Parfüm aufgelegt hatte, verließen sie das Haus und stiegen in Fenjas roten Benz. Nachdem Karina mittlerweile jeden Weg zu Fuß zurücklegte, war es angenehm, sich zur Abwechslung mal wieder chauffieren zu lassen. Ricardo sprach davon, dass er sich demnächst ein Mofa zulegen würde, dann könnten sie morgens gemeinsam zur Arbeit fahren. Da Karina aber gerne unabhängig war, würde sie sich auf jeden Fall zusätzlich ein Fahrrad kaufen.

»Dein Vater lässt nach wie vor nicht mit sich reden«, sagte Fenja, »aber ich nehme an, da hält Lennart dich auf dem Laufenden. Tante Ella ist wütend.«

»Ich weiß, sie hat mir geschrieben.«

»Sie sagt, noch nie sei sie so froh gewesen wie jetzt, dass sie sich einer Eheschließung damals verweigert hätte.«

»Darüber ist nicht nur sie froh«, entgegnete Karina spitz. Dass sie wütend auf ihren Vater war, gab anderen ja nun nicht das Recht, ihn zu schmähen.

»Darüber sind wir alle froh, immerhin bin ich mit deinem Bruder verheiratet.« Fenja lachte. Sie steuerte den Wagen durch die für Karina mittlerweile vertraut gewordenen Straßen, bremste hin und wieder ab, wenn sie sich an den Straßenschildern orientieren musste. Schließlich waren sie im Zentrum angekommen, und Fenja parkte den Wagen.

»Unglaublich, wie viel sich hier verändert hat«, sagte sie, während sie durch die Straßen liefen. »An das Kaufhaus Blömer kann ich mich noch gut erinnern, die Stuckfassaden, die schönen Fenster. Kaum wiederzuerkennen.«

Das Kaufhaus gab es immer noch, wiedererrichtet in jener schmucklosen, eckigen Bauart, die als zeitgemäß und modern galt. Karina fragte sich, ob man diese Bausünden irgendwann bereute. Es konnte doch nicht sein, dass irgendwer das wirklich schön fand.

Sie gingen über den Markt, und Karina steuerte das Restaurant an, das Erika ihnen empfohlen hatte. Es war lange her, dass sie essen gegangen war, und nun freute sie sich doch darauf. Einfach abends ausgehen, ohne auf das Geld achten zu müssen, hatte ihr doch mehr gefehlt, als sie sich eingestehen wollte.

»Jetzt erzähl mal ein wenig von deinen Plänen«, bat Fenja, nachdem sie an einem Zweiertisch Platz genommen und ihre Bestellung aufgegeben hatten.

Karina berichtete, was sie geplant hatten und wie sie

die ganze Sache aufzuziehen gedachten, damit sie das Café auch im Winter betreiben konnten und nicht nur saisonal. »Es befindet sich in der Südstadt. Wir können nachher mal daran vorbeifahren, der Strom ist bereits freigeschaltet, weil darin schon gearbeitet wird.«

»Gerne.« Fenja faltete die Hände vor sich auf dem Tisch, betrachtete Karina aufmerksam. »Wie klappt es finanziell? Lennart sagt, du hättest einen Großteil deines Geldes von der Bank abgehoben.«

Es ärgerte Karina ein wenig, dass Lennart mit Fenja über diese Dinge sprach, andererseits waren sie verheiratet, und natürlich unterhielt er sich mit ihr darüber. Sie nickte knapp.

»Du wirtschaftest also praktisch an der finanziellen Grenze ohne Rücklagen?«

Ricardo hatte seit dem Kriegsende gearbeitet, war anfangs einigermaßen über die Runden gekommen und legte seit gut acht Jahren Geld zurück, da er für sich selbst nicht viel brauchte. Diese Ersparnisse waren nun fast komplett in das Café geflossen. Von dem, was Karina noch hatte, würden sie zunächst die laufenden Kosten decken können.

»Ich habe nun einmal kein großes Unternehmen im Hintergrund, von dem ich Geld abziehen kann. Und im Gegensatz zu deinem Vater weigert sich meiner, mich zu unterstützen.«

Fenja holte tief Luft, schien etwas sagen zu wollen und fand nicht so recht den Anfang. »Also gut«, begann sie schließlich. »Ich habe eine Idee. Wenn sie dir nicht zusagt, kannst du rundheraus ablehnen.« Sie hielt inne, als der Kellner erschien und das Besteck sorgsam arrangierte. Dann nahm sie ihr Glas zur Hand, nippte daran und stellte es zurück. »Ich – oder besser gesagt mein Unternehmen – würde euch einen Kredit anbieten. Über die Rückzahlungsmodalitäten können wir uns ja in angemessenem Rahmen unterhalten. Dafür sichert ihr mir vertraglich zu, dass ihr die Schokolade, die ihr benötigt, ausschließlich von uns bezieht und zu Werbezwecken darauf hinweist.«

Karina wollte zunächst direkt ablehnen, wollte ihr sagen, dass sie keine Almosen brauchte, hielt sich aber zurück, da das keine sehr geschäftstüchtige Antwort war und sie das zudem nicht über Ricardos Kopf hinweg entscheiden konnte. Er musste von dem Angebot zumindest erfahren. Dann jedoch dachte sie, dass das eigentlich gar keine schlechte Idee war. Sie mussten das Geld ja nicht sofort investieren, aber zu wissen, dass es da war, würde schon ein wenig Druck herausnehmen.

»Ich muss darüber erst nachdenken«, entgegnete sie schließlich.

Fenja lächelte. »Wunderbar.«

»War das Lennarts Idee?«

»Wo denkst du hin? In meine Geschäftsdinge mischt er sich nicht ein. Ich habe das mit Gideon besprochen.« Ihr Cousin, der als Geschäftsführer in der Schokoladenmanufaktur saß. »Letzten Endes ist er es, der den Kredit bewilligt. Du kannst deinem Ricardo gerne sagen, dass es sich dabei in keiner Weise um ein familiäres Almosen handelt. Er muss es also nicht aus reinem Stolz heraus ablehnen.«

»Denkst du nicht, dass das zu Schwierigkeiten zwischen Lennart und unserem Vater führen könnte?«

»Warum sollte es? Mein Unternehmen geht deinen Vater überhaupt nichts an, und die Gelder, die fließen, unterliegen nicht Lennarts Verfügung. Es geht hier schließlich nicht um mein Privatvermögen.« Fenja blickte auf, bemerkte den Kellner, der sich mit einem Tablett näherte. »Wie gesagt, denk darüber nach. Und jetzt lass uns essen.«

»Gehst du auch aus?«, fragte Ricardo, als Erika sich anschickte, die Wohnung zu verlassen.

»Nur ein wenig an die frische Luft.«

Da sie abends oft für längere Zeit nicht zu Hause war, vermutete Ricardo, dass sie einen Mann kennengelernt hatte. Nun, es sei ihr gegönnt, dachte er. Dass Karina mit ihrer Schwägerin essen gegangen war, freute ihn. Vielleicht bedeutete das eine Annäherung an ihre Familie. Er hatte zumindest endlich mal wieder einen Abend nur für sich, und diese Momente waren in letzter Zeit rar gesät. Zwar genoss er Karinas Anwesenheit durchaus, er hatte sie sehr gern, und es war schön gewesen, mit ihr zu schlafen, aber er war es nicht gewöhnt, dass ständig jemand um ihn war.

In letzter Zeit träumte er fast fortwährend schlecht. Der Schlaf spülte Erinnerungen hoch, die er lieber in dunkles Vergessen gedrängt hätte. Qualvolles, das er erlitten, und Schlimmes, das er getan hatte. Alonzo. Ricardo schloss die Augen, wollte nicht mehr daran denken. Gerade jetzt nicht, wo sich alles so gut fügte.

Sein Vater war im Krieg gefallen, seine Mutter kurz vor Kriegsende an Entkräftung gestorben. Sie war nie von kräftiger Konstitution gewesen, und der Krieg hatte fortwährend an ihr gezehrt, bis nicht mehr ausreichend übrig blieb, um sie am Leben zu erhalten. Für Ricardo war damit der letzte Faden gekappt, der ihn im Heimatland seines Vaters gehalten hatte. Er war zurück nach Deutschland gegangen, um dort den einzigen Beruf auszuüben, den er beherrschte – die Eisherstellung. Er setzte dabei auf alte Familienrezepte, die er hier und da verfeinerte, indem er die Zutaten so variierte, dass das Eis aromatischer wurde, intensiver nach den verwendeten Fruchtsorten schmeckte oder einen schokoladigeren Schmelz bekam. Eiscreme erfreute sich wachsender Beliebtheit. Bereits vor dem Krieg hatte sich mit den Firmen Schöller und Langnese industriell gefertigtes Eis etabliert.

Karinas Idee, italienisches Flair in den Eissalon zu bringen, damit die Gäste sich fühlten, als wären sie im Urlaub, konnte funktionieren. Kurz nach dem Krieg war es undenkbar gewesen, aber mittlerweile war Italien für die Deutschen wieder zu einem Sehnsuchtsort geworden. Doch auch wenn es wirtschaftlich bergauf ging, war für die meisten Menschen eine Reise über die Alpen schlicht zu teuer. Man blieb also hier, fuhr an die Seen oder in die Berge und träumte dabei von Urlaub in Italien. Diese Popularität zu Werbezwecken zu nutzen konnte funktionieren.

Obwohl er sich zuversichtlich gab, war Ricardo bei Weitem nicht so gelassen. Die Angst vor dem Scheitern schwebte beständig über ihm. Aber ein Geschäft zu eröffnen war nun einmal mit Risiken verbunden, und wenn man diese scheute, musste man eben weiterhin für andere schuften und zusehen, einigermaßen über die Runden zu kommen. Ricardos Vater hatte immer davon geträumt, einmal sein eigenes Eiscafé zu führen, hatte sich vorgestellt, wie er die Sommer in Deutschland und die Winter in Italien verbrachte. Zwar würde Ricardo es nicht ganz so machen wie er, aber es fühlte sich doch so an, als würde er den Traum seiner Eltern verwirklichen und somit ihr Andenken ehren.

Auf der Straße hörte er einen Mann und eine Frau miteinander streiten. Zuerst versuchte er es zu ignorieren, doch dann hielt er plötzlich inne und hörte genauer hin. Sie sprachen Italienisch, und etwas an dieser Stimme kam ihm bekannt vor, die Art, wie die Worte intoniert wurden, dieses leicht Schleppende. Ricardo ging zum Fenster, zog den Vorhang beiseite, öffnete das Fenster und sah hinunter auf die Straße, konnte jedoch nicht erkennen, wer dort stand. Nur zu gerne hätte Ricardo die Fensterläden geschlossen, um damit die Stimme – und mit ihr viele unliebsame Erinnerungen – auszusperren, aber einer der Läden klemmte, da das Holz sich verzogen hatte, dem anderen fehlte die Hälfte der Lamellen. Er hatte sie schon längst instand setzen wollen, war aber nie dazu gekommen.

Die Stimmen waren verstummt, und Ricardo ließ sich auf dem Bett nieder, merkte erst jetzt, wie schnell sein Herz schlug. So war das immer, wenn Erinnerungen in ihm angerührt wurden, das konnte ganz unbewusst passieren, durch bestimmte Geräusche oder Bilder. In diesem Fall war es die Italienisch sprechende Frauenstimme gewesen, diese schleppende Intonation. Ricardo schloss die Augen. Im nächsten Moment ließ ihn die Türklingel zusammenfahren, und unmittelbar darauf schlug ihm das Herz bis zum Hals. Vielleicht war es Karina, die ihren Schlüssel vergessen hatte, sagte er sich, ohne so recht daran zu glauben. Gewisse Zufälle gab es einfach.

Wieder schloss er die Augen, holte tief Luft, atmete langsam aus, ehe er die Hand auf die Türklinke legte. Erneut schrillte die Türklingel, dieses Mal lang anhaltend, und jetzt war sich Ricardo gewiss, dass dies weder Erika noch Karina sein konnte. Ganz kurz zögerte er, ehe er die Tür öffnete und in ihr Gesicht blickte.

Henryk hatte es offensichtlich ernst gemeint, als er gesagt hatte, dass er sie besser kennenlernen wolle, denn obwohl ihm klar sein musste, dass Erika ebenso gerne mit ihm schlafen würde wie er mit ihr, taten sie es nicht, sondern redeten, erzählten von den Menschen, die sie vor dem Krieg gewesen waren – Henryk ein kleiner Junge, Erika eine erwachsene, verheiratete Frau. In diesen Augenblicken fragte sie sich, wie sie jemals hatte denken können, dass so etwas funktionierte. Als er geboren worden war, hatte sie kurz vor dem Abitur gestanden. Als er ein Kleinkind gewesen war, hatte sie studiert. Sie hatte ihre Kinder bekommen, da war er noch zu jung gewesen, um der Hitlerjugend beizutreten. Ihre Generation hatte Trümmer fortgeräumt, seine hatte darin gespielt.

Dann sagte sie sich, dass nur zählte, was er jetzt war –

ein erwachsener Mann, der gewiss genau wusste, was er wollte. Seine Familie stammte aus Danzig und hatte sich schon vor dem Großen Krieg im Ruhrgebiet niedergelassen, wo sein Vater in der Industrie tätig war, während seine Mutter bei einer reichen Familie als Zugehfrau arbeitete. Doch dann war sein Vater verkrüppelt und verbittert aus dem Krieg heimgekehrt.

»Er sitzt den ganzen Tag zu Hause, nörgelt, schimpft, während meine Mutter schuftet«, erzählte Henryk, als sie einander gegenüber auf dem Bett saßen. »Mein ältester Bruder ist im Krieg gefallen, der andere arbeitet in einer Fabrik, in der Keramikwaren hergestellt werden, dort hat er es sehr schnell zum Vorarbeiter gebracht. Für meine Mutter bedeutet das, sie muss nun nicht mehr so häufig putzen gehen und hat mehr Zeit für den Haushalt, wo sie sich den ganzen Tag von dem Alten herumscheuchen lassen muss.«

Erika stellte ihre Tasse auf dem Nachtschränkchen ab. »Aber du bist gegangen.«

»Ja. Ich bin gegangen.«

»Warum hierher? Gebaut wird doch auch im Ruhrgebiet? Wolltest du einfach nur etwas weiter fort?«

»Nein. Also doch, ja, das natürlich auch. Ich habe kein sehr gutes Verhältnis zu meinem Vater, und da meine Mutter immer bei jeder Entscheidung hinter ihm steht, ist meine Beziehung zu ihr auch nicht die beste. Aber der eigentliche Grund war, dass ich hier einen Platz an der Uni bekommen habe.« Sie musste ihn reichlich begriffsstutzig angestarrt haben, denn er lachte. »Ist das so abwegig?«

»Nein, natürlich nicht. Ich dachte nur, du arbeitest auf dem Bau.«

»Das tue ich auch, von Frühling bis Herbst auf Baustellen, über den Winter Innenarbeiten, da jedoch etwas weniger, damit ich mehr Zeit finde zum Lernen. Als Hilfsarbeiter bin ich nur deshalb tätig, weil ich sonst kein Geld hätte, um das Studium zu finanzieren. So etwas kostet, und ich kann von meinem Bruder nicht verlangen, dass er das übernimmt, schließlich hat er auch Familie und muss schon meine Eltern mitfinanzieren.«

»Was studierst du?«

»Ingenieur für Hoch- und Tiefbau.«

»Sehr gefragt derzeit, möchte ich meinen.«

Er stand auf und schenkte ihr noch eine Tasse Tee ein, dieses Mal Kräutertee, weil sie nachts nur schlecht einschlief, wenn sie schwarzen Tee getrunken hatte. Fünfundzwanzig war er, da hatte sie mit ihrer Schätzung richtiggelegen. Gute siebzehn Jahre jünger als sie, sie würde im Sommer zweiundvierzig werden. Konnte das überhaupt funktionieren? Vermutlich kam es darauf an, was es konkret war, das funktionieren sollte. Im Bett würde es das gewiss, aber darüber hinaus? Die Blicke der Leute konnte sich Erika nur zu gut vorstellen. Zwar sah sie selbst jünger aus, als sie war – das konnte sie ohne jede Gefallsucht von sich behaupten –, aber dass er jünger war, war dennoch unverkennbar. Warum sollte sie das stören? Doch immerhin stand sie als Frau ohnehin stärker unter der Beobachtung der Öffentlichkeit – und die fing bei den Bewohnern des Hauses an. Erika hatte sich schon unter den Nationalsozialisten sehr nah am Abgrund bewegt, hatte sich gerade angepasst genug gegeben, um nicht in Lagerhaft zu kommen. Warum sollte es sie nun scheren, was die Leute über ihren Liebhaber dachten?

Henryk stieß das Fenster auf, ließ die kühle Abendluft in den Raum, ehe er sich eine Zigarette ansteckte. Ein gedämpftes Klirren war zu hören, und erst dachte Erika, es käme von der Straße, als unmittelbar darauf Stimmen ertönten.

»Geht ja hoch her bei euch«, bemerkte Henryk.

Stritten Karina und Ricardo sich? Und das so heftig, dass dabei Dinge zu Bruch gingen? Erika lauschte, konnte aber nicht verstehen, was gesagt wurde. Die Stimmen wurden leiser und waren schließlich nicht mehr zu hören. Ein heftiger Streit, nach dem Versöhnung gefeiert wurde? Doch dann fiel mit einem Krachen eine Tür ins Schloss, und im Treppenhaus waren klackernde Schritte zu hören.

»Hier wollen Leute schlafen!«, hörte sie Alfred Klawitz im Hausflur krakeelen.

Kurz überlegte Erika, hinunterzugehen und nachzusehen, was los war, entschied dann aber, dass die beiden alt genug waren, um ihre Angelegenheiten allein zu klären. So freundschaftlich die Beziehung mittlerweile war, Erika war ihre Vermieterin und nicht dafür zuständig, zu vermitteln. Was sie aber nicht duldete, war, dass bei einem Streit zwischen den beiden der Hausstand zu Bruch ging.

Irgendwie war die Stimmung jetzt aber doch dahin,

und Erika trank ihren Tee aus, verabschiedete sich von Henryk und verließ sein Zimmer. Als sie die Haustür ins Schloss fallen hörte, beeilte sie sich, um nicht auf der Treppe nach oben erwischt zu werden. Sie war gerade an der Wohnungstür angelangt, als Karina auf der Treppe erschien. Sie lächelte, wirkte aufgeräumt und gut gelaunt, was angesichts des Streits von vorhin befremdlich wirkte.

»Wie war dein Abendessen?«, fragte Erika.

»Sehr schön.«

Erika öffnete die Tür und bemerkte sofort, dass die Vase nicht mehr auf der Anrichte im Flur stand. Aus der Küche war das Geräusch von fließendem Wasser zu hören, dann kam Ricardo in den Flur, lächelte so leichthin, wie nur Ricardo lächeln konnte. Erika kannte das bereits, dieses maskenhafte Lächeln, das Unbekümmertheit vorgaukelte, während dahinter Überdruss oder Ärger lauerte.

»Guten Abend. Erika, mir ist deine Vase hinuntergefallen«, erklärte er.

Erika sah ihn aus leicht verengten Augen an, dann flog ihr Blick zu Karina, die gänzlich arglos wirkte und gerade dabei war, ihren Mantel aufzuhängen.

»Ich kaufe dir selbstverständlich eine neue«, sagte er.

Die Vase konnte sie verschmerzen, viel interessanter war der Umstand, dass es nicht Karina war, mit der er hier so lautstark gestritten hatte.

11

MAI 1958

Das Wetter hätte kaum prachtvoller sein können, ein Maitag wie aus dem Bilderbuch. Die Eistheke glänzte in der Sonne und präsentierte in metallenen, etikettierten Behältern die verschiedenen Eissorten – Schokolade, Erdbeere, Himbeere, Vanille, Mandel, Haselnuss, Zitrone, Aprikose. Auf Wunsch würden sie auch Spezialitäten wie eine Florentiner Eisbombe zubereiten. Hierfür wurde Eiskrem in eine halbrunde Form gefüllt, wobei in der Mitte ein freier Raum blieb, der mit eingemachten Früchten gefüllt wurde, über die man Himbeergelee goss. Die Form wurde danach kalt gestellt. Wenn die Eisbombe die richtige Konsistenz hatte, wurde sie gestürzt, danach mit Mandelbögen und Schlagsahne garniert. Es gab Tutti-Frutti-Eis und sogar gebackenes Eis – woran sich Karina ausprobiert und anschließend eine matschige, zerflossene Masse aus dem Ofen gezogen hatte. Also musste Ricardo das zunächst allein herstellen.

Das Thema Geld wurde allerdings schneller ein Thema, als Karina erwartet hatte, denn sie stellte fest, dass Barmittel fehlten und die Summe, die sie zur unmittelbaren Verfügung hatten, somit kleiner war als gedacht.

»Ich verstehe nicht, wie dir ein solcher Fehler unterlaufen konnte«, sagte sie zu Ricardo.

»Ich habe mich verrechnet.«

»Um mehrere Hundert Mark?«

Er antwortete nicht, zuckte nur mit den Schultern. Also gut, es half ja alles nichts, und zur Not mussten sie eben früher an die Reserve als gedacht. Erst einmal würden sie nun eröffnen, und vielleicht lief es ja auf Anhieb so gut, dass das Thema »Geld« gar kein so großes mehr war. Immerhin hatte Ricardo Fenjas Angebot nicht rundheraus abgelehnt, sondern gesagt, er würde das gerne entscheiden, wenn sie eröffnet hatten und sahen, wie es lief. Den Vertrag für die Schokolade hatten sie trotz allem abgeschlossen, und da sie für das Unternehmen warben, indem die Schokolade entsprechend gekennzeichnet war, bekamen sie einen Sonderpreis.

Karina hatte in den Wochen davor nichts anderes getan, als sich mit Eiskrem in allen möglichen Variationen zu beschäftigen. So wusste sie inzwischen, wie lange man die Mischung aus Milch, Sahne, Eigelb und den jeweiligen Zutaten auf dem Feuer verquirlen musste, damit sie cremig wurde, das Ei aber nicht gerann. Danach wurde es in der Eismaschine weiterverarbeitet, beständig gerührt, wobei es an der Metallwand der Eismaschine gefror und abgeschabt wurde. Dadurch bildeten sich feine Luftbläschen, während die Eiskristalle so winzig sein mussten, dass sie mit der Zunge nicht mehr fühlbar waren. Auf diese Weise bekam das Eis seinen Schmelz.

»Wie kommt es eigentlich, dass so viele Eisverkäufer aus einer bestimmten Region in Italien kommen?«, hatte Karina Ricardo einmal gefragt, als sie abends auf seinem Bett lag, während er am Fenster saß und rauchte. »Sagtest du nicht, angeblich seien die Kenntnisse zur Eisherstellung von den Sizilianern überliefert worden?«

»Die Menschen waren arm, traditionelle Gewerbe wie die Holzproduktion sind eingebrochen, und vom Verkauf der Agrarprodukte konnte keiner mehr so richtig leben. Ein Hungerjahr folgte auf das nächste. Ende des 19. Jahrhunderts wanderten die Menschen aus dem Cadore nach Wien aus, und von dort ging es dann weiter über Mitteleuropa.«

Karina hörte ihm gerne zu, wenn er erzählte, mochte es, wie er die alten Zeiten vor ihr auferstehen ließ und damit eine Welt, die ihr fremder nicht sein konnte. Jetzt stand sie vor ihrem eigenen Café – nun ja, nur zur Hälfte, aber wer wollte im Moment des Hochgefühls kleinlich sein? – und konnte nicht so recht glauben, dass es ihr wirklich gelungen war. Nun musste nur die Eröffnung noch gut laufen. Geworben dafür hatten sie reichlich, und Ricardo brachte mit seinem Wagen täglich wechselnde Kostproben seines Könnens unter die Leute.

Jetzt stand sie da, gekleidet in ein gelbes Kleid mit weißen Punkten, das Haar in große Locken gedreht, die von einem breiten Band in der Farbe des Kleides zurückgehalten wurden. Sie hatte sich dezent geschminkt, zartroten Lippenstift aufgetragen, der farblich zu ihrem Nagellack passte. Sie würde hinter der Theke stehen, ebenso wie Ricardo, der aber zusätzlich noch kellnern würde. Ihr Angebot, einen Teil der Kellneraufgaben zu übernehmen, hatte er abgelehnt, nachdem sie probeweise mit einem Tablett, auf dem gefüllte Gläser und Teller standen, zwischen Küche und Esszimmer hin und her gelaufen war.

»Da schwimmen dann die Teller in der Brühe, die dir über Gläser- und Tassenränder schwappt.«

Sie eröffneten an einem Wochenende, weil die Leute da freihatten und die Kinder nicht in die Schulen mussten. Am Eröffnungstag gab es das Eis zum halben Preis, das war ein Vorschlag von Fenja gewesen.

»Und wenn sich das nicht rechnet?«, hatte Karina besorgt gefragt.

»Wenn sich das schon am ersten Tag zum halben Preis nicht rechnet, dann habt ihr einen ganz guten Gradmesser, wie es läuft, möchte ich meinen.«

Ricardo willigte ein, womit die Sache beschlossen war. Er sah umwerfend aus, fand Karina. Das schwarze Haar, die dunkelbraunen Augen, die leichte Sonnenbräune von der Arbeit an der frischen Luft. Gekleidet war er wie immer, wenn er kellnerte, in eine schwarze Hose, ein weißes Hemd und eine schwarze Weste. Nur hatte er jetzt die Fliege weggelassen sowie die weiße Anzugjacke mit den schwarzen Aufschlägen. So wirkte er legerer und doch zugleich elegant.

Ihre Blicke begegneten sich, und er lächelte, zwinkerte ihr zu. »Aufgeregt?«

»Ja, und wie. Du nicht?«

»Ich bin die Ruhe selbst.«

»Ja, sicher«, murmelte sie, denn sie hatte durchaus bemerkt, dass Erika ihm morgens noch rasch ein kleines Glas in die Hand gedrückt und »zur Beruhigung« gemurmelt hatte.

Noch eine halbe Stunde, dann würden sie öffnen, und Karina lief durch das Café, rückte hier und da an den Stühlen herum, schob die Eiskarten so, dass sie genau mittig lagen, und besah kritisch die Bilder an den cremegelben Wänden, kolorierte Fotografien von italienischen Landschaften. Hing das ganz rechts nicht etwas schief? Sie drückte leicht gegen die rechte Ecke. Nein, jetzt hing es schief.

»Dir ist schon klar, dass man durch die Fenster sehen kann, dass du hier gerade wie ein aufgescheuchtes Huhn herumläufst?«, fragte Ricardo.

Karina begutachtete das Bild noch einmal. »Hängt das gerade?«

»Ja. Hing es vorhin schon.«

Sie kehrte zu ihm zurück, sah auf die Uhr. Fünf Minuten waren verstrichen. Ricardo nahm ihre Hand, drückte leicht ihre Finger. »Es wird schon gut werden.«

Als er die Tür aufschloss, standen tatsächlich schon einige Leute davor, alles Stammkunden von ihm, außerdem Erika und das Ehepaar Breuer.

»Es gab mal einen Eissalon in Godesberg«, sagte Frau Breuer, »der wurde im Krieg in Schutt und Asche gelegt. Sind Sie mit dem Betreiber verwandt?«

»Nein, bedaure«, antwortete Ricardo.

Die Gäste nahmen Platz, und Karina atmete langsam aus, spürte den Herzschlag in der Kehle. Immerhin waren Leute gekommen, sie standen nicht zum Zeitpunkt der Eröffnung vor leeren Cafétischen. Die Befürchtung erwies sich als unbegründet, denn wenngleich nie alle Tische gleichzeitig besetzt waren, war es doch auch nie komplett leer. Mittags schlossen sie für zwei Stunden, da zur Mittagszeit ohnehin keine Gäste zu erwarten waren, aßen selbst rasch etwas, ehe sie wieder öffneten. Sie mussten eine halbe Stunde warten, ehe die ersten Gäste kamen, und Karina hatte schon angstvoll befürchtet, dass sich der Zulauf am Vormittag vielleicht erschöpft hatte. Während die Gäste vormittags eher Kaffee und vielleicht mal eine Waffel bestellt hatten, wurde nachmittags überwiegend Eis gewünscht.

Trotz allem war da jedoch ein Stich der Enttäuschung, denn Karina hatte Lennart gesagt, dass sie öffneten, und es war niemand aus ihrer Familie erschienen. Wenn sie daran dachte, wie erpicht alle darauf gewesen waren, bei Fenjas Eröffnung dabei zu sein, schmerzte es umso mehr. Sie wollte nicht dran denken, denn sonst würden ihr die Tränen kommen und es unmöglich machen, das Bild ausgeglichener Freundlichkeit aufrechtzuerhalten.

»Geht es dir gut?«, fragte Ricardo, der gerade zwei Eisbecher an ein Pärchen serviert hatte, das sich verliebt anlächelte.

Karina nickte und versuchte, den Kloß in ihrem Hals zu ignorieren, der sich hartnäckig ihren Schluckbewegungen widersetzte. Kurz berührte Ricardo ihren Arm, dann ging er zur Kaffeemaschine und bereitete ihr eine Tasse starken Espresso zu. Sie hatte ihn gerade ausgetrunken, als ein elegantes Paar das Café betrat.

»Tante Ella? Sebastian?« Karina stellte die Espressotasse hin, als die beiden zu ihr an die Theke traten.

»Es tut mir leid, dass ich es nicht früher geschafft habe, Liebes.«

»Ich bin so glücklich, dass überhaupt jemand aus der Familie kommt. Möchtest du dich setzen?« Sie führte die Cousine ihrer Mutter und deren Ehemann zu einem Tisch am Fenster. »Wie geht es euch?«

»Sehr gut.« Ella Lombard sah sich um, nickte anerkennend. »Sehr hübsch, mein Liebes. Lukas lässt sich entschuldigen, er hat Dienst.«

»Ich bin froh, dass ihr gekommen seid.«

»Lennart wollte uns begleiten, aber deine Mutter hatte einen kleinen Schwächeanfall – schau nicht so erschrocken, es geht ihr gut. Unter diesen Umständen wollte Lennart sie jedoch nicht allein lassen, da dein Vater für ein paar Tage verreist ist. Er bedauert zutiefst, dass er nicht kommen konnte, aber er lässt ausrichten, er besucht dich hier so bald wie möglich. Und von deinen Cousins soll ich dich ebenfalls herzlich grüßen. Eric kommt nachher noch mit Clara.« Eric war Ellas Bruder.

Sebastian griff nach der Karte. »Sehr hübsch gemacht. Wessen Idee war das?«

»Meine.«

»Liegt in der Familie, ja?«

»Sieht ganz so aus, mein Lieber«, antwortete Ella an Karinas Stelle.

Die Eisbecher trugen in fein geschwungener Schrift Namen italienischer Urlaubsorte.

»Ich habe deinem Vater übrigens gesagt, dass ich sein Verhalten dir gegenüber sehr schändlich finde. Er hätte sich lieber diesen Lehrer zur Brust nehmen sollen.«

»Hmhm, *gesagt*«, bemerkte Sebastian, ohne von der Eiskarte aufzublicken. »Ich glaube, das war einer dieser Momente, in denen Arvid glücklich war, dass der Kelch damals an ihm vorübergegangen ist.«

Ella schlug ihm mit dem Handrücken gegen den Arm. »Du hättest auch ruhig etwas sagen können, anstatt nur schweigend danebenzustehen.«

»Du warst laut genug für zwei, mein Liebling.« Jetzt blickte Sebastian auf, sah seine Frau an, lächelte, dann zwinkerte er Karina zu. »Es war eine äußerst denkwürdige Szene. Deine Mutter hat das Kunststück versucht, Ella zuzustimmen, sich dabei aber nicht zu deutlich vor der Familie gegen ihren Mann zu stellen. Lennart hat ganz klar Stellung auf Ellas Seite bezogen, Fenja ebenso. Eric sagte, hätte der Lehrer so gegenüber *seiner* Tochter gehandelt, hätte dieser nicht viel zu lachen gehabt. Ein Wunder, dass am Ende nicht die Suppenteller geflogen sind.«

Seine Art zu erzählen ließ Karina trotz allem ein Lächeln über die Lippen huschen.

»Und dieser Mann«, Ella deutete mit einem leichten Nicken in Richtung Ricardo, »ist dein Liebhaber?«

Karina wurde ganz heiß, vor allem angesichts dessen, wie Sebastian sie nun musterte. Sie würde nie so souverän sein wie Ella. »Nein, natürlich nicht!«

»Dein Vater sagte, ihr wärt in sehr eindeutiger Situation miteinander erwischt worden.«

»Wir haben ein geschäftliches Gespräch geführt.«

»Im Nachthemd auf seinem Bett?« Ella lächelte.

Karina sah sich hastig um, aber die Tische neben ihnen

waren leer. »Ich wollte mit ihm sprechen und anschließend direkt schlafen gehen. Mein Vater dramatisiert das Ganze.« Ein hochgeschlossenes weißes Nachthemd. Es war ja nicht so, als hätte sie im Negligé dort gesessen.

»Gehen wir später zusammen essen?«, wechselte Ella das Thema. »Immerhin müssen wir die Eröffnung ja feiern. Dein, hm, Geschäftspartner darf uns gerne begleiten.«

»Warum bist du nicht mit Karina mitgegangen?«, fragte Erika. »Das war doch ein sehr nettes Angebot.«

»Es war mir zu familiär. Außerdem bin ich müde.«

Das war wiederum nur zu verständlich, da er den Großteil der Arbeit leistete, nicht nur das Eis herstellte, sondern neben der Theke auch das Kellnern übernahm. Erika bot ihm eine Zigarette an, rauchte mit ihm im Wohnzimmer, ehe er sich verabschiedete und zu Bett ging.

Erst dann verließ Erika die Wohnung und nahm die Treppe ins Dachgeschoss. Sie hatte Henryk jetzt mehrere Tage nicht gesehen, manchmal rauchten sie nur eine Zigarette miteinander, an anderen Tagen saßen sie zusammen und redeten. Geküsst hatten sie sich seit jenem einen Mal nicht wieder. An Henryk war nichts dunkel, selbst dann nicht, wenn er von seinen Familienverhältnissen sprach. Es gab nichts Finsteres in ihm, kein Loch, das sich auftat, ihn verschlang und dabei Erinnerungen hochspülte, die das Atmen erschwerten und gleichzeitig wünschen ließen, man könne komplett damit aufhören, endlich loslassen. Wenn Erika diese Stimmung überkam, sollte sie eigentlich gar nicht zu ihm gehen, dann war ihr, als könnte etwas von ihr auf ihn überschwappen, als sei ihre Schwermut eine Krankheit, mit der man sich ansteckte.

Erika hatte bisher nicht einmal Lene von Henryk erzählt. Es fühlte sich gut an, bei ihm zu sein, und das wollte sie sich nicht durch kritische Bemerkungen oder schräge Blicke verderben lassen. Sie ging auf das Dach, zündete sich eine Zigarette an und sah über die Häuserdächer. Das Eiscafé von Karina und Ricardo hatte ihr gut gefallen, und sie hoffte für die beiden, dass es lief. Die Anzahl der Gäste war überschaubar gewesen, aber das konnte sich ja noch ändern. Hätten sie ihr Café mitten in der Stadt eröffnet, hätten sie möglicherweise mehr Zulauf bekommen, andererseits wäre die Miete höher und die Konkurrenz größer gewesen.

Die Tür zum Dach wurde geöffnet und sacht geschlossen. Erika wandte den Kopf gerade weit genug, um die Bewegung aus dem Augenwinkel zu bemerken, eine Gestalt, die zu gedrungen war, um Henryk zu sein.

»Na, gute Frau«, war Herbert Breuers Stimme zu vernehmen, »das ist hier aber kein allgemein zugänglicher Bereich.«

Hastig drückte Erika ihre Zigarette aus und hoffte, dass die Dunkelheit den ein oder anderen herumliegenden Stummel gnädig verhüllte. Der Alte kam doch sonst nie aufs Dach, warum gerade jetzt?

»Es tut mir leid«, sagte sie. »Ich wollte nur einen Moment abendlicher Stille genießen.«

»Ihre Wohnung hat doch einen Balkon.« Er schnupperte. »Rauchen Sie hier etwa?«

»Wie gesagt, es tut mir leid.«

»Hat der Alfred doch recht gehabt, als er meinte, er hätte jemanden hier raufgehen sehen. Dachte, das wäre irgendein loses Weibsbild, das der junge Mann trotz des Verbots von Damenbesuch hier raufgebracht hat.«

Konnten sich die Leute nicht um ihren eigenen Kram kümmern? Hing der Kerl etwa am Türspion und beobachtete die Treppe? War das von seiner Wohnung aus überhaupt möglich? Oder hatte sie nicht aufgepasst, und er war in dem Moment aus der Tür getreten, in dem sie die Treppe hochgeeilt war? Wie auch immer, jetzt konnte sie nicht hierbleiben, was umso ärgerlicher war, als sie Henryk bemerkte, der gerade aus der Tür trat, als sie wie eine reuige Sünderin mit Herbert Breuer vom Dach kam. Sie tauschten einen kurzen Blick, während die beiden Männer sich einen guten Abend wünschten.

In ihrer Wohnung schloss sie die Tür und lehnte sich mit dem Rücken dagegen. Vermutlich hatte der Alte sie nicht hochgehen sehen, sondern nur gehört und daraus Schlüsse gezogen. Erika streifte sich die Schuhe ab, lief auf Strümpfen in den Hausflur und blickte sich um. Das Flurlicht brannte nicht mehr, und im Schimmer der Lampe, der von der Wohnung hinausfiel, konnte sie niemanden erkennen. Leise schloss sie die Tür und ging lautlos zur Treppe. Dabei hätte sie angesichts der Lächerlichkeit der Situation am liebsten gelacht. Sie war eine Frau von über vierzig und musste sich im Dunkeln auf Strümpfen davonschleichen wie ein Backfisch im Pensionat. Nach dem Krieg hatte sich einiges geändert, nur die Frauen blieben weiterhin unter der Beobachtung der

Männer, die bereit waren, jede kleinste Verfehlung zu ahnden. Wobei »Verfehlung« sehr weit gefasst wurde.

Erika klopfte an Henryks Tür, die kurz darauf geöffnet wurde.

»Dem strengen Zuchtmeister entkommen?«, fragte er grinsend.

»Hör bloß auf! Der alte Klawitz hat ihm gesagt, du würdest Damenbesuch empfangen.«

Henryk schloss die Tür hinter ihr. »Wie unanständig.«

»Ich weiß nicht, ob er den Umstand, dass ich dort oben stehe und rauche, nicht fast noch schlimmer fand.« Sie ließ sich auf der Kante seines Betts nieder.

»Wie war die Eröffnung heute?«

»Sehr nett, die beiden haben das wirklich schön gemacht. Jetzt müssen nur noch genug Leute den Weg dorthin finden.«

»War es nicht gut besucht?«

»Es waren immer Gäste da, aber voll war es nicht. Eher ein Kommen und Gehen.«

Henryk setzte sich ebenfalls. »Mein Vater hat mir geschrieben.«

»Ist etwas passiert?«

»Das war auch mein erster Gedanke. Doch tatsächlich braucht er nur Geld. Ich weiß nicht, was er denkt, was ich hier tue.«

»Hast du ihm geantwortet?«

Er schüttelte den Kopf. »Keine Ahnung, ob ich das überhaupt mache.« Kurz hob er die Hand, als wollte er ihre Wange berühren, hielt dann inne.

Erika nahm sie, führte sie an ihre Wange, drehte ihren Kopf darin, küsste seine Handfläche, ehe sie ihre Hände um sein Gesicht legte, sich vorbeugte und ihn küsste. Seine Hände streichelten ihre Wange, ihre Schulter, glitten über ihren Rücken, verharrten auf ihren Hüften.

»Ich möchte mit dir schlafen«, sagte er an ihrem Mund.

Sie antwortete nicht, küsste ihn wieder, dann zog sie sich zurück, gerade ausreichend, damit er den Kuss nicht fortsetzen konnte. »Das letzte Mal ist schon so lange her.«

»Das verlernt man nicht.«

Erika wusste, wie die Leute reden würden, über die Witwe im mittleren Alter, die sich diesen jungen Mann als Liebhaber anlachte. Andererseits wollte sie es so sehr. Offenbar bemerkte er ihr Zögern, denn er zog sie wieder an sich, berührte ihren Mund ganz sacht mit den Lippen, lächelte, öffnete behutsam Knopf um Knopf ihrer Bluse, während sie nach kurzem Zaudern dasselbe bei seinem Hemd tat.

Man verlernte es nicht, damit hatte er recht gehabt, und sie fanden sehr schnell einen gemeinsamen Rhythmus, ein Gleiten, wie im Tiefschnee. Erika erstickte jedes Geräusch, indem sie ihren Mund an seinen Oberarm presste, spürte das Spiel seiner Muskeln unter den Lippen. Für einen Moment war es, als würde die Finsternis in ihr fortgespült und ihr Innerstes stattdessen mit etwas Lichtem gefüllt, das auch dann noch fühlbar war, als Henryk sich von ihr löste, neben ihr in das Kissen sank, ebenso schnell atmend wie sie. Erika wollte es festhalten, das helle Gefühl, wollte nicht, dass es verschlungen wurde von der schwermütigen Schwärze. Nur für diese eine Nacht, dachte sie.

12

MAI 1958

Zu jedem einzelnen Eisbecher hatte Ricardo eine Schritt-für-Schritt-Anleitung bereitgelegt, an der sich Karina orientieren konnte. Bisher stellte sie sich sehr geschickt an und bekam alles besser hin, als er es ihr zugetraut hatte. Die Eisbecher sahen gut aus, waren verziert mit Sahne, Früchten, Nüssen, Krokant oder kleinen Pralinen, deren Schokoladenhülle leise knackte, wenn man darauf biss und sie ihr feines Inneres offenbarten. Die Spezialitäten bereitete Ricardo ohnehin selbst zu, wobei sie ihm gesagt hatte, auch das lernen zu wollen. Besonders beliebt war die *Cassata*, wobei die in den deutschen Eisdielen angebotene Eisbombe mit dem italienischen Original nur wenig zu tun hatte. War *Cassata* eigentlich eine sizilianische Schichttorte, die es nur zu bestimmten Anlässen gab, so bestand die Eisbombe, die unter diesem Namen serviert wurde, aus Vanille- und Schokoladeneis mit einem Parfait aus kandierten Früchten.

In der Woche, die sie nun schon geöffnet hatten, lief es recht gut. Nicht überragend, aber doch ausreichend, um das Ganze nicht von Beginn an als gescheitert anzusehen, und nachmittags erwartungsgemäß deutlich besser als vormittags, denn während am Vormittag meist junge

Mütter, Hausfrauen oder Rentner auf einen Kaffee oder eine Waffel kamen, ging das eigentliche Geschäft am Nachmittag los. Wer regelmäßig Eis von seinem Eiswagen gekauft hatte, der kam auch in den Eissalon, und Ricardo hoffte darauf, über Mund-zu-Mund-Werbung bekannter zu werden. Zu Beginn hatte er natürlich eine Werbeanzeige geschaltet und auch Werbezettel verteilt. Erika wiederum hatte in ihrem Kollegium von ihm erzählt und würde – das hatte sie ihm versprochen – im Sommer vor den Ferien einen Ausflug mit ihren Schülerinnen zu ihm ins Eiscafé machen.

Was ihm jedoch mehr Sorge bereitete als die Anzahl seiner Gäste, war der Umstand, dass Serena wieder in sein Leben getreten war. Gewiss würde das Geld, das er ihr gegeben hatte, nicht die letzte Forderung gewesen sein. Ausgerechnet jetzt, nachdem er so viele Jahre nichts mehr von ihr gehört hatte. Als würde ihm die Vergangenheit nicht auch ohne sie ausreichend zusetzen.

Seine Frage, wie sie ihn überhaupt gefunden hatte, beantwortete sie nur mit einem Schulterzucken.

»Wer war der Typ, mit dem du so lautstark gestritten hast?«

Diese Frage hatte sie kurz verunsichert, ehe sie auch darauf wieder mit den Schultern zuckte. »Mein Leben geht dich nichts mehr an.«

Während er Eiskugeln formte und in Glasschalen füllte, Schlagsahne und je nach Sorte Schokoladen-, Nuss-, Erdbeer- oder Karamellsoße darüberlaufen ließ und Nüsse oder verschiedene Streusel daraufstreute, dachte er immer wieder an diese Begegnung und an all die Erinnerungen, die damit einhergingen. Die Schlagsahne war ein Zugeständnis, das an den Eisgeschmack der Deutschen gemacht wurde, für die zu einem Eisbecher vielfach auch geschlagene Sahne gehörte. In Italien war das unüblich, und Ricardo wäre nie auf die Idee gekommen, einen Eisbecher dort auf diese Art zu servieren.

»Was wird das?«, fragte er, als er bemerkte, wie Karina eine Kugel Eis in eine Tasse Kaffee fallen ließ, der daraufhin überschwappte.

»Eine Kundin wollte *Affogato al caffè* mit Sahne.«

»Das bereitet man doch nicht so zu«, sagte er brüsker als gewollt. Er schob sie zur Seite, kippte den Inhalt der Tasse in die Spüle, nahm eine neue Tasse, gab eine Kugel Vanilleeis hinein und übergoss sie mit heißem, gezuckertem Espresso. Zum Schluss gab er Schlagsahne darauf und bestäubte sie mit etwas Kakao.

»Ich kann es ihr bringen«, sagte Karina. Bisher waren sie darin übereingekommen, dass sie allenfalls Bestellungen aufnahm, während Ricardo weiterhin sämtliche Kellneraufgaben übernahm.

»Lass mich das lieber machen, ehe die Hälfte danebengeht.« Er stellte die Tasse auf einem kleinen Tablett ab. »Welcher Tisch?«

Sie sagte es ihm, und er ging zu den beiden jungen Frauen, die an einem Tisch am Fenster saßen. Eine von ihnen schenkte ihm ein flirtendes Lächeln. »Ich habe mich nun auch entschieden«, sagte sie. »Ich hätte gerne dasselbe, aber auf Wiener Art.«

Affogato al caffè variante alla viennese. Da diese

Bezeichnung zu lang war, hatten sie darauf verzichtet, sie aufzuschreiben, und im Grunde genommen unterschieden sie sich nur insofern voneinander, dass die Wiener Art mit Waffel in der Sahne serviert wurde.

Karina gab gerade eine kleine Schale mit zwei Kugeln Eis und etwas Sahne an eine Schülerin aus, während deren Freunde gleichzeitig ihre Bestellung aufgaben, offenbar nach dem Prinzip, dass der zuerst bekam, der am lautesten rief. Karina schlug sich jedoch gut, sah jeden Einzelnen an, hörte zu und bediente nacheinander. Ricardo trat zu ihr und nahm das Geld entgegen, zählte es in die Registerkasse und gab das Wechselgeld raus.

Es tat ihm leid, dass er ihr gegenüber so barsch gewesen war, und so drückte er unbemerkt hinter der Theke ihre Hand. Sie erwiderte den Druck kaum merklich, dann lösten sich ihre Hände wieder voneinander. Sie bereitete sich eine Tasse Kaffee zu und lehnte sich an die Anrichte, beobachtete das Treiben im Café, während Ricardo die ganze Zeit nur an Serena denken konnte. Was, wenn sie kam, während Karina und Erika im Haus waren? Wobei Erika kein Problem war, sie würde sich nicht darum kümmern, wen er empfing. Aber wenn ihn eine Frau besuchte und er mit ihr in sein Zimmer ging, weil er nicht wollte, dass Karina mitbekam, worüber sie redeten, würde sie gewiss Fragen haben und Antworten fordern. Was sollte er dann sagen? Behaupten, sie sei eine Geliebte? Vermutlich wäre das immer noch besser als die Wahrheit.

Karina hatte ihren Kaffee gerade ausgetrunken und stellte die Tasse in den Geschirrspüler – was für eine großartige Erfindung! –, als die Tür geöffnet wurde und Lennart und Fenja eintraten. Nachdem sie in den vergangenen Tagen nichts von ihrer Familie gehört hatte, war sie nicht mehr davon ausgegangen, dass sich noch jemand hierher verirren würde.

»Entschuldigst du mich bitte für einen Augenblick?«

Ricardo nickte nur, wirkte dabei abwesend und wurde im nächsten Moment abgelenkt, weil eine Frau an einem der Tische die Hand hob, um ihn herbeizurufen.

»Lennart.« Karina ging zu ihm und umarmte erst ihn, dann ihre Schwägerin. »Wie schön, dass ihr doch noch kommt.«

»Es tut mir leid, dass wir es nicht zur Eröffnung geschafft haben.« Er gab ihr einen Kuss auf die Wange, dann sah er sich um. »Hübsch ist es geworden.«

Fenja ließ ihren fachkundigen Blick durch den Raum gleiten, lächelte kaum sichtbar, nickte mehrmals. »Wirklich hübsch«, bestätigte sie das Urteil ihres Mannes.

»Setzt euch doch.« Karina führte sie zu einem Zweiertisch am Fenster, an dem auch Ella letztes Mal gesessen hatte. Dann ging sie und holte die Karte. »Ich freue mich so, dass ihr hier seid.«

»Nur zu gerne.« Lennart überließ es Fenja, zuerst in die Karte zu schauen. »Wie geht es dir denn?«

»Gut. Es gibt viel zu organisieren, das meiste ist neu für mich, aber es gefällt mir. Die Arbeit im Kaufhaus war einfach nicht das Richtige.«

»Mich hat es ohnehin gewundert, wie du mit deiner

Ungeduld fortwährend freundlich Telefonate beantworten kannst«, antwortete Lennart.

»Das frage ich mich im Nachhinein auch.« Karina nahm sich einen Stuhl vom Nebentisch und ließ sich neben ihrem Bruder nieder. »Hat Papa etwas zu der Eröffnung gesagt?«

»Nein, kein Wort. Ich habe es ihm erzählt, und er hat nur mit den Schultern gezuckt.«

Trotz allem traf Karina das zutiefst. Sie hatte gehofft, dass er sein harsches Urteil überdenken würde, wenn er sah, was sie zustande brachte. »Wird Mama kommen?«

»Nicht, solange Vater sich sträubt. Sie möchte keinen familiären Unfrieden und denkt, dass es die Fronten nur verhärten würde, wenn sie sich nun auch noch gegen ihn stellt. In der Sache ist ohnehin aus der Familie niemand seiner Meinung, zumindest niemand aus Mutters Familie, abgesehen von Großvater Georg, aber der war ja schon immer stockkonservativ. Auf Vaters Seite sieht das anders aus, da meinen vor allem die Männer, dass er richtig gehandelt hat. Und was unsere Großeltern angeht – nun, du kennst sie ja. Nachsicht darfst du da nicht erwarten.«

»Sie glauben darüber hinaus, dass du mit deinem Geschäftspartner eine Affäre hast«, fügte Fenja hinzu. »Und sie sehen ihn nicht gerade als die passende Partie für dich an.«

»Ach ja?« Karina wurde wütend. »Dabei stand Mussolini Hitler doch recht nah, was das Gedankengut anging. Und als stramme Anhänger müssten sie seine Landsmänner doch schätzen, möchte ich meinen.«

Lennart sah sich um, als befürchtete er mögliche Mithörer. »Du weißt doch, wie sie sind. Da spielen eine Menge lange überkommener Vorstellungen rein, die nicht nur mit seiner Abstammung, sondern auch mit dem familiären Hintergrund zu tun haben. Am liebsten wäre es ihnen, wenn du jemanden heiraten würdest, der aus dem wohlhabenden Bildungsbürgertum kommt. Oder aus dem früheren Adel.«

Karina verdrehte die Augen.

»Wie auch immer, wir sind ja jetzt hier, und du weißt, dass ich auf deiner Seite stehe. Wenn das mit diesem Mann allerdings etwas Ernstes wird, erwarte ich, dass du mir gegenüber ehrlich bist.«

Sie nickte, dann erhob sie sich. »Sucht in Ruhe etwas aus, ich komme gleich noch einmal zu euch und nehme die Bestellung entgegen.« Das war ein sehr abrupter Abgang, aber sie konnte ihrem Bruder auch nicht guten Gewissens in die Augen sehen und dabei die ganze Zeit an diese eine Nacht mit Ricardo denken. Dass es seither nicht wieder passiert und sie ganz gewiss nicht von ihm schwanger war, spielte da keine Rolle, das würde es auch für Lennart nicht, mochte er auch noch so fortschrittlich in seinem Denken sein. Gewisse Dinge gehörten sich einfach nicht.

Hinzu kam, dass sie bei Ricardo derzeit einfach nicht wusste, woran sie war. Mal war er liebevoll, dann wieder kühl und abweisend. Auf ihre Fragen hin, was los sei, antwortete er, es sei alles in Ordnung, wobei jener Unterton mitschwang, den sie von ihrer Anfangszeit her kannte, ein leichter Überdruss. Also ließ sie ihn in Ruhe.

Wie Lennart wohl reagieren würde, wenn er erfuhr, dass sie mit einem Mann geschlafen hatte, von dem sie nicht einmal wusste, ob sie ihr Leben mit ihm verbringen wollte. Den sie hin und wieder küsste, bei dem sie sogar die Nacht verbrachte – wenngleich keusch bekleidet.

Sie stand an der Eistheke und beobachtete die Gäste, Mädchen und junge Frauen in Kleidern mit Röcken, die durch Petticoats ausgestellt waren, Männer mit legeren Anzügen, Chinos und Hemden oder aber jene, die sich das rebellische Aussehen angesagter Filmstars gaben und in Jeans und T-Shirt gekleidet waren. Karina musste lächeln, kam sich den Schülerinnen gegenüber, die sich so betont gelassen gaben und doch immer wieder verstohlene Blicke zu den Jungen warfen, so reif und erwachsen vor. Als sie in ihrem Alter gewesen war, hatte es an allem gemangelt, weil der Krieg erst ein paar Jahre vorbei war. Vergnügt ein Eis essen zu gehen und verliebt mit Jungs zu kokettieren – davon hatte sie nicht einmal träumen können. Das alles schien so weit entfernt.

»Soll ich die Bestellung für deinen Bruder entgegennehmen?«

Karina sah auf. »Wie bitte?«

»Er winkt, und du beachtest ihn gar nicht.«

»Ach.« Sie sah ihren Bruder an, gab ihm durch ein Nicken zu verstehen, dass sie jetzt zu ihm kam. »Ich war in Gedanken. Lass nur, ich mache das schon.« Sie ging zu Lennart, zog Block und Stift aus ihrer Schürzentasche und sah ihn erwartungsvoll an.

Fenja entschied sich für eine Schokoladenportion, die aus zwei Kugeln Schokolade mit einer Kugel Vanille bestand, garniert wurde mit Sahne, Schokoladensoße und winzigen Schokolinsen. Lennart, der keine besondere Schwäche für Süßes hatte, bestellte eine »Vanilleeiskugel, die in Kaffee ertrinkt«. Dabei zwinkerte er ihr zu.

»*Affogato al caffè*. Kommt sofort.« Ricardo hatte die Aussprache mit ihr geübt.

»Das muss sitzen«, hatte er gesagt, »und zwar bei jeder Spezialität. Ich muss dich nachts wecken können, und du musst es richtig aussprechen.«

Die Gäste sprachen die italienischen Namen oftmals falsch aus und tippten gleichzeitig auf das Gemeinte. Lennart sprach Italienisch, hatte es in seinen Lehrjahren in der Schweiz gelernt. Und offenbar hatte er an ihrer Aussprache nichts auszusetzen.

»Hast du heute Abend Zeit?«, fragte Lennart.

»Für dich immer, das weißt du doch.«

»Wir könnten zusammen ausgehen. Auch gerne nach Köln, wenn du magst.«

Das klang herrlich. »Nur zu gern.«

»Dann sehen wir mal zu, dass wir ein paar reizende Galane für dich auftreiben«, scherzte Fenja und handelte sich damit einen tadelnden Blick von Lennart ein.

»Ganz ohne Hintergedanken«, versprach er.

»Ich dachte schon, Großmutter hat dir mit Enterbung gedroht, wenn du mich nicht unter einem Vorwand an den Mann bringst«, sagte Karina.

»Das würde schon allein daran scheitern, dass meine Frau reicher ist als ich.«

»Stimmt, das hast du klug angestellt.«

Fenja schenkte ihm ein Lächeln, das halb zärtlich, halb spöttisch war. »Wie auch immer«, sagte sie dann, an Karina gewandt, »wir holen dich ab, sobald du hier fertig bist, ja?«

»Fahrt ihr vorher zurück nach Koblenz?«

»Nein, wir verbringen den Nachmittag in Bonn.«

»Warst du schon mit dem Wagen auf der Bundesstraße 9?«, fragte Karina ihren Bruder.

»Die Diplomatenrennbahn? Da war ich, noch bevor ich hierhergekommen bin.«

»Er konnte nicht widerstehen«, erklärte Fenja.

»Vielleicht schauen wir uns Godesberg an, das soll sich ja gerade zum schicken Diplomatenviertel mausern.«

»Sieht man bisher aber noch nicht allzu viel von«, bemerkte Fenja.

»Das wird schon noch, warte ab.«

»Ist irgendwie seltsam, dass die Hauptstadt auf einmal so nahe ist.« Fenja hatte das Kinn in die Hand gestützt und sah sie an. »Könnte gut fürs Geschäft sein.«

Karina kehrte zurück an die Theke und begann mit dem Eisbecher. »Den Kaffee bereitest wohl besser du zu«, sagte sie spitz zu Ricardo.

»Schmollst du etwa?«

War sie ein Kleinkind? Sie warf ihm nur einen knappen Blick zu und widmete sich wieder dem Eisbecher. Die Kugeln bekam sie perfekt hin, und die Sahne war eine cremige Spitze darauf, die sie mit feiner, dunkler Schokoladensoße verzierte. Zum Schluss kamen die Schokolinsen. Das sah so köstlich aus, dass Karina am liebsten selbst davon genascht hätte.

Karina stellte den Eisbecher neben den Kaffee für Lennart, und Ricardo nahm das Tablett, um es an den Tisch zu bringen. Mit angehaltenem Atem beobachtete Karina die Szene, aber Ricardo stellte alles mit einem Lächeln auf dem Tisch ab und kam zurück. Kurz begegneten sich ihre Blicke, und Ricardo behielt immerhin sein Lächeln bei, wenngleich er wirkte, als sei er gedanklich schon wieder woanders.

»Du machst dich rar«, begrüßte Henryk sie, als Erika ihm auf dem Dach begegnete.

Sie hatte sich mit dem Rücken an die Mauer gelehnt und fragte sich unvermittelt, ob dieser Rest einer einstigen Wand wohl stabil genug oder doch marode geworden war, nachgab und sie rücklings vom Dach stürzen würde. Dennoch blieb sie stehen, genoss für einen kurzen Augenblick sogar die Vorstellung, wie sie fiel und danach alles vorbei sein würde.

Henryk zündete sich eine Zigarette an und stellte sich neben sie, stützte sich mit den Unterarmen auf der Mauer ab. Seit sie mit ihm geschlafen hatte, war sie ihm aus dem Weg gegangen. Natürlich musste ihn das irritieren. Erika hatte mit Lene gesprochen, nur in Andeutungen, aber sie hatte sich einfach jemandem anvertrauen müssen.

Allerdings hatte ihre Freundin vollkommen anders reagiert, als Erika erwartet hatte. »Dieser junge Mann, das ist ja wohl nicht dein Ernst.«

»Hast du nicht selbst gesagt, ich solle im Leben endlich wieder nach vorne schauen?«

»Aber doch nicht so. Du bist über vierzig. Als Lehrerin hast du eine Vorbildfunktion.«

»Und nach all den Jahren einen Mann in mein Leben zu lassen läuft dieser Vorbildfunktion zuwider?«

»Man könnte glauben, du seiest ein Backfisch, wie du daherredest. Such dir einen Mann, der deinem Alter entspricht, besser noch, älter ist als du. Du machst dich doch zum Gespött mit so einem jungen Kerl. Was sollen denn die Leute denken?«

Erika hatte das Gespräch ernüchtert. Wenn sogar ihre sonst so liberal denkende Freundin so redete, was würden dann erst all die konservativen Leute ihrer Generation sagen? Und wie würde man im Kollegium reagieren? Wie die Eltern ihrer Schülerinnen?

»Sprichst du nicht mehr mit mir?«

»Doch, natürlich. Entschuldige bitte.«

»Unsere gemeinsame Nacht – ich hatte den Eindruck, es hätte dir gefallen.«

»Das hat es auch, es war wirklich schön.«

»Und warum weichst du mir dann aus?«

»Weil ich Zeit brauchte, um nachzudenken.«

»Verstehe.« Die Zigarettenspitze war ein rot glühender Punkt vor seinem Gesicht.

Er schien die Bedenken nicht zu teilen. Oder aber diese Sache war für ihn weniger ernst als für sie, denn eine Bettgespielin brauchte man niemandem zu erklären. Besser noch, man würde ihm auf die Schulter klopfen und dabei vielsagend grinsen. So war die Gesellschaft eben. Frauen durften keine jüngeren Männer haben, einem Mädchen wurde – wie sie an diesem Tag in der Schule gesehen hatte – mit dem Zeigestock auf die Finger geschlagen, nur weil man den Verdacht hatte, es würde an den Nägeln kauen. Frauen wie Karina, die mit falschen Versprechen verführt worden waren, warf man gleich aus der Familie. Jedenfalls so lange, bis sie zu Kreuze krochen.

Erika zog ihre eigenen Zigaretten hervor. Sie rauchte zu viel, vor allem, wenn sie angespannt war. Es konnte vorkommen, dass sie sich die nächste ansteckte, kaum, dass sie die letzte beendet hatte. Den Kopf zurückgelehnt, atmete sie langsam den Rauch in den Himmel, der nach der Dämmerung fast durchscheinend wirkte, als blutete er alle Farben zum Horizont hin aus. Als sie Henryk ansah, hatte dieser das Gesicht abgewandt, blickte auf die Stadt, und Erika versuchte an seinem Profil auszuloten, ob ihn ihre Distanziertheit verletzte. Abrupt drehte er sich zu ihr um, traf ihren Blick.

»Und?«, fragte er. »Was nun?«

Sollte es sie stören, wenn sie nur eine Zerstreuung war für einige Nächte, vielleicht sogar Wochen oder Monate? Dann genoss sie es eben, solange es dauerte, und musste sich um das danach nicht scheren. Irgendwann würde er genug von ihr haben und sich eine Frau suchen, die in jeder Hinsicht so viel besser zu ihm passte.

Sie drückte die Zigarette auf der Mauer aus, so fest, dass sie mit dem Fingernagel über den bröckeligen Rand schabte. Dann nahm sie seine Hand, streichelte mit dem Daumen darüber, sah ihn an, hoffte, er würde die stumme Aufforderung verstehen. Er rauchte zu Ende, ließ den Stummel fallen, zertrat die Glut.

»Komm«, sagte er schließlich, schloss seine Finger um die ihren und zog sie mit sich zur Mansarde.

Karina war von ihrem Bruder abgeholt worden, der Ricardo nur mit einem kurzen Nicken bedachte. Ihm war es gleich, er hatte genug eigene Sorgen und musste nicht auch noch um die Freundlichkeit von Karinas Familie buhlen. Noch dazu, da er und Karina derzeit ohnehin etwas distanziert miteinander umgingen. Er wusste, dass das eher an ihm lag als an ihr, er war seit Serenas Besuch sehr abweisend. Ab und zu ein paar Küsse, und wenn ihm danach war, schlief sie bei ihm.

Die beiden Eismaschinen liefen surrend. Das war ein recht teurer Spaß gewesen, gleich zwei davon zu kaufen, aber die Zeitersparnis lohnte die Ausgabe allemal. Was Zeit kostete, war das Erhitzen der Mischung, die fortwährend umgerührt werden musste, ehe sie in die Maschine kam. Karina war nicht bei der Sache gewesen an diesem Abend, und das Ei war gestockt. Und natürlich war Ricardo ihr gegenüber viel zu unleidlich gewesen, das wusste er. Es war ja nicht so, dass er selbst es von Anfang an perfekt gekonnt hätte, wenngleich er sich nicht daran erinnerte, jemals die komplette Masse verdorben zu haben. Das war einfach zu ärgerlich, und um seine Nerven war es ohnehin gerade nicht zum Besten bestellt. Da hatte er sie angefahren, dass ihr die Tränen gekommen waren. Geschah ihm vermutlich recht, dass sie nur einen knappen Gruß für ihn übrig hatte, und das vermutlich auch nur, um vor ihrem Bruder den Schein zu wahren.

Als er die Tür zum Café hörte, glaubte er erst, Karina wäre zurückgekommen. Schuhe klackerten auf den gewachsten Holzdielen. Ricardo sah zur Tür, die von der Fertigung in den Verkaufsbereich führte, bereit für ein versöhnliches Wort, aber niemand erschien, auch das Klackern war verstummt. Irritiert lauschte Ricardo. Er hatte vergessen, die Tür abzuschließen, aber es war ja klar, dass geschlossen war, der Verkaufsraum war dunkel. Aus der Kasse war nichts mehr zu holen, und ein Dieb würde sich wohl kaum mit lauten Absätzen ankündigen. Er verließ die Fertigung und bemerkte im Licht, das aus dem Raum fiel, die Frau, die schmaler und kleiner war als Karina. Sie stand nur da und sah ihn an.

»Du schon wieder.«

Sie trat näher, kam um die Verkaufstheke herum zu ihm. »Ich habe gesehen, dass sie gegangen ist. Mit einem Mann«, sagte sie auf Italienisch.

»Ihr Bruder.«

»Ist sie deine Geliebte?«

»Nein.«

Serena nickte. Fast war es, als wären sie nie getrennt gewesen, als hätte es den heftigen Streit vor zwei Monaten nicht gegeben. Sie lehnte sich mit dem Rücken an die Anrichte, die Arme wie schützend vor der Brust verschränkt. Über ihren Unterarm zog sich eine lange Brandnarbe, die vom Ellbogen bist fast zum Handgelenk reichte. Ricardo erinnerte sich noch daran, wie er sacht mit den Fingern darübergefahren war.

»Tut es noch weh?« Sie hatte verneint. Er hatte die

Frage wiederholt, als er sie in den Armen gehalten und geliebt hatte. Und schon längst nicht mehr die Narbe gemeint. Unwillkürlich streckte er die Hand aus, berührte ihren Arm erneut, zuckte dann jedoch zurück.

»Tut es dieses Mal dir selbst weh?«, spottete sie.

Er schwieg. Alonzo. Ricardos Schreie. Dadurch waren sie überhaupt erst auf ihn aufmerksam geworden. Er war so ein Narr gewesen.

»Es hat nie aufgehört wehzutun«, antwortete er.

Sie sah sich um. »Du hast dir den Traum also erfüllt? Nach all den Jahren?«

»Ja.«

»Und die Frau? Arbeitet für dich? Und wohnt gleichzeitig mit dir zusammen?« Wieder dieser Spott.

»Wir wohnen nur in derselben Wohnung, aber jeder von uns hat sein eigenes Zimmer gemietet. Und sie arbeitet nicht für mich, sondern mit mir.«

Serena nickte.

»Warum bist du hier?«

»Ich brauche Geld. Ich komme kaum über die Runden.«

Dieses Mal stritten sie nicht, sie machte nicht lautstark Forderungen geltend. Beim letzten Treffen hatte sich so viel Wut entladen, all das, was sie ihm in den Jahren seiner Abwesenheit hatte entgegenschreien wollen.

»Wie viel?«

Das Schulterzucken war nur zu erahnen.

»Du musst schon konkret werden.«

Es lief wieder auf eine Summe hinaus, die er Karina nur schwer würde erklären können. Aber er zögerte nicht. Das würde wieder für einige Wochen reichen. Serena steckte das Geld ein.

»Der Mann letztens war mein Cousin«, sagte sie übergangslos.

»Ah ja.«

»In meinem Leben gibt es derzeit keinen Mann. Ebenso, wie es in deinem keine Frau gibt.« Sie ließ es halb wie eine Frage klingen.

Ricardo wollte antworten, musste aber in die Fertigung, die Maschinen ausschalten. Am schabenden Geräusch war zu hören, dass das Eis fertig war. Es konnte in die Kühlung für den kommenden Tag.

»Soll ich dir helfen?«

»Ich bin schon fast fertig.«

Serena sah ihm zu, wirkte dabei sehr aufmerksam, fast schon konzentriert. Schließlich kam sie zu ihm, legte die Arme um seinen Hals und küsste ihn.

»Ich glaube, das ist keine gute Idee«, sagte er.

»Ich weiß. Aber ein letztes Mal nur, um der alten Zeiten willen.«

Er hob sie auf den Tisch, der an der rückwärtigen Wand stand.

»Du bist doch ungebunden, oder?«

Er konnte nicht so recht sagen, was das zwischen ihm und Karina war, er hatte sie wirklich sehr gern, daher konnte er die Frage nicht guten Gewissens bejahen.

»Aber«, fuhr sie fort, weil er nicht antwortete, »du bist mir diese letzte schöne Erinnerung an dich schuldig, denkst du nicht?«

Kurz schloss er die Augen, sah die Bilder, die hinter

seinen geschlossenen Lidern tanzten, ineinanderflossen. Und jedes davon trug ihr Gesicht. Er öffnete die Augen wieder, sah sie an und küsste sie.

13

JUNI 1958

Karina bemerkte durchaus, dass sich die Stimmung in der Wohnung verändert hatte. Erika war an manchen Tagen still und in sich gekehrt, verbrachte die Abende schweigsam und lesend. Dann wiederum gab es Tage, da grub sich ein kaum sichtbares Lächeln in ihre Mundwinkel, und ihr Gesicht wirkte weicher. Ricardo hingegen war für Karina derzeit überhaupt nicht mehr zugänglich. Als sie von ihrem Tanzabend mit Lennart zurückgekehrt war, hatte sie ihn nicht angetroffen und vermutet, er sei schon zu Bett gegangen. Am nächsten Morgen war er jedoch fast noch müder gewesen als sie.

Sie hatte Versöhnungsbereitschaft zeigen wollen, aber er hatte sie kaum beachtet, ihr abwesend einen guten Morgen gewünscht. Im Café war alles wie immer gewesen, sie arbeiteten Hand in Hand, was mittlerweile gut funktionierte. Darüber hinaus sprachen sie jedoch kaum ein Wort miteinander. Zwischendurch wurde er zugänglicher, küsste sie, wirkte dabei, als wollte er für irgendetwas Abbitte leisten, war zärtlich und aufmerksam. Dann konnte er wieder tagelang auf Distanz gehen. Für Karina war dieses Auf und Ab nur schwer erträglich.

Immerhin bot das Café eine wunderbare Abwechslung, und sie stellte fest, dass sie sich morgens tatsächlich auf die Arbeit freute. Es machte ihr Spaß, Eisbecher zusammenzustellen und über neue Kreationen nachzudenken. Beliebt war vor allem bei Schülern Vanilleeis mit heißer Schokoladensoße und Erdbeeren. Für die Soße wurde dunkle Schokolade geschmolzen, mit Kondensmilch verrührt und noch heiß in einem Kännchen neben dem Vanilleeis serviert.

Sie stand auch gerne in der Fertigung, wenn abends die Maschinen liefen, um das Eis für den Folgetag zu fertigen. Dann setzte sich der Arm mit dem Schaber im Kessel in Bewegung, sorgte dafür, dass aus der zuvor vorbereiteten Mischung Eis wurde, das in cremigem Schmelz auf der Zunge zerging. In der Fertigung duftete es nach Sahne, Schokolade, Vanille und dem karamellartigen Aroma von Zucker. Die Eismaschinen waren von Kupferleitungen umgeben sowie breiten schwarzen Antriebsriemen. Karina hätte sich gerne noch einmal an der Eisfertigung versucht, traute sich nach dem Vorfall mit dem geronnenen Ei jedoch nicht mehr daran. Dabei hatte sie das an anderen Tagen und in kleineren Mengen gut hinbekommen. Wie sollte sie es je lernen, wenn sie keine Gelegenheit dazu bekam? Andererseits konnten sie natürlich nichts verschwenden.

Ricardo verstand sich auf allerlei Eisdesserts, und Karina mochte besonders gerne das Omelette surprise, bei dem mehrere Schichten von Milch- und Fruchteis übereinandergesetzt von einer Wiener Masse umhüllt wurden. Diese wiederum wusste Karina herzustellen, das war nicht weiter schwer. Dafür schlug man Eier,

Zucker und eine Prise Salz über einem Wasserbad auf und ließ sie unter Rühren abkühlen. Dazu gab man Weizenmehl und Kartoffelstärke und zum Schluss zerlassene Butter, sodass man eine Masse hatte, die saftiger und feinporiger war als Biskuit. Zum Schluss schlug man Eiweiß steif, während man Zucker einrieseln ließ. Das Baiser strich man über die Wiener Masse um den Eisblock herum und gab das Ganze in den Ofen, ließ es leicht bräunen und servierte es direkt.

Wenn Karina und Ricardo abends aufräumten, bestand eine Art schweigender Einklang. Für Karina war dieser seltsame Schwebezustand auch deshalb schwer zu ertragen, da sie einerseits von ihrer Familie ausgeschlossen wurde – daran änderten auch gelegentliche Besuche von Lennart nichts – und andererseits auch hier zu niemandem gehörte. Sie fühlte sich allein und isoliert, während um sie herum die Menschen das Leben genossen. Vielleicht hätte eine echte Freundschaft etwas daran geändert, aber mit den Frauen, die mit ihr im Kaufhaus gearbeitet hatten, hatte es kaum Anknüpfungspunkte gegeben – abgesehen davon, dass ihre Arbeit es ihnen selten ermöglicht hatte, Gespräche untereinander zu führen. Und ansonsten war es schwer, jemanden kennenzulernen.

In Koblenz hatte sie Freundinnen, aber die waren mittlerweile entweder verlobt oder verheiratet und führten ein vollkommen anderes Leben. Mit zweien hatte sie sich geschrieben, aber sie hatten nur wenig Verständnis für Karinas Situation und meldeten sich anschließend auch nicht mehr. Vollkommen undenkbar, ihnen zu erzählen, dass sie mit einem Mann geschlafen hatte, in den sie zwar verliebt war, der aber nicht einmal im Ansatz erkennen ließ, dass er sie liebte oder sich gar eine Zukunft mit ihr vorstellte.

Als sie an diesem Abend neben Ricardo nach Hause ging, hielt Karina die Stille nicht mehr aus und fragte ihn, was mit ihm los sei.

»Alles bestens. Was soll los sein?«

»Du bist verändert, eine ganze Weile schon.«

»Das bildest du dir ein.«

»Nein, das tue ich gewiss nicht. Irgendetwas ist mit dir, und ich möchte, dass du mir erzählst, was es ist.«

Darauf sagte er erst einmal nichts. »Das möchtest du also? Und mit welchem Recht?«

Karina gab sich Mühe, sich nicht anmerken zu lassen, dass sowohl sein Tonfall als auch die Worte sie trafen. »Ich sehe dich jeden Tag, arbeite mit dir zusammen. Und wenn du so seltsam bist, dann mache ich mir eben meine Gedanken.«

»Das sei dir unbenommen, aber wenn ich mit dir darüber sprechen wollte, hätte ich es auch getan.«

»Wir waren uns doch vorher nahe.«

Daraufhin zuckte er nur mit den Schultern, was in Karina den Impuls auslöste, ihn anzuschreien und an den Schultern zu packen, kräftig zu schütteln. Aber natürlich kam nichts davon auf offener Straße infrage. Und was sollte sie auch sagen? Wir haben miteinander geschlafen? Du hast mich geküsst? All das wusste er ja selbst.

Abrupt blieb sie stehen, und auch er hielt inne, sah sie

irritiert und mit einem Anflug von Ungeduld an. »Was ist los?«

»Ich gehe noch ein wenig spazieren.«

»Jetzt? Es ist schon dunkel.«

»Und?«

»Wo willst du denn hin? Außerdem musst du morgen früh raus.«

»Das lass nur meine Sorge sein.« Sie drehte auf dem Absatz um und ließ ihn stehen, ging einfach drauflos.

Er folgte ihr.

»Jetzt hör mit dem Schmollen auf und komm mit. Ich bin müde.«

»Dann geh ruhig schlafen.« Sie beschleunigte ihre Schritte, sodass es auf einen Unbeteiligten wirken musste, als liefe sie davon. Ricardo hielt jedoch mühelos mit.

»Hör zu, ich habe wirklich nicht die Nerven für dieses beleidigte Getue.«

Ein Wagen verlangsamte, und ein Mann beugte sich heraus. »Braucht die Dame Hilfe?«

»Nein, danke.« Karina blieb stehen, sah Ricardo an. Der wiederum hob ergeben die Hände und wandte sich ab. Na endlich.

Karina setzte ihren Weg fort, ohne so recht zu wissen, wohin er sie führte. Eigentlich hatte sie überhaupt keine Lust, spazieren zu gehen, sie war müde und wollte ins Bett. Aber neben Ricardo hergehen und so zu tun, als wäre alles in bester Ordnung, konnte sie auch nicht. Irgendwann hatte sie das Wohngebiet verlassen, und die Straßen wurden düsterer, lagen still und verlassen da. Karina sah sich um, las ein Straßenschild und hatte nicht die leiseste Ahnung, wo sie sich gerade befand.

Langsam lief sie weiter, hörte irgendwann gedämpfte rhythmische Klänge. Sie blieb stehen, lauschte, ging der Musik nach. Neben ihr fuhr ein Mann auf einem Motorrad vorbei, hinter sich eng gedrängt zwei lachende junge Frauen in Kleidern mit wippenden Röcken. Sie stiegen ab und liefen eine Treppe hinunter. Kurz fiel Licht auf die Straße, die Klänge wurden lauter, ehe sie wieder durch eine zufallende Tür gedämpft wurden. Karina trat näher, zögerte und stieg dann beherzt ebenfalls in das Souterrain hinunter, aus dem die mitreißenden Töne kamen. Versuchsweise drückte sie die Klinke, und die Tür ließ sich problemlos aufziehen.

Rauchgeschwängerte Luft schlug ihr entgegen, und in die Klänge der Musik mischten sich Lachen und Stimmengewirr. Karina trat ein, und die schwere Tür schlug hinter ihr zu. Sie glaubte, dass bei dem Knall sofort alle zu ihr blicken würden, aber niemand nahm Notiz von ihr, als sie auf eine Bar zuging, die wirkte wie aus Paletten zusammengezimmert. Dahinter stand ein junger Mann, schüttelte einen Becher und bewegte sich dabei im Rhythmus der Musik. Sein Blick begegnete ihrem, und er zwinkerte ihr zu, ehe er den Inhalt des Bechers in ein Glas füllte, einen Strohhalm hineinsteckte und es mit Schwung über die Bartheke zu einer jungen Frau schob.

Karina setzte sich auf einen der Barhocker und sah dem Treiben zu. Die Musik kannte sie, sie schwappte sozusagen gerade aus Übersee herüber und mit ihr der dazu passende Tanz. Karinas Großmutter hatte darüber die Nase gerümpft und es ein unanständiges Herumgehopse genannt.

Karina war fasziniert und hätte alles dafür gegeben, die Schritte zu kennen. Das hier war etwas vollkommen anderes als die klassischen Tänze, die sie hatte lernen müssen. Es war modern, wild. Der Tanz einer neuen Generation. Als sie sich umdrehte, bemerkte sie, dass der Barkeeper sie beobachtete.

»Sie sehe ich heute zum ersten Mal«, sagte er.

»Nur keine Förmlichkeiten«, antwortete sie.

Er nickte. »Gerd.«

»Karina.«

»Es ist mir ein Vergnügen.«

»Ganz meinerseits.« Er stellte ein Glas vor ihr ab. »Hier, Karina. Du siehst aus, als könntest du das gebrauchen.«

Sie nippte daran, und Hitze durchflutete sie.

»Wem bist du denn ausgerissen? Dem gestrengen Vater oder dem Verlobten?«

»Wie kommst du darauf, dass ich vor einem Mann fliehe?«

»Dein Auftauchen hier wirkt etwas, hm, überstürzt.«

Sie nahm einen weiteren Schluck. »Tatsächlich? Nun, mit meinem Vater habe ich derzeit keinen Kontakt, er hat mich sozusagen verstoßen. Und verlobt bin ich nicht. Verheiratet übrigens auch nicht, falls das die nächste Frage gewesen wäre. Ich verliebe mich immer in die falschen Männer.«

»Dann wäre es wohl an der Zeit, sich in den richtigen Mann zu verlieben.«

»Ich denke bei jedem, es sei der Richtige.« Und das Problem war, dass man sich nicht einfach wieder entlieben konnte. Bei Robert war das von allein passiert, aber für Ricardo hielten die Gefühle an, gleich, wie er sich ihr gegenüber aufführte. Sie schienen sogar intensiver zu werden, je distanzierter er wurde. Es genügte der Gedanke daran, wie er mit ihr geschlafen hatte, damit es in ihrem Bauch flatterte. Sie trank ihr Glas leer und sah wieder zur Tanzfläche.

»Kannst du Rock 'n' Roll?«, fragte Gerd.

»Nein.«

»Möchtest du es lernen?«

Sie hob unbestimmt die Schultern.

»Schnell und rhythmisch, mit sehr aufregendem Hüftschwung.« Wieder zwinkerte er ihr zu. »Und später ist man angenehm erschöpft.«

»Ich glaube nicht, dass du der richtige Umgang für mich bist«, spöttelte Karina.

»Ich verspreche, dass wir nur tanzen.«

»Hast du hier nicht genug zu tun?«

»Ich habe gleich Schichtwechsel. Meine Ablösung steht praktisch schon in den Startlöchern.«

Eine halbe Stunde später fand Karina sich mitten auf der Tanzfläche wieder und folgte unter Lachen und Stolpern Gerds Schritten. Er wirbelte sie herum, zog sie an sich, legte die Hand auf ihre Hüfte, tanzte enger an sie heran, drehte sie in seine Arme und wieder heraus. Vermutlich machte sie nicht einen richtigen Schritt, aber es war ein Riesenspaß. Und sehr aufregend.

»Ich bin nicht verliebt in dich«, versicherte sie ihm,

als sie an der Bar eine kurze Verschnaufpause einlegten und er ihr ein Glas in die Hand drückte.

»Das trifft sich gut, denn ich denke, du brauchst eher einen Freund als einen Liebhaber. Wobei Letzterer durchaus auch ein guter Freund sein kann.«

Sie schüttelte den Kopf. »Ich will dich nicht schockieren, aber das habe ich schon ausprobiert. Hat nicht funktioniert.« Was erzählte sie ihm denn da? Das ging ihn doch gar nichts an.

Er grinste, zog sie wieder auf die Tanzfläche. Ihre Großmutter wäre schockiert, würde sie sehen, wie Karina mit diesem Mann tanzte, den sie überhaupt nicht kannte. Wie sie sich drehte und die Röcke flogen. Dieser Gedanke heizte Karina an, sich noch wilder zu drehen, noch mehr zu trinken. Irgendwann war ihr so schwindlig, dass sie sich kaum noch auf den Beinen halten konnte.

»Das war wohl langsam ein bisschen zu viel des Guten.« Gerd lachte.

Karina antwortete etwas, das wohl sehr lustig sein musste, denn Gerd lachte wieder. Sie selbst hatte das Gefühl, die Worte nicht mehr so richtig auf die Reihe zu kriegen und nur noch dummes Zeug zu reden.

»Ich glaube, du hast genug für heute«, sagte Gerd. »Wo wohnst du?«

»Das ging ja schnell heute Abend, Gerd«, scherzte eine Frau im Vorbeigehen.

»Ganz harmlos.«

»Aber sicher doch.« Die Frau und ihre Freundin lachten.

»Nimmst du von hier aus öfter mal Frauen mit?«, argwöhnte Karina, die an der frischen Luft etwas klarer im Kopf wurde, wenngleich der Boden immer noch bedenklich schwankte und ihre Stimme selbst in ihren eigenen Ohren irgendwie verwaschen klang. Immerhin war es ihr gelungen, einen zusammenhängenden Satz zu formulieren.

»Ich bringe dich heim. Ist es weit?«

Sie nannte ihm ihre Adresse.

»Das ist ja ein ordentliches Stück zu gehen. Weißt du, da habe ich eine bessere Idee.«

Als Karina morgens die Augen aufschlug, wusste sie nicht, wo sie war, und mit einem Anflug von Panik schreckte sie in dem fremden Bett hoch, was sie augenblicklich bereute, denn ihr schmerzender Kopf erinnerte sie nur zu deutlich daran, dass sie es in der Nacht gewaltig übertrieben hatte. Stöhnend presste sie die Finger auf die Schläfen, dann sah sie langsam an sich hinab. Nach wie vor trug sie das Kleid vom Vortag, und nun kehrte auch langsam die Erinnerung zurück. Dieser Mann, Gerd, hatte sie gestützt, während sie durch die Straßen gegangen waren – nun, sie wohl mehr geschwankt als gegangen. Zu diesem Zeitpunkt war ihr der Einfall, den kürzeren Weg zu gehen und bei ihm zu schlafen, ganz vernünftig erschienen. Jetzt jedoch hatte sie Sorge, dass sie sich zu etwas Unbedachtem hatte hinreißen lassen.

Erneut sah sie an sich hinab. Es wirkte nicht so, als sei hier irgendetwas passiert. Hatte sie ihn vielleicht geküsst? Hoffentlich nicht, das würde nur noch mehr

Verwirrung stiften, und ihr Leben war verfahren genug. Sie stand auf, was eine erneute Schmerzwelle durch ihren Kopf jagte. Sie schloss die Augen, wartete kurz und strich dann das vollkommen zerknitterte Kleid glatt. Wo ihr Gastgeber wohl war?

Es war ein kleines Schlafzimmer, eines, das wirkte, als hätte jemand in aller Eile Ordnung geschaffen. Langsam ging Karina zur Tür, öffnete sie, und sofort stieg ihr der Duft von Kaffee in die Nase. In einer winzigen Küche wartete bereits ihr Gastgeber auf sie, in einer Hose und mit bloßem Oberkörper. Er drehte sich um, lächelte schief.

»Guten Morgen, Langschläferin.«

»Wie viel Uhr ist es?«

»Gleich zehn.«

»Du scherzt!«, rief sie entsetzt.

»Wartet jemand auf dich?«

»Ja, mein Café. Unser Café.«

»Ein Familienbetrieb?«

»Nein, in meiner Familie bin ich gerade kein gern gesehener Gast. Meines und das meines Mitbewohners.«

»Der Liebhaber, mit dem es etwas komplizierter ist?«

Was hatte sie ihm denn alles erzählt?

»Trink erst einmal einen Kaffee. Auf die halbe Stunde kommt es jetzt auch nicht mehr an.«

»Das letzte Mal, als ich deinem Rat, etwas zu trinken, gefolgt bin, ist das nicht gut ausgegangen.«

Er machte eine ausholende Handbewegung, die alles, einschließlich ihn, umfasste. »Das nennst du ›nicht gut‹?«

»Ich habe furchtbare Kopfschmerzen.«

Er stellte ihr den Kaffee hin und legte eine Tablette daneben. Sie fragte gar nicht, was das war, sondern schluckte sie mit dem Wasser, das er ihr reichte, runter. Danach trank sie zwei Tassen Kaffee und ließ sich das Bad zeigen. In Ermangelung einer Zahnbürste verteilte sie die Zahnpasta mit dem Finger auf ihren Zähnen und gurgelte damit. Dann nahm sie eine Bürste aus dem Korb und kämmte, so gut es ging, ihr Haar. Die verschmierte Schminke bekam sie nicht so leicht aus dem Gesicht gewischt, aber es ging so einigermaßen.

»Abfahrbereit?«, fragte Gerd, der fertig angekleidet im Flur stand.

»Ja. Kann ich mir ein Taxi rufen?«

»Brauchst du nicht, ich fahre dich.«

»Ich möchte keine Umstände machen.«

»Das tust du nicht.«

Sie nickte und stellte schließlich die Frage, die ihr auf der Zunge brannte, seit sie wach geworden war. »Sag, Gerd, vergangene Nacht, ist da etwas passiert? Haben wir …?« Sie führte den Satz nicht zu Ende.

Wieder zeigte sich dieses halbe Lächeln. »Nachdem wir uns wie wild geküsst haben, hast du versucht, mir die Kleidung vom Leib zu reißen, aber ich konnte dich überreden, mich allein auf dem Sofa schlafen zu lassen und zurück ins Bett zu gehen.«

Entgeistert starrte sie ihn an, und er lachte.

»Das war nur ein Scherz. Es ist nichts passiert. Du hast schon angefangen zu schnarchen, kaum, dass wir über die Türschwelle waren.«

»Ich schnarche nicht!«

Gerd antwortete nicht darauf und grinste nur vielsagend.

»Ich schnarche nicht!«, wiederholte sie.

»Komm, fahren wir«, antwortete er lachend.

»Wo steht dein Auto?«, fragte sie, als sie auf der Straße standen.

»Mein fahrbarer Untersatz befindet sich dort.« Er deutete auf ein Motorrad.

Das war genau nach Karinas Geschmack, sie war immer so gerne mit Lennart gefahren – sehr zum Leidwesen ihrer Mutter. Obwohl sie sich immer noch wie gerädert fühlte, ging es ihr an der frischen Luft langsam besser, der Fahrtwind vertrieb den letzten Rest Müdigkeit, und auch das Hämmern in ihrem Kopf ließ allmählich nach.

Als sie zu Hause ankamen, fühlte sie sich schon deutlich wacher, und sie stieg ab, nahm den Helm vom Kopf.

»Das war sehr schön, vielen Dank.«

»Die Fahrt oder die Nacht?«

»Beides.«

»Na, das höre ich gern. Dann hoffentlich auf ein Neues!«

»Gewiss.«

Er wollte schon losfahren, hielt dann aber inne. »Sag, wie heißt dein Café?«

»Der Eissalon.«

Mit zwei Fingern tippte er sich an den Helm. »Dann auf sehr bald, hoffentlich.«

Sie sah ihm nach, wie er davonfuhr, dann öffnete sie die Tür und ging summend die Treppe hoch. Lennart sollte ihr beim nächsten Mal ihren Plattenspieler mitbringen, sie musste diese Musik unbedingt haben. Lächelnd schloss sie die Wohnungstür auf, trat ein, immer noch summend, und sah sich im nächsten Moment einem Ricardo gegenüber, dessen Wut sich seltsam ausnahm in seinem blassen, übernächtigt wirkenden Gesicht.

»Wo, um alles in der Welt, bist du gewesen?«

»Dir auch einen guten Morgen.« Sie ging an ihm vorbei und wollte in ihr Zimmer, doch er folgte ihr und umfasste dabei ihr Handgelenk.

»Antworte!«

Mit einem Ruck entwand sie sich ihm und zuckte zusammen, als ihr Kopf wieder anfing zu schmerzen. »Sprich nicht in diesem Ton mit mir. Es geht dich überhaupt nichts an, wo ich war.«

»Ich habe mir Sorgen gemacht.«

»Dazu bestand kein Anlass, ich habe mich bestens unterhalten. Und nun entschuldige mich bitte.« Sie klaubte in ihrem Zimmer Kleidung zusammen und ging dann ins Bad, um zu duschen und sich die Zähne zu putzen.

Als sie nahezu eine Dreiviertelstunde später aus dem Bad kam, saß Ricardo in der Küche, vor sich eine Tasse Kaffee, zwischen den Fingern eine Zigarette. Geduscht, angekleidet, vernünftig frisiert und geschminkt fühlte sie sich eher imstande, ihm gegenüberzutreten, als sei ihre Aufmachung ein Schutzpanzer, hinter dem sie sich verstecken konnte.

»Hast du heute nicht geöffnet?«, fragte sie, im Türrahmen der Küche stehend.

Er schüttelte nur den Kopf.

»Können wir uns das leisten?«

»Ich war kurz dort und habe ein Schild aufgehängt, dass wir heute erst nach der Mittagspause öffnen.« Er legte die Zigarette in den Aschenbecher und stand auf. »Möchtest du einen Kaffee?«

Sie nickte nur und zog sich einen Stuhl heran, um sich hinzusetzen.

»Wo warst du?«, fragte er erneut.

»Ich habe mich verlaufen und dann durch Zufall eine Art Tanzlokal entdeckt, wo Rock 'n' Roll gespielt wurde.«

»Und dort warst du die ganze Nacht?« Er stellte eine Tasse Kaffee vor ihr ab.

»Nein, ich war nur nicht mehr imstande, nach Hause zu gehen. Offenbar habe ich es wohl mit allem übertrieben. Ich habe mich mit dem Barkeeper angefreundet.« Sie wollte es beiläufig klingen lassen, spürte aber, wie ihr das Blut heiß ins Gesicht stieg. »Und weil seine Wohnung in der Nähe war ...«

»Du bist mit irgendeinem Fremden nach Hause gegangen?«

»Du musst nicht gleich laut werden. Normalerweise hätte ich das sicher nicht getan. Aber, wie gesagt, ich war irgendwann wohl nicht mehr imstande, vernünftige Entscheidungen zu treffen.« Sie biss sich auf die Unterlippe, musste dann doch lächeln. »Er war sehr nett, sehr anständig.«

»Ich habe abends auf dich gewartet, und als du nicht gekommen bist, wollte ich dich suchen, wusste aber nicht, wo ich damit anfangen soll. Ich war noch mal im Café, aber dort warst du nicht. Also bin ich irgendwann ins Bett. Gegen drei wurde ich noch einmal wach und habe in deinem Zimmer nachgesehen, ob du da bist. Seither konnte ich nicht wieder einschlafen.«

»Das tut mir leid.« Karina hatte nicht erwartet, dass er sich solche Sorgen machen würde.

»Mit einem fremden Mann mitzugehen hätte auch ganz anders ausgehen können.«

»Ja, hätte es. Hat es aber nicht.«

Ricardo seufzte. »Nein, glücklicherweise nicht.«

»Jetzt haben wir also bis nach der Mittagspause Zeit?«

»Vorher zu öffnen lohnt nicht mehr.«

Karina streckte die Hand aus, berührte die seine mit den Fingerspitzen. Obwohl sie einerseits ein schlechtes Gewissen hatte, freute es sie andererseits doch, dass sie ihm offensichtlich nicht gleichgültig war.

»Es tut mir leid, dass ich so unleidlich zu dir war«, sagte er.

Sie nickte nur. Was hätte sie auch erwidern sollen? Dass es nicht so schlimm sei? Für sie war es schlimm, sie konnte seine Distanziertheit nur schwer ertragen. Aber Versöhnungsbereitschaft wollte sie trotzdem zeigen, und so stand sie auf, setzte sich neben ihn auf die Sitzbank und zog ihn an sich.

14

JULI 1958

Nachdem Erika ein sehr frustrierendes Elterngespräch hinter sich gebracht hatte, war ihr nicht danach, heimzugehen. Eine ihrer besten Schülerinnen wollte das Abitur machen, und ihr Vater war strikt dagegen. Abitur, das war etwas für Jungen, aber ein Mädchen brauchte so etwas nicht. Wozu sollte sie noch drei Jahre länger die Schule besuchen, wenn sie ohnehin heiratete? Dass dieses antiquierte Denken sich so hartnäckig hielt, war unverständlich. Die Mutter des Mädchens hatte einfach nur dagesessen und zu den Ausführungen ihres Mannes fortwährend genickt.

Das Mädchen, so der Vater, solle etwas Anständiges lernen. Daraufhin hatte Erika gefragt, ob er ihren Beruf als nicht anständig ansah. Er war rot geworden, hatte etwas davon gefaselt, dass seine Tochter ja heiraten würde, was eine weitere Lehrtätigkeit dann unmöglich machte, denn wer sollte sich dann um die eigenen Kinder kümmern? Und dann wären sowohl das Abitur als auch das Studium verschwendet. Was nicht heißen solle, so hatte er rasch hinzugefügt, dass er ihre Tätigkeit nicht achte. Denn schließlich musste es auch Frauen wie sie geben.

Männer wie ihn hingegen, hatte Erika gedacht, brauchte es nicht unbedingt. Wie sollte sich jemals etwas ändern, wenn die Mütter sich aus allem raushielten und es den Vätern überließen, für die Töchter zu sprechen? Würden sie diese Gespräche in zehn Jahren dann nicht immer noch führen? In zwanzig? Oder gar dreißig? Und diese Mädchen mussten später ihre Ehemänner fragen, ob sie arbeiten gehen durften. Hinter ihnen lag ein verlustreicher Krieg, Frauen hatten die Arbeit ihrer Männer übernommen, und trotzdem hielten sich diese antiquierten Vorstellungen. Es war so anstrengend, ständig dagegen anzureden.

Erika steuerte den Eissalon an. Ein großer Eisbecher und danach eine Tasse Kaffee, das war jetzt genau das Richtige. Sie freute sich für Karina und Ricardo, dass das Café mittlerweile offenbar recht gut besucht war. Nur ein Tisch war zu bekommen, und als Erika sich daran niederließ, betraten gerade drei junge Frauen den Raum, sahen sich um und mussten feststellen, dass nichts mehr frei war. Kurz zögerte Erika, aber dann stand sie auf. Die beiden brauchten das Geld, und gleich drei Gäste – da wollte sie nicht kleinlich sein. Sie lächelte den Mädchen zu und deutete auf den nun wieder freien Tisch.

»Erika, wie schön«, rief Karina, die in ihrem gelben Sommerkleid mit dem dazu passenden Band in den Haaren frisch und strahlend aussah, mit der Schürze darüber geradezu adrett. Erika vermutete, dass sie und Ricardo miteinander schliefen, diesen Eindruck machte es zumindest, wenn Karina morgens mit geröteten Wangen aus seinem Zimmer kam, aufgeräumt und gut gelaunt, gleichzeitig verlegen, wie es nur junge Frauen in ihrem Alter waren, für die die Liebe noch neu und ungewohnt war. Selbst in den Gesichtern frisch verheirateter Frauen fand Erika diesen Ausdruck zu Beginn der Ehe. Blieb nur zu hoffen, dass Ricardo aufpasste und sie nicht schwängerte.

»Der Tisch dort wird gleich frei«, sagte Ricardo, der gerade die große Geldbörse schloss und sie in seine Schürzentasche steckte. »Die Herrschaften haben gerade gezahlt, ich muss nur noch abräumen.«

»Das kann ich übernehmen«, erbot sich Karina und griff nach einem leeren Tablett.

»Wie geht es dir?«, fragte Ricardo.

»Abgesehen davon, dass ich ermüdende Diskussionen führen muss, ganz gut.« Erstaunlich gut sogar. Seit sie sich die Beziehung zu Henryk erlaubte, gab es etwas, worauf sie sich freute. Es war nicht nur, mit ihm zu schlafen – wenngleich das wundervoll war –, sondern auch die langen Gespräche, die sie miteinander führten. Er konnte gut zuhören, war auf eine Art unbeschädigt, die es ihr erlaubte, abgründig zu sein.

»Der Tisch ist jetzt sauber«, sagte Karina, und Erika ließ sich daran nieder, warf einen Blick in die Speisekarte und bestellte dann eine Portion Erdbeereis mit dem Namen »Sonnenuntergang an der Riviera«. Sie fand das Café sehr hübsch eingerichtet, modern und einladend. Die Wände waren cremegelb gestrichen, die Bilder mit den italienischen Landschaften ansprechend in Szene gesetzt. Die Gestaltung des Eiscafés vermittelte das Gefühl, beständig in weichem Sonnenlicht zu stehen, hier und da erinnerten kleine Farbtupfer an das Meer in der Abenddämmerung. Falls Karina und Ricardo es wirklich über den Winter geöffnet halten würden, war Erika gespannt, wie sie das atmosphärisch umsetzen würden.

Ricardo brachte ihr den Eisbecher und wurde umgehend zum nächsten Tisch gerufen. Während Erika langsam das Erdbeereis löffelte, beobachtete sie die Gäste. Paare, Gruppen junger Leute, die beim Eisessen plauderten und lachten. Zwei junge Frauen saßen an einem Tisch und warfen Ricardo immer wieder flirtende Blicke zu, während ein paar Schulmädchen kicherten, wenn die zwei Halbwüchsigen am Nebentisch zu ihnen herüberblickten.

Ihre beiden wären jetzt schon fast zwanzig, würden vielleicht studieren. Sofort verbot Erika sich den Gedanken daran, versuchte, ihn zu verbannen. Wenn sie sich solche Vorstellungen erlaubte, wäre sie schon bald wieder niedergeschlagen und schwermütig. Momentan ging es ihr gut, an diesem Gefühl wollte sie unbedingt festhalten. Und wenn es schon keine eigenen Kinder waren, für die sie um eine bessere Welt kämpfte, dann tat sie das eben für ihre Schülerinnen. Zu kämpfen gab es wahrhaftig genug.

Nach dem Eis ging sie spazieren, machte einen Abstecher zum Kaufhaus Blömer. An einem Zeitungsstand besah sie sich die neuesten Ausgaben der Magazine. Die *Revue* präsentierte sich mit einem Titelbild von Audrey Hepburn, die einen weißen Pudel hielt. Untertitelt war das Bild mit *»Er ist viel schöner als ich«, sagt Audrey*

Hepburn bescheiden. Daneben ein gelber Kasten mit Werbung für »den glanzvollen Roman *Die Botschafterin*« sowie die Ankündigung eines Berichts über missbrauchte Mütter und verlorene Kinder der »Lebensborn e. V.«. Die Zeitschrift *Bunte Illustrierte* hatte Erika hin und wieder gekauft, als sie noch *Das Ufer* geheißen hatte und deren redaktioneller Teil in der Zeit nach ihrem Erscheinungsjahr 1948 zunächst von den französischen Behörden bereitgestellt worden war.

Ehe sie nach Hause ging, besorgte Erika noch ein paar Dinge im Supermarkt. Es war schon erstaunlich, wie schnell man sich daran gewöhnte, dass alles verfügbar war. Noch vor elf Jahren hatten sie gehungert und nicht gewusst, woher sie das Essen für den nächsten Tag nehmen sollten. Während sie vor den gut gefüllten Regalen stand, überlegte sie, ob sie Henryk zum Abendessen einladen sollte. Karina und Ricardo wären da, aber vor ihnen musste Erika die Beziehung nun wahrhaftig nicht verstecken. Blieb nur die Sorge, dass einer ihrer Nachbarn sah, wie er in ihre Wohnung ging. Der neugierige Alfred Klawitz hing ja ständig am Türspion.

Erika schob diese Gedanken ärgerlich von sich. Das konnte doch nicht wahr sein! Wie lange sollte sie sich noch sorgen, was andere von ihr mitbekamen und dachten? Andererseits ging der Beruf einer Lehrerin mit strengen moralischen Maßstäben einher, und wenn schon Lene solche verstaubten Ansichten hatte, was würde dann die Direktorin sagen, die älteren Kollegen oder gar die Eltern ihrer Schülerinnen? Für sie hing einfach zu viel davon ab, wie sie sich nach außen präsentierte.

»Entschuldigung«, sagte ein älterer Mann, »aber wenn Sie keine Tomaten brauchen, könnten Sie dann bitte zur Seite treten?«

Aufgeschreckt aus ihren Gedanken, entschuldigte Erika sich und ließ den Mann an die Auslage mit dem Gemüse. Sie ging durch den Supermarkt, legte alles, was sie benötigte, in den Einkaufskorb und bezahlte. An der Kasse erkannte die Mutter einer Schülerin sie und verwickelte sie in ein Gespräch, redete so unentwegt, dass Erika Mühe hatte, einen Schlusspunkt zu setzen, um endlich nach Hause zu gehen.

In der Wohnung angekommen, stellte Erika ihre Einkäufe ab und lief auf Strümpfen hoch in die Mansarde. Henryk war offenbar gerade erst heimgekommen, denn er trug noch seine Arbeitskleidung, und Mörtelstaub klebte ihm in dem verschwitzten Gesicht.

»Guten Abend.« Henryk wirkte überrascht und erfreut zugleich.

»Ich wollte dich zum Abendessen einladen.«

»Steht etwas Besonderes an?«

»Muss es das?«

»Ich wollte nur wissen, ob ich mich in Schale werfen muss.«

»Nicht nötig. Wir halten das ganz zwanglos. Aber falls jemand bemerkt, dass du in meine Wohnung kommst, besuchst du offiziell Ricardo, ja?«

Sein Blick veränderte sich um winzige Nuancen, und kurz rechnete Erika mit Einwänden. Dann nickte er. »Ist gut.«

»Dann bis später.«

»Du musst fortwährend rühren«, erklärte Ricardo.

»Das weiß ich.«

Die erste Ladung Eis befand sich bereits in der Maschine. Sie hatten mit Vanille begonnen, dann wurde der Kessel gereinigt, ehe die nächste Sorte hineinkam. Während sie weitere Eissorten vorbereiteten, lag der Duft nach Erdbeeren und Schokolade in der Luft. Karina gab sorgsam acht, dass die Masse genau die richtige Konsistenz hatte. Heute würden sie auch Kaffeeeis herstellen und es am kommenden Tag in einem Eisbecher mit Schlagsahne servieren, verziert mit Kaffeebohnen in Zartbitterschokolade und Waffelröllchen. Jede Woche gab es so eine neue Spezialität außer der Reihe, die auf einer Tafel angepriesen wurde. Den Kaffeebecher servierten sie zum ersten Mal, und Karina war gespannt, wie er ankam. Das Kaffeeeis hatten sie vor einigen Tagen zu Hause ausprobiert, und es war köstlich geworden mit einem feinen Kaffeegeschmack, der genau die richtige Intensität hatte. Zutaten waren Kaffee, Zucker, Sahne und Eigelb gewesen, und diese Idee stammte nicht von Ricardo, sondern von Karina, nachdem sie ein entsprechendes Rezept in einem Kochbuch aus der Jugendzeit ihrer Mutter gefunden hatte. Ricardo hatte es verfeinert, das Mischungsverhältnis verändert, und das Ergebnis schmeckte allen im Haus, denen Karina es zur Kaffeestunde zum Probieren gebracht hatte. Nur der jungen Mutter hatte sie wohl keinen Gefallen getan, denn für Kinder war Kaffee natürlich verboten. »Die gehen mir sonst über Tische und Bänke.« Und so hatte es viel Gebrüll gegeben, als es nur Eis für die Mutter, nicht aber für die Kinder gab.

»Das müssen sie lernen«, hatte Erika erklärt, als Karina mit schlechtem Gewissen davon erzählte. »Ab und zu darf sich auch mal eine Mutter etwas gönnen, ohne dass die Kinder etwas davon abbekommen. Ist umgekehrt schließlich oft genug so.«

Karina sah auf die Uhr, nachdem sie die Masse vom Feuer genommen hatte.

»Hast du noch was vor?«, fragte Ricardo.

»Nein, ich bin nur müde.« Am Vorabend hatte Gerd sie im Café überrascht und zum Tanzen eingeladen, und obwohl Ricardo seine Eifersucht nicht gänzlich verhehlen konnte, hatte er gesagt, er käme an diesem Abend auch alleine zurecht. Und so hatte sie sich von Gerd nach Hause fahren lassen, um sich umzukleiden, und war danach mit ihm tanzen gegangen. Rock 'n' Roll war für Karina kein Tanz, sondern ein Lebensgefühl, und sie fragte sich im Nachhinein, wie sie sich das so lange hatte entgehen lassen können. Als sie nachts heimgekehrt war, hatte Ricardo auf sie gewartet, hatte sie mit in sein Zimmer genommen, geküsst und liebkost. Dabei blieb es jedoch, den letzten Schritt scheute sie nach wie vor aus einer Angst vor einer Schwangerschaft zu sehr.

Sie arbeiteten bis in den späten Abend und liefen anschließend gemeinsam nach Hause. Karina wollte sich unbedingt ein Fahrrad kaufen, scheute diese hohe Ausgabe aber, und da auch Ricardo keines hatte, gingen sie zusammen zu Fuß. Und wenn es nicht gerade regnete, waren diese abendlichen Spaziergänge ja auch sehr angenehm, vor allem in lauen Sommernächten wie dieser. Karina hatte sich bei Ricardo untergehakt, und es fühlte sich an, als wären sie ein richtiges Paar. Im Grunde genommen waren sie das nach Karinas Vorstellung auch, aber wie Ricardo das sah, wusste sie nicht, er sprach ja nie darüber, was er fühlte.

Karina bemerkte das Auto schon von Weitem. Natürlich konnte es auch der silberfarbene Benz von jemand anderem sein, aber da er unmittelbar vor ihrem Haus parkte, lag der Schluss nahe, dass es der Wagen ihres Vaters war. Sie wurde langsamer und blieb schließlich stehen.

»Stimmt etwas nicht?«

»Ich glaube, mein Vater ist da.« Sorge und Hoffnung zugleich vibrierten in Karinas Stimme.

Während sie langsam auf das Haus zugingen, löste sich plötzlich eine Gestalt aus dem Schatten der Häuserwand. »Da bist du ja«, sagte ihr Vater.

Karina zog die Hand aus Ricardos Armbeuge, bemerkte, wie ihr Vater der Bewegung mit dem Blick folgte. »Warum stehst du draußen?«, war alles, was ihr zu sagen einfiel.

»Weil bei euch offenbar niemand zu Hause ist.«

Unwillkürlich ging Karinas Blick nach oben, und sie bemerkte einen warmen Lichtschimmer im Wohnzimmer. Ungewöhnlich, dass Erika vergaß, es zu löschen. Sie sah ihren Vater an. »Ich arbeite immer lange«, sagte sie, als müsste sie sich für etwas entschuldigen.

Ihr Vater wandte sich an Ricardo. »Lassen Sie mich bitte mit meiner Tochter allein?«

Ricardo tauschte einen Blick mit Karina, und diese nickte. Daraufhin verabschiedete er sich und ging zum

Haus, drehte sich an der Tür noch einmal kurz zu ihr um, als wollte er sich vergewissern, dass wirklich alles in Ordnung war.

»Steig ein.« Ihr Vater nickte zur Beifahrertür, und nach kurzem Zögern kam Karina seiner Aufforderung nach.

Er setzte sich hinter das Steuer, ließ aber nicht sofort den Motor an. »Es tut mir leid, dass ich dich geschlagen habe.«

»Nach acht Monaten. Na, immerhin.«

Er zog die feinen Lederhandschuhe an, die er immer zum Fahren trug, und betätigte den Anlasser. Mit einem Vibrieren, das Karina auf ihrem Sitz und unter den Füßen spürte, erwachte der Wagen zum Leben. Sie war immer gerne gefahren, hatte es genossen, wenn ihr Vater oder Lennart sie auf eine Autofahrt mitnahmen, und hatte es längst selbst lernen wollen. Warum hatte sie es eigentlich immer so vor sich hergeschoben? Seit diesem Jahr brauchten Frauen für den Erwerb des Führerscheins immerhin nicht mehr die Erlaubnis des Vaters oder Ehemanns.

»Wo wollen wir hin?«

»Können wir irgendwo in Ruhe reden?«

»In unserem Café.« *Das du schon längst einmal hättest besuchen können.*

»Wie muss ich fahren?«

Sie lotste ihn zum Eissalon. Mit dem Wagen war man wirklich schnell da, wie schade, dachte sie erneut, dass sie weder fahren noch sich ein Auto leisten konnte. Besaß Ricardo eigentlich einen Führerschein? Sie hatte ihn nie danach gefragt.

»Hier ist es?« Ihr Vater beugte sich vor, sah an der Fassade des Hauses hoch. Es war ein schönes Gebäude, rein äußerlich dürfte selbst er nichts zu beanstanden haben.

Karina stieg aus und ging ihm voraus zur Ladentür, schloss auf und ließ ihren Vater ein. Sie betätigte den Lichtschalter, und der Verkaufsraum präsentierte sich in seiner zurückhaltenden Eleganz und dem italienischen Flair. Gespannt sah Karina ihren Vater an, wollte seine Reaktion ausloten.

Langsam durchschritt er den Raum, sah sich um, ließ dabei jedoch keine Gefühlsregung erkennen. Hin und wieder nickte er kaum merklich, sah hinter die Theke, warf einen Blick auf die Karte und wandte sich dann an Karina. »Du und dieser Italiener – was läuft da zwischen euch? Ist er dein Liebhaber?«

War das alles, was er zu ihrem Café zu sagen hatte? Obwohl Karina davon ausgegangen war, dass sie mittlerweile abgeklärt genug war, um die Zurückweisung erhobenen Hauptes zu ertragen, kamen ihr nun beinahe die Tränen. Sie schluckte, brauchte mehrere Anläufe, um eine Antwort zu artikulieren. »Nein.«

»Das bedeutet, wenn man überraschend abends zu euch käme, würde man dich nicht in seinem Bett vorfinden?«

Sie atmete mehrmals tief durch. »Wir sind Geschäftspartner.«

»Geschäftspartner? Ich habe auch Geschäftspartner, aber von denen sitzt keiner nachts leicht bekleidet auf meinem Bett.«

Bei der Vorstellung musste Karina trotz allem lachen, und immerhin zuckte es nun auch um seine Mundwinkel. »Er kam abends spät nach Hause, und ich hatte so viele Ideen, lag aber eigentlich schon im Bett. Dann wollte ich ihm aber unbedingt alles direkt mitteilen und habe in seinem Zimmer auf ihn gewartet, um nicht einzuschlafen und ihn zu verpassen.«

»Verstehe. Und da bestand nicht die Möglichkeit, sich vorher anzuziehen?«

»Ich war angezogen.«

Wieder nickte er leicht. »Ihr seid also kein Liebespaar?«

Jetzt zauderte Karina mit ihrer Antwort, wollte nicht lügen, scheute sich aber auch, die Wahrheit zu gestehen. »Ich weiß nicht, was wir sind.«

»Soll heißen?«

»Wir haben nie darüber gesprochen, was wir nun eigentlich sind.«

»Schläfst du mit ihm?«

Das zumindest konnte Karina guten Gewissens verneinen, denn das tat sie derzeit nicht. Von dem einen Mal musste er ja nichts erfahren.

Wieder sah ihr Vater sich um. »Du hast dein gesamtes Erbe hier hineingesteckt?«

»Hat Lennart dir das erzählt?«

»Das musste er nicht, jemand von der Bank hat mich angerufen. Aber du bist ja erwachsen, nicht wahr?«

Dass ein Mitarbeiter der Bank ihren Vater angerufen hatte, ärgerte Karina. Sie war doch kein Schulmädchen mehr, das um Erlaubnis bitten musste, Geld auszugeben.

»Du kannst wieder zu uns ziehen, wenn du möchtest«, sagte er dann unvermittelt. »Ich zahle dir das Geld, das du hier hineingesteckt hast, und deinem, äh, Geschäftspartner stellen wir die Summe als Darlehen aus. Er darf sich mit der Rückzahlung gerne Zeit lassen. Du kannst bei Louise im Rosenpalais in die Lehre gehen, sie hat damals auch Felix ausgebildet.«

Karina starrte ihren Vater an, unfähig, eine Antwort zu geben.

»Über die Geschichte in der Schule werden wir kein Wort mehr verlieren.«

»Ich habe das hier mit aufgebaut, hier stecken meine Ideen drin.« Sie mochte kaum glauben, was er ihr da vorschlug. »Das gebe ich doch nicht einfach auf.«

»Du hast diesem Fremden dein Geld zur Verfügung gestellt und arbeitest hier als ungelernte Kraft.«

»Das stimmt nicht! Mir gehört die Hälfte des Cafés. Wir sind als Geschäftspartner gemeldet.«

»Ein italienischer Eisdielenbetreiber ist wohl mitnichten der richtige Umgang oder gar ein passender Geschäftspartner. Von einer Liebesbeziehung mal ganz abgesehen. Das ist es mir nicht einmal wert, darüber zu reden.«

»Aber ich kann mir gut vorstellen, mein Leben an seiner Seite zu verbringen.«

»Du meinst eine Ehe? Ganz gewiss nicht.«

»Seit wann hast du solche Vorurteile? Du empfängst doch auch Gäste aus Italien und pflegst deine Geschäftsbeziehungen dort.«

»Es geht nicht darum, dass er Italiener ist.«

»Also eine Standesfrage?«

»Wenn du es so nennen willst. Ein Eisdielenbetreiber, Karina, ich bitte dich! Was weißt du eigentlich über ihn? Kennst du seine Familie?«

»Seine Eltern sind tot.«

»Und sonst? Hat er dir irgendetwas erzählt?«

Sie wusste, woher er stammte. Dass er im Krieg gewesen war und Narben davongetragen hatte, sowohl äußerlich als auch innerlich, wobei die innen liegenden im Gegensatz zu den sichtbaren schmerzten.

»Abgesehen davon, ist es wohl ein offenes Geheimnis, dass die meisten Jugendlichen in die Eisdielen gehen, um zu flirten und herumzukokettieren.«

Es stimmte zwar, dass sich abends auch Pärchen hier trafen und dass auch gerne geflirtet wurde, aber ihr Vater stellte es ja dar, als würde sie hier ein Kupplerinnen-Etablissement betreiben. »Wir haben morgens viele Mütter mit kleineren Kindern und auch viele ältere Leute als Gäste, nachmittags Schüler und Familien. Und wenn abends auch junge Paare kommen, weil sie sich bei uns wohlfühlen, dann ist daran doch wohl nichts auszusetzen. Auch bei Fenja tanzen die Leute bis in die Abendstunden.«

»Du kannst Fenjas Café ja wohl nicht mit einer italienischen Eisdiele vergleichen. Egal, wie du es drehst und wendest, dieser Mann ist kein Umgang für dich. Und das hier«, ihr Vater machte eine ausgreifende Handbewegung, »wahrhaftig nicht das, was ich mir für dich vorgestellt hatte. Du wolltest in die gehobene Gastronomie, erinnerst du dich? Du könntest einen Hotelier heiraten oder jemanden, der ein anerkanntes Restaurant betreibt, jemanden mit Ansehen.«

»Manchmal ändern sich Ziele eben.«

»Du meinst, du steckst sie niedriger, nachdem man dich wegen deines Anbandelns mit diesem Lehrer erwischt hat? Dadurch willst du dir dein ganzes Leben ruinieren?«

»Ich habe mir etwas aufgebaut und bin seit über einem halben Jahr in der Lage, selbst für mich zu sorgen. Das ist nicht gerade ein ruiniertes Leben.«

Ihr Vater stemmte die Hände in die Seiten und sah sich ein weiteres Mal um, seufzte schließlich. »Hör zu, ich gebe dir bis Ende der Woche Zeit, darüber nachzudenken.«

Darüber musste sie nicht erst nachdenken, und am liebsten hätte Karina ihrem Vater das »Nein« entgegengeschleudert, aber die Enttäuschung saß zu tief. Sie hatte sich vorgestellt, wie er nachmittags hierherkam, wenn sich zahlreiche Gäste im Café tummelten und der Raum in warmes Sonnenlicht getaucht wurde. Nun, er hatte ja recht deutlich dargelegt, wie er das sah, was sie hier betrieb. Als wäre ihr Eiscafé eine Art zwielichtiges Gewerbe. Vor Enttäuschung kamen ihr die Tränen, und es fiel ihr schwer, diese wegzublinzeln. Sie drehte sich weg, damit er es nicht bemerkte, atmete tief durch.

»Dann kannst du mich jetzt ja wieder nach Hause fahren.«

Er sah sie an. »Dir mag das sehr ungerecht erscheinen, aber ich würde so nicht handeln, wenn mir nicht wichtig wäre, was aus dir wird.«

»Ja, ich weiß.«

»Und es darf nicht sein, dass diese Notlösung dein restliches Leben bestimmt, nur weil du einen Fehler gemacht hast.«

Es war nicht klar, ob er mit der Notlösung das Café oder Ricardo meinte. Vermutlich beides. Karina war gerade in Stimmung, sich absichtlich schwängern zu lassen, um ihrem Vater diesen Umstand dann voller Trotz unter die Nase zu reiben. Aber das wäre ja geradezu dumm, und letztlich würde sie nur sich selbst schaden, wenn sie – im schlimmsten Fall als ledige Mutter – ein Kind am Hals hatte.

Schweigend stieg sie in den Wagen ihres Vaters. Sie hatte so sehr gehofft, dass er anerkennen würde, was sie hier leistete. Dass ihm imponierte, wie sie die Zeichen der Zeit erkannt und geschäftlich umgesetzt hatte. Italien lag im Trend, die Reisebüros organisierten Pauschalreisen, überall sah man Prospekte und Plakate mit Strandbildern. Die Urlauber brachten Nippes, Figuren aus Muranoglas oder mit Muscheln beklebte Kästchen mit, und wer sich die Reise nicht leisten konnte, kaufte bei gewieften Händlern ein, um den Anschein zu erwecken, mehr von der Welt gesehen zu haben als die nächstgelegene Stadt. Karina hatte in mehr als einer Wohnung bastumflochtene Weinflaschen entdeckt, in denen Kerzen steckten. Supermärkte verkauften Fertiggerichte wie Miracoli und priesen sie als italienische Küche an. Die Kleidung wurde um Caprihosen erweitert, es gab den Lidokragen, und deutsche Sänger entdeckten Italien als Inspiration für neue Schlager. Karina war nach wie vor überzeugt, dass es die richtige Entscheidung war, auf diesen Trend zu setzen. Ganz sicher würde er nicht so schnell vorbei sein.

»Ich würde mich freuen, wenn du mir zustimmen und nach Hause zurückkehren würdest«, sagte ihr Vater, als sie sich anschickte, vor ihrem Wohnhaus aus seinem Wagen zu steigen.

Karina wünschte ihm eine gute Nacht und schloss die Beifahrertür hinter sich. Im Hausflur atmete sie einige Male tief durch, ehe sie die Treppe hinaufging. Als sie vor der Wohnungstür ankam, wischte sie sich die Tränen von den Wangen, konnte aber nicht verhindern, dass stetig neue hervorquollen. Sie schloss die Tür auf, drückte sie hinter sich ins Schloss und blieb erneut stehen, um durchzuatmen. Als sie die Augen wieder öffnete, bemerkte sie Ricardo, der aus seinem Zimmer trat und sie aufmerksam musterte.

»War es so schlimm?«

Sie wollte sich zusammenreißen, wollte antworten, aber das Weinen zerhackte die Worte, und sie musste innehalten, wischte sich wieder und wieder über das Gesicht. Ricardo kam zu ihr, schloss sie in die Arme und streichelte ihr über das Haar.

»Ich habe Abendessen gemacht«, sagte er schließlich.

»Ich mag jetzt nichts essen.« In die Küche begleitete sie ihn trotzdem, setzte sich an den Tisch und erzählte Ricardo von dem Gespräch, ließ kein Detail aus.

»Und was wirst du ihm am Ende der Woche sagen?«

»Na, was denkst du wohl? Natürlich kommt das überhaupt nicht infrage.«

»Er hat dir ein sehr gutes Angebot gemacht.«

»Dass du darüber überhaupt nachdenkst«, fuhr Karina auf. »Oder passt dir das ganz gut? Ich wäre fort, und du könntest dein Café trotzdem weiterbetreiben.«

»Mit einem Kredit am Hals, den ich deinem Vater zurückzahlen muss. Klingt geradezu verlockend. Ich dachte dabei eher an dich als an mich.«

»Für mich ist das keine Option. Erst verstößt er mich, und wenn ich mir dann etwas aufgebaut habe, soll ich das alles einfach aufgeben und nach Hause zurückkehren, als wäre nichts geschehen. Und natürlich wird die peinliche Episode verschwiegen, damit ich noch einen anständigen Kerl an Land ziehe. Ich wusste, dass mein Vater konservativ ist, aber so viel dünkelhafte Arroganz hätte ich ihm nicht zugetraut.« Karina biss sich auf die Unterlippe, starrte auf die Tischplatte, fuhr mit der Fingerspitze eine Kerbe entlang. »Ich bleibe hier, bei dir. Und ich führe weiter mit dir den Eissalon. Wenn ihm das nicht passt, soll er mich eben verstoßen und enterben.«

Eine Tür wurde geöffnet, und erstaunt blickten Ricardo und Karina in den Flur. Sie hatten geglaubt, Erika sei nicht zu Hause. Es war jedoch nicht Erika, die das Zimmer verließ, sondern der junge Mann aus der Mansarde, der nur mit einer Hose bekleidet war und im Bad verschwand. Stirnrunzelnd sah Ricardo ihm nach. Kurz darauf kam der Mann aus dem Badezimmer, warf einen Blick in die Küche, bemerkte die beiden und wünschte ihnen einen guten Abend, ehe er wieder in Erikas Zimmer verschwand.

»Das erklärt zumindest, warum sie deinem Vater nicht die Tür geöffnet hat«, meinte Ricardo.

Karina war zwar auch erstaunt, weil sie nicht erwartet hätte, dass sich Erika in einen deutlich jüngeren Mann verliebte, aber es war ihr gleichzeitig auch herzlich egal. Sie hatte ganz andere Sorgen. »Ich werde meinem Vater schreiben.« Damit wäre der Bruch wohl endgültig, die Hoffnung, dass alles anders werden würde, wenn er sah, wie sie auf eigenen Beinen stand, zerschlagen.

15

JULI 1958

Karina war mittlerweile sehr geschickt darin, Eiskugeln zu formen. Beliebt war derzeit Erdbeereis, garniert mit frischen Erdbeeren und einer Praline dazu. Die verschiedenen Eisportionsbecher sowie Milchshakes bekam Karina perfekt hin. Die Waffeln fertigte nach wie vor Ricardo an, aber auch das wollte sie demnächst ausprobieren. Mochte ihr Vater kleinreden, was sie hier tat, und so tun, als sei das allenfalls eine Arbeit als Hilfskellnerin – sie würde sich dieses Hochgefühl nicht länger von dem Gedanken an seine Worte nehmen lassen. Erika hatte nur fassungslos den Kopf geschüttelt, als Karina ihr von dem Gespräch erzählte, und sie danach darin bestärkt, weiterzumachen. Das tat Karina, und aus der Traurigkeit, weil er ein weiteres Mal mit ihr gebrochen hatte, wurden Trotz und Entschlossenheit, es unbedingt zu schaffen.

Früher hatte sie sich gefragt, wie ihre Tante Ella den ganzen Tag mit schokoladigen Köstlichkeiten zu tun haben konnte, ohne fortwährend zu naschen. Mittlerweile wusste sie, dass das sehr gut möglich war. Sie selbst gönnte sich zwar hin und wieder in der Pause ein Eis, aber obwohl es so wunderbar roch und so appetitlich aussah – gerade morgens, wenn es so unberührt mit cremig glatter Oberfläche dalag –, konnte sie sich problemlos zurückhalten. Das war wohl alles eine Frage der Gewohnheit.

In ihrer Beziehung zu Ricardo fiel ihr die Zurückhaltung jedoch wesentlich schwerer, und obwohl sie sich so sehr um Vernunft bemühte, war sie doch schwach geworden und schlief mit ihm. Seit dem Bruch mit ihrer Familie plagte sie die Angst, eines Tages völlig allein dazustehen, und vielleicht suchte sie genau aus diesem Grund Ricardos Nähe stärker als je zuvor.

Abends berieten sie, was sie im Winter aus dem Eissalon machen wollten. Das Speiseeis würde fast vollständig aus dem Sortiment verschwinden, stattdessen würden sie Heißgetränke und Waffeln anbieten, im Grunde genommen ähnlich wie in einer Milchbar. Auch gekühlte Desserts wie Parfaits sollte es geben. Da sie bisher gut genug besucht waren, um immer alle Hände voll zu tun zu haben, war Karina zuversichtlich, dass sich auch im Herbst und Winter wenig daran ändern würde. Falls es nicht funktionierte, würden sie schließen und sich für die Saison eine andere Arbeit nehmen müssen. Die Miete und die laufenden Kosten mussten natürlich weiterhin bestritten werden, aber sie konnten sich für eine begrenzte Zeit auch einen Zwischenmieter suchen, so, wie das viele Eisdielenbetreiber taten, wenn sie im Winter nach Italien gingen.

Inzwischen waren sie so erfolgreich, dass sie nicht nur die Ausgaben deckten, sondern sogar Gewinn erzielten – nicht viel, aber immerhin etwas. Vorher hatten die Einnahmen gerade so gereicht, dass sie ihre Lebenshaltungskosten bestreiten konnten, aber viel mehr war nicht drin gewesen. Wenn Karina jetzt mit Gerd tanzen ging, musste sie nicht akribisch auf den Pfennig genau ihre Ausgaben berechnen. Manchmal kamen Freunde von ihm mit, allesamt im Alter von ihr und Gerd. In diesen Momenten fühlte sich das Leben ganz anders an als mit Ricardo, sorgloser und nicht von der Vergangenheit belastet. Ricardo war zehn Jahre älter als Karina, und ihm fehlte diese ausgelassene Leichtigkeit, die Gerd und seine Freunde prägte. In Momenten wie diesen merkte sie, wie sehr sie das vermisst hatte.

»Eigentlich würden wir doch viel besser zusammenpassen, nicht wahr?«, fragte Gerd hin und wieder, und Karina konnte nie ausmachen, ob er das aus Spaß sagte oder doch ernst meinte. Für sie stellte sich diese Frage jedoch nicht. Gerd war zwar einer ihrer wichtigsten Freunde, sie mochte ihn und konnte sich wunderbar mit ihm unterhalten, aber das, was sie für Ricardo empfand, war etwas völlig anderes.

Dafür konnte Gerd sie jedoch erstaunlich gut durchschauen. Am Tag nach ihrer ersten – oder besser gesagt zweiten – Liebesnacht hatte er sie angesehen, den Kopf leicht schief gelegt und gesagt: »Du hast jetzt doch wieder mit ihm geschlafen?«

Karina war geradezu erschrocken darüber gewesen, dass man ihr das so offenkundig ansah, und er hatte gelacht und ihr zugezwinkert.

Trotz allem sprach Ricardo nie von einer gemeinsamen Zukunft oder gar konkret von einer Ehe. Vielleicht war es für ihn wirklich nur eine Liebesbeziehung, eine Bettgeschichte, die so lange dauerte, wie sie Spaß machte. Und möglicherweise ging er davon aus, dass sie das ähnlich sah. Ihn darauf anzusprechen traute sich Karina jedoch nicht, da sie Angst vor der Antwort hatte und nicht wusste, wie sie damit umgehen würde, wenn sich herausstellte, dass ihre tiefe Zuneigung nur einseitig war. Fortan hätte sie ständig das Gefühl, als schwebte ein Damoklesschwert über ihrer Beziehung und als könnte diese ebenso zerbrechen wie die zu ihrer Familie. Wobei Lennart nach wie vor Kontakt hielt, aber das war einfach etwas anderes. Zu Hause war sie nicht mehr willkommen, und vielleicht musste sie sich einfach damit abfinden, dass das Hotel nicht mehr ihr Zuhause war. Das hier war es nun, diese Wohnung, diese Stadt. Der Ort, wo Ricardo lebte und wo sie ihr Café betrieben.

»Träumst du?«, riss Ricardos Stimme sie aus den Gedanken, und erst jetzt bemerkte sie, dass eine junge Frau an der Theke stand und offenbar schon mehrere Versuche unternommen hatte, ihre Aufmerksamkeit zu erregen. Rasch entschuldigte sich Karina und fragte, was sie wünschte. Eine Eiswaffel mit einer Kugel Zitrone und einer Kugel Himbeere. Karina machte die Kugeln extragroß, was die Frau mit einem begeisterten Lächeln quittierte.

»Ist alles in Ordnung?«, fragte Ricardo. »Du wirkst heute, als stündest du irgendwie neben dir.«

»Ich bin nur müde, das ist alles.« In der Tat hatte sie sehr wenig geschlafen. Erst hatten sie und Ricardo sich geliebt, dann war sie wach geworden, weil er im Schlaf gestöhnt, gewimmert und immer wieder unverständliche Worte hervorgestoßen hatte.

Sie hantierte gerade an der Kaffeemaschine, als sie eine vertraute Stimme hörte und aufblickte. Robert Waldberger stand dort, und untergehakt an seiner Seite eine junge Frau, die ihn verliebt anlächelte. Karina drückte auf den Knopf, war unaufmerksam, und der heiße Kaffee lief über ihre Hand anstatt in die Tasse. Mit einem Aufschrei zog sie die Hand zurück, wobei die Tasse hinunterfiel und mit einem Klirren zersprang. Nun bemerkte Robert sie, starrte sie an, während Ricardo sich rasch daranmachte, den hinauslaufenden Kaffee mit einem Tuch aufzunehmen.

Karina hielt die Hand unter fließendes kaltes Wasser, und Ricardo fegte die Scherben zusammen. »Es tut mir leid«, sagte sie, nur für ihn hörbar.

»Schon gut.« Er wandte sich an Robert. »Einen Augenblick noch bitte. An welchen Tisch muss der Kaffee?«, fragte er Karina.

Karina schaltete das Wasser aus. »Lass nur, ich mache das.« Sie wischte ihre Hand trocken, bemerkte die Rötung und hoffte, es würde schnell aufhören wehzutun. Robert gab eine Bestellung auf, schien es auf einmal eilig zu haben fortzukommen, während seine Begleiterin fragte, warum sie sich nicht hinsetzten.

»Es ist doch so nett hier, und dort wird gerade ein Tisch frei.«

»Wir könnten spazieren gehen.«

»Und im Gehen Eis essen? Ich würde lieber sitzen und es genießen.«

Robert gab nach, und als sich Karina umdrehte, das Tablett mit einer Tasse Kaffee in der Hand, waren die beiden gerade auf dem Weg zu einem Tisch.

»Soll ich das tragen?«

»Eine Tasse bekomme ich schon noch hin, ohne dass die Hälfte danebengeht.«

Ricardo reagierte befremdet auf ihren schroffen Tonfall, aber daran konnte sie jetzt nichts ändern. Ihr schlug das Herz bis zum Hals, und sie hatte Mühe, sich zurückzuhalten. Am liebsten hätte sie Robert angebrüllt, ihn vor allen Leuten damit konfrontiert, was für ein mieser Schuft er war. Aber sie wusste genau, wer am Ende die Person sein würde, gegen die sich die Stimmung richten würde – die liederliche Frau, die sich in der Öffentlichkeit nicht zusammenreißen konnte und darüber hinaus zugab, sich mit einem Mann eingelassen zu haben, mit dem sie nicht verheiratet war. Seine falschen Versprechungen würden niemanden interessieren, ebenso wenig der Umstand, dass man sie von der Schule verwiesen hatte, während er ohne Konsequenzen davongekommen war. Karina servierte den Kaffee und bemerkte Roberts Blicke, als sie zurück hinter die Theke ging. Er wirkte nervös. Vermutlich befürchtete er eine Szene.

»Was ist los?«, fragte Ricardo.

»Dieser Mann, der gerade reingekommen ist und dort mit der Frau am Tisch sitzt, ist der Lehrer, wegen dem ich der Schule verwiesen wurde.«

Ricardo sah genau in dem Moment zu ihm, als Robert sich ein weiteres Mal zu Karina umdrehte. »Er hat ein schwächliches Kinn.«

Nun musste Karina lachen. »Er hat ein ganz normales Kinn.«

Robert schien bemerkt zu haben, dass sie über ihn sprachen, und vermutlich münzte er das Lachen auf sich, denn er wurde rot und drehte sich wieder weg.

»Du machst hier jetzt aber keine Szene, oder?«, wollte Ricardo wissen.

»Natürlich nicht.«

Besonders harmonisch schien es zwischen Robert und seiner Begleitung nicht zuzugehen. Die junge Frau hatte offenbar bemerkt, dass er sich immer wieder umwandte. Robert wiederum schien überhaupt nicht bewusst zu sein, dass ihre Laune zunehmend sank, vermutlich weil sie glaubte, Karina sei eine Nebenbuhlerin, so häufig, wie Robert sie ansah. Schließlich entspann sich eine Diskussion zwischen ihnen, und Karina hörte ihn »Auszubildende« sagen.

»Dann hättest du sie ja normal grüßen können«, antwortete die Frau, bemerkte dann aber offenbar die Blicke der Umstehenden und senkte die Stimme. Sie löffelte ihr Eis aus und erhob sich abrupt. Ricardo ging zu ihnen, und Robert bezahlte. Ehe sie das Café verließen, warf die junge Frau Karina noch einen giftigen Blick zu, dann hakte sie sich demonstrativ bei Robert ein und schritt erhobenen Hauptes mit ihm zur Tür. Was für ein Hansel, dachte Karina. Kaum zu glauben, dass sie einmal so verliebt in ihn gewesen war.

Erika packte die Schulunterlagen zusammen. Die Arbeiten waren zum Teil korrigiert, der Unterricht für den kommenden Tag vorbereitet. Sie hatte ihre Tasche gerade geschlossen, als die Türklingel anschlug. Nach einem kurzen Blick auf die Uhr ging Erika zur Tür, öffnete sie und stand einem von kalkweißem Staub bedeckten Henryk gegenüber.

»Das Wasser oben funktioniert nicht«, erklärte er. »Kann ich vielleicht bei dir duschen?«

Erika trat beiseite und ließ ihn ein. »Natürlich.« Sie schloss die Tür hinter ihm und ging ihm voraus ins Badezimmer. »Ich stelle dir auch gerne meine Badewanne zur Verfügung, wenn du es etwas komfortabler haben möchtest.«

»Da sage ich nicht Nein.« Seine Zähne blitzten hinter grauen Lippen auf.

Erika kam mit ihm ins Bad, ließ Wasser ein, überprüfte die Temperatur. Der Boiler war vor zwei Wochen kaputt gewesen, er hatte versagt, als sie gerade unter der Dusche gestanden hatte. Gut, dass Sommer war, da war das Wasser nicht von jetzt auf gleich bitterkalt gewesen. Sie setzte sich auf den Wannenrand und beobachtete Henryk, der sich erst Hände und Gesicht wusch und sich danach entkleidete. Schließlich ließ er sich mit einem Seufzen des Wohlbehagens in die Wanne sinken. Die Kleidung lag in einem Haufen auf dem Boden, Staub bedeckte in einer feinen Schicht die Bodenfliesen.

Erika nahm den Duschkopf, drehte das Wasser stärker auf und bog Henryks Kopf nach hinten, um ihm die Haare zu waschen. Als sie damit fertig war, strich er sich das Haar zurück, legte den Kopf an den Wannenrand und schloss die Augen. »Komm doch auch hinein«, sagte er, ohne die Lider zu öffnen.

»Ist das nicht zu eng?«

Er lächelte etwas anzüglich, was Erika einen wilden Hummelschwarm durch den Bauch jagte. Wie ein verliebter Backfisch, dachte sie wieder einmal. Sie zog sich aus, Rock, Bluse und Wäsche fielen achtlos zu Boden. Dann stieg Erika in die Wanne. Sie ließ sich auf Henryks Schoß nieder, lehnte mit dem Rücken an seine Brust, wandte den Kopf, sodass sie sich küssen konnten.

»Gehst du morgen mit mir aus?«, fragte er.

Erika antwortete nicht direkt, und dieses Zögern war es wohl auch, das dazu führte, dass seine Hand, die liebkosend ihren Körper streichelte, innehielt.

»Wohin möchtest du denn?«, fragte Erika schließlich, und seine Finger setzten zurückhaltend ihre Zärtlichkeiten fort.

»Tanzen oder essen gehen. Je nachdem, was dir lieber ist.«

Die Worte ihrer Freundinnen – denn nicht nur Lene erklärte sie für eine Närrin, sich einen so jungen Geliebten zu nehmen – klangen in ihr nach. Andererseits – wenn er ebenso tiefe Gefühle hegte wie sie, konnte sie ihn nicht fortwährend verstecken. Und Erika wollte ja genau das, sie wollte keine Bettgeschichte sein.

»Ich war lange nicht mehr tanzen.«

»Das verlernt man nicht.«

Ebenso wenig, wie man das Lieben verlernte. Es war intensiver, als Erika es mit Werner in Erinnerung hatte. Sie hatte gerne mit ihm geschlafen, aber es war anders gewesen, hatte Spaß gemacht, kam ihr rückblickend aber oberflächlicher vor. Früher war sie passiver gewesen, jetzt wusste sie, was sie wollte, und hatte keine Scheu, es Henryk auch wissen zu lassen. Es war viel mehr Geben und Nehmen als damals mit Werner, was gewiss nicht nur an ihm lag, sondern auch an ihr und ihrer Erziehung, die ihr vorschrieb, dass eine Frau nicht fordernd in der Liebe sein durfte, um nicht als lose und liederlich zu gelten.

»Kein Mann möchte, dass seine Frau sich wie eine Dirne gebärdet«, hatte ihre Mutter ihr immer wieder eingeschärft.

Ihre erste Liebesnacht war daher sehr verkrampft gewesen, Angst und aufkeimende Lust hatten in ihr gerungen, und es hatte furchtbar wehgetan. Danach wurde es besser, und schließlich war es sogar ganz schön. Lange hatten sie ja ohnehin nicht miteinander gehabt. Richtig lieben hatte sie eigentlich erst in der Affäre gelernt, die sie danach gehabt hatte. Da war sie schon über dreißig gewesen, selbstbewusster und lebenserfahrener.

Erikas Finger verflochten sich mit Henryks, während ihre Ellbogen auf dem Wannenrand lagen. Henryk führte ihre Fingerspitzen an die Lippen, küsste sie, während seine andere Hand mit den Liebkosungen fortfuhr und Erika mit einem leisen Ausatmen die Augen schloss. Sollten die Leute doch sagen, was sie wollten. Es gab schließlich kein Gesetz, das vorschrieb, dass Frauen sich nur Männer nehmen durften, die älter waren als sie selbst. Nach so vielen Jahren war sie endlich glücklich – sollte sie sich das nun versagen?

»Wo ist sie?«, fragte Serena.

»Mit ihrem neuen besten Freund tanzen.«

»Bist du eifersüchtig?«

»Nein.«

Serena lachte, was sich ungewohnt bei ihr ausnahm, da sie klang, als hätte sie das Lachen schon lange verlernt. Auch jetzt war da dieser bittere, kratzige Unterton. »Natürlich bist du eifersüchtig, das kannst du nicht verbergen. Immerhin spricht für dich, dass du es ihr nicht verbietest.«

»Mit welchem Recht auch? Wir sind nicht verheiratet, ich kann ihr nichts verbieten.«

»Würdest du es denn tun, wenn sie deine Ehefrau wäre?«

»Nein, vermutlich nicht. Wenn sie mich betrügen wollte, könnte sie das auch weniger offensichtlich tun. Sie gehen wirklich nur tanzen.«

Serena setzte sich an einen der Tische, und Ricardo brachte ihr einen Eisbecher. Erdbeere, Schokolade, Vanille, ohne Sahne, nur mit einem Waffelröllchen verziert. So, wie sie es in Italien immer gegessen hatte. Stets diese drei Sorten und dazu Gebäck. Danach legte er Geld auf die Anrichte, denn er ahnte, dass das der eigentliche Grund war, warum sie gekommen war.

»Das mit uns letztens …«, setzte sie an, verstummte kurz, nahm einen Löffel Eis und sprach dann weiter, »hast du ihr davon erzählt?«

»Natürlich nicht.« Es war ja nur dieses eine Mal gewesen und hatte mit Karina nichts zu tun. Ihn und Serena verband so viel aus der Vergangenheit, und auf gewisse Weise fühlte sich Ricardo immer noch schuldig, wenngleich sie ihm sagte, dass sie um alle Risiken stets gewusst hatte. Und so war diese eine Nacht, die sie hier verbracht hatten, ein Abschied von dem gewesen, was sie früher einmal füreinander gewesen waren. Sie hatten sich damals nicht verabschieden können, also hatten sie es jetzt getan. Und gleichzeitig war es für Ricardo eine Art Abbitte gewesen. Als er ihr nun gegenübersaß, wusste er, dass es nun endgültig vorbei war, wenngleich die Vergangenheit immer noch auf ihm lastete. Aber für sie war nun ein Schlussstrich gezogen worden, und er hoffte, dass sie einen Anknüpfungspunkt für ihr weiteres Leben finden würde.

»Ist es dir ernst mit dieser Frau?«, fragte sie.

»Ich glaube schon. Aber ihre Familie ist nicht einverstanden.«

»Aber das sollte dich nicht abhalten«, fuhr Serena fort. »Wenn du sie liebst.«

»Ich mag sie sehr, aber ob das Liebe ist, weiß ich nicht.« Zwischen ihnen lagen zehn Jahre und ein ganzer Krieg und damit so vieles, was ungesagt blieb. Er wusste nicht einmal, ob er Serena geliebt hatte oder ob sie nur eine durch Verzweiflung getriebene Zweckgemeinschaft für Liebe gehalten hatten. Wenn sie tage- und nächtelang nur sich hatten, war es so naheliegend, die Nähe, die sie zueinander gesucht hatten, für Liebe zu halten.

»Ich muss kurz nach der Maschine sehen«, sagte er. Karina hatte ihm bei den Vorbereitungen geholfen, ehe sie heimgegangen war, um sich für das Tanzen umzukleiden. Für sie war dieser neuartige Tanz, der aus Amerika hier herübergeschwappt war, ein Lebensgefühl, wie sie ihm einmal gestanden hatte. Da es ihr so gut damit ging, hatte Ricardo keine Einwände, wenn ein Großteil der Arbeit an dem Abend an ihm hängen blieb. Dafür übernahm sie das Aufräumen tagsüber und sorgte dafür, dass immer sauberes Geschirr da war. Zudem half sie inzwischen auch bei der Eisproduktion, was ihm viel Arbeit abnahm. Sie hatte Talent und stellte gern Süßspeisen her. In Herbst und Winter würde sie damit vermutlich jede Menge zu tun haben.

»Es riecht gut hier.« Ricardo hatte nicht gehört, dass Serena ihm nachgegangen war. Sie stand in der Tür zur Fertigung und sah ihn an. »Wer weiß, vielleicht mache ich mit meinem Cousin ja auch eine Eisdiele auf. Es kann aber auch gut sein, dass er nach Italien zurückgeht.«

»Und du?«

»Das ist die Frage, nicht wahr?« Sie verschränkte die Arme vor der Brust, lehnte mit dem Rücken am Türrahmen. »Ich weiß es nicht. Manchmal denke ich, es ist das Beste, wenn ich nach Hause gehe oder zurück ans Meer. Aber ich weiß nicht, ob ich die Erinnerungen aushalte. Ich bin ja gerade deshalb gegangen, weil ich dort nicht nach vorne blicken konnte.« Sie löste sich aus ihrer angespannten Haltung und trat zu ihm, umfasste sein Gesicht, sah ihn an. »Fragst du dich auch manchmal, wie es weitergegangen wäre?«

»Ja.«

»Und dann wünschte ich mir, du wärest damals nicht einfach gegangen.«

»Es tut mir leid.«

Sie küsste ihn ganz sacht auf die Lippen, dann ließ sie ihn los. Und in eben diesem Moment spürte Ricardo, dass sie nicht mehr allein waren. Er drehte sich gleichzeitig mit Serena um und sah Karina in der Tür stehen. Sie war ganz blass. Ricardo sagte nichts, keine Ausflüchte, keine Erklärungen. Serena regte sich als Erste, nahm das Geld, das er auf die Anrichte gelegt hatte, steckte es ein und ging.

»Jetzt weiß ich jedenfalls«, sagte Karina, »warum die Kasse so oft nicht stimmt.«

Ricardo sagte immer noch nichts.

»Ich bin eigentlich nur zurückgekommen, weil ich wissen wollte, ob ich mein Armband hier liegen gelassen habe.« Karina redete schnell, wie immer, wenn sie angespannt war. »Ich dachte, ich hätte es verloren.« Sie sah zum Spülbecken. Am Rand lag das goldene, perlenbesetzte Band. Ricardo nahm es und reichte es ihr.

»Und? Keine Ausflüchte? Kein ›Es ist nicht das, wonach es aussieht‹?« Ihre Stimme zitterte, und es war ihr anzusehen, wie mühsam sie an sich hielt, nicht zu weinen.

»Das würde ich gerne, aber leider ist es genau das, wonach es aussieht.«

»Habt ihr eine Affäre?«

»Nein, sie war früher einmal meine Geliebte.«

»Sie hat dich geküsst.«

»Ja.«

»Schlaft ihr miteinander?«

»Nein. Es ist vorbei.«

»Wenn es zwischen mir und einem Mann vorbei ist, küssen wir uns nicht.«

»Es ist aber so. Ich bin mit dir zusammen.«

»Hast du mit ihr geschlafen, nachdem du es mit mir getan hast?«

Er schwieg. »Einmal«, antwortete er schließlich.

Jetzt gab sie sich keine Mühe mehr, die Tränen zurückzuhalten. Sie weinte lautlos, schniefte, wischte sich mit dem Handrücken über die Wangen.

»Karina«, sagte er leise. »Es tut mir leid.«

Sie drehte sich abrupt um, floh aus der Fertigung. Er folgte ihr, wusste jedoch, dass nichts, was er jetzt sagte, etwas für sie ändern würde. Als sie die Tür aufstieß, sah er einen Mann auf einem Motorrad warten.

»Fahr!« Sie schnallte einen Helm um, stieg hinter ihm auf, schlang die Arme um seine Mitte, barg ihr Gesicht an seinem Rücken, während ihre Schultern in stummen Schluchzern bebten.

Der Mann wandte sein Gesicht Ricardo zu, taxierte ihn, dann startete er die Maschine und fuhr los.

TEIL 3

16

AUGUST 1958

Weil in den heißen Spätsommertagen die Plätze im Eissalon komplett belegt waren und Gäste warten mussten, wollte Karina, dass der von einem Zaun umgebene kleine Hof vor dem Haus im kommenden Sommer ebenfalls hergerichtet wurde. Wenn man es schön gestaltete, würden sich gewiss auch Gäste dorthin setzen wollen. Sie brauchten Caféhaustische und -stühle sowie Sonnenschirme, außerdem Kübel mit Grünpflanzen. Gerade jetzt, wenn das Sonnenlicht satter und weicher wirkte und die Wärme selbst in der Stadt das sommergetränkte Aroma von blühenden Blumen, Blättern und Gras trug, war es gewiss wunderbar, draußen zu sitzen und Eis zu essen. Jetzt galt es aber erst einmal, Vorbereitungen für die Herbst- und Wintersaison zu treffen, und Karina setzte auch hier wieder auf die Sehnsucht der Menschen nach Italien. Zu den Bildern sommerlicher Küsten würde sie noch ein paar von den Gletschern der Dolomiten und Winterbilder von Norditalien hängen. Die Karte würde entsprechend angepasst werden, und auf einem Tisch an der Wand wollte Karina Bildbände über Italien auslegen.

»Ziemlich viel Italienklischee«, bemerkte Ricardo.

»Die Menschen haben Krieg, Trümmer und Hungerwinter hinter sich. Sie wollen sich in eine heile Welt flüchten. Niemand würde Urlauber in die Elendsgebiete führen, also tun wir das auch nicht.«

Wenn sie miteinander sprachen, dann nur über das Café, ansonsten ging Karina ihm aus dem Weg. Tagsüber arbeiteten sie nach wie vor Hand in Hand, aber obwohl Ricardo deutlich machte, dass er sich eine Aussprache mit ihr wünschte, ließ Karina ihn auflaufen. Sie hatte gerade gründlich genug von Männern und ihren falschen Versprechungen. Und Ricardo wäre an ihrer Stelle mitnichten duldsamer gewesen. Das hätte sie mal wagen sollen, mit einem anderen Mann zu schlafen und dann einfach zu sagen, es hätte nichts zu bedeuten. In ihrer Wut und Enttäuschung hatte sie genau das zunächst tun wollen, aber Gerd war vernünftiger gewesen als sie.

»Das würde immer zwischen uns stehen«, hatte er erklärt. »Du liebst ihn, und wenn wir das nun täten, wäre unsere Freundschaft belastet.«

Nachdem sie Ricardo mit seiner ehemaligen Geliebten erwischt hatte, war sie die ganze Nacht nicht nach Hause gegangen, und auch jetzt schlief sie noch ab und zu bei Gerd, um Ricardo aus dem Weg zu gehen. Gerd fuhr sie dann morgens immer nach Hause, damit sie sich waschen und umkleiden konnte, ehe ihr Arbeitstag begann. Wenigstens wusste sie, dass sie nicht schwanger war von Ricardo. Seit sie mit ihm schlief, hatte diese Sorge sie jeden Monat begleitet, doch ihre Blutung hatte immer auf den Tag pünktlich eingesetzt.

Wenn sie ihm im Café begegnete, sprach sie normal und geschäftsmäßig mit ihm, machte keine Szene und brach nicht in Tränen aus. Sie hatte sich bereits ausreichend bei Gerd ausgeweint, um Ricardo mit der entsprechenden Ruhe begegnen zu können, auch wenn es in ihr tobte. Sie hatte mit ihrer Familie gebrochen, um an seiner Seite das Café zu betreiben, und er hatte sie hintergangen und mit einer anderen geschlafen.

Beim Tanzen konnte sich Karina hervorragend abreagieren. Mit Gerd war sie am Wochenende bis spät in die Nacht unterwegs, fiel danach zusammen mit ihm in sein Bett und schlief sofort ein. Ob Ricardo eifersüchtig war, wusste Karina nicht, anzumerken war ihm jedenfalls nichts. Das erleichterte sie einerseits, denn sie war nicht darauf aus, ihn eifersüchtig zu machen und eine Szene zu provozieren. Andererseits fragte sie sich nun, ob ihre Gefühle in der Tat nur einseitig gewesen waren. Vielleicht war er ja sogar froh, dass er aus der Sache so einfach wieder herausgekommen war.

»Warum lässt du es ihn nicht erklären?«, fragte Erika eines Abends, als Karina sich gerade das Abendessen zubereitete. Ricardo war noch im Café geblieben, weil er eine Eisbombe vorbereitete, die am kommenden Tag abgeholt werden würde.

»Was sollte es denn dazu noch zu erklären geben?«

Erika schüttelte nur den Kopf, als wüsste sie nun auch nicht mehr weiter. Karina ärgerte das. Sie war schließlich kein Kind mehr, dem man die Welt erklären musste. Für sie war das, was Ricardo getan hatte, auf mehr als eine Weise ein Vertrauensbruch. Er hatte nicht nur mit einer anderen Frau geschlafen, er hatte auch mehrmals für sie in die Kasse gegriffen, hatte Geld genommen, das ihnen beiden gehörte, denn schließlich steckte Karinas Erbschaft in diesem Café. Da war es doch das Mindeste, dass man zumindest sagte, wenn man Geld weitergab, vor allem, wenn man damit seine Geliebte auszahlte. Wobei die Frau nicht wie eine Hure gewirkt hatte.

»Oder ist das mit diesem Gerd jetzt etwas Ernstes?«

»Nein, wir sind nur Freunde.« Karina fragte sich, was ihr Vater sagen würde, wenn er wüsste, wie oft sie die Nächte in Gerds Bett verbrachte. Ob er ihr glauben würde, dass sie nur nebeneinander lagen, ohne sich zu berühren? Vermutlich nicht.

Karina war schon im Bett, als sie Ricardo nach Hause kommen hörte. Sie knipste die Nachttischlampe an, sah auf die Uhr. Schon weit nach Mitternacht. Was hatte er denn so lange gemacht? Kurz überlegte sie, aufzustehen und ihn zu fragen, aber für Diskussionen und Erklärungen war sie eigentlich viel zu müde, und so löschte sie das Licht wieder und schloss die Augen.

Als Erika wach wurde, glaubte sie im ersten Moment, sie hätte verschlafen, fuhr auf und griff nach dem Wecker. Dann fiel ihr ein, dass Sonntag war, und sie sank wieder zurück in das Kissen. In die Decke gekuschelt, wollte sie weiterschlafen, aber obwohl sie müde war, wollte sich der Schlaf nicht mehr einstellen. Das war doch wirklich zu ärgerlich. Sie wälzte sich herum, gab es nach einer halben Stunde aber schließlich auf und erhob sich.

In der Küche saß zu ihrem Erstaunen Ricardo und

trank eine Tasse Kaffee. Erika schob sich das zerzauste Haar aus der Stirn und zog den Gürtel um ihren Morgenmantel enger. »Ist noch Kaffee da?«

»In der Kanne.«

Sie goss sich eine Tasse ein und setzte sich zu Ricardo, gähnte und nahm einen Schluck Kaffee. Wunderbar stark, genau das, was sie nun brauchte.

»Warum bist du schon wach?«, fragte sie.

»Ich konnte nicht mehr schlafen. Und du?«

»Ebenso.«

»Weißt du, ob Karina vergangene Nacht nach Hause gekommen ist?«

»Ja, ist sie. Hast du nicht in ihrem Zimmer nachgeschaut?«

»Nein, das mache ich nachts nicht, wenn die Tür verschlossen ist.«

»Versuch doch noch mal, mit ihr über alles zu sprechen.«

Er wirkte in sich gekehrt und sogar etwas traurig. »Ich habe ihr gesagt, dass es mit Serena vorbei ist und dass es nur eine einmalige Sache war, aber sie will mir nicht zuhören. Aber natürlich fühlt sie sich betrogen, auch, weil ich Serena Geld aus unserer gemeinsamen Kasse gegeben habe. Und das werde ich auch weiterhin tun, wenn sie etwas braucht.«

»Warum? Weil sie deine Geliebte war?«

»Nein, das gewiss nicht. Aber wir haben den Krieg zusammen durchlebt, und da sind Dinge geschehen, die uns auf besondere Weise miteinander verbunden haben.«

»Warum erzählst du Karina nicht davon?«

»Weil ich über diese Dinge nicht mit ihr reden kann. Mir ist es lieber, sie denkt, ich betrüge sie, als dass sie die Wahrheit kennt.«

Obwohl Erika gerne gewusst hätte, wovon er sprach, fragte sie nicht nach. Auf seine Art war er vermutlich genauso kaputt wie sie. Sie stellte sich vor, was für ein Paar sie wohl abgeben würden, beide geplagt von bösen Erinnerungen und mit tief sitzenden Verletzungen. Erika wurde bewusst, dass sie das nicht könnte, sie brauchte an ihrer Seite jemanden, der heil war. Und vielleicht ging es Ricardo ja ähnlich, möglicherweise zog ihn die deutlich jüngere Karina genau deshalb an. Bei ihnen würde es jedenfalls nicht am Alter scheitern. Ricardo war gute zehn Jahre älter als Karina, aber es könnten auch zwanzig sein, niemanden würde es stören. Allenfalls die Herkunft könnte eine Rolle spielen, tat es vermutlich für Karinas Vater auch. Wobei er bei einem italienischen Adligen oder einem reichen Kaufmann keine Vorbehalte hätte. Aber ein Eisverkäufer aus einem Bergdorf? Gleichzeitig fragte sich Erika, was so schlimm sein konnte, dass Ricardo lieber einen Bruch seiner Beziehung zu Karina in Kauf nahm, als ihr zu erzählen, was hinter seiner Beziehung zu dieser Frau steckte.

Erika trank ihren Kaffee aus und erhob sich, um ins Bad zu gehen und sich danach anzukleiden. Als sie wieder in den Flur trat, war Karina gerade aufgestanden, hübsch anzusehen, selbst jetzt, als sie müde und mit zerzaustem Haar das Zimmer verließ. Mittlerweile hatte Ricardo die Küche verlassen, und Karina würde allein frühstücken. Erika hatte vorher noch rasch alles vorbereitet. Den beiden gelang es sehr gut, sich aus dem Weg zu gehen. Erika konnte darüber nur den Kopf schütteln. Das Leben war so kurz, jeder Moment kostbar. Aber dahinter musste sie selbst kommen, es brachte nichts, ihr Vorhaltungen zu machen. In ihrem Alter hätte Erika vermutlich ebenso gehandelt, sich betrogen und verraten gefühlt. Und Ricardo hatte ja durchaus Fehler gemacht. Da war nicht nur die Liebesnacht mit der ehemaligen Geliebten, er hatte auch Geld genommen, das ihm nicht allein gehörte. Das war durchaus fragwürdig.

Erika verließ die Wohnung zeitgleich mit der jungen Mutter auf der Etage unter ihr. Die Frau bugsierte den Kinderwagen aus der Tür, dabei hing ihr eines der Kinder quengelnd am Bein, während das andere schon zur Treppe lief. Dankbar nahm die Frau Erikas Angebot an, ihr mit dem Wagen zu helfen. Unten fing sie den Jungen ein, ehe er die Haustür öffnen und auf die Straße laufen konnte.

»Danke«, sagte die Frau, deren Namen Erika nur vom Klingelschild kannte. F. Schuhbeck.

»Gerne«, antwortete Erika und wollte zurück ins Haus, als sie bemerkte, dass die Frau den Tränen nahe war. Erika warf einen Blick zur Haustür, dachte an Henryk, mit dem sie frühstücken wollte, und daran, dass sie diese Frau überhaupt nicht kannte. Das jüngste Kind war gut zwei Jahre alt, das älteste schätzte sie auf sechs oder sieben Jahre, einen Vater hatte Erika seit der Geburt der Kleinsten nicht mehr gesehen – Anlass zu viel Getratsche im Haus.

»Ist alles in Ordnung?«, fragte sie schließlich, obwohl offensichtlich war, dass dies ganz und gar nicht der Fall war.

Die Frau schniefte, wischte sich mit dem Ärmel über die Augen, nickte.

Wieder sah Erika zum Haus, hätte eigentlich zu gerne mit Henryk gefrühstückt und anschließend den Tag mit ihm verbracht. Aber sie brachte es nun auch nicht über sich, die Frau einfach stehen zu lassen. »Möchten Sie einen Kaffee trinken? Oder haben Sie zu tun?«, fragte sie.

Die Frau sah sie erstaunt an. »Einen Kaffee?«

Das kleine Mädchen zupfte ihre Mutter am Ärmel. »Mama, mir ist langweilig.«

»Meine beiden Mieter haben ein Eiscafé eröffnet, dort könnten wir mit den Kindern hin, wenn Sie ein bisschen reden mögen.«

Die Frau wirkte unschlüssig, lehnte aber wenigstens nicht rundheraus ab, wenngleich Erika Sorge hatte, dass sie vielleicht doch zu aufdringlich war.

»Ich lade Sie ein«, sagte sie. »Und die Kinder können dort sicher malen oder in einer Ecke spielen.«

»Mal wieder in einem Café sitzen wäre schon nett«, antwortete die junge Frau.

»Dann warten Sie einen Moment, ich muss nur eben Bescheid sagen, dass ich gehe.«

Henryk hatte Verständnis dafür, dass sie mit der jungen Frau Kaffee trinken ging, statt mit ihm zu frühstücken. »Sie wirkt immer so traurig, vielleicht hat sie niemanden.«

Sie hatte in der Tat niemanden, wie sie Erika schon auf dem Weg zum Café gestand. Ihr Vater war an der Ostfront gefallen, ihre Mutter bereits bei ihrer Geburt gestorben. Beide Brüder waren ebenfalls gefallen, und so war sie minderjährig und elternlos in ein Mädchenwohnheim gekommen.

»Der Frank ist damals sehr jung zum Ende des Kriegs hin eingezogen worden«, erzählte sie. »Der war gerade siebzehn geworden und musste noch ran, als der Krieg schon verloren war. Er war in Ostpreußen dabei, als es von den Russen überrannt wurde, und hatte danach einen Knacks weg, wie man so schön sagt. Ich dachte, das wird schon wieder, wenn endlich wieder alles normal ist. Es war eine Sandkastenliebe, verstehen Sie? Wir wussten schon als Kinder, dass wir füreinander bestimmt sind.« Sie unterbrach sich, um ihren Ältesten zurückzurufen. »Geheiratet haben wir aber erst, als er eine Ausbildung hatte und in Lohn und Brot stand. Und trotzdem hat es vorne und hinten nicht gereicht mit dem Geld. Ich wollte auch arbeiten gehen, immerhin hab ich eine abgeschlossene Lehre als Bäckerin, aber davon wollte er nichts wissen. Seine Frau arbeitet nicht, meinte er.« Wieder hielt sie inne, rief den Großen zurück, der am Rand des Bürgersteigs entlangbalancierte. »Als wir nur den Martin hatten, ging es auch noch, und dann kam die Dora ein Jahr später, und es wurde etwas enger. Aber noch hat es gereicht, die Wohnung hat drei Zimmer, und wir sind gerade so über die Runden gekommen. Dann bin ich wieder schwanger geworden, und der Frank hat eine zweite Stelle angenommen.«

Erika kannte diesen Schlag Männer, deren Stolz es gebot, allein für die Familie zu sorgen. Da arbeitete man lieber doppelt und dreifach, als dass die Frau sich von Heim und Herd wegbewegte. Vielleicht war es einfach so, dass diese Generation von Männern nach dem Krieg eine Art Beständigkeit brauchte, das Gefühl, wichtig zu sein. Verdiente eine Frau ihr eigenes Geld, war das ein Schritt in die Unabhängigkeit. Bis 1951 hatte in Erikas Beruf noch das Lehrerinnenzölibat gegolten, das besagte, dass eine Lehrerin nach ihrer Eheschließung nicht nur die Arbeit, sondern auch das Ruhegehalt verlor. In Teilen Deutschlands hatte es sogar noch bis ins vergangene Jahr hinein Gültigkeit gehabt. Im Mai dieses Jahres wurde schließlich vom Bundesverfassungsgericht erklärt, dass eine Zölibatsklausel in Arbeitsverträgen verfassungswidrig sei und somit keine Gültigkeit habe.

»Als Brigitta geboren wurde, ist Frank immer seltener nach Hause gekommen. Irgendwann hat er mir schließlich gestanden, dass er noch einmal von vorne anfangen will. Das hier, sagte er, könne nicht sein Leben sein.«

Sie kamen in dem Moment am Eissalon an, als Ricardo öffnete. Karina war noch nicht da. Da sie freie Platzwahl hatten, wählten sie einen Tisch am Rand, sodass die Kinder in der Ecke spielen konnten, ohne jemanden zu stören. Mittlerweile wusste Erika, dass die junge Frau Franziska hieß – »Frank und Franziska, das fanden wir damals so passend«.

»Es ist schön hier«, sagte Franziska. »Ich wusste gar nicht, dass Ihr Mieter eine Eisdiele betreibt.«

»Er und meine Mieterin betreiben sie zusammen.«

Franziska nickte und sah sich um. »Wirklich sehr hübsch. Ein bisschen, als wäre man im Urlaub.« Sie seufzte, dachte womöglich an die Reisen, die sie nie gemacht hatte. »Frank ist weggezogen und zahlt keinen Unterhalt mehr für die Kinder. Eigentlich müsste er es, aber beim Amt scheint niemand so recht gewillt, mir zu helfen. Er musste früher schon fortwährend erinnert werden, aber immerhin hat er dann auch gezahlt. Jetzt kommt gar nichts mehr.«

Ricardo nahm die Bestellung auf, und die beiden älteren Kinder bedrängten ihn sogleich mit der Frage, ob sie ein Eis und eine heiße Schokolade haben könnten. Es brauchte einen Moment, ehe Franziska sich Gehör verschaffen konnte und den Kindern erklärte, sie könnten später zu Hause einen Kakao bekommen. Erika vermutete, dass sie das vielmehr aus dem Grund sagte, weil sie es nicht bezahlen konnte und Erikas Einladung zum Kaffee nicht überstrapazieren wollte.

»Der Kakao geht aufs Haus«, sagte Ricardo, der offenbar dieselbe Vermutung hegte.

Franziska nickte etwas zögerlich, während die beiden Kinder jubelten und die Kleinste einstimmte, obwohl sie gewiss nicht verstand, worum es eigentlich ging. Während sie warteten, erzählte Franziska, dass sie die Wohnung wahrscheinlich verlieren würden.

»Der Vermieter gibt mir noch einen Monat Aufschub, weil er mich nicht mit drei Kindern auf die Straße setzen will. Aber dann muss ich raus.« Wieder kamen ihr die Tränen. »Wo soll ich denn mit ihnen hin?«

Ricardo stellte die Getränke vor ihnen ab.

»In der Schule bekommen wir auch manchmal Kakao«, erklärte der Ältere, Martin. »Aber der schmeckt nicht so gut wie dieser hier.« Er machte ein fachmännisches Gesicht.

»Ich habe eine Putzstelle in einer Grundschule«, erklärte Franziska, »dorthin kann ich die Kinder mitnehmen. Aber das reicht vorne und hinten nicht.«

Die Kinder hatten sich wieder zum Spielen zurückgezogen, nachdem sie den Kakao in erstaunlicher Geschwindigkeit ausgetrunken hatten.

»Eine weitere Stelle finde ich nicht, niemand will eine alleinstehende Mutter von drei kleinen Kindern einstellen.«

Das konnte sich Erika nur zu gut vorstellen. Sie trank den Kaffee, während die junge Frau ihr das Herz ausschüttete, und es wurde deutlich, dass sie schon lange nicht mehr so offen mit jemandem hatte reden können. Da wohnten sie schon so viele Jahre im selben Haus, dachte Erika, und wussten doch so wenig voneinander.

»Ich werde mich umhören«, versprach sie. »Vielleicht kriege ich ja mit, ob irgendwo eine Stelle frei wird, die Sie antreten können.«

Hoffnung schimmerte in Franziskas Augen auf. »Ich muss sie ja auch gar nicht alle mitnehmen«, erklärte sie. »Die beiden Großen kommen zu Hause schon einigermaßen gut klar mit sieben und sechs, die kriegen einfach einen Schlüssel mit zur Schule. Nur für die Kleine muss ich mir etwas überlegen.«

Erika sah das Mädchen in dem Wagen an, das eingeschlafen war. Ein leises Ziehen setzte in ihrer Brust ein, aber es war nicht dieser heftige, scharfe Schmerz, der den Atem raubte, vielmehr war es sehnsüchtig und voller Erinnerungen an die zwei kleinen Kinder, die sich an sie geschmiegt hatten, warm, lebendig, und Erika gelang sogar ein Lächeln. »Hin und wieder können Sie sie zu mir bringen«, hörte sie sich sagen.

»Bist du auch schon wach?«, fragte Ricardo, als Karina in die Fertigung kam.

Sie hob nur in einer knappen Geste die Schultern.

»Das Geschäft hat nichts damit zu tun, wie es privat zwischen uns steht.«

»Ich bringe mich doch sehr gut ein, oder nicht?«

»Du vergisst, dass ich früher anfange und später aufhöre als du.«

»Verrechne es einfach mit dem Geld für deine bezahlte Hure.«

Karina konnte Ricardo ansehen, wie mühsam er seine Wut beherrschte. Seine Kiefermuskeln traten seitlich hervor, und zwischen seine Brauen hatte sich eine Falte gegraben. Wie immer ging er jedoch nicht auf ihre Sticheleien ein, sondern wandte sich ab, um weiterzuarbeiten.

Eine Gruppe junger Frauen trat an die Theke, und Karina ging zu ihnen, um die Bestellung aufzunehmen und Waffelhörnchen mit Eiskugeln zu bestücken. Eine der jungen Frauen kam ihr bekannt vor, und es brauchte einen Moment, ehe sie sie einordnen konnte. Margot Rebein, die oben im Hotel im Siebengebirge wohnte. Die junge Frau lächelte sie an, als sei das Erkennen beiderseitig, und wirkte dabei eine Spur neugierig. Offenbar hatten sich die Neuigkeiten vom Fall der von Oeding-hof-Tochter noch nicht in der gesamten Region herumgesprochen. Aber sie kannten sich nicht gut genug, als dass Margot sie hätte fragen können, ohne aufdringlich zu wirken.

Der Vormittag lief langsam an, aber es waren doch immer Tische besetzt. Als sie mittags schlossen, wollte Karina wie gewohnt schnell nach Hause und eine Kleinigkeit essen. Doch als sie hinausblickte, stand dort die Frau, mit der sie Ricardo erwischt hatte. Ihre Mundwinkel zuckten spöttisch. Wenigstens versuchten sie jetzt nicht mehr, sich zu verstecken. Gleichzeitig tat es weh, denn Karina hatte immer noch Gefühle für Ricardo, und tief in ihr lauerte der Wunsch, dass sich alles als Missverständnis herausstellen würde.

»Deine Geliebte steht draußen«, sagte Karina mit übertrieben formulierter Hilfsbereitschaft an Ricardo gewandt.

Er sah auf, und seine Stirn krauste sich. Recht war es ihm offenbar nicht, dass sie hier aufgetaucht war. Karina nahm die Hintertür, um ihr nicht zu begegnen. Ihr Vater würde gewiss triumphieren, wenn er wüsste, dass er mit seiner Einschätzung richtig gelegen hatte, dass das mit ihr und Ricardo nichts werden konnte. Dass an diesem Tag das Wetter wechselhaft war und Wolken immer wieder die Sonne verdüsterten, erschien ihr geradezu sinnbildlich. Karina schritt zügig aus und beschloss, Lennarts Angebot, ihr ein Fahrrad zu kaufen, anzunehmen. Wenn Ricardo keine Rücksicht auf sie nahm, musste sie auch keine auf ihn nehmen. Sie würde mit ihm das Café weiterführen, und irgendwann würde sie sich vielleicht auch eine eigene Wohnung leisten können. Dann müsste sie ihm nicht auch noch privat ständig begegnen.

Als Karina die Tür öffnete, roch es nach Gewürzen und Schmorbraten. Sie wusste, dass Erika zwar gut, aber nicht gerne kochte, ging in die Küche und traf zu ihrem Erstaunen auf ihre Nachbarin, die alleinerziehende junge Mutter. Diese drehte sich zu ihr um und lächelte beinahe entschuldigend.

»Erika war so freundlich, sich heute als Kummerkasten zur Verfügung zu stellen, da wollte ich mich revanchieren.«

»Wo ist Erika?«

»Sie wollte kurz zu jemandem, kommt aber gleich wieder.« Die junge Frau wischte die Hände an einem Küchentuch ab. »Die Kinder sind im Wohnzimmer und spielen. Falls Sie sich gerade selbst dort hinsetzen wollten, kann ich sie aber holen, damit sie nicht stören.«

»Nein, lassen Sie nur.«

Eigentlich hatte Karina sich schnell etwas zubereiten wollen, aber sowohl die Herdplatten als auch der Ofen waren belegt. Dann aß sie jetzt eben nur ein Brot und abends warm. Keinesfalls sollte die Frau nun ein schlechtes Gewissen haben. Welcher Kummer sie plagte, wusste Karina nicht, aber sie hatte sie vormittags durchaus mit Erika im Café bemerkt, und da hatte sie in der Tat verzweifelt gewirkt.

Die Tür ging, und kurz darauf war Erikas Stimme zu hören. Im nächsten Moment trat Erika mit dem jungen Mann aus der Mansarde in die Küche.

»Oh, du bist ja auch schon da! Du kannst mit uns essen, wenn du willst. Ich habe genug eingekauft.«

Erika wirkte aufgeräumt und gut gelaunt. »Henryk Brodowski«, stellte sie den Mann vor, dann wandte sie sich an Karina, »und Franziska Schuhbeck.«

»Karina von Oedinghof«, stellte Karina sich vor.

»Wir essen im Esszimmer«, sagte Erika, womit der Bereich des Wohnzimmers gemeint war, in dem der große Tisch stand, »dort ist mehr Platz.«

»Soll ich schon einmal den Tisch decken?«, bot Karina an.

»Gerne.« Erika stellte sich zu Franziska Schuhbeck an den Herd und half ihr bei den letzten Handgriffen, während Henryk Brodowski mit Karina den Tisch deckte. Die Kinder sprangen vom Boden auf, als sie sie sahen, und der Ältere sagte zu Henryk Brodowski: »Sind Sie der staubige Mann?«

»Martin!«, schimpfte seine Mutter, die gerade mit einer Servierplatte das Wohnzimmer betrat.

»Schon gut.« Henryk Brodowski lachte.

Es dauerte, ehe die Kinder alle am Tisch saßen. Franziska Schuhbeck nahm die Jüngste auf den Schoß. Es war richtig schön, stellte Karina fest, beinahe familiär. Das Tischgespräch drehte sich um allgemeine Dinge wie die Entwicklung der Stadt, die Schulen, die Kinder und auch um Karinas Eiscafé. So, dachte Karina, durfte es gerne immer sein.

17

SEPTEMBER 1958

Seit Karina mit Ricardo gebrochen hatte, kehrten die Albträume intensiver zurück, und in manchen Nächten wachte Ricardo schweißgebadet und mit hämmernden Kopfschmerzen auf. Es hatte doch etwas Beruhigendes gehabt, diese Konstante in seinem Leben zu haben, jemanden, der für ihn da war und gänzlich unberührt von seiner Vergangenheit. Serena hatte ihm geraten, einfach alles zu erzählen, aber das konnte er nicht.

»Wenn sie danach nichts mehr mit dir zu tun haben will, weißt du wenigstens, woran du bist«, so ihre Worte.

»Sie will jetzt schon nichts mehr mit mir zu tun haben.«

»Du hättest ihr nicht sagen sollen, dass du mit mir geschlafen hast.«

»Ich bin nicht gut im Lügen.«

Daraufhin hatte sie nur gelacht.

Immerhin brachte sich Karina wieder verstärkt in das Café ein, schluckte ihren gekränkten Stolz und die verletzten Gefühle hinunter und arbeitete Hand in Hand mit ihm. Seit einiger Zeit schien sie sich sehr gut mit Erika und der jungen Mutter aus ihrem Haus zu verstehen, die hin und wieder mit ihren Kindern bei ihnen weilte. Obwohl Ricardo eigentlich sehr kinderlieb war, strapazierte gerade die Jüngste oftmals seine Nerven, wenn er nach Albträumen und zu wenig Schlaf ein wenig Ruhe wollte und die Kleine schrie, weil ihr irgendetwas nicht passte. Erika hingegen, die er in dieser Hinsicht deutlich unleidiger vermutet hätte als sich selbst, nahm es mit einer unglaublichen Gelassenheit und Ruhe hin. Ja, der Trubel schien ihr sogar in gewisser Weise zu gefallen. Sie wirkte schon seit einiger Zeit verändert, mehr in sich ruhend, als seien gewisse Dinge in ihr ins Lot geraten.

Da sie am kommenden Tag später öffneten, war Karina wieder mit diesem Gerd unterwegs. Dass sie sich gut mit Erika und Franziska verstand, hieß nicht gleichzeitig, dass sie die Beziehung zu ihm auf Eis gelegt hatte. Obwohl Ricardo sich sagte, dass er kein Recht hatte, eifersüchtig zu sein, konnte er doch nur schwer verhehlen, dass genau dieses Gefühl in ihm tobte.

Als er nach Hause kam, wartete dort ein Besucher auf Karina, und genau das hatte ihm an diesem Abend noch gefehlt – allein in der Wohnung mit ihrem Bruder. Sie gingen einander sonst immer aus dem Weg, aber dieses Mal gab es kein Entkommen. Erika musste ihn eingelassen und ihm erlaubt haben, im Wohnzimmer auf seine Schwester zu warten. Na, da konnte er sich ja gleich sein Nachtlager auf dem Sofa einrichten.

»Guten Abend«, begrüßte Ricardo ihn höflich.

Lennart von Oedinghof taxierte ihn kurz, dann erwiderte er den Gruß. »Darf ich annehmen, dass meine Schwester ebenfalls bald kommt?«

»Ich befürchte, dem ist nicht so. Sie ist noch mit ihrem besten Freund aus.«

Diese Aussage irritierte den Mann sichtlich. Offenbar hatte Karina ihm nichts von Gerd erzählt. »Ihr bester Freund?«

»Ja, sie gehen hin und wieder tanzen.« Zumindest hoffte er, dass es nur das war, er wollte sich nicht vorstellen, dass Karina in den Armen dieses Mannes lag, wie sie in seinen gelegen hatte.

Dass Ricardo ihm dies ohne den sichtbaren Anflug einer eifersüchtigen Regung erzählte, ließ Lennart von Oedinghof befremdet die Augen verengen. »Wann darf ich sie zurückerwarten?«

»Das kann ich Ihnen leider nicht sagen.« Ricardo goss sich Wasser ein und nahm eine Tablette gegen seine Kopfschmerzen.

»Sie sind doch ein, hm, Paar, dachte ich.« Lennart von Oedinghof ließ es als halbe Frage in der Luft hängen.

Da Ricardo nicht wusste, was Karina ihrem Bruder erzählt hatte, antwortete er nicht sofort. Vielleicht durfte er sich ja doch noch Hoffnungen darauf machen, dass Karina nicht endgültig mit ihm gebrochen hatte, sonst hätte sie es gewiss erzählt. Andererseits wollte sie sich vielleicht einfach keine Blöße geben. »Was uns beide angeht, fragen Sie Ihre Schwester besser selbst.«

»In meinen Kreisen spricht man als Mann mit der Familie der Frau, mit der man eine Beziehung einzugehen gedenkt, und holt sich die Einwilligung.«

»Das ist richtig, aber gewiss nicht ohne das Wissen und hinter dem Rücken der Frau.«

Lennart von Oedinghof sah ihn an, dann nickte er knapp. »Also gut. Dann werde ich hier auf sie warten.«

Viel Spaß, dachte Ricardo und ging auf sein Zimmer. Karina hatte erzählt, dass sich ihr Bruder ebenfalls gegen seinen Vater gestellt hatte, als es darum gegangen war, die Frau zu heiraten, die er liebte. Er hatte dafür sogar in Kauf genommen, aus der Erbfolge des Hotels ausgeschlossen zu werden. Allerdings schien sich jetzt doch alles gefügt zu haben, und Karina hatte gehofft, dass es bei ihr ebenso werden würde. Bisher sah es allerdings nicht danach aus.

Ricardo versuchte zu lesen, merkte aber schnell, dass er sich nicht so recht auf das Buch konzentrieren konnte, und beschloss, ins Bett zu gehen. Müde genug war er, nur hatte er Angst vor dem Einschlafen, vor den Träumen, die auf ihn einstürmen würden. Und je mehr Angst er davor hatte, umso schlimmer träumte er. Aus diesem Kreislauf gab es einfach kein Entkommen. Auf dem Weg ins Bad bemerkte er, dass im Wohnzimmer noch Licht brannte. Kurz überlegte er, ob er der Höflichkeit halber noch einmal hineinschauen sollte, unterließ es dann aber. Sollte Karina sich um ihren Bruder kümmern, wenn sie heimkam.

Das Sofa war unbequem, aber Karina war schlichtweg zu müde gewesen, um nach Hause zu fahren. Normalerweise überließ Gerd ihr sein Bett, aber er hatte eine neue Geliebte, und diese hatte sie beide nach Hause begleitet. Das hatte sich so befremdlich angefühlt, dass Karina überlegt hatte, einfach zu Fuß nach Hause zu gehen, aber davon hatte weder Gerd noch seine Freundin etwas wissen wollen. In der Tat schienen sie wirklich nur zu schlafen, zumindest war aus dem Zimmer kein verräterisches Geräusch zu hören. Oder aber sie rissen sich zusammen, weil sie wussten, dass sie nicht allein waren.

Als sie morgens zu dritt um den Frühstückstisch saßen, fragte sich Karina, was sie hier eigentlich tat. Wollte sie so ein Leben wirklich führen? Das fünfte Rad am Wagen? Es morgens in Kauf zu nehmen, mit ihrem besten Freund und seiner Geliebten zu frühstücken, weil sie selbst um jede Gelegenheit froh war, nicht in ihrem eigenen Zimmer schlafen zu müssen?

Gerd brachte sie auf seinem Motorrad nach Hause, und Karina, immer noch müde, schloss gähnend die Wohnungstür auf, strich sich das Haar nach hinten, das sie morgens nur notdürftig in Form gebracht hatte und das vom Helm ganz platt gedrückt worden war. Da sie aus der Küche Geräusche hörte, warf sie gewohnheitsmäßig einen Blick hinein, um einen guten Morgen zu wünschen, ehe sie unter die Dusche ging, und erstarrte.

»Lennart?«

Ihr Bruder saß am Tisch, vor ihm eine Tasse Kaffee, während Erika an der Anrichte lehnte und sie mit leicht erhobener Braue ansah. Als Lennart sich erhob, verließ Erika den Raum, offenbar ahnend, dass kein sehr angenehmes Gespräch bevorstand. Karina strich an ihrem Kleid entlang, wünschte, sie stünde nicht so derangiert vor ihrem Bruder, der ganz offensichtlich seine eigenen Schlüsse zog.

»Seit wann bist du hier?«, fragte sie, obwohl sie angesichts seiner finsteren Miene die Antwort bereits ahnte.

»Ich bin gestern Abend gekommen und wollte dich besuchen, als mir dein Liebhaber, Galan, Geschäftspartner, was auch immer, erklärte, dass du dich nachts mit irgendeinem anderen Mann herumtreibst.«

»Das hat er so gesagt?«

»Nein«, kam es von Ricardo, der sie offenbar vom Flur aus gehört hatte, »habe ich nicht.«

»Also sitze ich hier und warte, denke, dass du gewiss irgendwann heimkommst«, fuhr Lennart fort, als hätte er Ricardo nicht gehört. »Und mitten in der Nacht fange ich an, mir Sorgen zu machen. Ich bin auf dem Sessel eingeschlafen, schrecke hoch, schaue auf die Uhr und sehe, dass es bereits nach zwei ist. Daraufhin habe ich in deinem Zimmer nachgesehen und danach deinen, äh, Geschäftspartner geweckt, der mir ungerührt mitteilte, das käme gelegentlich mal vor, dass du bei diesem anderen Kerl nächtigst.«

»Aber nur, wenn es zu spät zum Heimkommen ist«, erklärte Karina lahm.

Lennart schloss die Tür, was unnötig war, da Ricardo bereits ins Bad gegangen war. »Ich habe dich unterstützt, war auf deiner Seite, habe mich deinetwegen mit Vater gestritten. Aber das, Karina, das geht wahrhaftig zu weit.«

»Ich habe nichts Schlimmes getan.«

»Du hast mir gesagt, dass du diesen Mann hier liebst und denkst, es könnte etwas Festes mit euch werden. Und jetzt erzählt mir gerade dieser Mann ohne jede

Gefühlsregung, dass du gelegentlich bei einem anderen schläfst?«

»Gerd und ich sind nur Freunde, zwischen uns passiert nichts, wir tanzen miteinander, das war's.«

»Hatte Vater am Ende doch recht damit, dass du besser heimkommst? Das alles aufgibst? Was für ein Leben führst du hier eigentlich?«

»Ein unabhängiges, in dem ich weder dich noch Ricardo um Erlaubnis bitten muss, mit wem ich meine Zeit verbringe.«

»Untersteh dich, Karina.«

»Ja, was sonst? Brichst du auch noch mit mir? Weil ich bei einem Freund auf dem Sofa geschlafen habe?«

Lennart seufzte, als müsste er sich sammeln. Er rieb sich die Nasenwurzel und schloss kurz die Augen, sah müde und mitgenommen aus. Offenbar hatte er sich wirklich Sorgen gemacht. Karina tat das leid, sie wäre heimgekommen, hätte sie geahnt, dass er sie an diesem Abend besuchte. Aber nun konnte sie es eben nicht mehr ändern.

»Ist noch Kaffee da?«, wagte sie zu fragen.

Lennart schien fast erleichtert darüber, dass es sie nach etwas so Banalem verlangte, und er nickte. »Ja, in der Kanne. Deine Zimmerwirtin hat welchen gekocht.«

Karina schenkte sich eine Tasse ein, goss auch seine wieder auf. Der Kaffee war gut, sehr stark und belebend.

»Was ist das zwischen dir und diesem Ricardo Liverani?«

Karina nippte erneut an dem heißen Kaffee. »Ich liebe ihn.«

»Und er liebt dich nicht, daher willst du ihn eifersüchtig machen? Macht nicht den Eindruck, als würde dir das gelingen.«

»Das ist es auch nicht. Ihm gefällt nicht, dass ich mit Gerd zusammen ausgehe, und erst recht nicht, wenn ich bei ihm übernachte, aber er nimmt es hin. Ihn eifersüchtig machen zu wollen wäre kindisch und würde bei ihm nicht funktionieren.«

»Die Gefühle sind also einseitig?«

»Das weiß ich nicht. Manchmal denke ich, dass er mich auch liebt. So richtig verstehe ich ihn nicht.«

Lennart lehnte ihr schräg gegenüber an der Anrichte, wirkte nachdenklich. »Er ist deutlich älter als du.«

»Gut zehn Jahre.«

»Vielleicht ist das zu viel. Möglicherweise ist es besser, du suchst dir jemanden in deinem Alter. Er war im Krieg, nicht wahr? Es kann sein, dass das zwischen euch steht.«

Sie wollte ihm nicht erzählen, dass Ricardo sie mit einer anderen Frau betrogen hatte. Solange sie selbst nicht wusste, wie es nun weiterging, wollte sie seine Meinung dazu nicht hören, zumal sie ahnte, wie diese ausfallen würde. Lennart würde in dieser Hinsicht sehr unduldsam sein.

»Wenn es jetzt schon so kompliziert ist«, fuhr er fort, »wie soll das erst werden, wenn ihr fest zusammen seid?«

Karina wusste darauf keine Antwort.

»So geht es auf jeden Fall nicht, Karina. Diesen Lebenswandel kann und werde ich nicht unterstützen.«

»Das Tanzen tut mir gut, ich brauche das.«

»Niemand verbietet es dir, zu tanzen.«

»Soll ich lieber im Dunkeln mitten in der Nacht allein nach Hause kommen? Es ist sicherer bei Gerd. Und ich kann nicht immer verlangen, dass er mich nachts noch durch die Gegend kutschiert. Es ist schon sehr nett von ihm, mich morgens heimzubringen. Schließlich arbeitet er auch viel und steht mir zuliebe früher auf.«

Lennart stellte seine Tasse in die Spüle. »Ich bezahle dir das Moped und den Führerschein dazu. Dann bist du unabhängig.«

Karina wollte ablehnen, wollte ihm sagen, dass sie durchaus in der Lage war, selbst für sich zu sorgen. Aber sie blieb stumm. Das Angebot war einfach zu verlockend.

»Dafür wirst du deinen Lebenswandel jedoch wieder etwas stärker an den Normen ausrichten.«

»Ich wusste gar nicht, dass du so konservativ bist.«

»Ich bin nicht konservativ, ich möchte nur nicht, dass über dich schlecht geredet wird, was nicht nur dir, sondern auch deinem Café schaden würde. Niemand wird schärfer gemustert als eine alleinstehende Frau, die finanziell unabhängig ist.«

Nickend gab Karina ihr Einverständnis, blieb dabei vage, wie weit dieses gehen würde.

»Es tut mir leid, dass er dich geweckt hat«, sagte Karina später im Café zu Ricardo, weil sie wusste, wie schwer es für ihn in letzter Zeit war, überhaupt mal eine Nacht durchzuschlafen.

»Nicht schlimm.« Er sah müde aus, erschöpft.

»Wir müssen noch die Karte durchgehen, die wir ab Oktober anbieten.«

»Das können wir heute Abend machen, wenn du Zeit hast.« Ein kleiner Seitenhieb auf all die Nächte, die sie außer Haus verbrachte, aber Karina steckte ihn schweigend weg.

Sie hatte einige Ideen, die sie gerne umsetzen wollte. Ganz verbannen wollten sie kalte Desserts nicht. Es würde Honig-Mandel-Parfait geben, kleine Eisportionen, die zur Jahreszeit passten, so wie Kaffeeeis oder Maroneneis. Darüber hinaus wollte Karina neben Mousse au Chocolat auch Mousse au Thé anbieten. Das Rezept dafür hatte ihr ein Lehrer ihrer alten Schule verraten, der eine Schwäche für ausgefallene Desserts hatte. Man übergoss hochwertigen Tee mit heißem Wasser und ließ ihn zehn Minuten ziehen, damit er sehr stark wurde. Währenddessen kochte man aus Zucker einen Sirup, den man mit dem gut durchgezogenen Tee vermengte, und quirlte ein Eigelb hinein. Diese Masse erhitzte man und schlug sie gleichzeitig zu einer steifen Creme, die man danach vom Feuer nahm und weiterschlagen musste, bis sie erkaltet war. Danach wurde die Masse mit geschlagener Sahne vermischt und kalt gestellt.

Karina verstand sich zudem auf die Zubereitung von Crème bavaroise und anderer Süßspeisen. Rosencreme zum Beispiel. Hierfür kochte man Sahne auf, gab Zucker und Rosenblätter hinzu und ließ sie ziehen. Danach wurde sie durch ein Sieb gegossen, man stellte sie beiseite, bis sie erkaltet war, verquirlte Eidotter und Sahne und gab diese Masse zu der abgekochten Sahnemasse, schlug dann alles über dem Feuer weiter und gab Mehl hinzu, damit die Sahne cremig wurde. Nachdem man sie vom Herd genommen hatte, musste sie fortwährend geschlagen werden, bis sie abkühlte. Dann hob man Eischnee darunter, füllte die Masse in eine mit Zucker bestäubte Form und ließ sie auskühlen. Orangen- und Veilchencreme stellte man auf ähnliche Art her, und bei dem Gedanken an die Aromen von Rosen und Orangen, die bei der Herstellung in der Luft lagen, lief Karina das Wasser im Mund zusammen. Außerdem würden Mandelcreme und Haselnusscreme auf der Karte stehen. Darüber hinaus Kaffeecreme, Teecreme und Orangencreme. Ricardo würde verschiedene Arten von Waffeln anfertigen, wie Vanille-, Nuss- und Schokoladenwaffeln, und natürlich würden sie Heißgetränke anbieten. Karina war zuversichtlich, dass das Café auch im Winter ein voller Erfolg werden würde, sie legten jetzt bereits Werbezettel aus.

»Wenn es nicht funktioniert«, hatte Ricardo gesagt, »dann öffnen wir nur halbe Tage, und ich arbeite wieder nebenher.«

In diesem Fall würde sich auch Karina eine Stelle suchen, es ging schließlich nicht an, dass Ricardo bis in die Nacht arbeitete, um ihr Café zu halten, während Karina sich auf die halben Tage an der Bedienungstheke des Eissalons beschränkte. Aber noch waren sie nicht so weit, und sie wollte sich nicht jetzt schon den Kopf darüber zerbrechen.

Die Atmosphäre des Cafés kam jedenfalls gut an, und

Karina dachte, dass sich auch die Investition in die Jukebox mit dem breiten Repertoire an moderner Musik gelohnt hatte, wobei sie nicht nur auf deutsche Schlager setzten, sondern auch auf Musik aus Amerika. Ab und zu fanden sich auch englische Soldaten und Offiziere in Begleitung junger deutscher Frauen im Eissalon ein. Ihr Vater hätte das vermutlich fast schon als verrucht bezeichnet. An diesen letzten sonnigen Tagen, die derzeit noch eher an den Spätsommer als an den frühen Herbst denken ließen, trieb es schon vormittags viele Gäste zu ihnen, und es war, als mischte sich hier der schwere Duft sonnengesättigter Luft mit den Aromen der verschiedenen Eissorten.

»Gehst du mit mir essen?«, fragte Ricardo sie kurz vor der Mittagspause.

Eigentlich hatte Karina nach Hause gewollt, da sich Franziska angekündigt hatte und diese so wunderbar kochte. Erika und Karina besorgten die Zutaten, aus denen Franziska dann immer etwas Besonderes zauberte. An diesem Tag würde wohl auch Henryk kommen, da er nicht auf den Bau musste. Und da er selbst ein ziemlich guter Koch war, bot er nicht selten seine Hilfe an, wodurch das Essen hier und da eine raffinierte Note bekam. Andererseits konnte sie Ricardo nicht ewig aus dem Weg gehen. Entweder sie klärten die Situation jetzt oder liefen für alle Zeit wie auf rohen Eiern umeinander herum.

»Gerne«, antwortete sie.

Um eins schlossen sie das Café und gingen in ein Restaurant im Zentrum, das fußläufig gut erreichbar war.

Bei der Gelegenheit erzählte Karina, dass ihr Bruder ihr ein Moped kaufen würde, damit sie künftig unabhängig war und nachts auch allein nach Hause fahren konnte.

»Dann hatte der Ärger heute Morgen ja doch sein Gutes«, entgegnete Ricardo.

»Immerhin musste er einsehen, dass mein Lebenswandel vielleicht etwas unkonventionell ist, aber beileibe nicht so liederlich, wie er sich das ausgemalt hat.«

Sie fanden im Restaurant einen Zweiertisch, der einen Ausblick auf die belebte Einkaufsstraße und den Marktplatz bot. Anfangs herrschte Schweigen zwischen ihnen, während sie in der Speisekarte lasen. Nachdem sie die Bestellung aufgegeben hatten und der Kellner mit den Karten verschwunden war, blieb die Stille zwischen ihnen, drückte aufs Gemüt. Karina blickte aus dem Fenster, beobachtete die Leute.

»Ich liebe dich«, sagte Ricardo so unvermittelt, dass Karina ihn nur anstarrte.

»Wie bitte?«, fragte sie lahm.

»Ich liebe dich«, wiederholte er.

Gänsehaut überzog ihre Arme, und sie rieb darüber, als wäre ihr kalt. Ihren Herzschlag spürte sie auf einmal bis in die Kehle. Nachdem sie ein paar Atemzüge lang geschwiegen hatte, konnte sie endlich eine Antwort artikulieren. »Warum sagst du das?«

»Weil ich will, dass du es weißt.«

»Damit es mir schwerer fällt, mit dir zu brechen?«

»Nein, damit alle Karten auf dem Tisch liegen, ehe weitere Entscheidungen getroffen werden. Und ja, natürlich möchte ich nicht, dass du mit mir brichst. Wenn du keine

Gefühle für mich hast, wirst du das aber trotz meines Geständnisses tun, nehme ich an.«

Wieder brauchte Karina einen Moment, ehe sie etwas entgegnen konnte. »Du hast nicht einmal den Versuch unternommen, dein Verhalten zu erklären.«

»Doch, das habe ich, aber du wolltest es nicht hören.«

»Dieses Geschwätz von wegen ›es bedeutete nichts‹ will ich nicht hören, das stimmt. Denn wenn es nichts bedeutet hätte, hättest du es nicht mit ihr getan, sondern dir irgendeine unkomplizierte Bettgeschichte für eine Nacht genommen.«

Es war Ricardo anzusehen, wie schwer ihm die Antwort fiel. »Wir waren während des Krieges ein Liebespaar.«

Karina hatte es geahnt, die Sache ging tiefer als eine kurze Affäre. »Willst du es mir erzählen? Wenn wir schon dabei sind, die Dinge auszusprechen?«

»Es sind schlimme Dinge geschehen … Ich will nicht ins Detail gehen, all das gehört hier nicht her und ist vorbei.«

Der Krieg. Natürlich wusste Karina von all den Gräueln.

»Die Umstände haben dazu geführt, dass wir uns aus den Augen verloren haben. Ich wollte nur noch fort, nachdem alles vorbei war, und habe nie den Versuch unternommen, mich von ihr zu verabschieden. Dadurch blieb vieles zwischen uns offen.«

»Und als sie hierher kam, habt ihr eure Liebesbeziehung wiederaufleben lassen?«

»Nein, wir haben sie zu einem Abschluss gebracht.«

»Dafür musstest du mit ihr schlafen?«

»Nein, natürlich nicht. Aber in dem Moment fühlte es sich an, als sei ich es ihr schuldig, einmal noch, ohne Bitterkeit und Angst, ein Ende, mit dem wir beide unseren Frieden machen konnten.«

Allein es zu hören tat weh. Karina wollte sich nicht vorstellen, wie er eine andere Frau liebte, wie diejenige sich unter seinen Zärtlichkeiten wand.

»Es war nicht geplant, dass du davon erfährst.«

»Soll mich das jetzt trösten?«

»Es soll dir zeigen, dass mir deine Gefühle nicht gleich sind. Und dass sich für mich dabei auch nichts geändert hat.«

»Warum hast du ihr Geld gegeben?«

»Weil sie nichts hat. Sie ist aus Italien fort, nachdem sie dort nicht mehr überleben konnte. Die Menschen in der Region, aus der sie stammt, hungern, die jungen Leute wandern ab in die Städte. Als ihr Cousin durch das Anwerbeabkommen zwischen Deutschland und Italien nach Köln gekommen ist, hat sie ihn begleitet, fort aus dem Elend und der Verzweiflung. Sie dachte, hier hätte sie eine Zukunft, und außerdem wusste sie, dass ich in Deutschland bin. Irgendwann stand sie vor der Tür.«

»Und da hast du prompt mit ihr …«

»Nein«, fiel er ihr brüsk ins Wort. »Ich habe ihr Geld gegeben, mehr nicht. Mehr war auch nicht geplant. Was danach geschehen ist, ist einfach geschehen.«

In diesem Moment wurde das Essen serviert, und zunächst war Karina das durchaus willkommen, denn so musste sie nicht sofort antworten. Sie wägte das Für und Wider ab. Hatten sie sich in einer festen Beziehung befunden? Aus Karinas Sicht war es so, denn immerhin hatte sie mit ihm geschlafen. Andererseits war nie zur Sprache gekommen, was das zwischen ihnen war. Vielleicht hatte sie zu diesem Zeitpunkt mehr Gefühle hineingelegt als er. Dann dachte sie an seine Worte. *Ich bin mit dir zusammen.* Die Vergangenheit war jetzt aber nicht die Frage, sondern wie es mit ihnen weiterging.

»Wenn das mit uns funktionieren soll«, sagte sie schließlich, »dann darf so etwas nicht wieder passieren.«

»Das wird es nicht.« Er sah sie an. »Aber wenn sie Geld braucht, werde ich ihr das nicht verweigern. Ich bin ihr das schuldig.«

»Wir kommen doch selbst gerade so über die Runden.«

»Es läuft immerhin gut genug, damit keiner von uns darben muss, und wenn es sein muss, arbeite ich zusätzlich.«

»Für sie?«

»Ich kann sie nicht hungern lassen.«

»Du bist nicht für sie verantwortlich.« Daraufhin schwieg er erneut, und Karina stieß frustriert den Atem aus. »Ich dachte, ihr Cousin sorgt für sie.«

»Er verdient selbst nur wenig und muss auch Geld nach Hause an seine Familie schicken. Es ist ja nicht so geplant, dass ich sie auf Dauer mitversorge, das würde sie auch nicht wollen. Aber ihrer Familie geht es auch nicht gut, und von dem bisschen, das sie verdient, schickt sie Geld an ihre Eltern und ihre beiden jüngeren Schwestern. Ihre Brüder sind beide gefallen.«

Karina konnte ihm das unmöglich untersagen, ohne sich selbst als Unmensch zu fühlen. Was wusste sie schon von Elend und Existenzängsten? Solange sie lebte, hatte es ihr nie an etwas gemangelt. Schließlich nickte sie.

18

SEPTEMBER 1958

»Bisher bewältigen wir alles hervorragend, auch ohne weitere Hilfe.«

Erika saß mit Ricardo in der Küche, während Karina mit ihrem Bruder ausgegangen war. Sie hatte ins Gespräch gebracht, Franziska im Café einzustellen, da die junge Frau es schwer hatte, eine Arbeit zu finden. Als sie eine zweite Putzstelle angenommen hatte, erkältete sich die kleine Brigitta stark und wurde so fiebrig, dass sie sie unmöglich mit zur Arbeit nehmen konnte. Das Kind musste das Bett hüten, und Franziska verlor die Stelle wieder, weil man lieber jemanden wollte, der zuverlässig zur Arbeit erschien.

»Es kann doch nicht schaden, jemanden einzustellen, der sich auf die Herstellung von süßem Gebäck versteht.«

»Ich verstehe, dass sie dir am Herzen liegt, ich finde sie auch sehr nett, und es tut mir leid, dass sie es so schwer hat, aber wir sind ein Wirtschaftsbetrieb, kein Wohlfahrtsverein. Ich kann sie nicht einstellen, nur weil sie mir leidtut. Sie muss ja auch bezahlt werden, das ist doch der Sinn des Ganzen.«

»Ich dachte, es läuft gut.«

»Ja, zu zweit.«

»Sind denn eure Einnahmen und Ausgaben immer noch deckungsgleich?«

»Nein, schon seit Juli nicht mehr, wir sind nach Abzug aller Kosten im Plus, sodass wir beide Ende des Monats noch ausreichend Mittel haben, um ein wenig Geld zurückzulegen. An diese Reserve wollen wir aber nur im absoluten Notfall. Wenn wir jetzt noch eine Angestellte bezahlen müssen, haben wir diese Reserve bald nicht mehr.«

»Halbe Tage würden ihr schon reichen, die Putzstelle in der Schule hat sie noch.« Erika hatte ihr das Geld für die letzte Miete geliehen, was Franziska zwar sehr verlegen machte, aber da ihr keine andere Wahl blieb, hatte sie das Angebot angenommen.

»Warum ist dir das auf einmal so wichtig?«

»Weil sie jahrelang mit mir im selben Haus lebt, und ich hatte nicht einmal annähernd eine Ahnung davon, wie ihr Leben aussieht, obwohl sie mir immer mal wieder begegnet ist. Man hilft ihr mit den Einkäufen, trägt ihr den Wagen hoch, der ein oder andere tuschelt über den Ehemann, den man seit Jahren nicht gesehen hat, aber niemand hat jemals gefragt, wie es ihr geht. Wäre sie mir nicht zufällig an diesem Morgen über den Weg gelaufen, und hätte ich nicht ihre Verzweiflung bemerkt, wüsste ich es gewiss bis heute nicht.«

»Ich kann mit Karina darüber sprechen, aber vermutlich wird sie das ebenso sehen wie ich.«

»Ihr seid wieder ein Paar?« Dafür sprach zumindest, dass Erika Karina vor einigen Tagen morgens aus seinem Zimmer hatte kommen sehen.

Ein kleines Lächeln spielte um seinen Mund. »Ja.«

»Und diese andere Frau?«

»Das ist geklärt.«

Erika fragte sich, wie er es Karina erklärt hatte, denn so recht hatte er ja nicht mit der Sprache herausgewollt. Aber da sie die Sache nichts anging, schwieg sie dazu. »Ich könnte die Miete halbieren.«

»Wie bitte?«

»Es ist ohnehin nur ein Zusatzeinkommen, mein Gehalt als Lehrerin reicht mir zum Leben, und die Wohnung gehört mir, ich habe also keine Miete zu zahlen.«

»Du verzichtest zugunsten dieser Frau, die du kaum kennst, auf Geld?«

»Ich verzichte auf gar nichts, da ich die Zimmer überhaupt nicht vermieten müsste. Damit leiste ich einen Beitrag zu einer funktionierenden Gesellschaft, in der man für andere, denen es schlechter geht, einsteht. Und ich verliere dabei nichts, sondern verteile nur das Geld zugunsten einer Notleidenden um. Ihr gebt weniger für die Miete aus, dafür kann Franziska ihre Miete bezahlen, ohne das Gefühl zu haben, Almosen zu empfangen.«

»Auch aus dem, was wir einsparen, wird kein Monatsgehalt für eine halbe Stelle. Aber gut, ich werde alles noch einmal ausrechnen, mit Karina sprechen und sage dir dann Bescheid, was sie dazu meint.«

Damit musste Erika sich erst einmal zufriedengeben. Sie ging hoch zu Henryk in die Mansarde. Dabei ging ihr durch den Kopf, was ihr Lene an diesem Tag gesagt hatte. Sie hatten sich über eine Schülerin aus einem schwierigen Elternhaus unterhalten. Irgendwie waren sie dabei auf Eltern im Allgemeinen gekommen und auf ein Elternpaar, bei dem der Mann deutlich älter war als seine Frau, und das hatte Lene wohl zu der Frage geführt, wie es eigentlich um Erika und ihren Geliebten stand, ein Thema, dem Erika in der Regel aus dem Weg ging.

»Du willst wirklich daran festhalten?«, hatte Lene gefragt. »Trotz all der Probleme, die sich daraus ergeben?«

»Welche Probleme sollten das sein, abgesehen von der Engstirnigkeit mancher Zeitgenossen?«

»Du musst mich dabei nicht so anschauen, ich habe im Grunde genommen nichts dagegen, sehe aber die gesellschaftliche Relevanz und die Frage hinsichtlich deines Vorbildcharakters.«

»Glaubst du, meine Schülerinnen suchen sich jetzt allesamt jüngere Liebhaber, nur weil ich einen Mann liebe, der Mitte zwanzig ist?«

»Einen Mann, der vom Alter her eher zu deinen Schülerinnen passt als zu dir.«

Erika war es so leid. »Er hat die Wahl, und er hat sich für mich entschieden, nicht für irgendeinen Backfisch, der gerade dem Schulalter entwachsen ist.«

»Du gehst mit ihm ins Bett, nicht wahr? Der Spaß sei dir unbenommen, ich kann das sogar verstehen. Aber für ihn bedeutet das vermutlich eher, dass er die Erfahrung einer älteren Frau schätzt und es aus reinem Vergnügen heraus tut.«

»Dass er mich liebt, erscheint dir so abwegig, ja?«

»Nein, natürlich nicht, du bist eine sehr attraktive

Frau. Und gewiss werden sich viele Männer in dich verlieben und schon verliebt haben. Aber eben nicht dieser junge Bursche, das passt einfach nicht. Was, wenn er irgendwann Kinder will?«

Obwohl Erika über diese Frage bereits selbst nachgedacht hatte, traf sie das in diesem Moment zutiefst, und sie brauchte einen Moment, um sich zu fangen.

»Es tut mir leid«, kam es von Lene. »Aber er ist jung, er wird Kinder wollen.«

Und die konnte sie, Erika, ihm nicht schenken. Wobei, sie konnte schon, aber sie war in ihrem Alter nicht mehr dazu bereit. Sie fühlte sich nicht mehr imstande, neben einem Säugling die Nächte zu durchwachen. Wenn das Kind eingeschult würde, wären die übrigen Mütter vermutlich zwanzig Jahre jünger als sie.

»Woran denkst du?«, fragte Henryk, während er auf einen Ellbogen gestützt neben ihr im Bett lag und seine Hand liebkosend auf ihrem Bauch ruhte. Unwillkürlich fragte sich Erika, ob es eine instinktive Geste war, die nach etwas fühlte, das nie dort sein würde.

»Ich denke an die Zukunft, daran, wie es mit uns weitergehen wird.«

»Und zu welchem Schluss bist du gekommen?«

Sie sah ihn an, suchte in seinem Blick nach einer Antwort. »Zu dem, dass ich mir ein Leben an deiner Seite wünsche.«

»Dann entsprechen unsere Lebenspläne ja einander.«

Erikas Herzschlag, der sich nach dem Liebesspiel eben erst wieder beruhigt hatte, wurde wieder schneller. Offenbar bemerkte Henryk es, denn er lächelte.

»Es ist nur …« Sie schluckte, setzte noch einmal an. »Ich werde keine Kinder mehr bekommen. Das solltest du vorher wissen.«

Er nickte. »Darüber habe ich mir durchaus Gedanken gemacht. Aber mir ist das Leben mit dir wichtiger, als es Kinder von einer anderen Frau je wären.«

»Ich muss sicher sein, dass du das nicht irgendwann bedauerst.«

»Wir müssen keine eigenen Kinder haben, aber vielleicht könnten wir eine Kriegswaise adoptieren.«

Lange Zeit wäre das unvorstellbar gewesen für Erika, aber nun wies sie diesen Gedanken nicht mehr rundheraus von sich.

»Und vielleicht«, sagte Henryk und verflocht seine Finger mit ihren, »sollten wir unsere Beziehung langsam offiziell machen. Was denkst du?«

Erika dachte an die Kommentare ihrer Freundinnen, und noch etwas anderes fiel ihr ein. »Was werden deine Eltern sagen?«

»Sie werden möglicherweise dieselben Bedenken äußern, die auch dein Umfeld unzweifelhaft bereits zur Sprache gebracht hat. Das soll mich jedoch nicht kümmern.«

Mit geschlossenen Augen genoss Erika seine Liebkosungen, die immer fordernder wurden, bis sie schließlich die Arme um seinen Hals schlang und sie sich ein weiteres Mal liebten. In diesem Moment war ihr egal, was die Leute sagten. Sollten sie lästern, sich das Maul zerreißen, irgendwann würde ihnen das über sein, und sie würden sich daran gewöhnen. Um ihre Arbeit machte sie sich keine Sorgen, schließlich gab es kein Verbot, einen jüngeren Mann zu heiraten, und eine ehrbar verheiratete Frau war mitnichten ein schlechtes Vorbild für ihre Schülerinnen. Was für ein absurder Gedanke.

»Können wir uns das leisten?«, fragte Karina, die dem Gedanken an eine weitere Mitarbeiterin aufgeschlossener gegenüberstand als Ricardo.

»Grundsätzlich könnten wir es stemmen, aber dann bleibt nicht viel übrig, um Geld beiseitezulegen.«

»Aber mit einer gelernten Bäckerin wäre es uns möglich, unser Sortiment zu erweitern. Gerade jetzt im Herbst und Winter sind wir darauf angewiesen und würden vielleicht mehr verdienen, sodass es diese Mehrausgabe wieder ausgleicht.«

Ricardo krauste die Stirn, wirkte nicht überzeugt.

»Wir könnten es doch wenigstens ausprobieren, dann sehen wir ja, ob es funktioniert.«

»Und wenn nicht? Dann entlassen wir sie einfach wieder?«

»Ja. Das ist immerhin besser, als es gar nicht erst zu versuchen, und sie hat dann die Zeit bis zum Frühjahr überbrückt.« Als Ricardo nicht antwortete, stieß sie ihn leicht an. »Nun komm schon. Zum Unternehmergeist gehört auch eine gewisse Risikobereitschaft.«

Er saß auf dem Stuhl an seinem Schreibtisch und sah sie an mit einem Lächeln, das ein klein wenig anzüglich war. »Ich finde es entzückend, wenn du von Unternehmergeist und Risikobereitschaft sprichst und dabei im Nachthemd auf meinem Bett sitzt.«

Sie warf das Kissen nach ihm. »Du bist unanständig.«

Sein Lächeln blieb, während er aufstand und zu ihr kam.

»Ich bin heute Abend zu müde«, wehrte sie ab, als er sich aufs Bett kniete.

»Das fängt ja gut an. Wir sind noch nicht einmal verheiratet.«

Sie musste lachen und streckte sich dann gähnend. »Es ist spät, und morgen müssen wir einigermaßen früh raus. Auch das würde übrigens für eine Mitarbeiterin sprechen, wir könnten ab und zu mal ausschlafen.«

»Das stimmt.« Ricardo schlug die Decke zurück und legte sich hin. »Bleibst du hier?«

»Wenn du versprichst, dass du deine Hände bei dir behältst. Ich bin wirklich müde.«

»Ich werde überaus anständig sein.«

Karina legte sich neben ihn und kuschelte sich unter die Decke. »Lennart war übrigens fast erleichtert, dass wir jetzt ein richtiges Paar sind. Offenbar denkt er, dass mein Lotterleben nun ein Ende hat.«

»Und? Hat es?«

»Ich werde weiterhin tanzen gehen, also bilde dir nur keine Schwachheiten ein.«

»Und wirst du weiterhin bei ihm übernachten?«

Karina amüsierte es immer ein wenig, dass er es partout vermied, Gerds Namen auszusprechen. »Ich bekomme ja demnächst mein Moped.«

Dass sie damit nachts allein durch die Gegend fuhr, war ihm wiederum auch nicht recht, das hatte Karina bereits seinen Andeutungen zu dem Thema entnommen. Aber wessen Problem war das? Ihres jedenfalls nicht.

Karina wurde wach, als jemand sehr nachdrücklich an ihre Wohnungstür hämmerte. Schlaftrunken richtete sie sich auf, blinzelte in die Dunkelheit. Auch Ricardo regte sich, stöhnte leise, ehe er den Kopf hob. Offenbar brauchte er länger, um sich aus seinen Träumen zu lösen. Wieder schlug jemand mit der Faust gegen die Tür und drückte dann anhaltend die Klingel.

»Wie viel Uhr ist es?«, murmelte Karina.

Ricardo schaltete das Licht der Nachttischlampe ein und sah auf den Wecker. »Gleich vier.« Er schlug die Decke zurück und stand auf, während das Hämmern wieder zunahm.

Karina eilte in ihr Zimmer, um ihren Morgenmantel überzuziehen. Sie schlüpfte gerade in den zweiten Ärmel, als sie die aufgelöste Stimme eines Mannes hörte. Im Flur stehend, erkannte sie Alfred Klawitz, der einen karierten Pyjama trug und dessen Haar wirr vom Kopf abstand. Seine Stimme zitterte, kippte fast über, als er erzählte, dass seine Frau im Badezimmer gestürzt sei. Er hätte sie gerade gefunden, als er zur Toilette musste, und da hätte sie dagelegen. Beim Sprechen verhaspelte er sich, griff gleichzeitig nach Ricardos Arm.

»Ich kann sie allein nicht hochheben.«

Ohne zu zögern, kam Ricardo mit ihm, und nachdem Karina den Wohnungsschlüssel eingesteckt hatte, folgte sie ihnen, ungeachtet dessen, dass sie barfuß war und nur einen Morgenmantel trug. Mittlerweile standen auch die übrigen Nachbarn auf dem Flur. Franziska blickte sorgenvoll das Treppenhaus hoch, während Herbert Breuer auf der Treppe stand, hinter ihm ängstlich geduckt seine Frau. Eine der Witwen rief von unten her: »Hast du diesen Lärm gemacht, Klawitz?«

Schritte auf der Mansarde verrieten, dass das Hämmern und Klingeln auch oben zu hören gewesen war, und da Erika ihren Geliebten unmöglich begleiten konnte, saß sie wohl gerade oben und musste sich fragen, wer so dringend Zutritt zu ihrer Wohnung begehrte.

Die Wohnung des Ehepaars Klawitz war um ein Zimmer kleiner als die von Erika, und hier drin wirkte alles gediegen und offenbar noch dem Zeitgeist entsprechend, der vor einigen Jahrzehnten modern gewesen war. Da Karina nicht aufdringlich sein wollte, blieb sie an der Wohnungstür stehen. Henryk trat zu ihr.

»Was ist passiert?«

»Seine Frau ist gestürzt, und er kann sie allein nicht hochheben.«

Ohne weiter zu fragen, ging Henryk an ihr vorbei in die Wohnung und folgte dem alten Mann und Ricardo. Karina blieb stehen, die Arme um den Oberkörper geschlungen. Im September konnte es nachts im Hausflur schon empfindlich kalt werden, und ihr kroch eine Gänsehaut die Beine hoch.

»Was ist denn los?« Eine der Witwen war die Treppe hochgekommen und stellte sich zu ihr. Erna Winter, wenn sich Karina richtig erinnerte.

»Frau Klawitz ist wohl umgekippt.«

»Ach, die Ärmste. Sie sah schon seit Tagen so blass aus.«

Von der Tür her war zu sehen, wie Ricardo die Frau über den Flur trug, während Henryk den alten Mann stützte. Erna Winter sah Karina an.

»Haben Sie ein Telefon?«

Karina nickte.

»Dann rufen Sie einen Rettungswagen.«

Erleichtert, etwas tun zu können, lief Karina in ihre Wohnung. Danach stand sie bis zum Eintreffen des Rettungswagens im Hausflur und wartete. Sie hatte sich ihre warmen Stiefel angezogen und bot vermutlich einen sehr seltsamen Anblick mit dem zerzausten Haar, dem wattierten Morgenmantel und den Stiefeln. Franziska war zurück in ihre Wohnung gegangen, aus der das Weinen eines Kindes drang. Herbert Breuer war zu Alfred Klawitz in die Wohnung getreten, und mittlerweile war auch Erika erschienen, nachdem Henryk nach oben gegangen und ihr offenbar gesagt hatte, dass sie ungesehen die Treppe hinuntergehen konnte.

Lieselotte Klawitz wurde auf einer Trage aus dem Haus gebracht, und Erika machte sich daran, dem stammelnden und schluchzenden Alfred Klawitz einen Tee zu kochen.

»Niemand weiß, wie lange sie schon dort gelegen hat«, erklärte Ricardo, als er mit Karina in die Wohnung ging. Erna Winter war bei Alfred Klawitz und bot an, die Nacht über bei ihm zu bleiben und sich um ihn zu kümmern.

»War immer schon eine Liederliche, die Erna«, rief

eine der beiden anderen Witwen. »Als alleinstehende Frau bei einem verheirateten Mann – die ganze Nacht! Spekuliert wohl auf die Nachfolge der armen Lieselotte.«

»Gütiger Himmel, sie ist neunundachtzig!«, antwortete Frau Breuer.

Karina schüttelte nur den Kopf.

»Sie war ganz kalt«, sagte Ricardo, nachdem er die Tür zum Hausflur geschlossen hatte. »Keine Ahnung, ob sie überhaupt wieder zu sich kommt. Ihr Puls ging sehr schwach, und das Gesicht wirkte schief.«

Seufzend ließ sich Karina auf einem Stuhl in der Küche nieder. An Schlaf war nicht mehr zu denken. Sie hörte Frauenstimmen auf dem Flur, ein Mann, der mit unwirscher Stimme dazwischenging.

»Ich mag Alfred Klawitz nicht«, gestand sie. »Aber jetzt tut er mir doch leid.«

»Ja, mir auch.«

Ricardo bereitete heiße Schokolade zu, reichte ihr einen Becher und setzte sich ihr gegenüber. »Für einen Moment dachte ich, er muss auch ins Krankenhaus, er wirkte vollkommen verwirrt.«

»Was auch kein Wunder ist.«

»Da haben wir diesen langen Krieg hinter uns, und trotzdem vergessen wir, wie schnell das Leben vorbei sein kann.« Ricardo sah in seine Tasse, wirkte, als sei er mit seinen Gedanken weit weg.

»Wir sollten zu meinen Eltern fahren, und ich stelle dich offiziell vor.«

Er sah auf. »Wie bitte?«

»Wenn wir wirklich zusammen sein wollen, sollten wir nicht unsere Zeit damit vertun, darauf zu warten, dass mein Vater sich rührt. Ich stelle dich offiziell vor, damit sie wissen, dass mein Entschluss feststeht und ich nicht davon abrücke.«

»Wie kommst du auf einmal darauf?«

»Mir wird gerade wieder bewusst, wie kostbar die Zeit ist, die man hat. Ich will mich nicht verstecken und ständig darauf bedacht sein müssen, dass niemand merkt, dass ich mit dir zusammen bin. Dass niemand mich für liederlich hält, weil ich deine Hand halte oder dich küsse. Immer den Gedanken im Hintergrund, wie sich mein Ruf auf das Geschäft auswirkt. Das ist ermüdend, und ich will das nicht mehr.«

Ricardo nickt nur.

»Oder ist es dir doch nicht so ernst?«

»Natürlich ist es das. Nach allem, was passiert ist, sollte dir das doch klar sein.«

»Dann machen wir es so?«

Ein winziges Lächeln nistete sich in seine Mundwinkel. »Ja, so machen wir es.«

19

OKTOBER 1958

Ricardo hatte nachgegeben und Franziska eingestellt. Die junge Frau war ganz außer sich vor Freude und brachte sich mit viel Begeisterung in das Café ein. Sie bekam einen Platz in der Fertigung, wo sie Backwaren herstellen konnte. Da im Herbst und Winter nur noch eine der Eismaschinen laufen würde und die meisten Utensilien für die Eisherstellung weggeräumt worden waren, gab es ausreichend Platz für die Herstellung der Süßwaren. Die Kaffeezubereitung übernahm weiterhin Ricardo, der sich als Einziger von ihnen auf italienische Kaffeespezialitäten verstand.

Dass es ihnen viel Arbeit abnahm, nun zu dritt zu arbeiten, konnte Ricardo nicht leugnen, und er gab freimütig zu, dass sich seine Zweifel wohl als nichtig herausstellten, das Geld reichte, wenngleich sehr knapp. Sparen konnten sie zwar zu Beginn nicht, aber sie mussten auch nicht darben. Immerhin kamen auch im Herbst Besucher, das ließ hoffen.

Seit jener Nacht, als Lieselotte Klawitz ins Krankenhaus gekommen war, hatten sie in Erikas Wohnung öfter die Nachbarn zu Besuch als je zuvor. Man müsse dem armen Alfred schließlich helfen, so der einhellige

Tenor der Witwen. Erna Winter geriet geradezu aus dem Häuschen, als sie erfuhr, dass Karina eine Tochter des Hotels Oedinghof war.

»Dort war ich als junge Frau mit meinem Liebhaber«, gestand sie augenzwinkernd. »Natürlich logierten wir dort als Ehepaar, während meine Eltern dachten, ich sei mit einer Freundin am Meer.« Sie wirkte einen Moment lang verträumt, als sie den schönen Erinnerungen nachhing. »Den Joachim habe ich übrigens in einem Eiscafé kennengelernt.« Joachim war ihr späterer Ehemann. »Wir sind nach Schlesien gezogen zu seiner Familie.« Ihr Mann war kurz vor Kriegsende gestorben, hatte die Strapazen der Flucht nicht überstanden. Daraufhin war Erna mit dem bisschen, was sie nach dem Überfall der Russen hatte zusammenklauben können, nach Bonn zu ihrer Cousine gekommen, hatte ihr Bündel dort abgestellt und gesagt: »Hier bin ich, und hier bleibe ich.«

Sie hatte bereits herausgefunden, dass Erika und Henryk ein Paar waren. »Ich bin mir sicher, sie schlafen miteinander, sie haben beide diesen Blick.« Daraufhin taxierte Erna Karina auf eine Art, die diese erröten ließ, woraufhin die alte Dame mit unverhohlener Belustigung reagierte. »Na, das lassen Sie mal besser nicht den gestrengen Herrn Papa wissen. Falls sich die Sitten der von Oedinghofs nicht deutlich gelockert haben, dürfte man dort wenig begeistert sein, wenn die Tochter auf Abwege gerät.«

»Dafür ist es schon zu spät«, hatte Karina daraufhin gestanden. »Ich musste meine Ausbildungsstelle aufgeben, weil ich mit meinem Lehrer erwischt wurde.«

Erna Winter lachte und schlug begeistert in die Hände.

Für Lieselotte Klawitz war die Sache indessen nicht sehr erfreulich ausgegangen. Zwar hatte sie überlebt, befand sich nun aber in einem Pflegeheim, und es ging ihr, nach Aussage von Frau Breuer, nicht besonders gut. Sie konnte nicht sprechen, teilte sich aber mit Blicken ausreichend mit, um ahnen zu lassen, wie es um ihren Gemütszustand bestellt war. Hoffnung auf eine Genesung machten die Ärzte nicht, man solle ihr die verbleibende Zeit einfach so schön wie möglich machen.

»So gut das eben geht, wenn man in einem Pflegeheim liegt«, sagte Erna Winter. »Aber der Alfred wäre hoffnungslos überfordert.«

»Mir tut der Alte auch leid«, sagte Franziska, »aber ich komme mir ganz schlecht vor, wenn ich sage, dass ich ihn trotzdem nicht mag. Er war so garstig zu mir und den Kindern, hat immer geschimpft und die Kleinen angeraunzt, wenn sie nicht auf Zehenspitzen die Treppe hoch sind. Und er hat immer sehr deutliche Andeutungen gemacht, was er von Frauen hält, die von ihren Männern verlassen werden.«

»Ich mag ihn auch nicht«, gab Karina zu. Leidtat er ihr dennoch, und auch seine Frau, von der man nie viel mitbekommen hatte, da sie sich immer verhuscht im Hintergrund gehalten hatte.

»Nett war er wirklich nie«, sagte auch Henryk, als sie eines Abends alle zusammen in Erikas Esszimmer saßen. Franziskas Kinder schliefen bereits.

»Nein«, bestätigte Erika, »das war er nicht. Mir tut seine Frau auch deutlich mehr leid als er. Sie liegt da, und niemand weiß, was sie mitbekommt und ob ihr bewusst ist, dass sie eine Gefangene in ihrem Körper ist.«

»Ist sie gelähmt?«

»Halbseitig, wie es aussieht.« Erika schnitt den Braten auf, für den sie mit Karina, Henryk und Ricardo zusammengelegt und den Franziska zubereitet hatte. »Um Alfred Klawitz kümmern sich die Leute hier, und sein Sohn hat sich wohl gemeldet und wird demnächst kommen.«

»Sie haben einen Sohn?«

»Sie hatten vier, aber nur einer hat den Krieg überlebt. Lieselotte Klawitz erzählte mal, dass er in Amerika lebt. Mit seinem Vater hat er sich wohl schon vor dem Krieg zerstritten. Frau Breuer meinte, der Sohn sei ein sehr entschiedener Gegner der Regierung gewesen und hatte wohl Kontakt mit Widerständlern aus Frankreich und Italien.«

Karina bemerkte, dass Ricardo blass wurde und diesen fahrigen Blick bekam, den er stets hatte, wenn vom Krieg die Rede war. Sie warf ihm über den Tisch hinweg ein Lächeln zu, das er nach kurzem Zögern erwiderte, den Blick immer noch wie durch sie hindurch gerichtet. Immerhin hatte er diese Frau aus seiner Vergangenheit nicht mehr gesehen, offenbar brauchte sie gerade kein Geld.

»Henryk und ich werden heiraten«, sagte Erika, nachdem sie jedem Braten und Beilagen auf die Teller gelegt hatte.

Erst herrschte kurze Stille, dann gratulierte Franziska als Erste, gefolgt von Karina und Ricardo.

»Man kann nicht gerade behaupten, das käme überraschend«, sagte Ricardo mit einem Zwinkern.

»Oh, für meine Eltern kam es absolut überraschend«, sagte Henryk. »Ich war am Wochenende bei ihnen, um es ihnen persönlich zu sagen.«

»Eigentlich wollte ich ihn begleiten«, fügte Erika hinzu.

»Aber ich konnte die Reaktion meiner Eltern nicht vorausahnen, und da wollte ich Erika eine unliebsame erste Begegnung lieber ersparen. Mir war allerdings auch klar, dass es egal ist, was sie sagen, ich wollte sie lediglich in Kenntnis setzen. Erstaunlicherweise waren sie ganz aus dem Häuschen vor Freude.«

»Uns ist schon bewusst«, sagte Erika, »dass es etwas unkonventionell ist, und ich denke, meine Freundinnen werden es uns schwerer machen als Henryks Familie.«

»Das soll euch nicht kümmern«, sagte Karina.

»Genauso ist es«, antwortete Henryk. »Wenn man nach den Zeiten, die hinter uns liegen, das Glück zu fassen kriegt, sollte man es um jeden Preis festhalten und nicht zulassen, dass es einem durch die Finger rinnt, nur weil einige Menschen zu engstirnig sind, es einem zu gönnen.«

Karina freute sich aufrichtig für die beiden, während es ihr gleichzeitig einen Stich versetzte, wenn sie an ihre eigene Familie dachte. Beim Essen sprachen sie über die Heiratspläne der beiden, kamen dabei auf Henryks Heimatstadt, und es stellte sich heraus, dass er und Franziskas Ehemann gemeinsame Bekannte hatten. Das führte die Unterhaltung zu ihrer Trennung, ihrer Arbeit, zu dem Café und schließlich zu Karina und Ricardo.

»Was für uns gilt«, sagte Erika, »gilt natürlich auch für euch.«

»Das Glück mit beiden Händen packen?«, fragte Ricardo. »Nun, wir tun unser Bestes, nicht wahr?« Dabei sah er Karina an.

Karina hatte sich Henryks Worte zu Herzen genommen und am kommenden Tag im Hotel angerufen, um ihrer Mutter ihren Besuch anzukündigen. »Ich bringe jemanden mit«, hatte sie gesagt, und ihre Mutter hatte versprochen, dass alles zum Nachmittagskaffee bereit sein würde.

»Wird Papa auch da sein? Oder nimmt er Reißaus, sobald die Rede auf mich kommt?«

»Natürlich wird er da sein. Er wünscht sich eine Aussöhnung ebenso wie du.«

Dazu sollte er nun die Gelegenheit bekommen. Obwohl Karina furchtbar nervös war, so freute sie sich doch auch auf ihre Familie, darauf, endlich alles in geregelte Bahnen zu führen. Ihr Vater hatte ihr Tun noch vor Kurzem als Narretei abgetan, aber das Café hielt sich, sie hatten eine gelernte Bäckerin eingestellt, und mit ihr und Ricardo funktionierte es auch. Er konnte sich nicht weiterhin querstellen.

Auf ihre Garderobe wandte sie an diesem Tag besonders große Sorgfalt an, entschied sich für ein taubenblaues Kleid, das um die Taille mit einem dunkler nuancierten breiten Band abgesetzt war, ein Farbton, der sich am Kragen und an den Ärmelaufschlägen wiederfand. Ihr Haar drehte sie ein, sodass es mit Seitenscheitel glatt fiel und in großen Locken auslief, die sie mit einer Spange aus dem Gesicht hielt. Dazu trug sie silberne Ohrstecker und eine dazugehörige Kette. Als sie in ihre Pumps schlüpfte, schlug ihr das Herz bis zum Hals.

»Du bist kreidebleich«, sagte Ricardo, als sie ihn im Flur traf. Er sah blendend aus in dem legeren Nachmittagsanzug, über dem er einen leichten Herbstmantel trug.

»Ich bin so aufgeregt«, antwortete sie und presste die Hand auf ihre Brust, als könnte sie mit dieser Geste ihr Herz dazu bringen, ruhiger zu schlagen.

Eigentlich hatten sie das Café für den Nachmittag schließen wollen, aber Franziska hatte sie überredet, es sie für einen halben Tag allein versuchen zu lassen. Mit der Kasse kam sie zurecht, die Süßspeisen waren am Tag zuvor vorbereitet worden – was sollte also schiefgehen? Karina und Ricardo hatten schließlich eingewilligt, und so würde das Café wie gewohnt öffnen.

An diesem Tag gönnten sie sich eine Taxifahrt, um nicht abgehetzt am Bahnhof anzukommen. Mit dem Zug ging es dann weiter nach Koblenz, wo sie von Lennart am Bahnhof empfangen wurden. Er freute sich unübersehbar über den Besuch seiner Schwester.

»Wie ist Papa gelaunt?«, fragte Karina, als sie auf dem Beifahrersitz Platz nahm.

»Das lässt sich schwer sagen, du kennst ihn ja, er trägt das Herz nicht gerade auf der Zunge. Aber ich glaube, er freut sich, dass du kommst. Übrigens haben sich auch unsere Großeltern angemeldet.«

»Ach, Lennart, bitte nicht!«

»Sie haben gehört, dass du kommst, da war natürlich kein Halten mehr.«

Das konnte Karina sich lebhaft vorstellen. Endlich ergab sich die Gelegenheit, der Enkelin zu sagen, was man von ihrem Lebenswandel hielt, die durfte man sich nicht entgehen lassen. Sie drehte sich zu Ricardo um, der auf dem Rücksitz saß. »Ich hoffe, das macht dir nichts aus? Sie können wirklich garstig sein.«

»Ich denke, ich habe schon Schlimmeres erlebt.« Er wirkte deutlich ruhiger als Karina, die so nervös war, dass ihre Hände schon leicht zitterten. Das war doch wirklich zu dumm, sie trat hier ihrer Familie gegenüber und nicht irgendeinem Tribunal.

Als Lennart vor dem Hotel vorfuhr, verdrängte das Gefühl von Heimkehr und Vertrautheit für einen Augenblick die Aufregung. Karina blieb kurz stehen und sah die Fassade hoch, die vom weichen Licht der Herbstsonne beleuchtet wurde. Das Laub der Bäume um den Hof leuchtete in rötlich goldenen Farben, in dekorativ aufgestellten Kübeln wuchs Heidekraut. Karina legte die Hand in Ricardos Armbeuge und trat an Lennarts Seite durch das Portal, wurde im Hotel voller Freude vom Concierge und den Rezeptionisten begrüßt mit einer Herzlichkeit, die auch Ricardo mit einbezog. Ihn trafen viele neugierige Blicke, auch von den Pagen und Zimmermädchen, die vorbeieilten.

Nachdem Karina einige höfliche Worte gewechselt hatte, ging sie mit Ricardo und Lennart in die Privaträume ihrer Eltern, wo im eleganten Salon bereits der Kaffeetisch gedeckt war. Moderne Sessel gruppierten sich um einen niedrigen Tisch, und alles im Raum versprühte Gediegenheit und Reichtum, der sich zurückhaltend und geschmackvoll präsentierte. Ihre Mutter hatte immer schon ein Händchen dafür gehabt.

Sie war es auch, die als Erste den Raum betrat und Karina fest an sich drückte. »Wie schön, dich endlich wiederzusehen.«

Karina verkniff sich die Bemerkung, dass sie sich ja längst hätten sehen können, wenn ihre Mutter nicht so strikt den Vorgaben ihres Vaters folgen würde. Aber sie schwieg, weil sie keinen Unmut in die Begegnung bringen wollte. Ihre Mutter war eben anders aufgewachsen, und dass sie sich nicht offen auflehnte, hieß nicht, dass sie alles guthieß, was ihr Vater tat.

Helene von Oedinghof musterte Ricardo mit einem Lächeln und reichte ihm die Hand. »Es freut mich sehr.«

Wie ihr Urteil ausfiel, konnte Karina dem Blick nicht entnehmen. Ihre Mutter konnte eine perfekte Fassade wahren, wenn sie wollte. Allerdings hatte sie Karina schon am Telefon gesagt, dass es für sie nicht weiter ins Gewicht fiel, dass Ricardo deutlich älter war, ein Mann durfte ruhig etwas erfahrener sein. Weitere Details hatte sie sich aber nicht entlocken lassen, hatte nur gesagt, sie würde den Mann erst kennenlernen wollen, ehe sie sich ein Urteil erlaubte.

Als kurz darauf Karinas Vater eintrat, war es, als fiele die Temperatur im Raum, darüber konnte auch sein Lächeln Karina gegenüber nicht hinwegtäuschen. Er gab Ricardo zwar höflich die Hand, wirkte dabei aber kühl und distanziert.

»Bitte, nehmt doch Platz.«

Karina hatte sich gerade mit Ricardo hingesetzt, als ihre Großeltern eintraten, in die Runde grüßten und dann erst Karina und schließlich Ricardo taxierten. Es war ihrer Großmutter anzusehen, dass sie gerne etwas gesagt hätte, es sich aber verkniff. Offenbar hatte Karinas Vater entsprechende Anweisungen gegeben, nicht gleich zu Beginn einen Streit vom Zaun zu brechen.

»Wo ist Fenja?«, fragte die alte Frau stattdessen an Lennart gewandt.

»Im Schokoladenpavillon.«

»Keinen Familiensinn, nach wie vor«, nörgelte Karinas Großmutter.

Lennart atmete langsam aus, antwortete jedoch nicht, offenbar nicht gewillt, jetzt wegen Fenja in Streit zu geraten, wenn das hier Karinas Nachmittag sein sollte.

»Ich vermute, das ist nicht der Lehrer, mit dem du Unzucht getrieben hast?« Ihre Großmutter konnte es einfach nicht lassen, daran änderte auch der Blick ihres Vaters nichts.

»Ich habe nicht Unzucht getrieben«, antwortete Karina mit erzwungener Ruhe. »Und nein, das ist nicht der Lehrer, in den ich kurzzeitig verliebt war.«

»Weiß er überhaupt davon?« Wieder dieses Nicken in Ricardos Richtung.

»*Er* heißt Ricardo Liverani«, entgegnete Karina, »und spätestens jetzt wüsste er davon.«

»Können wir das Thema nun ruhen lassen?«, bat Helene von Oedinghof und schenkte jedem Kaffee ein. »Mit Milch und Zucker?«, fragte sie an Ricardo gewandt.

»Schwarz, bitte.«

Sie reichte ihm die Tasse und gab mit einer Zange feines Buttergebäck auf einen kleinen Teller, den sie auf seine Seite des Tisches stellte. Nachdem alle versorgt waren, räusperte sich Arvid von Oedinghof und sah Karina an.

»Du hattest um dieses Familientreffen gebeten. Hast du etwas Besonderes auf dem Herzen?«

Karina nahm Ricardos Hand, gebot ihm damit, zu schweigen, da sie reden wollte. »Ich möchte euch Ricardo vorstellen. Wir haben uns, wie ihr wisst, in Bonn kennengelernt. Er ist gelernter Gelatiere und …«

»Das sind die, die mit einem Fahrrad herumfahren und Eis verkaufen, ja?«, ging die Großmutter dazwischen.

Karina atmete tief ein und aus. »Ja, ganz recht.«

»Dann sag doch Eisverkäufer und tu nicht so, als sei das so etwas wie ein Confiseur oder jemand aus der gehobenen Gastronomie, in die du ja ursprünglich wolltest.«

»Wie auch immer«, fuhr Karina fort, »er ist …«

»Das hattest du ja jetzt schon«, ging ihre Großmutter erneut dazwischen.

»Jetzt lass das Kind doch mal ausreden«, mischte sich ihr Großvater ein.

»Ich …« setzte ihre Großmutter an, aber nun gebot Arvid von Oedinghof ihr mit einer knappen Handbewegung, zu schweigen.

»Dürfen wir ihr nun weiter zuhören? Oder möchtest du die Sätze für sie zu Ende führen?«

Verstimmt schwieg ihre Großmutter, und Karina, deren Finger sich mittlerweile so fest um Ricardos geschlungen hatten, dass ihre Knöchel weiß hervortraten, setzte erneut an. »Er ist gelernter Gelatiere, und wir haben gemeinsam ein Eiscafé eröffnet, das sehr gut läuft, den Eissalon.«

»Wie kreativ«, spottete ihre Großmutter.

»Das reicht jetzt«, sagte Arvid von Oedinghof. »Soll ich das Gespräch mit Karina allein in der Bibliothek fortsetzen?«

»Wir arbeiten nicht nur zusammen«, erklärte Karina, »wir möchten auch gerne unser Leben miteinander verbringen. Daher bin ich hier. Ich möchte den familiären Segen für unsere Verbindung und wäre dankbar, wenn ihr mich nicht weiterhin ausschließen würdet, nur weil ich eine Wahl getroffen habe, die anders ist als die, die ihr euch für mich vorgestellt habt.« Karina sah ihre Eltern erwartungsvoll an. »Ihr habt doch damals auch nicht das getan, was eure Eltern ursprünglich für euch geplant hatten.«

»Das kannst du ja wohl unmöglich vergleichen!«, rief ihre Großmutter.

»Was ist mit Ihrer Familie?«, wandte sich Arvid von Oedinghof an Ricardo.

»Meine Eltern leben nicht mehr, meine Tanten und Onkel sowie Cousinen und Cousins sind über Europa verteilt.«

»Woher kommen Sie?«

»Aus dem Cadore. Meine Mutter stammt gebürtig aus Hamburg, sie ist aber nach Italien gezogen, als sie meinen Vater kennengelernt hat. Später sind beide nach Deutschland gegangen, in den Dreißigern dann zurück nach Italien.«

»Und sie haben sich hier nach dem Krieg niedergelassen?«

»Ja.«

Karina fragte sich, ob ihr Vater das kurze Zögern bemerkte, das den Worten Ricardos vorausgegangen war.

»Haben Sie im Krieg gekämpft?«, fragte Arvid von Oedinghof.

»Ja.«

»Aufseiten Italiens?«

»Ja.«

»Also gegen die Deutschen?«, mischte sich ihr Großvater ein.

»Italien ist nach dem Waffenstillstand von Cassibile erneut in den Krieg eingetreten, dieses Mal aufseiten der Alliierten«, bestätigte Ricardo.

»Sie sind italienischer Staatsbürger?«, wollte Karinas Großvater wissen.

»Ja.«

»Und wollen eine Deutsche heiraten, obwohl Sie gegen Deutschland gekämpft haben?«

»Können wir das Thema bitte ruhen lassen?«, sagte Helene von Oedinghof. »Der Krieg ist vorbei.«

»Sie sind 1945 nach Bonn gekommen?«, fragte Arvid von Oedinghof.

»Ja.«

»Und haben was getan?«

»Eis verkauft und in einem Restaurant gearbeitet, um für mein eigenes Café zu sparen.«

»Und Sie wollen meine Tochter heiraten?«

»Ja.«

»Verstehe.« Arvid von Oedinghof sah ihn so lange schweigend an, dass Karina unruhig wurde. Sie kannte ihren Vater ausreichend gut, um zu ahnen, dass noch etwas kam. So war es immer, wenn sie als Kinder etwas ausgefressen hatten. Er ließ sich von ihnen alles erzählen, wartete, gab ihnen die Gelegenheit, mit der Wahrheit rauszurücken, ehe er sein Urteil fällte. »Ich befürchte, meine Antwort muss Nein lauten.« Er sah Karina an. »Entschuldige, Liebes. Ich wünschte wirklich, ich könnte anders entscheiden.« An Ricardo gewandt fuhr er fort. »Ich habe Nachforschungen angestellt über Sie. Das musste ich, da klar war, worauf das mit Ihnen und meiner Tochter hinauslaufen würde. Sie saßen im Gefängnis, und das noch ein ganzes Jahr nach Kriegsende. Ich kann Lügner nicht ausstehen, auch wenn mir klar ist, dass man so eine Vergangenheit nicht ohne Weiteres vor anderen ausbreitet. Sie waren im Widerstand. Dagegen ist natürlich nichts einzuwenden, im Nachhinein würde das so manch einer gerne von sich behaupten. Sie haben versucht, nach bestem Gewissen zu handeln, auch das macht Ihnen niemand zum Vorwurf. Aber Sie haben deutsche Soldaten in die Falle gelockt und kaltblütig ermordet, auch Männer, die nicht an der Front waren, sondern nur administrative Aufgaben hatten. Wissen Sie, natürlich wird im Krieg getötet, das allein ist es auch nicht, was man Ihnen zur Last legt.

Aber dieses kaltblütige Morden – wussten Sie, das einer erst siebzehn war? –, das wirft natürlich die Frage auf, was für einen Charakter der Mann hat, den meine Tochter zu ehelichen gedenkt.«

Es herrschte Stille im Raum, und Karinas Finger, die um Ricardos geklammert gewesen waren, erschlafften.

»Sie treffen eine Ihrer damaligen Gefährten noch, nicht wahr? Einmal sogar die ganze Nacht lang in Ihrem Café. Oder war diese Frau einfach nur eine Geliebte, mit der Sie meine Tochter betrogen haben? Allerdings war die Rede davon, dass Sie damals nicht allein gehandelt haben. Die Frau hat die Männer zu Ihnen geführt, Sie haben sie getötet.«

»Ganz so perfide, wie Sie es schildern, war es nicht.« Ricardo war bleich, seine Stimme hatte an Festigkeit eingebüßt.

»Warum hast du mir nichts gesagt?«, fuhr Karina ihren Vater an. »Weil du uns vor der Familie auflaufen lassen wolltest? Damit die Bombe wirkungsvoller platzt?«

»Ich dachte, wenn du selbst merkst, dass das mit euch nichts wird, brauchst du von der Geschichte auch nichts zu wissen. Aber nun, da ihr ernsthaft von einer Ehe sprecht…« Ihr Vater schüttelte den Kopf. »Auf gar keinen Fall. Wenn du das wirklich tust, dann ausdrücklich ohne meinen Segen.« Er erhob sich. »Das Gespräch ist hiermit beendet.« Damit wandte er sich ab, verließ den Salon und ließ eine betäubende Stille zurück.

Erst im Zug nach Bonn konnte Karina zum ersten Mal wieder richtig durchatmen, ohne zu befürchten, jeden Augenblick in Tränen auszubrechen. Nachdem ihr Vater den Salon verlassen hatte, war sie wie vor den Kopf geschlagen gewesen. Das Unbehagen hatte wie eine Glocke über dem Raum gehangen und die Stille in den Ohren gedröhnt. Dann hatte ihre Großmutter irgendeinen gehässigen Kommentar von sich gegeben, der an Karina vorbeigerauscht war und auf den Lennart sehr bissig geantwortet hatte. Da erst war Bewegung in ihre Mutter gekommen, sie war aufgestanden und ihrem Mann hinterhergeeilt, nicht, ohne Karina im Vorbeigehen sanft die Schulter zu drücken.

Ricardo hatte geschwiegen, aber was hätte er auch sagen sollen? Als Karina sich erhoben hatte, um zu gehen, war er ebenfalls aufgestanden, und Lennart hatte sich erboten, sie zum Bahnhof zu bringen.

»Wir reden später in Ruhe«, hatte er gesagt. »Es tut mir sehr leid, ich wusste auch von nichts.«

Karina hatte nur genickt, hatte sich dann aber vom Hoteltaxi fahren lassen, weil sie diese unheilvolle Stimmung nicht auf der gesamten Fahrt bis zum Bahnhof hin ertragen würde. Ihr Bruder sollte lieber mit ihrem Vater sprechen, denn Karina würde es ganz gewiss nicht tun. Sie war fertig mit ihm, und egal, wie gut sie sich früher mit ihm verstanden hatte, sie würde erst wieder mit ihm sprechen, wenn er auf sie zukam. An diesem Tag hatte er nicht nur ihre ausgestreckte Hand weggeschlagen, er hatte ihr zusätzlich noch einen Tritt verpasst.

»Wirst du es mir heute Abend erzählen?«, fragte sie an Ricardo gewandt.

»Ja.« Auch ihm schien das Atmen schwerzufallen, und sie dachte an die Nächte, in denen er schlecht träumte, schrie, schweißgebadet aufwachte. Dass er im Widerstand gewesen war, sprach nach Karinas Dafürhalten unbedingt für ihn. In ihrer eigenen Verwandtschaft väterlicherseits hatte es ausreichend Mitläufer des Regimes gegeben, wenngleich nicht alle es laut aussprachen. Ihre Großmutter hatte sympathisiert, das wusste sie. Andererseits wollte sie sich nicht vorstellen, dass Ricardo unbewaffneten Männern aus dem Hinterhalt kaltblütig die Kehle durchschnitt. Und diese Frau? Karina tat einen zittrigen Atemzug.

In Bonn machten sie sich direkt auf den Weg zum Café, eine stillschweigende Übereinkunft, sich dem Gespräch jetzt noch nicht auszusetzen. Erst einmal mussten sie beide mit ihren widerstreitenden Gefühlen klarkommen, und das ging am besten, wenn der Tag zunächst normal verlief, wenn sie die vertrauten Handgriffe während der Arbeit taten.

Dass etwas nicht stimmte, erkannte Karina, als sie die Tür zum Café öffneten. Die Tische waren leer, die kleine Brigitta saß auf dem Boden und schrie, während Franziska völlig aufgelöst hinter der Theke stand.

»Was ist passiert?«

»Anfangs lief alles gut, aber dann kam meine Freundin, die die Kleine betreuen wollte, und setzte sie hier ab, sagte, sie hätte keine Zeit mehr. Brigitta ist unruhig, ich weiß nicht, vielleicht brütet sie etwas aus … Und dann war ich wohl unaufmerksam und muss am Kaffeeautomaten einen Bedienfehler gemacht haben, denn der lief erst über und funktionierte dann überhaupt nicht mehr.« Franziska war den Tränen nahe.

Karina und Ricardo sahen sich die Bescherung genauer an. Der Kaffee war übergelaufen und in die Auslage für die gekühlten Süßspeisen geflossen, die nun größtenteils ungenießbar geworden waren. Die Arbeit eines ganzen Tages dahin. Die aufgestauten Tränen brachen sich Bahn, und Karina schluchzte auf.

»Es tut mir so leid«, beteuerte Franziska.

Das glaubte Karina ihr, und unter anderen Umständen hätte sie der ganzen Sache vielleicht sogar eine komische Seite abgewonnen, aber jetzt war es einfach zu viel.

»Dann sag nicht, dass du es hinbekommst«, fuhr sie die Frau in einer Lautstärke an, dass Brigitta, die sich gerade wieder beruhigt hatte, erneut in ohrenbetäubendes Gebrüll ausbrach. »Wenn es dir nicht gelingt, Brigitta zuverlässig betreuen zu lassen, ist es ja kein Wunder, dass dich niemand einstellen wollte.«

»Karina!«, ging Ricardo dazwischen. »Das reicht jetzt. Was ist denn in dich gefahren?«

Franziska weinte nun auch, und weil Karina genau wusste, wie ungerecht sie gewesen war, und sich zu ihrer Missstimmung nun auch noch ein schlechtes Gewissen gesellte, verließ sie fast fluchtartig das Café und lief nach Hause. Dort angekommen, war ihr der den ganzen Weg entlang so übermächtige Drang zu weinen vergangen, und Wut machte sich in ihr breit, loderte so heiß auf, dass es ihr das Blut ins Gesicht trieb.

Ricardo kam zwei Stunden später, klopfte an ihre Tür und trat ein, noch ehe sie darauf geantwortet hatte. »Kannst du mir mal verraten, was das für ein Auftritt war? Franziska ist völlig fertig, sie hat die ganze Zeit geweint.«

»Es tut mir leid.«

»Das ist ja wohl das Mindeste. Du kannst so wütend auf mich oder deinen Vater sein, wie du willst, aber halte sie da raus. Sie wollte uns einen Gefallen tun und war einen Moment lang unachtsam. Ist ja nicht so, als sei dir noch kein Malheur passiert.«

»Ist ja gut, ich sagte doch, es tut mir leid.«

»Denkst du nicht, da ist eine Entschuldigung fällig?«

»Ja, ich werde mich entschuldigen. Zufrieden?« Dabei hatte Karina ein elend schlechtes Gewissen und scheute die Begegnung mit Franziska. Aber da half alles nichts, sie konnte die Sache jetzt nicht über Tage in der Luft hängen lassen.

»Ihr sind in der Aufregung Fehler bei der Abrechnung der Gäste passiert. Das sage ich dir lieber direkt, ehe es dir morgen bei der Buchführung auffällt und du gleich wieder loslegst.«

Karina schloss kurz die Augen, atmete ein paarmal konzentriert und sah Ricardo wieder an. »Darauf kommt es jetzt auch nicht mehr an.« Sie saß auf ihrem Bett, fühlte eine tiefe Erschöpfung.

Die Matratze senkte sich leicht, als Ricardo sich neben Karina niederließ.

»Willst du es mir erzählen?«, fragte sie schließlich in die Stille hinein.

Ein paar Atemzüge lang herrschte Schweigen. Dann begann Ricardo mit seiner Geschichte.

»Meine Eltern waren gerade gestorben, der Krieg wütete, und die Deutschen gingen immer erbitterter vor. Menschen, die geflohen waren, wurden deportiert und in Lagern zusammengepfercht. Ich war kriegsmüde, voller Hass auf die Menschen, denen wir all das zu verdanken hatten, und so schloss ich mich dem Widerstand an. Ein Freund machte mich mit einer Gruppe bekannt, die im Untergrund gegen die Nazis vorging. Dort lernte ich Serena kennen und verliebte mich in sie. Wir führten unsere Missionen meist zu dritt aus, Serena, Alonzo und ich.«

Ricardo verstummte, starrte zu Boden, schluckte.

»Es ging darum, den Deutschen zuzusetzen wie kleine Nadelstiche. Sie hatten bereits Mittel- und Norditalien besetzt, und für die Juden im Land änderte sich die Lage ab 1943 grundlegend. Am Gardasee hatte man die italienische Sozialrepublik ausgerufen, und man begann die Juden aufzuspüren und zu internieren. Ich weiß nicht, wie viele letztendlich in Vernichtungslagern landeten, aber es müssen über siebentausend gewesen sein. Ein Teil meiner Widerstandsgruppe organisierte Fluchtmöglichkeiten, während es mir oblag, die deutschen Truppen immer wieder durch Anschläge zu erschüttern. Wir legten Sprengsätze und lockten Männer in den Hinterhalt, wo ich sie tötete.«

Daran zu denken fiel Ricardo schwer. Er sah auf seine Hände, dachte daran, dass der Zweck die Mittel heiligte, und doch – er war kein skrupelloser Mörder, der es einfach so wegsteckte, einen anderen Menschen zu töten.

»Es herrschte Krieg, durch Worte und Dispute ließ sich nicht verhindern, dass immer mehr Menschen in den Lagern dem sicheren Tod überantwortet wurden. Serena bezirzte die Männer, lockte sie zu uns, und wir übernahmen den Rest. Bis wir erwischt wurden. Zuerst Alonzo, den ich seit meiner Jugend kannte und der einer meiner besten Freunde gewesen war. Ich sah ihn plötzlich zu Boden fallen, er war angeschossen worden und drohte zu verbluten. Ich wusste einige unserer Leute in der Nähe, kam aus meiner Deckung, rief um Hilfe, und da hatten sie mich auch, fielen über mich her, fesselten mich und brachten mich in eines ihrer Lager. Ich möchte nicht ins Detail gehen, was sie mit mir gemacht haben, um Antworten aus mir herauszupressen. Die ganze Zeit über hatte ich Angst um Serena, wollte sie schützen und wusste nicht, dass sie sie längst überwältigt hatten.«

Wieder musste Ricardo eine Pause machen, tief durchatmen, die Bilder niederkämpfen, die durch die Erzählung hochgekommen waren. Er hatte nicht darüber reden wollen, nie wieder.

»Dann wurde ich inhaftiert, und vermutlich hätte man mir in aller Schnelle den Prozess gemacht und mich als Mörder hingerichtet, aber dem kam die Kapitulation der Deutschen zuvor. Es hat dann noch ein Jahr gedauert, ehe ich aus dem Gefängnis kam. Die Bedingungen, unter denen ich inhaftiert worden war, sind geprüft worden, und es wurde klar, dass es nie einen Prozess gegeben hatte und alle Geständnisse durch Folter abgepresst worden waren. Zudem war ich gegen den Feind vorgegangen, hatte aus dem Untergrund heraus für mein Land gekämpft. Das alles sorgte dafür, dass man mich schließlich entließ. Ich erfuhr von einem Freund, dass Serena wieder bei ihrer Familie war, und verließ Italien, um hier neu anzufangen.«

Danach herrschte Stille, sodass nur ihrer beider Atem zu hören war.

»Warum hast du mir nichts davon erzählt?«

»Weil es mich bis heute in meinen Träumen verfolgt. Ich spüre immer noch, wie warmes Blut über meine Hände rinnt, wie der Messergriff in meiner Hand glitschig wird. Wir konnten die Männer nicht erschießen, das hätte man gehört, also musste es anders gehen. Ich kann mir noch so oft sagen, dass wir vielleicht vielen Menschen das Leben gerettet haben, aber das ändert nichts daran, dass sich das Töten falsch anfühlt, selbst im Krieg.« Ricardo schüttelte leicht den Kopf, als könnte dies die Erinnerungen aus seinem Bewusstsein bannen. »Ich möchte nicht darüber sprechen und werde es hiernach auch nicht wieder tun. Hätte dein Vater nicht in meiner Vergangenheit gewühlt – wozu er, verdammt noch mal, kein Recht gehabt hat –, hätte ich es dir nicht erzählt. Aber nun blieb mir keine Wahl, er hat mich dargestellt, als wäre ich ein Meuchelmörder, der sich an unschuldigen Männern vergriffen hat. Ungeachtet dessen, dass wir uns im Krieg befanden, dass diese Männer in unserem Land waren und dort Menschen internierten, um sie einem grauenvollen Tod zu übereignen.«

Karina sagte nichts, hatte nur die Finger um seine

Hand gelegt und drückte sie leicht. »Ich ... ich war noch so jung, für mich war der Krieg irgendwie weit weg. Bei Kriegsausbruch war ich noch ein kleines Mädchen. Ich erinnere mich daran, wie Koblenz bombardiert wurde, weil die Familie meiner Mutter während der Evakuierung zu uns ins Hotel kam.«

Ricardo zog sie an sich und küsste sie, spürte, wie sie in seinen Armen weich und biegsam wurde, atmete ihren Duft. Und doch lauerten da wieder die Bilder, sprangen hervor, als er die Augen schloss. Er wollte mit ihr schlafen, wollte mit ihr stetig neue Erinnerungen schaffen, bis die alten dahinter verblassten.

20

NOVEMBER 1958

»Franziska, wir brauchen mehr von den Butterplätzchen mit Zimt«, rief Ricardo, während er an der Kaffeemaschine hantierte.

Durch Franziskas Malheur war Kaffee in die Elektronik gelaufen und hatte einen Kurzschluss ausgelöst. Ricardo hatte noch am selben Abend die Maschine, so weit es ging, auseinandergenommen und die Einzelteile trocknen lassen. Zu ihrer aller Erleichterung funktionierte sie am kommenden Tag wieder. Karina war noch am selben Abend zu Franziska gegangen, hatte sie umarmt und sich entschuldigt.

Mittlerweile hatte sich die Zusammenarbeit eingespielt, und wenn sich niemand für die kleine Brigitta fand, sprang Erika am Wochenende ein. Von ihrem Vater hatte Karina nichts mehr gehört, nur ihre Mutter hatte angerufen und versucht, die Wogen zu glätten. Aber Karina war nicht bereit, sich auch nur einen Schritt auf ihn zuzubewegen. Er hatte sie auf eine Art auflaufen lassen und bloßgestellt, die zutiefst verletzend gewesen war.

»Die Darstellung des Detektivs, den er mit den Nachforschungen beauftragt hat, ließ eher auf einen kaltblütigen Mörder schließen als auf einen Widerständler«, hatte ihre Mutter die Haltung ihres Vaters zu erklären versucht. »Dein Geliebter hätte doch seine Tätigkeit im Widerstand nicht verbergen müssen, aber immerhin blieb er auch nach Kriegsende noch für eine Weile im Gefängnis.«

»Weil nach Kriegsende ohnehin erst einmal ein Durcheinander herrschte.« Obwohl ihre Mutter ihr nicht widersprach, hatte Karina das Gefühl, dass sie ihr nicht glaubte. »Er wurde entlassen«, sagte sie. »Einen Mörder würde man wohl nicht einfach so entlassen.«

Karina wusste ganz genau, was das Problem ihres Vaters war – Ricardo war nicht die passende Partie. Für seine einzige Tochter hatte ihr Vater etwas anderes ausersehen als einen praktisch mittellosen Mann aus irgendeinem Dorf in Italien. Wenn er wenigstens einen Namen mitbringen würde oder einen entsprechenden familiären Hintergrund, würde Arvid von Oedinghof mit sich reden lassen, aber so? Also schob er Ricardos Vergangenheit vor, legte sein Schweigen als Vertuschung fragwürdiger Handlungen aus und das Verschweigen seines Gefängnisaufenthalts als Lüge. Gerade er müsste doch wissen, wie schwer es war, über eine Vergangenheit zu sprechen, die einen bis in den Schlaf verfolgte, hatte er mit Onkel Eric doch das beste Beispiel vor Augen.

Immerhin hatte Tante Ella angerufen und ihr gesagt, sie sei auf ihrer Seite. »Dein Vater hat sich unmöglich aufgeführt«, kommentierte sie das Geschehen, »ganz unmöglich. Er liebt dich und ist in Sorge, aber das entschuldigt nicht alles.«

Immerhin lief der Eissalon auch im Herbst gut, und sogar die gekühlten Süßspeisen waren gefragt. Karinas Parfait wurde zu einem vollen Erfolg, und sie war froh darüber, aus der Zeit in der Ausbildung wenigstens etwas mitgenommen zu haben, das ihr im Berufsleben nützte. Dann war die Zeit ja doch nicht gänzlich vertan. Wobei – das war sie ohnehin nicht, denn ohne ihren Besuch der Restaurantschule und die Affäre mit Robert Waldberger hätte sie Ricardo möglicherweise nie kennengelernt. Also war letzten Endes sogar aus einer derartigen Situation etwas Gutes erwachsen. Sie besaß ein eigenes Eiscafé, hatte einen Mann gefunden, den sie liebte, und auch für Franziska hatte das Leben dadurch eine Wendung zum Besseren genommen.

Seit dem Vorfall mit ihrem Vater hatte Ricardo nicht wieder vom Heiraten gesprochen, und Karina nahm sich vor, die Sache selbst in die Hand zu nehmen, wenn er nicht spätestens bis Weihnachten mit der Sprache herausrückte. Er schien warten zu wollen, bis sie die Angelegenheit mit ihrer Familie in Ordnung brachte, aber Karina glaubte nicht mehr daran, dass es dazu je kommen würde. Wieder und wieder hatte sie es versucht, war auf ihren Vater zugegangen und immer nur zurückgestoßen worden. Jetzt tat sie eben einfach, was sie wollte, und scherte sich nicht weiter um die Meinung ihres Vaters. Lennart stand hinter ihr, ihre anderen Brüder, die derzeit noch im Ausland weilten, ebenfalls. Im kommenden Sommer würde der älteste von ihnen zurückkehren, dann waren seine Lehrjahre vorbei, auf die ihr Vater großen Wert legte. Er hatte all seine Kinder in die Welt hinausgeschickt, um außerhalb des heimischen Betriebes zu lernen und ihr Wissen und die gewonnene Erfahrung in das Familienunternehmen einzubringen.

Gerd betrat das Café, gekleidet in Jeans und gefütterte Lederjacke. Die Blicke einiger junger Frauen folgten ihm, und eine zwinkerte ihm sogar keck zu. Karina lächelte. »Wie schön, dich mal wieder zu sehen.«

»Das kann ich nur zurückgeben. Machst dich rar in letzter Zeit.« Er betrachtete die Auslagen. »Bekomme ich einen Kaffee? Und eine Zimtschnecke?«

»Gern. Setz dich, ich bin sofort bei dir.«

Gerd ging zu einem kleinen Tisch in der Nähe der Theke, und Karina beeilte sich, den Kaffee zuzubereiten.

»Ein Bekannter von dir?«, fragte Franziska.

»Ein guter Freund.«

»Und dein Ricardo wird da nicht eifersüchtig?«

»Doch, das war er durchaus, aber ich kann meine Freunde nicht nach seinen Befindlichkeiten aussuchen, daran gewöhnt er sich besser direkt, ehe es nach unserer Eheschließung ein böses Erwachen gibt. Zu Eifersucht besteht zudem kein Anlass.« Karina stellte die Tasse auf die Untertasse und nahm mit einer Zange eine kleine Zimtschnecke, um sie auf einem Teller abzulegen. Das Tablett brachte sie selbst zu Gerd, mittlerweile war sie damit etwas geschickter, und Ricardo war ohnehin gerade in der Fertigung beschäftigt.

»Wie geht es dir?«, fragte Gerd, als sie sich einen Moment zu ihm setzte.

»Gut. Ich wollte mich schon längst bei dir melden,

aber es war so viel los, also nicht nur hier, sondern auch in der Familie.«

»Ärgern sie dich wieder?«

Karina verdrehte die Augen. »Wenn es nur das wäre. Ich habe dir doch von meinen Plänen erzählt, Ricardo meinen Eltern vorzustellen.« In knappen Sätzen umriss sie den Besuch bei ihrer Familie, und Gerd pfiff leise durch die Zähne und hob die Brauen.

»Ein aktiver Widerständler? Das ist ein Problem für deinen Vater? War er ein Mitläufer?«

»Nein, meine Großeltern und zwei meiner Onkel väterlicherseits, aber mein Vater nicht.«

»Ich wünschte, ich könnte über meine Familienmitglieder sagen, sie seien im Widerstand gewesen, leider waren sie so überzeugte Anhänger, dass bei uns in der guten Stube sogar das Konterfei des Führers hing.« Gerd schnitt eine Grimasse. »Was hat dein Vater also für ein Problem?«

»Ricardo passt ihm einfach nicht, das ist es. Alles andere halte ich für vorgeschoben. Dass er ihn ausforschen lässt, ärgert mich zwar, doch dafür kann ich noch ein gewisses Verständnis aufbringen. Aber alles andere?«

Gerd nippte an seinem Kaffee und krauste die Stirn. »Ich bringe für gar nichts davon Verständnis auf. Wir leben nicht mehr in der Kaiserzeit. Was maßt dein Vater sich eigentlich an?«

Unglücklich zuckte Karina mit den Schultern.

»Und was habt ihr nun vor?«

»Wir wollen heiraten, das steht weiterhin fest. Ehrlich gesagt, hatte ich mir vorgestellt, dass wir das im Kreis meiner Familie tun, eine Trauung im Sommer im Hotelgarten.«

»Es ist leicht gesagt, aber versuch dir nicht zu viel daraus zu machen. Ich finde, dass dein Café ohnehin der passendere Ort ist, um zu feiern. Das Ambiente ist modern, Platz genug zum Tanzen gibt es auch, wenn ihr die Tische zur Seite schiebt. Ihr heiratet doch sicher im Frühjahr oder Sommer, dann ist hier drin doch genügend Platz für die Tanzfläche, wenn draußen Kaffee und Kuchen serviert wird. Wo könntest du deine Hochzeit besser feiern als an diesem Ort, den ihr zu zweit aufgebaut habt? Und wer von deiner Familie kommen möchte, kann das tun. Der Rest lässt es eben bleiben.« Gerd zuckte die Schultern.

Da sie bemerkte, dass es für Franziska gerade zu viel wurde an der Theke und Ricardo offenbar immer noch in der Fertigung beschäftigt war, drückte sie kurz Gerds Hand und ging wieder an die Arbeit.

»Attraktiver Bursche«, bemerkte Franziska.

»Und noch zu haben.«

»Na, ich danke schön.« Franziska lachte. »Von den Männern hab ich fürs Erste genug. Und dieser junge Kerl wird sich bestimmt nicht eine Mutter mit drei Kindern aufhalsen wollen.«

»So viel jünger als du ist er nicht, zwei oder drei Jahre, das fällt doch kaum ins Gewicht.«

»Betätige dich nur nicht als Kupplerin«, scherzte Franziska.

»Würde mir im Traum nicht einfallen.«

Ehe Gerd ging, verabredete er sich mit Karina für das kommende Wochenende. Das würde guttun, endlich mal wieder bis zur Erschöpfung zu tanzen.

»Ich kann nicht glauben, dass du das wirklich tust.« Frieda Lanke schüttelte den Kopf. »Liebhaber, meinetwegen, davon muss ja keiner erfahren. Aber Himmel, Erika, die Leute werden sich das Maul zerreißen. Es gibt nur wenig, was lächerlicher ist als eine Frau, die sich mit einem Mann, dessen Mutter sie sein könnte, noch einmal jung fühlen möchte.«

Erika hatte ihre Freundin länger nicht mehr gesehen und bereute mittlerweile, sich auf ein Treffen eingelassen zu haben. Sie hätte sich wenigstens von einer Freundin ehrliche Freude darüber erhofft, dass sie ein neues Glück fand, dass die Vergangenheit nicht mehr wie ein quälender Schatten über ihr lag, der sie zu ersticken drohte.

»Wir lieben uns«, antwortete sie jedoch nur.

»Ich bitte dich! Er fühlt sich geschmeichelt, weil er eine ältere Geliebte hat, das ist ungefähr so wie ein Schüler, der für seine Lehrerin schwärmt. Aber irgendwann wird er eine andere kennenlernen, oder er wacht morgens auf und bemerkt, dass da eine alte Frau neben ihm liegt. Wenn er in deinem Alter ist, bist du fast sechzig!«

Erika versuchte, sich nicht anmerken zu lassen, wie sehr diese Worte sie trafen. Mehrere ihrer Freundinnen hatten ähnlich »gut gemeinte« Ratschläge für sie gehabt, in der tiefsten Überzeugung, ihr damit zu helfen. Natürlich sei sie eine sehr attraktive Frau, betonten sie stets, aber sie solle sich lieber jemanden suchen, der besser passte, damit sie nicht unglücklich werden würde. Ob Erika wollte oder nicht, solche Schilderungen weckten einen leisen Zweifel in ihr. Abends erzählte sie Ricardo davon.

»Ja, vielleicht wacht er eines Tages auf und denkt genau das, was deine Freundinnen ihm unterstellen. Vielleicht wachst aber auch du eines Tages auf und denkst, dass es nicht das Richtige war. Wichtig ist doch, dass ihr derzeit diese Beziehung führt mit dem Wunsch, zusammen glücklich zu sein. Warum willst du dich dabei mit solchen Gedanken belasten? Genieß es und tu alles dafür, damit es so schön bleibt. Wenn er das ebenfalls tut, wird es gewiss funktionieren. Und wenn nicht, dann hattet ihr wenigstens eine schöne Zeit miteinander. Was ist denn eigentlich die Alternative, die deine Freundinnen dir vorschlagen? Von vorneherein darauf zu verzichten?«

Er hatte natürlich recht, sie wusste das ja selbst und zweifelte keinen Augenblick daran, dass jeder Moment mit Henryk es wert war. Die Ängste nagten dennoch in ihr, die Sorge, er könnte es bereuen. Entschieden schob sie diese Gefühle beiseite, drängte sie zurück, wollte ihnen keinen Raum geben. Sollte das jetzt immer so sein, dass sie als Frau von der Meinung anderer abhängig war? Dass sie nie frei war zu tun, was sie wollte?

Später ging sie mit Henryk spazieren, genoss die kalte Herbstluft, in der das Aroma regenfeuchten Laubs hing. Der Asphalt glänzte feucht im milchigen Licht der

Laternen, und das Herbstlaub klebte nass auf dem Bürgersteig und bildete matschige Schlieren am Straßenrand. Arm in Arm gingen sie, ließen jeden sehen, wie verliebt sie waren, und Erika war entschlossen, sich dieses Glück von niemandem nehmen zu lassen.

»Meine Eltern haben sich übrigens für nächste Woche angekündigt«, sagte Henryk. »Heute kam ein Schreiben von meinem Bruder.«

»Tatsächlich?«

»Sie möchten dich kennenlernen. Mein Bruder schrieb, so aufgeregt hätte er unseren Vater noch nie erlebt. Offenbar hat er geglaubt, ich würde mein Leben als Hallodri verbringen, der sich mit Gelegenheitsarbeiten durchschlägt und ständig andere Frauengeschichten hat.«

»Ständig andere Frauengeschichten, ja?«

»Ich war vor dir etwas, ähm, umtriebiger.«

»Verstehe.«

»Aber damit war es schon vorbei, seit ich das erste Mal mit dir draußen geraucht habe. Da dachte ich zwar noch nicht an eine Heirat, aber fasziniert hast du mich damals schon.«

»Du hast dir nichts anmerken lassen.«

»Du wirktest so unnahbar.« Er blieb stehen, drehte sie zu sich und küsste sie. »Und so aufregend.«

Erika kostete den Kuss aus, lächelte an seinem Mund. »Ich war schon ein klein wenig verliebt in dich, als ich dich singen gehört habe. Es war so schön. Eigentlich könntest du das wieder tun.«

»Singen? Ich musste gegen das Alleinsein ansingen, jetzt habe ich ja dich.«

»Tu es trotzdem, ja?«

»Jetzt gleich?«

Sie stieß ihn scherzhaft in die Seite. »Wir wollen ja kein Aufsehen erregen.«

Das taten sie jedoch allein dadurch, wie sie hier auf dem Bürgersteig standen und sich küssten. Es war so wundervoll, dass Erika nicht mehr aufhören wollte. In ihrem Bauch flatterte es, ein so lichtes und flirrendes Glücksgefühl, dass es ihr in der Brust zerbarst und sie zum Lachen reizte. »Ich liebe dich«, murmelte sie an Henryks Lippen.

Sie gingen zurück, hielten sich an den Händen, ließen sich auch auf der Treppe nicht los, weil ihnen gleich war, ob man sie zusammen sah oder nicht. Anstatt in Erikas Wohnung gingen sie in Henryks Mansarde, ungeachtet dessen, dass man das Klackern von Erikas Schuhen auf der Treppe hören konnte. Wenn der alte Klawitz nach allem, was passiert war, noch die Nerven hatte, am Türspion zu hängen und nach Verfehlungen Ausschau zu halten, war ihm nicht zu helfen. Sollten sich die Leute das Maul zerreißen, das taten sie ohnehin, gleich, ob man ihnen einen Anlass lieferte oder nicht.

In der Mansarde streiften sie sich die Kleidung ab, fielen auf das Bett und liebten sich in gieriger Hast, dann ein weiteres Mal langsamer, jeden Moment auskostend, bis sie schließlich schwer atmend und gesättigt voneinander abließen. Erika drehte sich auf den Bauch, schlang die Arme um das Kissen und barg das erhitzte Gesicht darin. Im Treppenhaus waren Schritte zu hören, klackernde Schuhe auf hohen Absätzen, die um diese Uhrzeit nur Karina gehören konnten. Sie war mal wieder tanzen, und Ricardo hatte seine Eifersucht wie immer einigermaßen verbergen können.

»Deine Mieterin kommt nach Hause«, bemerkte Henry, der die Schritte ebenfalls richtig zuordnete. Er drehte sich auf die Seite und streichelte mit den Fingerspitzen ihr Rückgrat. »Wie funktioniert das eigentlich nach unserer Hochzeit? Wohnen wir dann zu viert in deiner Wohnung, oder ziehst du zu mir?«

Erika hielt die Augen geschlossen. »Wir wohnen bei mir, und hierher ziehen wir uns zurück, wenn wir allein sein wollen.« Sie genoss seine Berührungen, hätte sich am liebsten gestreckt und geschnurrt wie eine Katze. »Ich kann den beiden nicht einfach kündigen. Aber wenn sie wirklich heiraten, werden sie über kurz oder lang ohnehin eine eigene Wohnung haben wollen.« Und jetzt, über dreizehn Jahre nach dem Krieg, war das ja auch kein unrealistisches Ansinnen mehr. Überall wurde gebaut, neuer Wohnraum geschaffen. Allerdings musste dafür das Café dauerhaft rentabel laufen.

»Kommen deine Eltern über Weihnachten?«

»Gott bewahre! Falls sich mein Vater benimmt, besuchen wir sie am ersten Weihnachtstag, das wird sich dann zeigen. Aber erst einmal geht es nur darum, dass sie dich ganz zwanglos kennenlernen wollen.«

Erika dachte daran, wie Werner sie damals seinen Eltern vorgestellt hatte. Wie aufgeregt sie gewesen war. Sie musste leise in sich hineinlächeln. Es tat nicht mehr weh, zum ersten Mal konnte sie ohne Schmerzen an diese Momente denken, und es war einfach nur noch das, was es sein sollte – eine bittersüße, schöne Erinnerung an die erste große Liebe.

Ricardo öffnete die Tür in der Annahme, es sei Karina, die ihren Schlüssel nicht dabeihatte. Doch da stand Serena vor ihm. Und so hübsch zurechtgemacht wie an diesem Tag hatte er sie lange nicht mehr gesehen.

»So herausgeputzt für einen Besuch bei mir?«, fragte er mit Blick auf ihren Mantel und die schicken Pumps, in denen ihre Füße steckten. Um den Hals hatte sich Serena einen seidenen Schal in flammendem Rot gewickelt, der wunderbar mit ihrem Teint und dem schwarzen Haar kontrastierte.

»Ich war mit einem Freund aus.«

»Einem Freund?«

»Na ja, ein bisschen mehr inzwischen.« Ein verräterischer roter Schimmer erschien auf ihren Wangen, und Ricardo trat zurück, gab die Tür für sie frei.

Im Flur nahm Serena den Schal ab und ließ den Mantel von den Schultern gleiten. »Bist du allein?«

»Ja.« Er hängte den Mantel und den Schal auf, dem ein warmer Duft entströmte. »Ist es etwas Ernstes mit diesem Freund?«

»Tja, das ist die Frage, nicht wahr?«, antwortete sie auf Italienisch, das ihr nach wie vor besser von der Zunge ging als Deutsch. »Ich bin vorsichtig, was das angeht.«

»Möchtest du etwas essen?«

»Nein, ich hatte gerade etwas. Eigentlich möchte ich mich auch gar nicht lange aufhalten, ich will nur nicht ohne einen Abschied aus deinem Leben verschwinden, so wie du damals.« Sie ging langsam im Flur umher, sah sich eine Landschaftsaufnahme an, die an der Wand hing. »Aber ich verstehe es mittlerweile. An deiner Stelle wäre ich auch so schnell weg wie nur möglich. Wirst du deine Geliebte denn jetzt heiraten?«

»Ja, wenngleich ihr Vater nicht einverstanden ist.«

»Du hast schon mit ihm gesprochen?«

»Ich war mit Karina bei ihm, um die Sache offiziell zu machen.« Ricardo umriss das Gespräch, und Serenas Miene verfinsterte sich.

»Was maßt er sich überhaupt an? Es waren seine Landsleute, die dich gefoltert und für deine Inhaftierung gesorgt haben. Und das, weil du sie davon abhalten wolltest, noch mehr unschuldige Menschen zu ermorden.« Serena war so wütend, dass Arvid von Oedinghof sich glücklich schätzen konnte, in diesem Moment nicht in ihrer Nähe zu sein, denn sie hätte ihn vermutlich angesprungen wie eine Katze, die die Krallen ausfuhr. »Was sagt *sie* dazu?«

»Karina? Sie hatte seither keinen Kontakt zu ihm.«

»Natürlich ist die Familie wichtig«, erklärte Serena. »Auch wenn ihr Vater sich falsch verhalten hat, sie ist seine Tochter und sollte nicht einfach mit ihm brechen.«

»Das will sie ja auch nicht. Aber was soll sie denn tun?«

Serena war, ebenso wie Ricardo, in einer Gesellschaft aufgewachsen, in der Familienbande wichtig waren. Gleich, wie weitverzweigt die Familie war und wie uneins man sich untereinander sein konnte, nach außen hin hielt man zusammen. »Die Mehrheit der Familie steht auf ihrer Seite, auch ihre Brüder und die Mutter.«

Serena nickte. »Das ist gut. Dann heiratet ihr nicht ohne den familiären Segen.«

Und selbst wenn, dachte Ricardo, dann täte es ihm zwar leid, weil es Karina Kummer bereiten würde, aber ändern würde es nichts. Über kurz oder lang musste das auch ihr Vater begreifen und sich überlegen, ob er wirklich auf Dauer seinem Kind den Rücken zukehren wollte.

Serena ließ sich überreden, noch etwas zu trinken. Dabei erzählte sie von ihrer neuen Bekanntschaft und von der Arbeit, die ihr Cousin hatte und für die er etwas besser bezahlt wurde als bisher. Sie selbst hatte eine Anstellung als Kindermädchen bei einer Bankiersfamilie gefunden.

»Die Mutter kommt aus der Schweiz und möchte, dass ich mit den Kindern Italienisch spreche, damit sie es lernen, solange sie klein sind.«

Es freute Ricardo, dass sich auch für Serena das Leben zum Besseren wandelte. Verdient hatte sie es wahrhaftig. Bevor sie ging, umarmte sie ihn, küsste ihn noch ein letztes Mal und lächelte ihn mit einer Wärme an, die er lange nicht mehr an ihr gesehen hatte. Dann verabschiedete sie sich und zog die Tür hinter sich zu. Offenbar wollte sie dieses Mal entscheiden, wann es Zeit war, sich Auf Wiedersehen zu sagen.

21

NOVEMBER 1958

Lennart hatte Wort gehalten und Karina ein Moped geschenkt. Eines Tages hatte er vor dem Eissalon auf sie gewartet, und da stand es neben ihm, glänzend in Rot und Silber. Karina war ihrem Bruder um den Hals gefallen und drehte sofort mit ihm zusammen eine große Runde, dann noch eine weitere mit Franziska, die noch nie auf so einem Gefährt gesessen hatte und sich erst ängstlich an sie klammerte, dann wie befreit lachte. Es war ein Riesenspaß.

»Jetzt komm schon, Ricardo«, drängte sie ihn.

»Ich halte hier so lange die Stellung«, sagte Franziska.

»Das Café ist voll«, hielt Ricardo dagegen.

»Nur eine Runde.« Karina nahm seine Hand. »In der Zeit wird hier schon nicht alles drunter und drüber gehen.«

Er gab nach und ließ sich von ihr nach draußen ziehen. »Du fährst?«, fragte er.

»Natürlich. Kannst du das überhaupt?«

»Machst du Witze? Ich beherrsche alles, was motorisiert ist.«

»Angeber.« Karina stieg auf, wartete, bis Ricardo saß, und fuhr los.

Danach durfte Ricardo eine Runde drehen, und er war begeistert, wie gut das Moped anzog. »Da ist man auf jeden Fall zügig unterwegs.«

Lennart, der bei einer Tasse Kaffee im Eissalon saß, blickte auf, als sie zurückkehrten. »Freut mich, dass es dir gefällt«, kommentierte er Karinas freudige Miene.

»Wie lange kannst du bleiben?«, fragte sie.

»Nicht lange, ich habe nachmittags noch einen Termin.«

»Wie geht es Mama?«

»Gut. Vater auch, falls das deine nächste Frage gewesen wäre.«

Karina hob in einer knappen Geste die Schultern. »Hat er noch etwas gesagt wegen Ricardo und mir?«

»Nein, er spricht überhaupt nicht darüber.«

»Ich glaube, ihm ist nicht einmal bewusst, wie sehr er mich verletzt hat.«

»Oder aber er schweigt gerade deshalb darüber.«

»Er wird sich einreden, dass er richtig gehandelt hat.«

»Was wirst du nun tun?«

»Wir werden heiraten, wie geplant. Und wenn Papa nicht dabei sein möchte, dann ist das sein Problem.«

Lennart nickte. Immerhin verstand er sie, er hatte damals auch nicht anders gehandelt. Allerdings mochte ihr Vater Fenja, wohingegen er Ricardo von Anfang an abgelehnt hatte. Als Lennart sich eine halbe Stunde später verabschiedete, versprach er, demnächst etwas mehr Zeit mitzubringen.

Am frühen Abend kamen Erika und Henryk in das Café. Beide wirkten glücklich und gelöst, hielten sich an den Händen, was Karina in der Öffentlichkeit bisher bei ihnen noch nicht beobachtet hatte. Offenbar gaben sie das Versteckspiel nun endgültig auf. Karina musste gestehen, dass die Alterskonstellation auch auf sie ungewohnt wirkte, aber es war schön zu sehen, wie gut sie miteinander harmonierten.

»Ein jüngerer Mann bietet viele Vorteile«, hatte Erna Winter erklärt. »Unter anderem, was Kraft und Ausdauer angeht.«

Während Franziska und Erika lachten, war Karina puterrot geworden.

Als sie nun an den Tisch der beiden trat, musste sie unweigerlich an diesen Satz denken und spürte schon wieder die Hitze in den Wangen. Sie bemerkte den Ring an Erikas Finger und lächelte, versuchte, ihre Verlegenheit zu überspielen.

»Sehr hübsch«, sagte sie mit Blick auf Erikas Hand.

»Ja, nicht wahr?« Erika sah den Ring an, dann Henryk, und in ihren Augen glomm ein warmer Funke auf. »Wir werden demnächst den Termin für die Hochzeit festlegen, aller Wahrscheinlichkeit nach direkt im Frühjahr.«

Das freute Karina aufrichtig, wenngleich das vermutlich bedeuten würde, dass sie und Ricardo sich bald nach einer eigenen Wohnung umsehen mussten. Sie nahm die Bestellung auf und ging hinter die Verkaufstheke, um den Kaffee zuzubereiten, während Franziska das gekühlte Mandelparfait mit kandierten Früchten verzierte. In der Fertigung war Ricardo damit beschäftigt, die Süßspeisen für den kommenden Tag vorzubereiten. Dazu lief wieder die Eismaschine, denn die Kunden bestellten auch im Winter nur zu gerne eine Waffel mit heißen Früchten nach Wahl, Sahne und einer kleinen Kugel Vanilleeis. Zudem war Vanilleeis, das mit einem Kännchen heißer, sämiger Schokolade serviert wurde, nach wie vor beliebt.

»Brauchst du Hilfe?«, fragte sie.

»Nein, ich bin fast fertig.«

Ab Dezember würde Karina Neujahrskuchen fertigen und diese gefüllt mit Sahne anbieten. Dafür rührte sie erst Butter, gab Zucker hinzu, Mehl, ganze Eier und mehrere Eidotter sowie Kardamom und abgeriebene Zitronenschale, gestoßenen Zimt und Muskatblüte. Der Teig wurde an einen warmen Ort gestellt, damit er ziehen konnte, danach formte sie kleine Bällchen und gab sie in ein mit Butter ausgestrichenes Waffeleisen. Die fertigen flachen und zart duftenden Waffeln rollte sie ein und ließ sie auskühlen.

Franziska ging am frühen Abend, weil sie ihre Kinder bei ihrer Bekannten abholen musste, die die Betreuung übernahm. Im Gegenzug putzte Franziska abends noch für sie. Wenn Karina sich ansah, wie sie sich aufrieb, dachte sie bei sich, dass man doch sehr schnell als Frau in diese Rolle geraten konnte. Man bekam Kinder, der Mann verstarb oder machte sich einfach aus dem Staub, und dann stand man da. Auf die Rücksicht der Gesellschaft brauchte man in dem Fall nicht zu hoffen. Als Witwe wurde einem vielleicht noch Mitgefühl entgegengebracht, aber als verlassene Frau?

Karina stand noch bis Geschäftsschluss an der Theke,

während Ricardo das Servieren übernahm. Dann räumten sie auf, reinigten alles und schlossen das Café ab. Gähnend stieg Karina auf das Moped. Seit einigen Tagen ging das schon so, dass sie im Stehen einschlafen könnte. Gerd hatte sich darüber lustig gemacht und sie gefragt, ob ihr Liebster sie nachts so fordern würde. Dabei war sie am Vorabend sogar dabei eingeschlafen, was Ricardo etwas konsterniert zur Kenntnis genommen hatte.

»Ich schläfere dich ein?«

»Es ist wohl alles etwas viel im Moment«, hatte sie geantwortet und war wieder eingeschlafen.

Der kalte Fahrtwind war belebend, und als sie zu Hause ankamen, fühlte Karina sich sogar etwas wacher und frischer. Das hielt aber nur so lange an, bis sie in der Wohnung ankamen. Sie wusch sich, putzte sich die Zähne, kleidete sich um und fiel ins Bett, wo sie augenblicklich einschlief.

Erika war an diesem Morgen besonders früh wach. Heute würde sie Henryks Familie kennenlernen. Und obwohl er zu seinen Eltern, insbesondere seinem Vater, kein gutes Verhältnis hatte, war sie nervös. Henryk hatte sie zum Kaffeetrinken eingeladen. Er hatte es absichtlich so arrangiert, damit Erika nicht vorab stundenlang in der Küche stand. Nicht einmal den Kuchen musste sie selbst backen, denn Karina und Ricardo hatten sofort angeboten, etwas aus dem Café vorbeizubringen. Und so türmten sich nun allerlei Süßspeisen in der Küche. Es gab kleine Kuchen, verschiedene Cremes, ein Parfait mit Mandeln, Honig und Pistazien sowie eine Schale mit sahnigem Vanilleeis, das sie mit heißen Früchten servieren wollte. Den Tisch deckte sie mit dem feinen Porzellan, das sie von ihrer Mutter geerbt hatte. Es stammte von einer Porzellanmanufaktur aus Bonn und war von ausgesuchter Qualität. Dazu legte sie silberne Kaffeelöffel und Kuchengabeln, ordnete die Süßigkeiten in porzellanenen Schalen und auf silbernen Platten an. Als Henryk erschien, pfiff er anerkennend durch die Zähne.

»Ich glaube, so edel haben meine Eltern noch nie gespeist.«

»Ist es zu viel? Bringt sie das in Verlegenheit?«

Er küsste sie. »Nein, es ist wunderbar. Meine Mutter wird begeistert sein.«

Fünf Gedecke standen auf dem Tisch, da sich auch Henryks Bruder Jannik angekündigt hatte. Er wollte sich unbedingt die Frau ansehen, die den unbeständigen kleinen Bruder in den Hafen der Ehe gelotst hatte, so seine Worte.

»Du wirst ihn mögen«, sagte Henryk. »Meine Mutter ist sehr still und verschüchtert und mein Vater etwas ungehobelt. Aber hier wird er sich wohl benehmen.«

Als es pünktlich um drei Uhr an der Tür läutete, zupfte Erika noch einmal an ihrem smaragdgrünen Kleid, das so wunderbar mit ihren Augen und dem rotblonden Haar harmonierte, das sie in einem Knoten aufgesteckt trug. Henryk kam mit ihr in den Flur, hielt sich jedoch im Hintergrund.

Erika öffnete die Tür und sah sich einem Mann gegenüber, der wie eine ältere, verlebt aussehende Ausgabe Henryks wirkte. Die schmale, hochgewachsene

Frau neben ihm stand leicht gebückt, als wollte sie ihre Größe damit kaschieren. Der Mann hinter ihnen kam mit dem dunklen Haar eher nach seiner Mutter, wenngleich seine Züge Ähnlichkeit mit Henryk aufwiesen. Erika lächelte herzlich, gab ihnen die Hand und bat sie hinein.

»Henryk, Junge!«, rief der Mann, der sich mit Peter Brodowski vorgestellt hatte. Mit reservierter Miene ließ Henryk die Begrüßung über sich ergehen, lächelte dann jedoch, als er seine Mutter umarmte, und begrüßte seinen Bruder mit offenkundiger Herzlichkeit.

»Sie sind also die Frau, die unseren Taugenichts an die Leine nimmt?«, sagte Peter Brodowski, während Erika und Henryk ihnen die Mäntel abnahmen. Er sah seinen Sohn an. »Sie hat wirklich Klasse.« Dann blickte er sich in der Wohnung um, nickte anerkennend.

Erika bat die Gäste ins Wohnzimmer, und Henryks Mutter, Anika Brodowski, entfuhr ein Laut des Entzückens. Die drei ließen sich am Tisch nieder, wobei seine Mutter so vorsichtig war, als befürchtete sie, sie könnte mit einer falschen Bewegung etwas zu Bruch bringen. Henryks Bruder Jannik hatte sich zwanglos vorgestellt und ihr sofort das Du angeboten. Um der Runde etwas von ihrer Befangenheit zu nehmen, bot Erika Kaffee an, gab Süßspeisen auf die Teller, und schon bald wirkte Anika Brodowski gelöster, nahm mit spitzen Lippen einen Schluck Kaffee, als könnte die Tasse bei der Berührung mit ihrem Mund zerspringen.

»Sie sind also Lehrerin, ja?«, sagte Peter Brodowski, nachdem er eine Zimtschnecke vertilgt hatte und sich ein Stück Buttergebäck aufgeben ließ. »Na, da können Sie dem Kerl ja kräftig eins drüberziehen, wenn er sich nicht benimmt.«

Henryk lief rot an, und es war nicht ersichtlich, ob vor Verlegenheit oder weil ihn die Art seines Vaters ärgerte. Jannik jedoch grinste, und auch Erika konnte nur schwer ernst bleiben.

»Unterrichten Sie an einer Hauswirtschaftsschule?«, fragte Anika Brodowski in einem Ton, als wollte sie sich dafür entschuldigen, dass sie überhaupt sprach.

»Nein, an einem Mädchengymnasium.«

»Na, da gibt's dann demnächst haufenweise gelehrte Weiber, aber keine, die kochen kann.« Peter Brodowski hatte es ganz offenkundig im Scherz gesagt, aber Erika konnte sich nicht einmal zu einem höflichen Lächeln durchringen, während Henryks Kiefer mahlten.

»Das ist wirklich ein ausgesucht schönes Gedeck«, sagte Anika Brodowski rasch.

»Es gehörte meiner Mutter«, ging Erika auf den Themenwechsel ein.

»War sie auch Lehrerin?«

»Nein.« Bei dem Gedanken daran, ihre Mutter hätte die Möglichkeit bekommen zu unterrichten, musste Erika wehmütig lächeln. »Sie war Hausfrau. Mein Vater war Lehrer. Ich mochte die Art, wie er erklären konnte und auf jeden seiner Schüler einging, sie immer zu Fragen ermutigte. Da war klar, dass ich das auch tun möchte, eine gute Lehrerin sein, die ihren Schülerinnen etwas mitgibt.«

Henryk lächelte sie an und nahm ihre Hand.

»Sie passen zu unserem Jungen«, sagte Peter Brodowski. »War auch immer so ein kleiner Gelehrter, der Henryk, hat den Lehrern als Schüler immer ein Loch in den Bauch gefragt. Ein Hallodri, das ja, aber ein kluger Kopf, wollte nicht arbeiten, sondern immer weiterlernen.«

»Ich arbeite durchaus«, sagte Henryk.

»Um dein Studium zu finanzieren«, entgegnete sein Vater. Dein Studium, nicht uns, schwang ungesagt mit. Allerdings lag keinerlei Feindseligkeit darin, vielleicht begriff sein Vater nun, da er sah, welches Leben sein Sohn führte und anstrebte, dass der Weg doch so falsch nicht sein konnte.

»Eine sehr schöne Wohnung haben Sie«, sagte Henryks Mutter.

»Vielen Dank.«

»Gehört sie Ihnen?«, wollte sein Vater wissen, woraufhin Henryk ihn argwöhnisch taxierte. Sie wusste, dass er von seinem Vater hin und wieder nach Geld gefragt wurde, und offenbar hegte Henryk die Befürchtung, dass dergleichen Fragen nun öfter kommen würden.

»Ja, es ist meine.«

Anerkennend nickte Peter Brodowski, während sein Blick durch den Raum glitt und an Werners Bild mit dem Trauerflor hängen blieb.

»Mein verstorbener Ehemann«, erklärte Erika. »Er ist im Krieg gefallen.« Daneben stand ein Foto von ihren Kindern, ebenfalls mit Trauerflor. Henryks Eltern schwiegen, dann lächelte seine Mutter mit kaum merklich bebenden Lippen.

Wieder ergriff Henryk Erikas Finger, drückte sie sanft, lächelte sie an. »Möchte noch jemand Kaffee?«, fragte er, um das Gespräch weg von den Kindern zu lenken, und erzählte danach von seinem Studium, das er im Sommer abschließen würde. »Es gibt bereits ein Unternehmen für Hoch- und Tiefbau, das mich einstellen möchte.«

»Das klingt doch alles wunderbar«, sagte Jannik.

Obwohl zwischen Henryk und seinem Vater eine unterkühlte Distanz herrschte, war Peter Brodowski Erika gegenüber sehr freundlich und schien in dieser Hinsicht aufrichtig zu sein. Seine Eltern und sein Bruder blieben bis in den späten Nachmittag hinein, und als sie sich verabschiedeten, hatten auch Anika und Peter Brodowski ihr das Du angeboten. Seine Mutter ging sogar so weit, sie herzlich in die Arme zu schließen. Danach umarmte sie Henryk, drückte ihn fest an sich.

»Mein lieber Junge«, sagte sie. »Bitte, komm doch an Weihnachten, ja?«

»Wir werden sehen, ob wir es einrichten können«, antwortete Henryk und streifte seinen Vater mit einem kurzen Blick.

Sein Bruder klopfte ihm auf die Schultern und drückte ihn kurz an sich. »Bis bald.« Er gab Erika die Hand, lächelte sie an und zwinkerte ihr zu. »Pass gut auf ihn auf.«

Nachdem Erika die Tür hinter ihnen geschlossen hatte, atmete sie tief durch.

»Bist du froh, dass sie fort sind?«, fragte Henryk in halb scherzhaftem Ton.

»Nein, ich bin froh, dass es im Großen und Ganzen gut lief. Nach allem, was du so von deinem Vater erzählt hast, habe ich es mir schlimmer vorgestellt.«

»Er kann sich durchaus benehmen.«

Henryk half Erika dabei, den Tisch abzudecken, und machte den Abwasch, während Erika abtrocknete und das Geschirr wegräumte. Draußen war es bereits dunkel, obwohl es erst früher Abend war, doch die Nacht war so schön und sternenklar, dass sie beschlossen, noch einen kurzen Spaziergang zu unternehmen. Als sie wieder zu Hause waren, legte Erika eine Schallplatte mit Jazzmusik auf, drehte sich zu den Klängen, reichte Henryk die Hand und zog ihn an sich.

»Schwanger bist du aber nicht, oder?«, fragte Franziska, als Karina wiederholt gähnte.

Erschrocken sah Karina sie an, aber dann fiel ihr ein, dass sie an diesem Morgen angefangen hatte zu bluten, und ihr Herzschlag beruhigte sich wieder. Sie schüttelte den Kopf. »Nein, ausgeschlossen.«

»Ich war bei allen Kindern so müde, dass ich fortwährend hätte schlafen können. Bei Brigitta war mir dazu noch so schlecht, dass ich fünf Monate lang fast nichts essen konnte.«

Das klang nicht nach einem Zustand, den Karina in nächster Zeit anzustreben gedachte. »Ich schlafe einfach zu wenig.«

Im Laufe des Nachmittags gesellten sich Kopfschmerzen dazu, und Karina musste eine Tablette nehmen, um bis zum Abend durchzuhalten. Da sie wusste, dass Erika

Besuch hatte, widerstand sie der Versuchung, früher nach Hause zu gehen.

»Fühlst du dich nicht wohl?«, fragte Ricardo, als er zu ihr an die Verkaufstheke trat, die Glasglocke anhob und neue Butterplätzchen hineinlegte, die Franziska mittags frisch aus dem Ofen gezogen hatte.

»Ich glaube, ich brüte eine Erkältung aus.«

Ricardo sah sie prüfend an. »Vielleicht legst du dich lieber hin?«

»Sobald ich nicht mehr befürchten muss, dass ich dabei Erikas Kaffeestunde störe.«

Am frühen Abend hielt sie es schließlich nicht mehr aus. In ihrem Kopf hämmerte es, und sie wollte nur noch ins Bett. An der frischen Luft wurde es kurzzeitig besser, und sie atmete tief ein, als könnte sie damit jedes Unwohlsein und jede Erschöpfung vertreiben. Glücklicherweise dauerte der Heimweg mit dem Moped nicht lange. Als sie die Wohnungstür aufschloss, war Erikas Besuch offenbar schon fort, und aus dem Wohnzimmer drangen Jazzklänge.

Karina kleidete sich um und fiel sofort ins Bett. Als sie aufwachte, brauchte sie einen Moment, um sich zu orientieren, und richtete sich anschließend auf. Unter dem Türspalt schimmerte Licht hindurch, und Karina hörte Stimmen. Zu ihren Kopfschmerzen hatten sich Halsschmerzen gesellt, und sie fror sogar unter der Decke. Langsam erhob sie sich, suchte ihre Pantoffeln und verließ das Zimmer. In der Küche saß Ricardo und unterhielt sich mit Erika. Beide hielten inne, als sie Karina in der Tür bemerkten.

»Wie viel Uhr ist es?«, fragte sie.

»Kurz nach zehn«, antwortete Ricardo.

Es kam ihr viel später vor. »Ich gehe wieder ins Bett, ich wollte nur ein Glas Wasser trinken und eine Tablette nehmen.«

Er stand auf, kam zu ihr und legte ihr die Hand auf die Stirn. »Du glühst.«

»Mir tut der Hals so weh.«

Erika sah sie prüfend an, reichte ihr dann eine Tablette aus dem Medizinschrank sowie ein Glas Wasser. »Soll ich einen Arzt holen?«

»Wegen einer Erkältung? Der lacht dich aus.«

Am kommenden Tag jedoch war niemandem zum Lachen zumute, auch dem Arzt nicht, den Ricardo gerufen hatte, weil Karina hoch fieberte, und der eine Grippe diagnostizierte. Karina fühlte sich furchtbar elend, der Kopf war heiß, ihre Glieder schmerzten. Strikte Bettruhe hatte der Arzt verordnet. Aber wie sollte das denn gehen? Sie musste sich doch um das Café kümmern, konnte Ricardo nicht mit allem allein lassen.

»Krank und wacklig auf den Beinen nützt du mir da überhaupt nichts«, erklärte er. »Außerdem werden sich unsere Gäste bedanken, wenn sie von einem Besuch bei uns eine Grippe mit nach Hause schleppen.«

»Und was sollen wir jetzt tun?«

»Franziska ist ja da, und Erika sagte, sie versucht, die Kleine zwischendurch zu übernehmen, damit Franziska öfter helfen kommen kann.«

»Erika muss doch selbst tagsüber arbeiten.«

»Wir kriegen das schon hin, keine Sorge.«

Karina war jedoch in Sorge, das konnte sie nicht so einfach abstellen. Andererseits half es ja alles nichts, sie konnte nichts anderes tun als liegen zu bleiben und zuzusehen, schnell wieder gesund zu werden.

Das war jedoch, wie sich in den nächsten Tagen herausstellte, nicht so einfach. Das Fieber blieb unverändert hoch, sie fröstelte fortwährend, klapperte mit den Zähnen, der Kopf schmerzte, sogar die Augen taten weh. Ihre Nase war zu, ein trockener Husten plagte sie, und die Gliederschmerzen blieben trotz Tabletten unverändert. Nachts schwitzte sie so stark, dass ihr Bettzeug morgens nass war und von Ricardo täglich abgezogen und zum Waschen gebracht werden musste. Es fiel ihm schwer, sie allein zu lassen, und Erika beeilte sich nach Unterrichtsschluss mittags schnell nach Hause zu kommen und ihr eine kräftigende Brühe zuzubereiten.

Eine Woche lang trat keine Besserung ein, und schließlich fragte Ricardo, ob er ihren Bruder anrufen sollte, damit dieser sie zur Genesung nach Hause holte. Davon wollte Karina jedoch nichts wissen. Bald, dessen war sie sich gewiss, würde es ihr besser gehen. Ganz gewiss würde sie jetzt nicht zu Kreuze zu kriechen, nur weil sie sich einmal schlecht fühlte, und ihrem Vater damit die Bestätigung geben, dass sie ihr Leben, wenn es drauf ankam, allein eben doch nicht in den Griff bekam.

Ricardo kochte ihr noch einen Kamillentee, dann kehrte er zurück in sein Zimmer. Karina schlummerte immer wieder ein, bekam mit, wie Erika heimkehrte, aß einen Teller Brühe und schlief dann weiter, bis sie ein Anfall hartnäckigen Hustens aus dem Schlaf riss.

Sie röchelte, keuchte, und kurz darauf stand Ricardo im Zimmer.

»So geht es nicht mehr weiter«, sagte er. »Ich rufe deinen Bruder an.«

»Das wirst du nicht tun.« Karina sank zurück auf das Kissen, atmete schwer. »Der Arzt hat einen Sud dagelassen, der gegen den Husten helfen soll.«

Seufzend gab Ricardo nach, setzte sich zu ihr ans Bett und hielt ihre fieberheiße Hand, bis sie wieder einschlief.

22

DEZEMBER 1958

Da Franziska nicht fortwährend für Karina einspringen konnte, war der Arbeitsaufwand für Ricardo so hoch, dass er abends vor Müdigkeit kaum auf den Beinen stehen konnte. Das konnte er nur schwer vor Karina verbergen. Alles blieb an ihm hängen, die Vorbereitungen für den kommenden Tag, die Reinigung, und am nächsten Morgen musste er wieder früh raus. Schließlich war Gerd im Café vorbeigekommen, um seine Hilfe anzubieten, und glücklicherweise hatte Ricardo sich nicht lange geziert und das Angebot angenommen.

Seit zehn Tagen lag Karina nun im Bett, und nachdem der Husten nicht besser wurde, sondern sich quälend in ihren Atemwegen festsetzte, diagnostizierte der Arzt eine beginnende Lungenentzündung. Noch am selben Abend stand auf einmal Karinas Mutter neben ihrem Bett, für einen kurzen Moment dachte Karina, sie würde träumen. Aber dann legte Helene von Oedinghof ihr die kühle Hand auf die Stirn, zog dabei besorgt die Brauen zusammen, während in ihren Augen gleichzeitig ein zärtlicher Glanz lag.

»Mama?«

»Warum hast du mich nicht schon früher gerufen?«

Ihre Mutter strich ihr das Haar aus dem verschwitzten Gesicht, und im nächsten Moment krümmte sich Karina unter einem neuerlichen Hustenanfall.

»Du weißt, warum.«

Eine diffuse Traurigkeit verdüsterte die Miene ihrer Mutter. »Was vorgefallen ist, darf dich doch nicht davon abhalten, zu uns zu kommen, wenn du so krank bist.«

»Diese Genugtuung soll ich Papa gönnen?«

»Du tust deinem Vater unrecht. Er ist in großer Sorge um dich.«

»Ja, daher ist er auch gleich an mein Bett geeilt, ja?«

»Das wollte er, aber ich habe gesagt, dass ich allein gehe, weil ich Sorge hatte, dass ihr euch hier gleich wieder streitet.« Ihre Mutter stand auf, strich ihren Rock glatt. »So, und nun lass wenigstens zu, dass ich mich um dich kümmere. Dein Liebster hat angerufen, und ich bin froh darüber, dass er es getan hat.«

Helene von Oedinghof half Karina in den Sessel, dann zog sie das Bett ab, bezog es neu, schüttelte das Kissen auf und ließ Karina sich dann wieder hinlegen. »Wir sehen jetzt zu, dass wir das Fieber senken. Ich habe unserem Hausarzt bereits Bescheid gegeben, er hat mir einen sehr fähigen Facharzt in Bonn empfohlen, den dein Vater bereits kontaktiert hat und der heute noch kommen wird.«

Karina schloss die Augen, hörte das Rasseln ihrer Atemzüge und spürte die Hand ihrer Mutter auf ihrer Wange. Eigentlich wollte sie Ricardo böse sein, weil er sich ihrem Wunsch widersetzt und ihre Eltern kontaktiert hatte, aber die Anwesenheit ihrer Mutter hatte etwas Tröstliches, etwas, das die Angst bannte, die mit dem Wort »Lungenentzündung« in ihr aufgekeimt war. Sie schlief ein und wurde wach, als der Arzt kam, um sie gründlich zu untersuchen. Es sei nicht so selten, dass eine Lungenentzündung auf eine Influenza folge, erklärte er. Die Influenza begünstige in manchen Fällen das Entstehen einer bakteriellen Halsentzündung, auf die wiederum eine akute Bronchitis und eine Lungenentzündung folgen konnten. Gegen den bakteriellen Infekt verschrieb er Penicillin und wies sie an, strikte Bettruhe einzuhalten, viel zu trinken und stärkende Nahrung zu sich zu nehmen.

»Ich hoffe, du bist mir nicht böse«, sagte Ricardo, als er abends an ihr Bett trat.

»Doch, du Schuft«, murmelte Karina und hustete, ergriff dann seine Hand. »Aber es ist gut so. Ich bin froh, dass meine Mutter hier ist.«

»Sie wollte sich ein Zimmer im Hotel nehmen, aber natürlich kann sie hier wohnen. Ich habe ihr mein Bett bezogen und werde so lange im Wohnzimmer auf dem Sofa schlafen.«

»Das ist lieb von dir.«

Ricardo setzte sich zu ihr und nahm ihre Hand, spielte mit ihren Fingern und erzählte von dem Tag im Café. »Dein Gerd ist in der Tat eine große Hilfe, man merkt, dass er schon oft in seinem Leben gekellnert hat. In letzter Zeit haben wir fast noch mehr Gäste als vorher.«

»Überwiegend weibliche, nehme ich an.« Karina konnte sich schon vorstellen, wie das Gespann aus diesen beiden auf junge Frauen wirkte.

Ricardo antwortete nicht, grinste aber vielsagend. »Er ist allerdings professionell genug, bei der Arbeit auf allzu offensichtliches Flirten zu verzichten.«

Karina dachte daran, wie er die Bekanntschaft mit ihr geschlossen hatte. Wäre sie auf eine Eroberung aus gewesen, hätte sie gleich am ersten Abend mit ihm ins Bett gekonnt. Im Café passte er sich offensichtlich an die Klientel an und war entsprechend zurückhaltender.

»Ich habe etwas für dich.« Ricardo zog eine kleine Schachtel hervor. »Eigentlich wollte ich bis Weihnachten damit warten, aber dann dachte ich mir, vielleicht hilft dir die Vorfreude ja, schneller wieder gesund zu werden.« Er öffnete die Schachtel, entnahm ihr einen goldenen Ring mit einem kleinen grünen Stein und schob ihn ihr über den Ringfinger der linken Hand. »Damit unsere Verbindung endlich offiziell ist.«

Karina sah ihre Hand an, drehte sie, um das Licht in dem Stein funkeln zu sehen. »Er ist wunderschön«, sagte sie. Und zweifellos hatte er einiges gekostet, vermutlich alles, was sich Ricardo zusammengespart hatte. Bei dem Gedanken daran hatte sie einen Kloß im Hals. »Vielen Dank.«

»Kein Grund zum Weinen, ich werde kein gestrenger Ehemann sein«, scherzte er.

Sie schlug ihm leicht gegen den Arm, und ein neuerlicher Hustenanfall schüttelte ihren Körper. Ricardo hielt sie, während sie sich vornüberbeugte und ein Taschentuch vor den Mund presste.

»Ich will dich nicht anstecken«, sagte sie schließlich atemlos. »Du solltest mir nicht so nahe kommen.«

»Ich habe eine robuste Gesundheit.«

»Das dachte ich auch.« Karina sank zurück in das Kissen und schloss die Augen.

»Du wirkst nicht mehr gar so fiebrig.«

»Meine Mutter hat mir stundenlang kalte Wickel gemacht, offenbar bringt das etwas.« Wenngleich Karina das hasste, das hatte sie als Kind schon. Nichts war schlimmer als Schüttelfrost und kalte, feuchte Tücher auf der Haut. Sie schloss die Augen und spürte, wie sich Ricardos Finger um ihre schlossen. Langsam dämmerte sie weg.

Als Ricardo das Wohnzimmer betrat, waren dort Karinas Mutter und Erika in ein Gespräch vertieft. Die beiden Frauen verstanden sich offensichtlich gut, ihm hingegen begegnete Helene von Oedinghof sehr reserviert. Immerhin schien sie sich damit abgefunden zu haben, dass er und Karina ein Paar waren. Lennart von Oedinghof, mit dem er morgens telefoniert hatte, würde am nächsten Tag kommen, hatte Helene von Oedinghof gesagt. Er hatte seine Mutter begleiten wollen, aber diese befürchtete, dass zu viel Besuch ihre Tochter zu sehr anstrengen würde.

»Möchten die Damen ein spätes Abendessen?«, fragte Ricardo.

Während Erika lächelte, blieb der Blick von Karinas Mutter leicht unterkühlt. »Nein, danke, Ricardo. Wir haben gerade eine Kleinigkeit gegessen, während du bei Karina warst.« Erika erhob sich. »Ich darf Sie kurz allein lassen? Ich würde gerne einen kurzen Besuch bei meinem Verlobten machen.«

»Aber natürlich«, antwortete Helene von Oedinghof. »Wohnt er in der Nähe?«

»Sogar im selben Haus.«

Erika verabschiedete sich, drückte Ricardo aufmunternd den Arm, als sie an ihm vorbeiging. Nun senkte sich Schweigen über den Raum, wuchs an und wurde erdrückend. Ricardo räusperte sich.

»Darf ich Ihnen etwas zu trinken anbieten?« Er ging zum Servierwagen. Erika würde es ihm nachsehen, wenn er sich hier so freimütig bediente. Und offenbar war das Schweigen auch Helene von Oedinghof zunehmend unangenehm, denn sie nahm das Angebot an. Ricardo brachte ihr das Glas und ließ sich ihr gegenüber auf einem Sofa nieder. Wieder herrschte Stille, aber er wusste nicht, was er noch sagen sollte. Eine Entschuldigung für den Abgang seinerzeit stand wohl eher ihrem Ehemann zu als ihm.

»Haben Sie Karina alles über sich erzählt?«, fragte sie nun unvermittelt.

»Ja.«

»Sie sagte mir am Telefon, es sei nicht so, wie mein Mann es geschildert hat, wollte aber nicht mit der Sprache heraus, meinte, dass es ihr nicht zustünde, über diese Dinge zu sprechen.«

»Haben Sie Familie, die mit dem, was im Krieg vorgefallen ist, nicht zurechtkommt? Männer, die nachts wach liegen, schreien, von schlechten Träumen geplagt sind?«

»Meinen Cousin Eric plagt es seit dem Großen Krieg. Und mein Cousin Richard war ein Kriegszitterer, dem der letzte Krieg dann den Rest gegeben hat.«

»Sprechen die Männer offen darüber?«

»Nein, das haben sie nie. Richard hat seinen Zustand sogar komplett verleugnet, wollte nicht als schwach gelten.«

»Nicht anders geht es mir. Es sind Bilder, die nachts vor mir ablaufen, die mich nicht schlafen lassen, die qualvoll sind und schmerzen und über die ich nicht sprechen kann, weil das die Erinnerung immer wieder aufwühlt. Ich habe, wie wohl jeder, der im Krieg war, getötet. Aber ich war kein kaltblütiger Mörder, wie Ihr Mann es darstellt, ich habe im Widerstand gekämpft und versucht, andere Menschen zu retten. Sie wissen, was Ihre Landsleute getan haben, und Sie sollten glücklich sein über jedes Leben, das gerettet werden konnte. Dass ich mir Vorwürfe wie die Ihres Mannes anhören muss, während seine Landsleute so viele Menschen in einen grausamen Tod geschickt haben, ist geradezu grotesk.«

»Mein Mann hat nichts dagegen gesagt, dass Sie im Widerstand waren. Es ging ihm um das Verschweigen Ihres Gefängnisaufenthalts und um die Vorwürfe, die dahinterstehen.«

»Er hätte mich fragen können, statt mich vor allen bloßzustellen. Und letztlich hat er ja nicht mich damit verletzt. Ich habe Schlimmeres erlebt und stecke das weg. Aber Karina hat das sehr getroffen. Es hat sie so viel Mut gekostet, dieses Treffen zu arrangieren, und sie hätte es wahrhaftig verdient, dass er das entsprechend würdigt.«

»Er liebt sie und ist in steter Sorge um sie.«

»Und dieser Sorge verleiht er Ausdruck, indem er sie derart behandelt? Er hat sie einfach stehen lassen, ist gegangen, während sie überhaupt nicht wusste, wie ihr geschah. Zudem hat er mir nicht einmal die Gelegenheit gegeben, mich zu erklären.«

»Ich habe mit ihm darüber gesprochen. Ich verhehle gar nicht, dass auch ich skeptisch bin und mir etwas anderes für Karina vorgestellt hatte, einen Mann mit entsprechendem familiärem Hintergrund, der ihr ein Leben ermöglicht wie das, was sie gewöhnt ist. Natürlich hätte ich es gern gesehen, wenn sie eine Ausbildung beendet, vielleicht in eine Hoteliersfamilie eingeheiratet und ihr Wissen dort eingebracht hätte. Aber das Leben läuft eben nicht immer, wie man es sich wünscht, das weiß ich nur zu gut. Auch mein Leben ist von meinen Eltern anders geplant gewesen, als ich es letzten Endes führe. Und ich bin glücklich dabei. Mein Wunsch ist nur, dass Karina dies auch wird.«

»Nicht ich bin es, der ihrem Glück im Wege steht.«

»Wollen Sie damit sagen, wir sind es? Das ist eine sehr impertinente Behauptung von jemandem, der gerade mal gute eineinhalb Jahre Teil von Karinas Leben ist.«

»Wie oft haben Sie sie hier besucht? Wer aus der Familie ist überhaupt gekommen, um sich ihr Café anzuschauen, auf das sie so stolz ist? Ahnen Sie überhaupt, wie aufgeregt sie bei der Eröffnung war? Und wie enttäuscht, weil niemand aus der Familie dabei war? Sie war so froh, dass wenigstens jemand aus der weiteren Verwandtschaft erschienen ist.«

»Ella und Eric«, murmelte Helene. »Ich weiß, meine

Cousine hat mir davon erzählt und war sehr ungehalten.« Ihr Blick wirkte gequält. »Ich will gar nicht sagen, dass es richtig war, wie wir reagiert haben. Aber ich dachte, ich glätte die Wogen, wenn ich mich nicht allzu offen gegen meinen Mann stelle.«

»Ich habe keine Kinder, aber sollte ich jemals eines haben und ihm unrecht tun, so hoffe ich doch inständig, dass sich Karina auf die Seite des Kindes stellt und dafür sorgt, dass es sich nicht gänzlich von seinen Eltern alleingelassen fühlt.«

Wieder zuckte es in Helene von Oedinghofs Gesicht, und sie wandte sich ab. Als sie das Glas an die Lippen hob, bebte ihre Hand kaum merklich. »Als wir von der Sache mit der Schule erfahren haben, von diesem Lügengebilde, da dachten wir, sie wird es einsehen und nach Hause zurückkehren. Aber das hat sie nicht getan.«

»Sie hatte fortwährend ein schlechtes Gewissen wegen all der Lügen, aber gleichzeitig wollte sie sich die Demütigung ersparen, nach Hause zu kommen und gestehen zu müssen, sie sei von der Schule geworfen worden, weil sie sich mit einem Lehrer eingelassen hat. Dass dieser sie verführt hat und ohne jegliche Konsequenz aus der Sache herausgekommen ist, würde wohl kaum jemand zu ihren Gunsten auslegen, hat sie gedacht – und das zu Recht, wie sich herausgestellt hat.«

»Sie müssen auch verstehen, wie es uns ging, als diese ganze Ungeheuerlichkeit ans Licht kam.«

»Karina wollte Ihnen alles erzählen, sie hat es fest vorgehabt, aber eben erst, wenn sie etwas vorweisen konnte, auf das sie stolz sein würde. Aber dazu kam es ja dann nicht. Und als Ihr Mann sich schließlich hier blicken ließ, hat Karina geglaubt, er täte das, um zu sehen, was sie hier vollbracht hat. Sie hat ihm das Café gezeigt. Wie das endete, hat er Ihnen vermutlich erzählt. Karina kam am Boden zerstört und weinend zu Hause an.«

Helene von Oedinghof tat einen zittrigen Atemzug. Sich all das so geballt anzuhören setzte ihr sichtlich zu. Aus einem Augenwinkel löste sich eine Träne, die sie rasch fortwischte. Ricardo stand auf und ließ sie allein.

»Mein Vater redet fortwährend von dir, sagt mein Bruder.« Henryk hielt Erika im Arm, und gemeinsam kuschelten sie sich unter das Plumeau, da die Mansarde abends immer rasch auskühlte. »Man könnte fast glauben, er sei ein wenig verliebt in dich.«

»Und deine Mutter?«

»Die ist erleichtert, dass ich nicht an irgendeine Megäre geraten bin.« Er lachte. »Mein Bruder wird uns demnächst mit seiner Familie besuchen. Bestimmt verstehst du dich gut mit seiner Frau, sie ist reizend.«

Erika blieb bis kurz vor Mitternacht bei ihm, dann erhob sie sich und kleidete sich an. Die Kälte verursachte ihr eine Gänsehaut, und sie bibberte, während sie ihre Unterwäsche anzog. Viel lieber wäre sie hiergeblieben, aber sie wollte nicht, dass Karinas Mutter einen falschen Eindruck bekam. Vermutlich dachte sie ohnehin schon, dass ihre Tochter und Ricardo als Liebespaar zusammenlebten, da war es gewiss nicht hilfreich, wenn Erika bei einem Mann schlief, mit dem sie noch nicht verheiratet war.

Als sie in die Wohnung trat, war die Tür zum Wohnzimmer geschlossen, was wohl bedeutete, dass Ricardo bereits schlief. Auch unter Karinas Zimmertür schimmerte kein Licht hervor. Allerdings war ihre Mutter noch wach, die elegante Helene von Oedinghof. Sie saß in einem gefütterten Morgenmantel bei geöffneter Tür in Ricardos Zimmer auf dem Bett und las in einem Buch. Als sie Erika im Flur bemerkte, blickte sie auf und lächelte ein wenig bemüht.

»Ich kann in fremden Betten immer so schwer einschlafen. Klingt seltsam für die Ehefrau eines Hoteliers, nicht wahr?«

»Als solche müssen ja nicht Sie in fremden Betten schlafen«, antwortete Erika.

»Ich habe auch immer Sorge, dass ich nicht höre, wenn es Karina schlechter geht. Die ganze Zeit über war ich nicht für sie da. Und nun, da ich es bin, habe ich Angst, es könnte ihr etwas passieren, während ich schlafe, und ich bekomme nichts davon mit.«

Erika stand in der offenen Tür, sah Karinas Mutter an. »Ich kenne das.«

»Haben Sie Kinder?«

»Ich hatte zwei.« Erika verstummte, wollte nicht erzählen, dass ihre Kinder an den Folgen einer Lungenentzündung gestorben waren. Doch Helene von Oedinghof fragte nicht.

»Das tut mir leid«, sagte sie nur.

»Lassen Sie doch Karinas Tür ebenfalls einen Spalt weit offen, dann hören Sie sie gewiss. Nachts macht niemand Licht im Flur, sie kann also ungestört schlafen.«

Helene von Oedinghof nickte. »Ja, das werde ich tun.«

»Haben Sie mit Ricardo gesprochen?«

»Ja. Es war kein schönes Gespräch, aber offenbar musste manches wohl gesagt werden.«

»Wichtig ist jetzt erst einmal, dass Karina gesund wird. Alles andere kann später geklärt werden.«

Wieder nickte Helene von Oedinghof. Sie wirkte erschöpft und niedergeschlagen. Erika wünschte ihr eine gute Nacht und ließ sie allein, damit sie wenigstens noch ein bisschen Schlaf bekam, denn am kommenden Tag musste sie wieder früh raus.

Sie schlief zwar schnell ein, wurde aber wach, als sie Karinas quälenden Husten hörte. Unvermittelt fühlte sie sich an früher erinnert, an die Nächte, in denen sie im Bett lag und auf die rasselnden Atemzüge ihrer Kinder lauschte. Nächte, in denen sie ständig aufwachte, weil einer von ihnen hustete und damit den anderen weckte. Nächte, in denen sie sich gewünscht hatte, endlich mal wieder durchschlafen zu können. Als sie dies dann konnte, weil kein Husten sie weckte, hatte sie bereits beim Aufwachen gewusst, dass etwas nicht stimmte. Erika drehte sich um, presste ihr Gesicht in das Kissen, als könnte sie damit die Erinnerung ersticken. So lange hatte sie nicht mehr an diese Nächte gedacht, an das Gefühl, das sie überkam, als sie ihren Kleinen mit bleichem Gesicht und bläulichen Lippen im Bett vorgefunden hatte. Wie panisch war sie zu dem anderen Bettchen gelaufen, wo ihr kleines Mädchen lag, dessen Bäuchlein sich hob und senkte. Dann hatte sie den Jungen aus dem Bett gerissen, war zum Telefon gelaufen, hatte den Arzt angerufen, als könnte dieser noch etwas tun. Sie hatte dem Kleinen in den Mund geatmet, hatte die Wangen gerieben, die Händchen, die Füßchen, als könnte sie Leben in den eiskalten Körper massieren.

Karinas Husten erstarb, und Erika hörte Stimmen, erst Ricardos, dann die Helenes von Oedinghof. Erika erhob sich und trat hinaus in den Flur, hörte das Husten und Röcheln. Wieder schwappte die Erinnerung in ihr hoch, und sie musste sich an die Wand lehnen, die Augen schließen.

Der Arzt kam eine Stunde später, ließ Karina eine Lösung inhalieren, sodass ihr das Atmen leichter fiel. Außerdem gab er ihr erneut eine fiebersenkende Tablette. Helene von Oedinghof füllte die Karaffe auf, die neben Karinas Bett stand.

»Ich kann bei ihr bleiben«, sagte Ricardo. »Legen Sie sich ruhig wieder hin.«

»Nein, ich bleibe.« Helene von Oedinghof rieb sich die Oberarme. »Ich will sie nicht alleinlassen. Nicht schon wieder.«

»Wenn Sie sich anstecken, ist ihr nicht geholfen«, sagte Ricardo. »Legen Sie sich hin, ich sage Bescheid, wenn es ihr schlechter geht.«

Helene von Oedinghof schüttelte jedoch den Kopf. »Ich schlafe bei ihr.« Sie legte sich zu ihrer Tochter ins Bett und zog die Decke über sie beide. Erika schloss die Tür, und Ricardo wandte sich nur unwillig ab.

»Das ist doch unvernünftig.«

»Ich hätte den Platz bei meinem Kind ebenfalls niemand anderem überlassen. Sie macht sich vermutlich wegen der vergangenen Monate genug Vorwürfe, da will sie nicht auch noch tatenlos daliegen, während es ihrer Tochter so schlecht geht.«

»Dazu wäre ja Gelegenheit genug gewesen.«

»Es bringt nichts, ihr jetzt wieder und wieder zuzusetzen. Wichtig ist, wie es zukünftig wird.«

Erika ging wieder zu Bett, aber jetzt, da die Dämonen geweckt waren, wollten sie sich auch nicht wieder zur Ruhe begeben, und so begleitete das Sterben ihrer Kinder sie bis in ihre Träume.

23

DEZEMBER 1958

Als Karina die Augen aufschlug, wurde ihr bewusst, dass sie die ganze Nacht nicht gehustet hatte. Fünf Tage lang war es ihr so furchtbar schlecht gegangen, und seit der Arzt nachts hatte kommen müssen, hatte sie keine Nacht durchgeschlafen. Drei Nächte hatte ihre Mutter bei ihr verbracht, und da sie so blass war, mit dunklen Ringen unter den Augen, hatte Karina schließlich darauf bestanden, allein zu schlafen. Wenn ihre Mutter ihretwegen auch noch krank würde, wäre das ihrer eigenen Genesung sicher nicht förderlich.

An diesem Morgen fühlte Karina sich so gut wie schon lange nicht mehr. Ihr Kopf tat nicht mehr weh, die Gliederschmerzen waren weg, und das Fieber schien gesunken zu sein. Als sie aufstand, war sie etwas wacklig auf den Beinen, denn mehr als die Gänge zur Toilette hatte sie in den letzten drei Wochen nicht gemacht. Einen Nachttopf zu benutzen hatte sie sich strikt geweigert.

Die nächsten Tage ging es stetig aufwärts, und nach einer Woche hielt sie nichts mehr im Bett. Ausruhen musste sie zwar nach wie vor, aber sie konnte kurze Spaziergänge an der frischen Luft machen, um wieder zu Kräften zu kommen. Lennart besuchte sie zusammen mit Fenja, Gerd war zweimal da gewesen und hatte sich sehr nett mit ihrer Mutter unterhalten, und sogar Ella war eines Nachmittags aufgetaucht. Ihr Vater kam nicht, das hatte ihre Mutter untersagt. Sie wollte keinen schwelenden Unmut im Raum, denn wenn er nur käme, weil er in Sorge sei, aber all das andere ungeklärt blieb, wäre das ihrer Genesung gewiss nicht zuträglich. Und auf keinen Fall sollte ausgerechnet jetzt ein Streit ausbrechen.

Nachdem Helene von Oedinghof zurück nach Koblenz gefahren war, war Karina tagsüber wieder allein und langweilte sich. Die Gespräche mit ihrer Mutter waren schön gewesen, und es hatte gutgetan, Zeit mit ihr zu verbringen. Karina hatte morgens mit ihr zusammen Tee getrunken, und sie hatten lange und ausführlich geredet. In diesen Gesprächen war alles zur Sprache gekommen: Karinas Aufenthalt in der Schule, Roberts Verführung und der Brief der Schulleiterin, für den Karina sich so geschämt hatte. Sie hatte davon erzählt, wie verwegen sie sich vorgekommen war, als sie das Zimmer besichtigt hatte. Nichts ließ sie aus – abgesehen von ihren Liebesnächten mit Ricardo. Jetzt, da ihre Mutter wieder in Koblenz war, wusste Karina nichts Rechtes mit sich anzufangen. Sie las viel, legte sich immer noch zwischendurch hin, weil sie sich so müde fühlte.

Weihnachten nahte und damit die Frage, wie sie das Fest verbringen würden. Für Karina war es keine Frage, dass sie hier mit Ricardo feiern wollte. Gerd würde zu seinen Eltern fahren, aber Erika war hier mit Henryk.

Sie wollten seine Eltern am ersten Weihnachtstag besuchen, Heiligabend würden sie zusammen verbringen. Sie hatten auch Franziska mit den Kindern eingeladen, und Karina war sich gewiss, dass es wunderbar werden würde. Weihnachten nach Koblenz zu fahren war in der ganzen Zeit nicht zur Sprache gekommen, und Karina dachte bitter, dass sie offenbar noch nicht krank genug gewesen war, um ihren Vater zu einem Einlenken zu bewegen. Dann sollte er es eben lassen, ihr war es gleich. Das zumindest sagte sie sich. Dabei war es nicht Gleichgültigkeit, die sie bewegte, sondern vielmehr Zorn. Sie war so wütend auf ihn und auf seine Sturheit.

Um sich abzulenken, begann sie all die Rezepte, die sie und Ricardo entwickelt hatten, aufzuschreiben. Seine Ideen für Eis, Waffeln und Cremes sowie das von ihr verfeinerte Parfait. Sie bat auch Franziska, Rezepte beizusteuern. Über zwei Wochen schrieb sie daran, sodass wenige Tage vor Heiligabend ein dickes Heft daraus entstanden war. Auf jedem Rezept ließ sie Platz, um eine Fotografie der jeweiligen Speise einzukleben. Die mussten freilich noch gemacht werden, aber da niemand von ihnen einen funktionierenden Fotoapparat besaß, würde sie Lennart beizeiten bitten, seinen mitzubringen.

»Was willst du denn mit dem Heft machen?«, fragte Ricardo. »Als Rezeptbuch veröffentlichen?«

»Keine schlechte Idee. Aber bisher schreibe ich das erst einmal für mich. Vielleicht lasse ich es schön binden und lege es im Café aus.«

»Klingt gut.«

»Ich möchte so gerne wieder arbeiten.«

»Der Arzt sagt, du sollst es langsam angehen lassen. Du siehst noch sehr angeschlagen aus.«

Das wusste Karina selbst, da reichte ein Blick in den Spiegel. Aber sie war so ungeduldig, und allein der Umstand, dass sie noch nicht lange auf den Beinen sein konnte, hielt sie zu Hause. Offenbar war dies ein Selbstschutz ihres Körpers, damit sie sich nicht zu früh übernahm.

»Bleib zu Hause, ruh dich aus, und nach Neujahr kommst du wieder zur Arbeit«, sagte Ricardo.

Es blieb Karina ja nichts anderes übrig, so wenig ihr das auch gefiel. Aber sie hielt sich an alle Anweisungen, dehnte ihre Spaziergänge immer weiter aus, mutete sich aber nie zu viel zu, und so konnte sie wenige Tage vor Heiligabend sogar gemeinsam mit Ricardo einen Weihnachtsbaum kaufen. Franziskas Kinder hatten viel Freude daran, den Baum zu schmücken, und Franziska kämpfte mit den Tränen, während sie zusah.

»Das letzte Mal hatte ich einen richtigen Baum, als Frank noch bei uns war. Es war einfach immer zu teuer, und ich habe mich immer mit Tannenzweigen beholfen, die wir in eine Vase gesteckt haben.«

»Das war auch immer schön, Mama«, sagte ihr Ältester.

Heiligabend und über die Weihnachtsfeiertage blieb der Eissalon geschlossen, aber Ricardo wollte am Vormittag vor Heiligabend dennoch hinfahren.

»Du vermisst es doch bestimmt«, sagte er.

Und so saß sie schließlich hinter ihm auf dem Moped, den Kopf an seinen Rücken gelehnt. Es war eisig kalt, und vereinzelt schwebten Flocken vom Himmel. In der winterlichen Kälte wirkte der Eissalon umso behaglicher mit dem warmen Lichtschimmer im Innern. Dass dort eigentlich kein Licht brennen sollte, wurde Karina erst im nächsten Moment bewusst.

»Hast du vergessen, gestern dort die Lichter zu löschen?« Alarmiert richtete sie sich auf.

»Nein, keine Sorge.« Sie stiegen vom Moped, und Ricardo schob den Ständer heraus. »Komm.«

Er schloss die Tür auf und führte sie hinein. Innen brannten nicht die großen Deckenlampen, sondern eine der beiden modernen Stehlampen im Innern. An dem Adventsgedeck auf der Theke – Franziskas Kreation – waren Kerzen entzündet.

»Wird das ein romantischer Ausflug?«

»Nein, das war ich nicht. Offenbar ist dein Besucher der Meinung, dass ein wenig weihnachtlicher Kerzenschein die Kühle zwischen euch vertreiben könnte.«

»Mein Besucher?« Und im nächsten Moment sah Karina ihren Vater, der rechts an einem Tisch in der Ecke saß. »Du?« Sie sah Ricardo an, dann wieder ihren Vater. »Dafür bringst du mich hierher?« Ihr Blick flog zu ihrem Vater. »Du hättest auch zu Hause mit mir sprechen können. Warum hier? Damit du es wieder schmähen kannst?«

»Ich lasse euch dann mal allein.« Ricardo zog sich zurück, und Karina stand da, verschränkte die Arme vor der Brust, als baute sie ein Bollwerk zwischen sich und ihrem Vater auf.

»Können wir reden?«

»Warum hier?«

»Weil ich in Ruhe mit dir sprechen möchte. Allein.«

»Wie bist du überhaupt hereingekommen?«

»Dein Ricardo hat mir deinen Schlüssel überlassen.«

Karina starrte ihn an.

»Wir haben geredet, gestern Abend. Lange und ausführlich.«

»Du bist seit gestern hier?«

»Nicht hier im Café. In einem Hotel.« Er sah Karina an, wirkte mit einem Mal unsicher, was sich seltsam bei ihm ausnahm. »Können wir sprechen?«

Sie schwieg, neigte kaum merklich den Kopf, was man mit viel gutem Willen als Nicken deuten konnte. »Möchtest du einen Kaffee?«

Die Erleichterung in seinem Gesicht war unübersehbar. »Sehr gerne.«

Rasch tat Karina die vertrauten Handgriffe und bemerkte, wie die routinierte Arbeit ihre Nerven beruhigte. Als der Kaffee fertig war, stellte sie beide Tassen auf ein Tablett und legte etwas von dem Buttergebäck dazu, das sie in einer Dose verwahrten.

»Worüber hast du mit Ricardo gesprochen?« Sie stellte das Tablett vor ihrem Vater ab.

»Ich habe mich bei ihm entschuldigt und ihn darum gebeten, mir von sich zu erzählen, woher er kommt, was er gelernt hat, woher seine Eltern stammen – alles Mögliche eben, das es zu erfahren gilt, wenn man den künftigen Ehemann der Tochter kennenlernen will.«

»Warum hast du zuerst mit ihm gesprochen, nicht mit mir?«

»Weil ich die Angelegenheit aus der Welt schaffen wollte, ehe ich dich sehe.«

Karina nickte und ließ sich auf einem Stuhl gegenüber von ihrem Vater nieder.

»Ich weiß, dass ich dir sehr zugesetzt habe, meine Kleine«, sagte er, nun wieder der liebevolle Vater, als den sie ihn zeit ihres Lebens gekannt hatte. »Es tut mir leid. Ich habe mich lange mit deiner Mutter unterhalten. Sie ist ja schon länger der Meinung, dass ich zu unnachgiebig bin, aber offenbar sieht sie durch den Abstand nun einiges klarer und hat mir sehr deutlich zu verstehen gegeben, dass sie diese ablehnende Haltung nicht länger hinnimmt. Mittlerweile bin ich allerdings selbst zu der Überzeugung gekommen, dass sich etwas ändern muss. Wenn es schon so weit ist, dass ich dich nicht einmal besuchen darf, wenn du sehr krank bist, weil der schwelende Streit deiner Genesung nicht zuträglich sein könnte ...« Er verstummte. »Wie gesagt, es tut mir leid. Heirate deinen Ricardo. Meinen Segen hast du.«

Karina trank schweigend ihren Kaffee. So erleichtert sie darüber war, dass ihr Vater seine Meinung geändert hatte, so konnte sie das bittere Gefühl, das Enttäuschung und beständige Zurückweisung in ihr erzeugt hatten, nicht so einfach zurückdrängen. Der Moment, als sie ihm voller Stolz das Café gezeigt hatte und er es abgetan hatte, schmerzte noch immer, ebenso die Bloßstellung, als sie ihm Ricardo offiziell hatte vorstellen wollen.

»Ich will jetzt gar nicht auf eine rührselige Versöhnung zu Weihnachten hinaus«, erklärte er.

»Da war der Zeitpunkt ja weise gewählt.«

Um seine Mundwinkel zuckte es, und auch sie spürte, dass sie lächeln musste.

»Mir ist nur wichtig, dass aus dieser Sache kein dauerhafter Groll erwächst«, sagte er. »Ich möchte dich nicht verlieren.«

Noch vor einem Monat hätte Karina geantwortet, dass es dafür längst zu spät war. Jetzt, da sie ihn ansah, wusste sie, dass dem nicht so war. Trotz allem, was vorgefallen war, blieb er immer noch ihr Vater, der sie als Kind auf den Schultern getragen und ihr als Heranwachsende jeden Wunsch erfüllt, der lange, ernste Gespräche mit ihr geführt und sie ermutigt hatte, etwas zu lernen, um nie finanziell von einem Mann abhängig zu sein. Vielleicht hatte auch er etwas lernen müssen, nämlich dass er, wenn er sie wirklich liebte, sie ihren eigenen Weg gehen lassen musste und nicht alles bis ins Detail für sie planen konnte, nur um das in seinen Augen Bestmögliche für sie herauszuholen. Es ging darum, sie ziehen zu lassen und ihr zu vertrauen.

Ihr Vater sah sich im Café um. »Hält es sich über den Winter?«

»Ja, bisher läuft es gut.«

»Das freut mich.« Er klang aufrichtig.

»Sobald es wärmer wird, stellen wir das Programm wieder auf den Eisverkauf um, wir behalten aber einen Teil des süßen Gebäcks, weil Franziska gelernte Bäckerin ist und die Sachen für uns herstellt.«

»Franziska ist eine Mitarbeiterin?«

»Ja, sie wohnt bei uns im Haus.«

Karina freute sich auf die Zeit, wenn im Eissalon wieder Eis verkauft wurde, freute sich auf Ricardos Kreationen, die so wunderbar nach Sommer schmeckten und in sahnigen Aromen auf der Zunge zergingen.

»Du solltest unbedingt kommen, wenn wir wieder Eis verkaufen. Ich bin mir sicher, Ricardos Eis ist das beste, das du je gegessen hast.«

»Das mache ich sehr gerne.« Ihr Vater hatte den Kaffee ausgetrunken, und Karina räumte die Tassen ab und spülte sie. »Möchtet ihr am ersten Weihnachtstag zum Essen kommen?«

Karina sah ihn an, zögerte und nickte schließlich. »Sehr gerne.«

»Ich würde euch Heiligabend einladen, aber ich denke, das erste familiäre Treffen machen wir besser ohne deine Großeltern.«

Jetzt musste sie lächeln. »Das halte ich auch für sinnvoll.«

Sie verließen das Café, und ihr Vater fuhr sie nach Hause. »Dann bis übermorgen«, sagte er.

»Bis übermorgen.«

Er umschloss ihre Hand mit seiner, drückte sie leicht, dann stieg Karina aus. Jetzt kam sie doch, die von Freude durchmischte Erleichterung, als hätte ihr jemand einen riesigen Stein von der Seele genommen. Sie hob die Hand, winkte ihrem Vater, ehe dieser losfuhr, und trat ins Haus.

In der Wohnung warteten nicht nur Ricardo und Erika auf sie, auch Franziska war mit den Kindern gekommen, und Henryk war da. Kerzen tauchten den Salon in einen sanften Schimmer, der sich mit dem blassen Licht des

Tages mischte, und zur Feier des Tages hatte Erika den Kamin beheizt. Der kleine Martin stand mit glänzenden Augen vor dem Baum, während Dora auf dem Boden lag und malte und Brigitta neben ihr spielte. Jetzt stieg eine andere Art der Freude in Karina auf, das Gefühl, zu Hause angekommen zu sein. Sie nahm die Tasse entgegen, die Ricardo ihr reichte, lächelte und hob sie ihnen entgegen, als wollte sie einen Toast auf sie aussprechen.